11

제1회 웹진문지문학상 수상작품집

펴낸날 2011년 6월 1일

지은이 이장욱 외
펴낸이 홍정선
펴낸곳 ㈜문학과지성사
등록번호 제10-918호(1993. 12. 16)
주소 121-840 서울 마포구 서교동 395-2
전화 02) 338-7224
팩스 02) 323-4180(편집), 02) 338-7221(영업)
전자우편 moonji@moonji.com
홈페이지 www.moonji.com

ISBN 978-89-320-2207-9

제 1 회

웹진문지문학상

수상작품집

수상작

이장욱

「곡란」

문학과지성사
2011

책 머 리 에

『제1회 웹진문지문학상 수상작품집』을 펴내며

지난 40여 년 동안, 한국문학의 전통과 전위 및 인문지성의 요람으로 튼실히 역할해온 문학과지성사가 온라인 공간에서의 소통 가능성을 모색하는 한편 변화된 문화 환경에서 문지의 스펙트럼을 좀더 넓은 공간으로 개방하기 위해 기획된 문화웹진 〈웹진문지〉. 2010년 초봄에 선보인 〈웹진문지〉가 지난 1년의 성취 가운데 가장 빛나는 자리를 마련했다. 매달 이어지는 열띤 지상 중계를 통해 한국문학의 젊은 목소리를 응원했던 〈웹진문지-이달의 소설〉이 드디어 제1회 웹진문지문학상 수상작을 발표하게 된 것이다.

〈웹진문지〉는 문지의 정체성과 인문학적 성취를 보다 많은 대중 독자들과 나누고자 하는, 문지의 가장 실험적이고 열린 공간이자 새 얼굴이고 힘 있는 실천이며 소설을 중심으로 한 특정 문학 장르의 발표 지면으로서의 제한된 역할을 넘어서, 다양한 문화 매체의 언어들과 인문 담론들이 서로에게 길을 트고 서로의 언어들을 안으로부터 변화시키는 융합의 장으로 자리 잡고 있다. 앞으로도 우리는 이 융합의 자리에서 전위의 언어들이 대중의 감각과 만나는 장면을 보게 될 것이며, 성찰적 지성이 생활 세계의 실감들과 접속하는 장면을 만날 것이다. 이 공간에서 장르와 매체의 위계와 경계는 사라지고, 인간과 문화에 대한 모든 언어들은 자기 내부로 향하는 말이 아니라, 웹 공간에서의 익명의 네트워크를 구성하는 또 다른 생성의 언어들이 될 것이다. 문학과 인문학의 창의적인 플랫폼으로서의 역할을 할 수 있기 위해서, 이 공간은 지금 여기의 웹 사용자들을 향해 무한대로 열려 있을 것이다.

그리고 여기,

한국문학의 젊은 작가들의 새로운 호흡과 언어를 발굴하고 이를 웹진의 문학 독자와 나누기 위해 〈웹진문지문학상〉—이달의 소설— 을 예심과 결심을 거쳐 심사하고 선정하여 매달 1일에 〈웹진문지〉의 새 창에 소개해오고 있다. 〈웹진문지〉의 편집위원과 신진 비평가들로 구성되는 선정위원들이 등단 7년차 이하의 젊은 작가의 중단편 중에서 그 계절의 개성적이고 문제적인 작품을 선정하여 인터뷰와 선정의 말 등을 통해 소개하는 공간으로, 매달 선정된 작품 가운데 매년 초 단 한 편의 최종 수상작을 선정하여 〈웹진문지문학상〉을 시상한다. 한국문학의 최전선의 에너지를 가장 먼저 만날 수 있는 뜨거운 자리이기도 한 것이다. 그 첫 영광의 얼굴은 작가 이장욱의 「곡란」이다.

제1회 웹진문지문학상 수상작품집

차 례

제1회 웹진문지문학상 수상작

이달의 소설 2010년 4월

이장욱 ● •• 곡란

이 장 욱 1968년 서울에서 태어났다. 1994년 『현대문학』 신인상 시 부문에 당선되었고, 2005년 장편소설 『칼로의 유쾌한 악마들』로 문학수첩작가상을 받았다. 시집 『내 잠 속의 모래산』 『정오의 희망곡』과 소설집 『고백의 제왕』 등이 있다.

선 정 의 말

—

이장욱의 소설 「곡란」은 삶이 죽음과 직접적으로 대면할 뻔한 순간, 생이 사의 지대를 비스듬히 스쳐 지나가는 순간 급격히 휘어져버리는 우리 욕망의 만곡부(彎曲部)를 탁월하게 형상화하고 있다. 그것이 만곡의 구조를 띠고 있는 이유는 죽음에 대한 욕망이 단선적 주행을 통해 달성될 수 없기 때문이다. 차라리 그것은 어떤 우회의 과정, 또는 삶의 에너지가 급격하게 꺾이면서 증폭되는 불안의 궤적을 통해 간접적으로 현시될 뿐이다. 죽음이 놓여 있는 이러한 위상학적 구조는 "죽음을 대면하는 소설"을 쓰겠다는 소설 속 인물 고희성의 욕망이 지니고 있는 존재론적 함정을 환기하고 있다. "죽음을 대면하지 않고는 삶에 대해 한마디도 할 수 없다"고 소설가 지망생 고희성은 말하지만, 죽음은 그 자체가 즉자적인 상태라서 "삶에 대해서 허공의 먼지와 똑같은 정도의 관심"만을 지니고 있을 뿐, 삶이 영원히 도달할 수 없는 영원한 망향의 지대인 것이다. 그러니 이따금 죽음을 대상화할 때 우리는 실상 죽음에 기대어 살고자 하는, 일종의 환상에 들떠 있는 것이 아니겠는가.

이장욱은 삶이 죽음의 문턱 바로 직전까지 당도할 때 발생하는 기괴함과 당혹감을 드러내기 위해 어떤 U턴의 궤도를 밟고 있다. 그러니까, 죽음을 말하기 위해서는 생의 건너편으로 돌진하던 인물이 거꾸로 삶의 영역으로, 패잔병처럼 '인생을 남기며' 귀환해야 한다. 이처럼 소설 속 인물들이 죽음이라는 대상을 둘러싸고 휘어져 나가는[曲] 과정에서 과거와 현재, 죽음과 삶이 한자리에 모이는 혼란[亂]이 발생한다. 이 착시/착각의 현장에서, 비로소 죽음은 어떤 불안의 잔향을 남기고, 삶의 배음으로서 소설의 전반적인 정조를 형성해낸다. 이 은은하게 압도적인 회귀 앞에서 독자는 어떤 존재론적 가위눌림을 체험하게 될 것이다. _강동호(문학평론가)

인터뷰

김형중_

촉망받는 시인, 날카로운 글을 쓰는 비평가, 러시아 문학을 전공한 연구자로 활동하고 계시고 산문도 쓰셨어요. 게다가 소설도 쓰셔서 최근에는 선생님 소설들을 지면 곳곳에서 보게 되고, 비평 담론에서도 자주 거론되고 계십니다. 그런데 소설로 등단하신 게 가장 늦습니다. 시 혹은 비평이라고 하는 장르, 문학 연구나 산문이라고 하는 장르로는 충족되지 않는 글쓰기에 대한 욕망이 있으셔서 소설로 등단하신 건가요?

이장욱_

대학 시절부터 글을 끼적끼적하는 것을 좋아하다 보니까, 시와 소설 습작을 오랫동안 같이해와서 지금 상태가 자연스럽게 느껴집니다. 그런데 말씀을 듣다 보니 제가 참 잡다하게 여러 글을 썼다는 느낌이 드는데, 글쓰기가 저에게 부여된 어떤 것이 아닌가, 하는 생각을 하면서 글을 쓰고 있습니다.

김형중_

이번에 선정된 작품이 「곡란」이죠. 저는 일단 '죽음'에 대한 소설이라는 생각을 하면서 읽었습니다.

이장욱_

그렇다고 볼 수 있을 것 같습니다.

김형중_

4명의 인물들과, 그 4명이 들게 되는 조그만 시골 소읍 도시의 여관 주인인 '김상태'라는 인물이 등장합니다. 이 인물들을 통해서 죽음에 대해 어떤 이야기를 하시고 싶으셨던 거죠?

이장욱_

2004~5년쯤에 이 소설의 초고를 썼었는데, 지금도 그렇지만 그때는 자살 사이트가 많았습니다. 그 사이트들에 들어가서 비유로서의 죽음도 소설적인 죽음도 아닌, 그야말로 실제의 죽음을 직면하고 있는 글들을 보면서 굉장히 압도되었던 기억이 있습니다. 물론 매우 우울했고요.

글을 처음 쓸 때에는 그런 죽음의 풍경 속에서 아주 사소하고 무기력하더라도 희망 혹은 삶에의 의지 같은 것들을 발견할 수 있는 이야기를 쓰고 싶었던 것 같아요. 그런데 글을 쓰는 과정에서, 일상적이되 일상으로부터 조금씩 일그러져 있어서 죽음의 분위기를 갖고 있는 소도시,라는 공간을 설정하고 그 공간 속에 인물들이 들어가고 나니, 제가 이 인물들을 어떤 방식으로든 구원할 수 없다는 생각이 들었습니다. 구원이라고 해서 종교적인 구원이나 거창한 것이 아니라 이 죽음의 공간에서 조금이라도 빠져나오고자 하는 희망 같은 것들을 발견하고 싶었는데, 결국에는 소설을 쓰면서 글 쓰는 자로서 섣부르게 희망이나 구원을 말할 수 없다는 생각이 들었고, 희망이나 구원을 말하는 것 자체가 어쩌면 그 죽음을 실제로 대면하고 있거나 선택한 사람들에게 죄를 짓는 느낌이 들었습니다. 그래서 제가 할 수 있는 최대치는 그런 시공간과 그 시공간 속에 들어가 있는 인물들을 성실하고 정직하게 따라가는 것밖에 없지 않았을까 했고요. 「곡란」이라는 작품은 그렇게 해서 씌어지게 된 거죠.

이 죽음의 공간에서 조금이라도 빠져나오고자 하는 희망 같은 것들을
발견하고 싶었는데, 결국에는 소설을 쓰면서 글 쓰는 자로서
선부르게 희망이나 구원을 말할 수 없다는 생각이 들었고,
희망이나 구원을 말하는 것 자체가
어쩌면 그 죽음을 실제로 대면하고 있거나
선택한 사람들에게 죄를 짓는 느낌이 들었습니다.

김형중_

아무래도 이 작품에서 죽음과 관련된 가장 압축적인 공간은 곡란장 202호인 것 같아요. 많은 일들이 있었고, 또 많은 사람들이 죽어 나갔던 곳이죠. 그리고 마지막에 '김상태'라는 인물이 죽음과 맞대면하게 되는 장소이기도 합니다. 이 곡란장 202호라고 하는 공간에 대해서 말씀해주시겠습니까?

이장욱_

「곡란」에 등장하는 여러 인물들이 애초부터 202호에 속해 있는, 혹은 아주 가까운 인물들이라고 해도 괜찮을 것 같습니다. 다만 예외가 있다면 '김상태'라고 하는 여관 주인과 '고희성'이라고 하는 소설가인 것 같아요. 그래서 202호라고 하는 죽음의 공간 외부 혹은 경계에 걸쳐 있는 이 인물들에게 오히려, 어쩌면 더 관심이 가지 않았나 하는 생각이 들고. 어떤 의미에서는 이 소도시의 풍경과 202호의 풍경뿐만 아니라 이 공간을 대면하고 있는 소설가로서의 고희성이라는 인물도 소설의 한 축을 담당하고 있는 것이라 느끼면서 썼습니다.

김형중_

이 네 사람의 인물들이 공히 이야기하는 것들은 고희성이 이야기했던 것처럼 죽음은 죽음에만 관심이 있는 것이지 산 자들이 죽음과 대면하는 것이 가능한 일은 아닐 것이다, 라고 하는 주제들을 되풀이하는 건가요?

이장욱_

고희성의 말이 이 소설의 주제라는 생각으로 쓴 건 아니었습니다. 오히려 고희성의 말은 고희성의 것이죠. 그리고 거기 등장하는 스몰이나 코끼리 같은 인물들은 다 고유의, 자기 자신의 죽음의 풍경을 가지고 있는 인물들인 것 같고요.
이러한 죽음의 다양한 풍경 같은 것들이 서로 모이고, 갈등하고, 하나의 이미지로 정화되는 풍경. 결국 거기에서 마지막 장면이 멈춘 것이 아닌가 합니다. †

인터뷰, 영상으로 보기

작 가 노 트

쓸 수 없는 것을 쓰고 있다고 생각했다. 그만두어야 한다고 생각했다. 하지만 벗어나지 못했다. 무언가에 사로잡힌 느낌이었다. 인물들과 사람들과 나 자신에게 무작정 용서를 빌면서 썼다. 지금은 이렇게 중얼거리고 있다. 다시 곡란으로 돌아가지 않겠지만, 곡란을 떠나지도 않겠다, 라고.

● • •

이 장 욱

곡란

—

1

그 세 사람이 유리문을 밀고 들어와 엉거주춤한 자세로 실내를 둘러보고 돈을 지불할 때부터, 김상태는 뭔가 찜찜한 느낌이었다. 불그죽죽한 얼굴에 쥐색 양복을 차려입었지만 어딘지 모르게 가난뱅이 냄새가 나는 중년이 하나, 작은 몸피에 이십대인지 삼십대인지 가늠이 되지 않는 데다 어디서 마주쳐도 기억나지 않을 것 같은 얼굴의 여자가 하나, 그리고 낡은 베이지색 점퍼를 되는대로 걸친 채 다른 두 사람의 표정을 데면데면 살펴보고 있는 중키의 남자가 하나.

표정들을 보니 트리플을 하러 온 것 같지는 않았다. 나이도 맞지 않는 데다 서로 잘 아는 사이 같지도 않은 품새가 김상태는 마음에 들지 않았다. 젊은 치 쪽이, 이건 내가 내겠습니다, 라고 말하며 지갑을 꺼내자 중년 쪽은 뭐 좋으실 대로, 라는 표정으로 물러났고 여자는 그들 뒤에 있는 듯 없는 듯 서 있었다.

눈에 거슬리는 건 또 있었다. 젊은 치가 들고 있는 검은 비닐봉지였다. 봉지 위로 삐져나온 모양새를 보니 위스키와 소주 등속이 섞여 있는 것 같았다. 안주로는 분명히 참치 캔이나 새우깡, 그리고 땅콩 따위가 들어 있을 것이다. 어딘지 무성의한 조합임에 틀림없었다.

이럴 때는 만반의 준비가 필요한 법이다. 예전에 선불리 파출소 박 순경을 불렀다가 개망신을 당한 적이 있기 때문이다. 그때도 이런 묘한 분위기의 남자 둘과 여자 둘이 투숙했었다. 긴장한 표정이 심상치 않아서 직감을 믿고 신고했는데, 그들은 평범한 초보 스와핑족이었다. 또 한번은 무슨 프라모델인가 하는 동호회의 오프라인 모임으로 밝혀진 적도 있었다. 중년 남자 셋이 투숙해서는 어두침침한 방에 둘러앉아 하루 종일 문을 닫아걸고는 내색이 없었다. 박 순경까지 불러 도박판 급습하듯 문을 따고 들어간 김상태는 어리둥절한 표정을 지어야 했다. 세 남자가 큼지막한 모형 비행선을 둘러싸고 앉아 꼼꼼히 부품을 붙이고 있었던 것이다. 김상태와 박 순경이 들어서자 일제히 문 쪽을 향해 고개를 돌렸는데, 그 어둡고 신중한 표정들에 기가 질릴 지경이었다.

그뿐인가. 음침한 색깔의 양복을 차려입은 노인네가 혼자 투숙하더니 사흘이 지나도록 낌새가 없어서 문을 열어본 적도 있었다. 노인네는 양복을 입은 채 술에 취해 큰 대자로 잠들어 있었는데, 깨우면서 곰곰이 뜯어보니 어딘지 낯이 익었다. 거물급 국회의원 모씨(某氏)가 사흘 전에 갑자기 실종되었다더니, 그 사람임에 틀림없었던 것이다. 노인은 대체 왜 깨웠냐는 듯 얼굴을 일그러뜨렸다. 김상태는 황급히 머리를 조아리고 물러 나와야 했다.

김상태는 손님들을 202호실로 안내했다. 비닐로 포장한 세면도구와 생수병 세 개씩을 문턱에 놓고 김상태는 서둘러 1층으로 내려왔다. 사무실로 들어오자마자 귀에 이어폰을 꽂았다. 202호는 도청이 되는 곳이다. 도피 중인 범죄자처럼 보이는 투숙객, 심리 상태가 불안정해 보이는 투숙객, 정체가 의심스러운 패들은 대개 그 방으로 안내했다. 몰래카메라를 찍어서 팔아먹는 파렴치한도 있는 모양이지만, 김상태는 그런 치졸한 짓에는 관심이 없었다. 무엇보다도 김상태는 귀신 잡는 해병대 출신이었기 때문이다.

하지만 오늘따라 도청기 상태가 좋지 못했다. 서울에 간 길에 전자상가에까지 들러 사온 것인데, 흐린 날이면 어김없이 지직거리는 잡음이 끼어들었다. 무슨 신경통도 아니고 도청기 따위가 왜 날씨에 반응하는 거야, 우라질. 김상태는 하릴없이 불평을 늘어놓았다. 어느 날에는 손님도 들이지 않은 방에서 두런거리는 소리가 소형 앰프로 흘러나와 사람을 놀라게 하곤 했다. 여자애들 목소리가 들릴 때도 있었고 노인네 목소리가 흘러나오기도 했다. 손전등을 들고 조심스럽게 계단을 올라가 202호실 문을 홱 열어젖히면, 을씨년스러운 방에서는 한껏 눅눅해진 공기가 흘러나올 뿐이었다. 객실 청소를 도맡아 하는 노파는 김상태가 202호실 이야기를 하자 심각한 표정으로 목소리를 낮추었다. 이보우, 그게 그 기계 탓이 아니우. 몸피 작은 노파는 손으로 입을 가리더니 속삭이듯 말했다. 거기 말이우, 혼령들이 산다우. 김상태는 어이없는 표정으로 노파를 물끄러미 바라보다가, 할멈, 할멈이 더 귀신 같애, 치매기가 있으신가? 하고 면박을 주었다. 다음 달에는 반드시 잘라야지, 하고 결심한 게 벌써 반년을 넘기는 중이었다.

도청기에서는 202호 투숙객들이 말하는 소리가 희미하게 들렸다. 몇 개의 단어들이 끊어질 듯 끊어질 듯 이어졌다.

코끼리입니까? ……코끼리 모르시나? 코가 긴 짐승…… 그런데 시안은…… 오줌이 마렵지 않아요?……

김상태는 귀를 기울였지만 무슨 말인지 도통 알 수가 없었다. 하긴, 코끼리는 코가 긴 짐승이지. 김상태는 중얼거렸다. 이번엔 동물원인가? 가까운 공장 지대에 동물원이 새로 생겼다더니. 거기는 코끼리나 기린 같은 게 있으려나. 두서없는 생각이 머릿속을 지나갔다. 두런두런 이야기를 나누는 목소리들이 자장가처럼 아련했다. 감기 기운 탓에 캡슐로 된 약을 두 알이나 삼킨 탓이다. 김상태는 팔베개를 하고 누웠다. 창문에 물방울이 맺혀 있었다. 비가 조금씩 듣는 모양이었다.

김상태는 이렇게 흐린 날에는 분위기 묘한 손님은 안 받기로 한 결심을 떠올렸다. 구름이 낮아서 을씨년스러운 날씨에는 여관 앞의 개천을 흘러 다니는 쓰레기들처럼 몸이 가라앉곤 했다. 퇴락한 지방 소도시라면 어디든 그런 날씨가 있다. 그곳에 살고 있는 사람들 모두가 뭔가를 잃어버린 듯 허전해지는, 그런 날씨 말이다. 이 작고 후줄근한 도시에는 웬일인지 가내수공업 공장들만 불규칙하게 늘어가고 있었다. 공장들이 늘어나면서 전에 없던 골목들이 생겼다. 새로 생긴 골목들을 따라 걸어가다 보면 길을 잃기 일쑤였다. 날씨가 좋지 않은 날에는 회색빛인 도시가 더 어둡게 잦아들었다.

그런 날 혼자 여관 유리문을 밀고 들어오는 중년 남자가 있으면 얼굴을 가만히 살펴야 한다. 다음 날 청소를 위해 문을 두드려보면 목에 노끈 자국을 만든 채 혼자 울고 있기 십상이다. 요즘엔 지병에 찌든 표정을 한 노인이 혼자 들어오는 것도 달갑지 않고, 서너 명이 무리를 지어 데면데면한 표정으로 투숙하는 것도 불길하다. 창백한 얼굴을 한 중년 여자나 갓 고등학교를 졸업했을 나이의 여자애도 조심해야 한다. 다음 날 곱게 나가면 다행이지만, 그렇지 않을 경우는 밤이 새도록 긴장해야 한다. 202호실에만 도청 설비를 갖춰놓은 것도 몇 개월 전 그 방에서 여학생 시신 두 구를 수습한 후였다. 교복 차림에 모범생처럼 보이는 여학생 둘이 재잘거리며 붉은 카펫이 깔린 여관 계단을 올라가더니 내려오지 않았다. 여학생들이 묵어가는 경우는 드물었지만, 환한 표정에 얌전한 얼굴들이라 별다른 의심을 품지 않은 게 실수였다.

이런 날에는 그저 화장기 짙은 여자애를 끼고 들어오면서 벌써 약간 달뜬 표정을 짓는 중년 남자가 반갑지만, 그것도 냄새나는 김상태의 여관에는 가물에 콩 나듯 한다. 그런 치들에게 빌려줄 때는 숏타임이라는 걸 뻔히 알면서도 꼭 풀타임 요금을 받아낸다. 이런저런 핑계로 요금을 올려 받아도 그치들은 웬만해서는 다른 여관으로 옮기지 않기 때문이다.

한 평 반 남짓한 사무실 바닥에서 따뜻한 기운이 올라왔다. 전기담요로만 버티다가 큰 맘 먹고 손수 보일러 공사를 한 덕분이다. 올해로 쉰둘이 되었으며 한때 귀신 잡는 해병대였으나 지금은 게으름이 몸에 밴 김상태로서는 자신도 놀랄 정도의 큰 공사였다. 효과는 괜찮았다. 소형 텔레비전에 시선을 두고 있으면 따뜻한 기운이 올라오는 통에 금방 졸음이 오곤 했다. 코끼리는 뭐…… 코가 긴 짐승이지. 김상태는 그렇게 중얼거리면서 몸이 까무룩하게 잦아드는 것을 느꼈다.

2

유리문을 열고 들어선 고희성은 두런두런 여관을 둘러보았다. 외진

데 있다는 걸 빼고는 별로 마음에 드는 곳이 아니었다. 퀴퀴한 냄새가 배어 있었다. 괜히 몸이 가려워지는 느낌이랄까. 쪽창 안쪽에 앉아 있던 덩치 큰 주인은 무슨 도피 중인 범죄자들이라도 보듯 일행을 올려다 보았다. 어둠 속에 웅크리고 앉은 컴컴한 그림자 가운데서 작은 눈이 반짝였다. 함께 들어선 중년이 돈을 꺼내려는 것을 본 고희성은 이건 내가 내겠습니다, 라고 말하며 황급히 지갑을 열었다. 중년은 고희성의 얼굴을 힐끗 돌아보더니 순순히 물러났다.

앞장서서 계단을 올라가는 주인의 어깨가 넓었다. 코뿔소라도 메다꽂을 듯했다. 방은 2층이었다. 침대도 없이 반신 거울이 달린 수납장 하나가 달랑 벽에 붙어 있고 이불이 방 한 켠에 쌓여 있었다. 이불 위로 가로세로 서너 뼘 크기의 간유리가 달린 창문이 하나. 간유리는 흐릿한 빛을 맥없이 풀어놓고 있었다.

셋을 방으로 안내한 후 주인이 문가에 놓아두고 간 것은 조악한 비닐 팩 세 개와 수돗물을 섞어 채운 게 틀림없는 생수병 세 통이었다. 비닐 팩에는 일회용 칫솔과 비누, 어디에 쓰라는 건지 알 수 없는 물티슈가 함께 포장돼 있었다. 모텔이 아니라 여인숙이군. 고희성은 생각했다. 반쯤은 머리가 벗겨진 거구의 주인은 그 작은 눈으로 고희성이 들고 있는 비닐봉지를 힐끗거렸다. 그러고는 잘 쉬라는 말도 없이 1층으로 내려가버렸다. 고개를 드니 연한 곰팡이 냄새가 느껴졌다.

주섬주섬 자리를 잡고 앉은 후 고희성은 중년 사내와 여자의 얼굴을 살펴보았다. 귓가에 듬성듬성 흰머리가 돋아 있는 중년 쪽이 말을 넣기에 편해 보였다. 아이디가 '코끼리'인 사람이었다.

코끼리 님은…… 왜 코끼리입니까?

고희성이 분위기를 살피며 조심스럽게 묻자, 양복 바짓단을 무릎께까지 올려붙인 채 앉아 있다가 막 엉덩이를 들고 손목시계를 풀던 중년이 고개를 돌리며 대답했다. 엉거주춤한 자세였다.

코끼리…… 모르시나? 코가 긴 짐승.

고희성은 아, 네, 코끼리, 알지요,라고 황급히 얼버무렸다. 얼마 전 채팅 때 남자는 보험금이 목적이라고 했다. 고희성은 어쩐지 실망스러운 기분이었지만 어쨌든 그는 모임을 제안한 사람이었다.

아이디가 '스몰'인 여자는 팔로 무릎을 감싼 채 정면에 시선을 두고 있었다. 뭔가를 보고 있다고 하기가 애매한 시선이었다. 주위에는 별다른 관심이 없는 듯했다. 아니 주위의 공기가 여자와는 무관하게 떠돌아다니는 것처럼 느껴졌다. 여관에 오는 길에 고희성은 여자에게도 말을 걸어보았다. 혹시…… 계기가……? 여자가 고희성을 바라보았다. 무슨 그런 무례한 질문을, 하는 항의조도 아니었고, 어떻게 그런 유치한 질문을, 하는 비꼬는 표정도 아니었다. 표정이라는 걸 지을 줄 모르는 얼굴, 혹은 누군가에게 대답이라는 걸 해본 지가 아주 오래된 얼굴이었다. 여자는 고희성을 바라보면서 혼잣말인 듯 중얼거렸다.

계기…… 계기……? 아, 계기.

이제야 알겠다는 듯 얼굴에 가벼운 미소가 떠올랐다가 순식간에 사라졌다. 미소라기보다는 얼굴 근육이 약간 씰룩거렸다고 하는 쪽에 가까웠다. 여자는 짧게 덧붙였다.

……없어요.

목이 쉰 듯 거친 음색에 말들을 토막토막 잘라서 내뱉는 듯한 목소리였다. 어쩐 일인지 몸에서 스르르 힘이 빠져나가는 느낌이었다.

고희성은 소주병과 양주병, 그리고 캔맥주를 주섬주섬 꺼내놓았다.

종이 잔에 양주를 따라 두 사람 앞에 놓았다. 공손한 자세였다. 중년이 그런 고희성을 물끄러미 바라보았다. 그때 구석에 앉아 있던 여자가 예의 쉰 목소리로 말을 꺼냈다.

그런데 시안은……

중년이 여자의 말을 끊으며 대답했다.

아, 드리지. 드리지.

뜻밖에 큰 목소리였다. 호기롭다고도 할 수 있었다. 고희성은 두 사람의 대화에 당황해서 우물우물 말을 내뱉었다.

아니, 뭐, 이렇게 만난 것도 인연인데 얘기나……

그런 고희성을 물끄러미 바라보던 중년은 고희성의 말에는 금세 관심이 없어진 듯 몸을 일으키며 중얼거렸다.

오줌이 마렵군. 오줌이 마려워. 오줌이 마렵지 않아요?

고희성은 자기도 모르게 중년을 향해 말했다.

네? 아, 저는 뭐, 괜찮습니다만…… 이런 때도 오줌이……

중년은 일어선 채 고희성을 물끄러미 바라보다가 빙긋, 웃음을 흘렸다. 고희성이 기어들어가는 목소리로 덧붙였다.

말하자면…… 오줌이 마려울 수도 있다는…… 그런 말씀입니다만……

고희성은 뭔가 들킨 사람처럼 얼굴이 붉어지는 것을 느꼈다. 중년은 허리를 구부정하게 굽혔다 펴더니 비척비척 화장실로 사라졌다. 세면대도 없이 고무호스가 양은 다라이에 늘어뜨려져 있는 게 힐끗 보였다. 고희성은 풀죽은 목소리로 고개를 숙이고 작은 목소리로 말했다.

이 방은 왠지…… 몸이 가렵지 않습니까? 날벌레가 많은 모양인데……

고희성은 정말 몸이 가려운 느낌이 들었다. 팔과 목 부위를 벅벅 긁었다. 살갗이 금방 벌겋게 부풀어 오르는 느낌이었다. 여자는 고개를 무릎에 묻은 채 반응이 없었다. 고희성은 멋쩍은 표정으로 방을 둘러보았다. 중년이 가져온 검은색의 얇은 서류 가방은 고희성 옆에 놓여 있었다. 고희성은 물끄러미 가방을 바라보았다.

잠시 후 물 내리는 소리가 나고 중년이 화장실을 나왔다. 고희성은 마음을 다독이면서 종이 잔을 한 번에 비웠다. 술기운이 급하게 올라왔다. 조금은 결연한 기분이 되어 고희성이 입을 열었다.

나, 나는 본명이 고희성이라고 합니다.

약간의 침묵이 이어졌다. 이름 같은 건 아무래도 좋다는 투였다. 이윽고 중년이 억양 없는 목소리로 고희성의 말을 받았다.

이름. 이름이라. 뭐, 이름이라면 코끼리나 코뿔소에게는 필요 없지.

고희성은 무슨 뜻인지 모르겠다는 표정으로 중년을 바라보다가 다시 조심스럽게 입을 열었다.

그래도 길동문데, 이름이라도……

중년이 고희성을 멀뚱히 바라보았다. 고희성은 어쩐지 쫓기는 마음이 되었다.

아저씨는, 아니 선생님, 선생님은 아직 연세가 얼마 안 되신 것 같은데……

여자가 고개를 조금 들었다. 최초의 반응이었다. 이름이나 나이를 궁금해하는 고희성이 이상하다는 투였다. 하지만 그녀의 턱은 이내 다시 무릎 위에 얹어졌다. 중년이 여자를 힐끗 보더니 고개를 돌려 고희성 쪽을 바라보았다. 고희성이 변명하듯 더듬거렸다.

아니, 꼭 나이 같은 게 중요한 건 아니지만, 뭐, 그래도 인생이란 게, 그러니까……

고희성의 말이 맥없이 흩어지자 중년이 무뚝뚝하게 입을 열었다.

그러니까 인생이란 게…… 코끼리는 코가 긴 짐승이지요. 코뿔소는 코에 뿔이 있는 짐승이고. 메아리는 메아리, 소리가 울리고.

고희성은 멍한 표정이 되어 중년의 입을 바라보았다. 코끼리는 코가 긴 짐승…… 코뿔소는 코에 뿔이…… 메아리는…… 대체 뭐라고 하는 거야? 고희성은 어쩐지 불쾌한 느낌이 들었다. 왠지 여기서 물러나서는 안 된다는 생각이 들었다.

코끼리 님은…… 보험금이 목적이라고 하셨죠?

조금은 항의조라고 해도 좋았다. 중년의 얼굴 근육이 약간 일그러지는 듯하더니 이내 아무래도 좋다는 표정으로 돌아갔다. 위스키 잔을 들어 마신 후 손등으로 입술을 쓱쓱 닦고는 고희성을 향해 말했다.

보험금이라. 보험금. 물론 그렇지요. 보험금.

중년은 땅콩을 입에 넣고 오독오독 씹으면서 감정이 담기지 않은 목소리로 대꾸했다. 고희성이 물었다.

하지만 이런다고 해서 보험금이 나오지는 않을 텐데요?

고희성으로서도 이런 질문을 할 생각은 아니었지만, 이미 입 밖으로 튀어나온 뒤였다. 중년이 허공에 시선을 둔 채 입을 열었다.

2년. 2년입니다. 요컨대, 자기 의도에 의한 사망의 경우, 가입 후 2년이 지나면 나옵니다. 나오지요. 약관에도 나온다니까. 그런 상품이 있어요. 완벽한 생명보험이. 생명에 대한 완벽한 보험이. 하하. 무슨 심리학을 하는 학자가 이런 종류의 충동은 2년 이상 지속될 수 없다는 연구에 성공했다더군요. 딱 2년이지요, 2년. 완벽한 생명보험은.

허공을 향해 빠른 속도로 말을 늘어놓은 중년은 갑자기 고희성을 향해 똑바로 얼굴을 돌렸다. 그리고 억양이 사라진 목소리로 물었다.

하기에 따라서는…… 과학자 따위의 말을 이기는 거지. 안 그렇수?

당황한 고희성이 네? 네? 하고 반문하자 중년이 낮은 목소리로 말을 이었다.

그게 아니면……

중년이 말을 끊었다가 다시 정면을 보며 말했다.

……인생이 남는 거고.

흐흐흐, 중년의 입에서 웃음이 흘러나왔다. 그때 여자가 고개를 들면서 입을 열었다. 어딘가 다른 별을 떠돌다가 불쑥 지구에 떨어진 목소리 같았다.

시안…… 어디 있어요?

여자의 쉰 목소리가 방에 가득 찼다. 시선은 중년을 바라보는 듯했지만 그의 등 뒤 어딘가를 향하고 있는 것 같기도 했다. 고희성은 자기도 모르게 중년의 작은 손가방을 곁눈질했다. 중년의 시선도 고희성의 시선을 따라 검은 서류 가방으로 이동했다. 50밀리그램씩 캡슐 여덟 개에 나눠 담았다고 했다. 한 사람이 빠졌으니 여유 있는 분량이었다. 중년이 말했다.

드려야지. 드려야지. 드려야지. 실험까지 끝냈으니까.

고희성이 물었다.

실험이요?

그렇지, 실험. 꿈틀거리는 게 인간만 있는 건 아니니까……

고희성은 중년의 말뜻을 단박에 이해하지 못하고 멈칫거렸다.

꿈틀거리는 게…… 꿈틀거리는 게…… 하여튼 이건 구하기도 어려웠을 텐데……

중년은 비밀이라는 듯 오른손으로 입을 가리더니 고희성에게 바짝 다가앉으며 속삭였다. 목소리가 무슨 벌레처럼 고희성의 귀로 기어들어왔다.

메아리 님, 메아리 님. 내 친구가 대학교 무슨 연구소에 근무한답니다. 복잡한 화학반응을 연구해. 화학반응을. 분자식을. 원소기호를. 나는 그 친구를 찾아갔지.

아니, 친구가 이런 걸 그냥 내줘요?

고희성은 항의하듯 중년에게 물었다. 그 순간, 중년이 고희성의 귀에 속삭이던 자세 그대로 갑자기 큰 목소리로 외쳤다. 빽, 소리를 지른다고 해도 좋았다.

그럴 리가! 훔쳤지!

고희성은 깜짝 놀라 뒤로 자빠졌다. 중년은 넘어진 고희성의 배 위로 재빨리 올라타더니 그의 귀에 입을 바짝 갖다 대고 다시 소리를 지르기 시작했다.

캡슐로 된 감기약을 사고! 캡슐을 열고! 약을 바꾸고!

고희성은 두 손으로 귀를 막았다. 중년이 다시 외쳤다.

캡슐로 된 감기약을 사고! 캡슐을 열고! 약을 바꾸고!

고희성은 자신도 모르게 눈을 질끈 감았다.

3

서울을 떠나 K시까지 오면서 고희성은 비장했다. 직장을 때려치우고 소설에 매달린 지 벌써 반년이 넘었다. 실패하면 돌아갈 곳이 없는 거야. 고희성은 다짐했다. 그건 사실이었다. 전세 기간도 곧 끝날 것이고, 알량한 퇴직금으로는 한 해를 버티기도 어려울 것이다. 아내는 시급 팔천 원짜리 가사도우미 일을 시작했으며, 집에 돌아오면 그와는 말도 섞지 않았다. 소설을 완성한다고 해서 뾰족한 수가 있는 건 아니었다. 하지만 오히려 그렇기 때문에, 고희성은 점점 소설에 집착했다. 마치 그걸 완성하는 것으로 모든 걸 보상받을 수 있다는 듯이.

노환으로 호스피스 병동에 입원한 노인이 하루하루 죽음에 가까이 가는 과정을 담은 장편소설이었다. 여든이 넘은 노인의 인생이 플래시백으로 흘러갈 것이었다. 가난이 있었고 전쟁이 있었고 사별이 있었으며 또 외로움이 있었다. 죽음만이 삶을 전체적으로 되비추는 거울이다, 죽음을 대면하지 않고는 삶에 대해 한마디도 할 수 없다, 고희성은 그렇게 생각했다. 노인은 결국 스스로 죽음을 택함으로써 자신이 지나온 일생과 화해하게 될 것이었다.

그런데 주인공이 죽음에 가까이 가면서 고희성은 약간 이상한 생각을 하게 되었다. 죽음에게는 죽음만이 관심이 있는 게 아닐까. 죽음은 삶에 대해 아무런 관심도 없는 건 아닐까. 죽음은 죽음 자체를 밀고 나가는 힘으로만 충만한 것은 아닐까. 이상하게도 이 의문은 고희성의 머리에 접착제처럼 달라붙어 떠나지 않았다. 고희성은 중얼거렸다. 죽음에게만 관심이 있는 죽음이라니. 죽음으로만 충만한 죽음이라니. 그렇다면 죽음에 대해 쓴다는 건 허망한 일이 아닌가. 삶으로 회귀하지 않는 죽음이 대체 무슨 의미가 있다는 말인가. 고희성은 갈피를 잡지 못했다. 집요하게 달라붙는 생각에 시달리다가 텅 빈 방에서 비명을 지르곤 했다. 어느 날 밤에는 소설 속의 노인이 꿈에 나타나 고희성의 목에 노끈을 감기까지 했다. 여든이 넘었다고는 생각할 수 없을 만큼 대단한 완력이었다. 고희성은 목이 졸려 컥컥대다가 퍼뜩 깨어났다. 이부자리를 걷고 일어나 거울을 보면, 정말 노끈 자국이 희미하게 보이는 듯했다. 고희성은 제 목을 어루만지면서 컴퓨터를 켰지만 단 한 글자도 써 내려갈 수 없었다. 고희성은 결정적인 무엇인가가 필요하다는 것을 깨닫고 있었다.

차창 밖으로 흘러가는 풍경을 바라보며 고희성은 모든 것이 새롭게 느껴진다는 것을 깨달았다. 죽음에 사로잡혀 있다가 갓 지상으로 풀려나온 느낌이었다. 나무들이 있고 논과 밭이 있고 산이 솟아 있었다. 산과 산 사이에 작은 동네며 소도시가 펼쳐져 있었다. 사람들과 식물들과 동물들이, 말 그대로, 살아가고 있었다. 그 모든 게 경이롭게 느껴졌다.

K시가 다가오자 기차가 속도를 줄였다. 그러던 어느 순간, 고희성은 개와 비슷한 짐승이 기찻길 옆에 우두커니 서 있는 것을 보았다. 그 짐승은 고희성을 물끄러미 바라보고 있었다. 우연찮게 고희성과 짐승의 눈이 마주쳤다. 고희성은 순간 그 짐승이 늑대라는 걸 알아차렸다.

늑대인가? 고희성이 깜짝 놀라 돌아보았지만, 늑대로 보였던 물체는 이미 멀어진 후였다. 정말 늑대였을까? 개였을까? 하지만 분명한 건 살아 있는 짐승이 아니었다는 점이다. 고희성은 그걸 직감으로 알았다. 박제가 아니면 모형이 틀림없었다. 늑대가 움직이지 않는다는 걸 깨닫는 순간, 고희성은 늑대 역시 자신을 바라보고 있다는 느낌을 받았다. 늑대의 시선은 고희성에게 선명한 인상을 남겼다. 누가 저런 걸 기찻길 옆에 세워놓은 걸까. 아마도 근방에 늑대 사육장이 있다는 표시겠지. 개 사육장이거나. 그래, 그럴 거야. 아마도 이 근처에…… 고희성은 생각했다.

기차가 역사에 도착했을 때 고희성은 이 소도시에 내린 것이 자신뿐이라는 것을 깨달았다. 하긴 기차가 하루에 두어 번밖에 서지 않는 간이역이었으니 당연한지도 몰랐다. 역사는 휑했다. 깃발을 흔들어 기차 후미에 안전 신호를 보내고 난 늙은 역무원이 천천히 플랫폼을 걸어오고 있을 뿐이었다. 모자를 쓰고 제복을 갖추어 입은 역무원은 봉과 깃발을 양손에 들고 고희성을 향해 다가왔다. 절도 있는 자세였다. 한 장소에서 하나의 일만 하며 평생을 보낸 사람만이 지닐 수 있는 품위와 자연스러움 같은 게 느껴졌다. 인생이란 저토록 단순하고 절도 있는 것이라고, 고희성은 생각했다. 어쩐지 그가 성자처럼 보였다. 고희성은 가까이 다가온 역무원에게 물었다.

말씀 좀 여쭙겠습니다만, 여기가 K시 맞지요? 고철동은 어떻게 가야 합니까?

가까이서 보니 주름이 깊이 팬 얼굴이었다. 마치 주름이 먼저 있고 나서 눈과 코와 입이 생기기라도 한 듯했다. 역무원은 고희성을 위아래로 잠시 훑어보면서 입을 열었다.

고철동이라는 곳은…… 없수.

네? 고철동이 없어요?

이름이 바뀌었수.

역무원의 설명에 따르면, 고철동이라는 이름은 원래 높을 고(高)에 물 맑을 철(澈) 자를 써서 높고 물이 맑은 곳이라는 뜻인데, 그냥 고철 덩어리로 생각하는 사람들이 많다고 했다. 몇 해 전부터 공장들이 우후죽순처럼 생긴 후에는 이 이름이 더욱 좋지 않은 이미지를 연상시켰다.

목란동이라고 부르지, 지금은.

역무원이 진지한 표정으로 고희성을 바라보며 말했다. 거기가 원래 목란이 꽤 좋은 곳이었거든. 혼잣말처럼 그렇게 덧붙이더니, 역무원은 마침 자기가 그 동네에 살고 있으니 지리를 잘 안다며 고희성의 손바닥을 폈다. 그는 고희성의 손금을 길 삼아 손톱으로 슥슥 그어가며 불필요할 만큼 자세히 위치를 알려주었다. 길들은 고희성의 손바닥 위에 나타났다가 순식간에 사라졌다. 정신을 차리고 손바닥을 보았지만 고희성은 첫번째로 그어진 금만 겨우 기억할 뿐이었다. 고희성의 손바닥을 물끄러미 바라보던 역무원이 심상하게 말했다.

생명선이 긴데.

그러더니 고희성의 손바닥을 이리저리 뒤집으면서 무성의한 어조로 짧게 덧붙였다.

질겨.

고희성은 얼굴을 찌푸렸다. 생명선이라니. 질기다니. 이 노인네가 노망이 났나. 이런 곳에서 평생을 보내는 주제에. 고희성은 불쾌한 표정으로 출구 쪽으로 걸어갔다. 역무원이 추근추근 고희성을 따라오며 물었다.

가만, 그런데 여행 오셨나? 혼자? 뭘 하시게?

역무원은 어느새 고희성의 소매를 잡고는 빠르게 말을 이었다.

여긴 다 공장뿐이라우. 대개 검고 딱딱한 물건들을 만들지. 외지 사람들은 상상도 못 하는 물건들이 많다우.

고희성은 황당한 느낌이 들었다. 이 노인네, 뭘 하자는 거야? 얼굴을 들이밀며 말하는 역무원을 자기도 모르게 거칠게 밀어내고는 빠른 걸음으로 걷기 시작했다. 씩씩거리며 걷는 동안 등 뒤에서 웃음소리가 들린 듯했지만 고희성은 돌아보지 않았다. 빨리 멀어져야 한다는 느낌이 들었을 뿐이었다. 어쩐지 이곳의 공기가 마음에 들지 않았다.

한참 걷다 슬며시 돌아보니 역무원은 한 손에 깃발을 든 자세 그대로 고희성을 바라보고 있었다. 마치 영원히 그곳에 서 있기라도 할 듯한 느낌이었다. 빤히 고희성을 바라보던 역무원이 갑자기 두 손에 든 깃발을 머리 위로 흔들기 시작했다. 흰 깃발과 붉은 깃발이었다. 깃발을 흔드는 속도가 점점 빨라지더니 나중에는 거의 보이지 않을 지경이었다. 그게 무슨 신호라도 되는 양, 고희성은 자기도 모르게 허겁지겁 개찰구를 향해 달려갔다.

쫓기듯 역사를 나오고 나서야, 고희성은 자기가 왜 도망치고 있는지 모르겠다는 데 생각이 미쳤다. 젠장. 뭐야, 저 노인네. 고희성은 역 앞 길가에 늘어서 있는 택시들을 바라보면서 침을 퉤, 뱉었다. 입을 닦아내며 보니, 하나같이 노란 택시들이 텅 빈 역사 앞에 도열해 있었다. 종일 손님이라고는 두어 사람밖에 없을 듯했지만, 택시 기사들은 차 안에 정좌한 채 고희성을 바라보고 있었다.

위치 따위는 왜 물어본 거지? 택시 탈 거면서. 고희성은 쓴웃음을 지었다. 하긴 어느 소설인가에 보면 형장으로 끌려가는 사형수도 고인 물을 피해서 걷는다고 하지 않던가. 습관이란 무서운 것이라고, 고희성은 생각했다.

저 역무원은 아마도…… 외로운 걸 거야.

고희성은 중얼거렸다.

그래…… 외로운 걸 거야.

고희성이 택시를 타고 목란동의 약속 장소에 도착했을 때, 그곳에는 이미 세 사람이 나와 있었다. 동사무소 앞 네거리의 평범한 2층 카페였고 손님은 그들 넷뿐이었다. 70년대식 다방 분위기였다. 수족관에는 금붕어들이 여남은 마리 헤엄치고 있었는데 한 마리는 모로 누워 떠 있었다. 창밖의 거리에는 몇 대의 자동차가 일정한 속도로 지나갔다. 거리 저편에는 모래가 여기저기 쌓여 있는 공터가 있고, 공터 너머로는 가건물로 보이는 작은 공장들이 빽빽하게 세워져 있었다. 흐린 구름이 먼 산 쪽에서 다가오고 있었다.

고희성은 푹신한 소파형 의자에 주춤주춤 자리를 잡으면서 저, 저는 메아리입니다,라고 말했다. 목소리가 떨렸다. 앞자리에 앉아 있던 중년 남자가 고개를 들면서 나는 코끼리,라고 짧게 대꾸했다. 시안 있습니다,라는 글을 올린 사람이었다. 쥐색 양복을 입고 있었지만 양복이라는 걸 처음 입어본 사람처럼 어딘지 어색한 분위기였다. 아, 네에…… 중년의 표정을 살피면서 고희성은 옆자리 여자에게 시선을 돌렸다. 몸피가 작았고 어깨가 좁아 흘러내리는 듯한 느낌을 주었다. 반쯤 감긴 눈은 왠지 그림자가 진 느낌이어서 그 안에 눈동자가 들어 있는지 의심스러울 지경이었다. 여자는 감정이 없는 표정으로 창밖에 시선을 두고 있었다.

스몰이 이 사람이구나. 아이디는 말 그대로 작다는 뜻이군. 고희성은 생각했다. 스몰은 인용문들만을 게시판에 올렸다. 어떨 때는 성경에서 뽑은 문장을 올리기도 했고, 어떨 때는 처음 듣는 외국 작가의 문장을 올리기도 했다. 성경 문구라고는 해도 복음서에 나오는 예수님의 말씀 같은 건 아니었다. 그보다는 가령 욥기에 나오는 야훼의 분노 같은 게 더 많았다. 섬뜩한 문장들이었다. 정작 스몰은 그 문장에 아무 말도 덧붙이지 않았지만, 기이하게도 스몰의 게시물에는 공감한다는 댓글이 많았다. 대체 뭐에 공감한다는 것인지 고희성은 고개를 갸우뚱거리곤 했다.

창가 쪽에 앉아 있는 사람은 고희성보다 서너 살이 아래일 듯한 청년이었다. 남자는 자세를 고쳐 앉으면서, 나는 데스입니다,라고 말했다. 아, 데스 님. 고희성이 반가운 표정을 지었다. DEATH라는 아이디로 게시판에 자신의 내력을 적곤 하던 사람이었다. 심장에 평생 고칠 수 없는 지병이 있다고 했다. 조금만 일을 하면 몸에 무리가 가기 때문에 정상적인 사회생활이 불가능하다는 것이다. 하지만 그런 건 문제가 아니며, 중요한 것은 자신이 죽음을 터부시하는 이 사회에 대해 반감을 가지고 있다는 점이라고 했다. 죽음을 선택할 권리가 우리에게는 있지 않은가요? 그는 대개 그렇게 문장을 맺곤 했다. 안락사에 대한 논쟁적인 글을 퍼왔을 때도, 직접 그 글을 반박하는 글을 썼을 때도 마찬가지였다. 어떨 때는 죽음이라는 '문제'를 자꾸 음지로 밀어내는 사회에 대한 혐오감과 비아냥을 담은 글을 올리기도 했다. 그의 글에는 고희성 외에는 아무도 댓글을 달지 않았다.

중년이 구부정한 자세로 앞장서고, 나머지 셋은 그 뒤를 따라갔다. 조용한 모텔이 있다고 했다.

모두들 말이 없었다. 빗방울이 떨어졌다. 그때 데스가 잠시만!이라고 소리치더니 갑자기 편의점으로 들어갔다. 그가 들고 나온 것은 검은색 우산 네 개였다. 이번에는 고희성이 편의점으로 달려 들어갔다. 고희성은 양주, 소주에 안주 등속을 되는대로 집어 들고 나왔다.

데스는 각자에게 우산을 하나씩 쥐여주었다. 모두들 우산을 받쳐 들고 걸어갔다. 중년만이 이리저리 우산을 살펴보더니 어쩔 수 없다는 표정으로 펴들었을 뿐이다. 데스는 고희성 옆에 붙어 걸으면서 말했다. 메아리 님은 왜, 왜 이런 일을 하려고 합니까? 호기심이 어려 있는 데스의 질문에 고희성은 우물우물 대답했다. 그게, 죽음이란 결국, 자신의 선택이니까요. 그렇게 말해놓고 고희성은 약간 불쾌해졌다. 데스가 게시판에서 자주 쓰던 표현이었기 때문이다. 데스는 약간 들뜬 목소리로 다짐을 받듯 말했다. 그렇습니다. 죽음은 선택입니다. 죽음을 터부시하는 건 나쁜 일입니다. 나는 그렇게 생각합니다. 안 그렇습니까?

고희성은 데스의 얼굴을 바라보았다. 데스 역시 그런 고희성을 물끄러미 마주 보았다. 그러더니 갑자기 고개를 떨어뜨리고 풀죽은 표정을 지었다. 하지만 말입니다. 지금 우리는 죽음을 스스로 선택하고 있는 게 아닌 것 같군요. 이건 죽음에게 끌려가고 있는 것에 불과합니다.

고희성은 데스의 얼굴을 물끄러미 바라보았지만 대꾸할 말이 떠오르지 않았다. 공연히 가슴이 답답해지는 느낌이 들었을 뿐이다. 그때 고희성의 눈에 힐끗 보이는 게 있었다. 멀리 산 쪽이었다. 고희성은 걸음을 멈추고는 앞서 걷던 일행을 향해 큰 목소리로 소리쳤다.

이봐요, 잠깐만! 잠깐만 서십시오! 저건 바다가 아닙니까? 저기 멀리 바다가 보이지 않습니까?

인적 없는 도로였다. 간간이 트럭들이 지나가고, 도로변에는 작은 공터가 펼쳐져 있었다. 칠이 벗겨진 벤치가 드문드문 놓여 있었다. 고희성은 벤치 너머의 먼 산 쪽을 가리켰다. 그의 손끝에 확실히 바다처럼 보이는 것이 있었다. 산과 산 사이에 푸르스름한 수평선이 걸려 있었던 것이다. 물끄러미 그쪽을 바라본 데스가 쓴웃음을 지으며 말했다.

맞습니다. 저건 바다입니다. 확실합니다. 하지만 저 바닷가에는 철조망이 둘러져 있어서 못 들어갑니다. 군수 시설 때문입니다. 게다가 지금은 아무것도 볼 수가 없어요. 비가 내리고 있지 않습니까?

데스가 손바닥을 하늘로 향하고는 위쪽을 바라보았다. 고희성 역시 바다 쪽으로 손을 치켜든 채로 하늘을 바라보았다. 빗방울이 고희성의 이마에 툭, 하고 떨어졌다. 데스가 다시 입을 열었다.

바다가 아니라 동물원이라면, 걸어서 갈 수도 있습니다. 하지만 모두들 거긴 원하지 않을 것 같군요. 동물들을 바라보고 있을 마음 같은 건 전혀 없을 테니까요.

데스가 중년과 여자 쪽을 바라보며 말했다. 고희성은 낙담한 표정으로 고개를 떨궜다. 그러다가 생각났다는 듯이 다시 소리를 질렀다. 어딘지 절박한 음성이었다.

그, 그렇다면 제가 술을 한잔 사겠습니다. 술입니다, 술.

그러고는 조금은 머쓱해진 기분에 기어들어가는 목소리로 덧붙였다.

부탁합니다……

역시 대답은 없었다. 앞에서 둘을 바라보고 있던 중년이 고희성의 손에 들려 있는 검은 비닐봉지 쪽으로 시선을 던졌다. 모두의 시선이 일제히 비닐봉지로 향했다. 데스가 고희성을 향해 고개를 돌리며 말했다.

안 된다는군요. 가서 마시자는 뜻입니다.

고희성이 어쩐지 애원하는 어조로 힘없이 중얼거렸다.

그, 그러면 저기 분식집에서라도 좋습니다. 제가 사겠습니다, 제가.

데스가 동조했다.

그래요. 이분이 산다지 않습니까?

그러자 중년이 곁에 서 있는 여자의 얼굴을 쳐다보았다. 여자는 여전히 무표정했다.

분식집에도 손님은 그들 넷뿐이었다. 주인 여자는 주문을 받을 생각도 하지 않고 다각다각 무를 써는 데 집중하고 있었다. 데스가 주방을 향해 소리쳤다. 떡볶이, 순대, 오뎅, 1인분씩! 주인 여자가 주방에

서서 일행의 얼굴을 물끄러미 바라보았다. 손으로는 계속 무를 썰고 있었다.

코끼리를 아이디로 쓰는 중년은 차림표에 시선을 두고 중얼중얼 메뉴를 읽었다. 떡볶이 이천 원, 오뎅 이천 원, 순대 이천오백 원. 떡볶이 이천 원, 오뎅 이천 원, 순대 이천오백 원. 스몰은 흰 벽면에 눈을 두고 앉아 있었다. 거기 뭔가 중요한 게 적혀 있기라도 한 듯했다. 고희성은 여자를 따라 흰 벽면을 바라보았지만 그저 흰 회벽이었기 때문에 오래 바라볼 수가 없었다. 데스는 일간신문을 뒤적거리다가 이내 흥미가 떨어진 듯 한 켠으로 밀쳤다.

오뎅이 먼저 나오고 이어 떡볶이와 순대가 나왔다. 고희성과 데스만이 순대를 두어 개 집어 먹었다. 고희성은 순대에 떡볶이 국물을 묻혀 입에 넣었다. 순대를 채우고 있는 당면이 굳어 잘 씹히지 않았다. 떡볶이 국물의 맵고 단 맛이 고희성의 코끝을 자극했다.

맛을, 맛을 좀 보십시오. 맵고 달군요. 좋습니다.

고희성이 중년과 여자를 향해 말했다. 중년이 무심결에 포크로 떡볶이를 찍어 먹었다. 여자 역시 오뎅을 찍어 입에 넣었다. 고희성과 데스는 떡볶이와 오뎅을 우물우물 씹고 있는 두 사람의 입을 바라보았다. 어쩐지 반가운 느낌이었다.

고희성이 잠시 화장실에 다녀왔을 때는 이미 모두들 자리를 털고 일어선 뒤였다. 고희성이 지갑을 꺼내려고 하자 데스가, 저분이 벌써 계산했습니다, 라고 말하며 중년을 가리켰다. 중년은 유리문을 밀고 나가면서도 계속 중얼거리고 있었다. 떡볶이 이천 원, 오뎅 이천 원, 순대 이천오백 원. 여자가 중년의 뒤를 따라 나갔다. 그때 데스가 고희성 옆에 바짝 붙어 서서 귓가에 속삭이듯 말했다. 작지만 단호한 어조였다.

미안합니다. 난 이건 아니라고 생각합니다. 돌아가겠어요.

고희성은 당황스러운 표정으로 데스를 바라보며 더듬거렸다.

네? 네? 아, 네에, 네……

밖에는 비가 내리고 있었다. 중년과 여자는 이미 왼쪽으로 방향을 잡아 걸어가고 있었다. 데스는 고희성에게 가볍게 목례를 하고는 주저 없이 오른쪽 길을 택해 걸어갔다. 다시는 뒤를 돌아보지 않을 기세였다. 고희성은 그의 등을 멍하니 바라보다가 정신을 차린 듯 중년과 여자의 뒤를 따라 걸음을 옮겼다.

4

캡슐로 된 감기약을 사고! 캡슐을 열고! 약을 바꾸고!

중년이 소리 질렀다. 고희성은 중년의 밑에 깔린 채, 중년은 고희성의 몸 위에 올라탄 채, 서로를 물끄러미 바라보았다. 중년의 얼굴도 불그스름했다. 술 때문인지 흥분 때문인지는 알 수 없었다. 중년이 다시 고희성의 얼굴에 대고 외쳤다.

캡슐로 된 감기약을 사고! 캡슐을 열고! 약을 바꾸고!

그때 한쪽 구석에 앉아 있던 여자가 입을 열어 예의 쉰 목소리로 말했다.

그러니까…… 캡슐을 줘요.

중년과 고희성이 동시에 여자를 바라보았다. 할 수 없다는 듯 중년은 고희성의 몸에서 내려와 바닥에 앉았다. 꼿꼿한 자세에 꼿꼿한 목소리였다.

그렇지. 캡슐. 우리는 할 일이 있으니까.

중년이 검은색 가방을 끌어당겼다. 고희성이 주섬주섬 몸을 추스르며 입을 열었다. 취기 탓에 빙빙 도는 느낌이었고, 왠지 비참한 느낌이 들었다.

이봐요. 대체 왜 이러는 겁니까? 왜? 우리는 얘기를 해야 합니다. 얘기를.

여자가 고희성의 말을 자르며 말했다.

먼저 수면제를……

고희성은 뭔가 속에서 자꾸 뒤틀리는 기분이었다. 몸속의 근육들이 자리를 못 찾아 엉켜드는 느낌이었다. 취기가 올라왔다. 말이 서로 엇갈리다가 입술 사이로 새 나갔다.

하, 하지만 스몰 님, 아니 이봐, 아가씨. 내 말 좀 들어보라구. 이봐요, 아저씨. 이건 뭔가 아닌 것 같지 않습니까? 네?

고희성의 말이 맥락 없이 흩어졌다. 여자는 고희성의 말에는 아랑곳없이 수면제를, 먼저 수면제를,이라고 작은 소리로 중얼거리고 있었다. 중년이 집게손가락을 들어 올려 제 입술 가운데 모로 세웠다. 그런 자세로 한참을 있더니 숨을 모았다가 한꺼번에 내뱉었다.

쉿!

고희성은 우두커니 앉아 맥이 풀린 입으로 뇌까렸다.

아니, 그, 그래도 그렇지, 좀 생각을 해봅시다. 살아야지, 살아야지…… 얘기를 좀 해봅시다. 그러다 보면 뭔가……

그러자 중년이 입가에 붙였던 손가락을 내리면서 소리 질렀다. 구호라도 외치는 듯했다.

침묵! 침묵! 침묵!

그러고는 고희성을 잠시 바라보다가 감정이 섞이지 않은 목소리로 덧붙였다.

씨발.

그건 마치 욕이 아닌 듯이 느껴졌다. 억양이 없어서 거의 기계음에 가까운 느낌이었다. 고희성은 그 말의 의미가 무엇인지 다시 생각해야 했다.

잠시 후 고희성의 입에서 힘없는 욕설이 튀어나왔다. 고희성 스스로에게도 낯선 목소리였다. 애원조라고 해도 좋았다. 비틀거리는 어조였다.

씨발? 씨발? 니가 뭔데, 씨발이야, 응? 살아야 할 거 아니야, 살아야지, 응?

고희성의 말끝이 허물어졌다. 눈물이 솟았다. 주인이 놓고 간 생수병을 열어 입에 쏟아부었다. 잘못 쏟아진 물이 고희성의 입가와 셔츠깃을 적셨다. 비닐 팩을 뜯어 물수건으로 얼굴과 목덜미를 닦아냈다.

고희성이 요의를 느낀 것은 그때였다. 그래, 그래. 맘대로들 해보라구, 맘대로들. 고희성은 주춤주춤 일어나 화장실로 들어갔다. 마치 중년을 흉내 내기라도 하듯, 괴로운 코끼리처럼 흐흐 웃음을 흘렸다. 이젠 아무 말도 안 할 거야. 아무 말도. 할 말이 없는 거야, 할 말이.

고희성은 비틀거렸다. 벽을 짚고 변기 앞에 선 채로 고희성은 욕실 쪽창으로 바깥을 바라보았다. 창 곁에 바짝 붙어 있는 여관 간판이 보였다. 빗물이 붉은 네온사인에서 톡톡 떨어지고 있었다. 전구가 여기저기 떨어져 나간 탓에 모텔 목란의 '목' 자가 '곡' 자로 보였다.

고희성은 주머니에서 무언가를 꺼내들었다. 중년의 가방에서 빼낸 약병이었다. 아까 여관에 들어왔을 때, 중년이 화장실에 간 사이, 여자가 고개를 무릎에 묻고 있는 동안, 중년의 가방을 뒤져 몰래 빼낸 것이었다. 고희성은 유리병 속의 캡슐들을 변기에 쏟아부었다. 핑크빛 캡슐들이 둥둥 떠 있는 것을 잠시 바라보다가, 고희성은 단호하게 물을 내렸다. 그것들은 순식간에 구멍 속으로 빨려 들어갔다.

중년이 고희성의 등을 향해 달려든 것은 바로 그때였다.

5

김상태는 킬킬거리는 웃음소리에 설핏 깨어났다. 고개를 둘레둘레 흔들었지만 머릿속에는 안개가 가득 차 있었다. 아직 약 기운이 몸에 떠돌고 있었다. 감기약으로는…… 코끼리라도 쓰러뜨리겠어. 김상태는 그렇게 중얼거리며 이어폰을 귀에 꽂았다. 여전히 나지막한 대화가 흘러나오고 있었다. ……우리는 떡볶이에 순대도 먹지 않았습니까, 네? 남자의 목소리였다. 이어서 여자의 목소리가 희미하게 들렸다. 수면제를. 수면제를. 여자의 목소리는 아주 먼 곳에서 웅웅 울리는 느낌이었다. 그러자 젊은 남자가 여자의 말을 받아 목소리를 높였다. 생각을 해봅시다. 코끼리는 코가 긴 짐승이니까, 말이라도 좀 해봅시다.

젊은 치의 말에 중년이 또 뭐라고 대꾸를 하는 것 같았지만 선명히 들리지는 않았다. 친목! 친목!이라고 하는 것 같기도 했고 침묵! 침묵! 이라는 것 같기도 했다. 중년의 말에 젊은 치가 소리를 질렀다. 살아야지! 살아야지! 살아야지!

김상태는 천천히 몸을 일으켰다. 빌어먹을. 확실하구먼. 몸이 잘 가누어지지 않았다. 아직 가수면 상태인 듯한 느낌이었다. 반쯤은 물에 잠긴 채 걷는 것 같았다. 어쨌든 이번에는 박 순경 없이 그냥 손을 봐야지. 김상태는 슬리퍼를 꿰신고 사무실 문을 나섰다. 낡고 불그죽죽한 카펫을 밟으며 계단을 오르기 시작하자 두 남자의 격한 고함 소리가 2층에서 들려왔다. 젠장. 김상태는 느리게 욕을 내뱉고는 터벅터벅 곰 같은 발소리를 내며 202호실로 향했다.

손잡이를 돌렸지만 문은 열리지 않았다. 몸싸움이라도 하는지 쿵쿵거리는 소리가 흘러나왔다. 똑똑 문을 두드리자 소리가 뚝 그쳤다. 김상태는 문에 귀를 갖다 댔다. 반응이 없었다. 적요하기까지 한 느낌이었다.

잠시 후 중년 남자의 신음 소리가 문틈으로 흘러나왔다. 김상태는 들고 온 열쇠 꾸러미를 뒤져 202호 열쇠를 찾아냈다. 열쇠를 구멍에 넣었지만 열리지 않았다. 가만 보니 220호 열쇠였다. 김상태는 맨손으로 얼굴을 한 번 쓸어내렸다. 잠이 덜 깬 거야, 빌어먹을. 주섬주섬 다시 꾸러미를 뒤져 202라고 쓰인 열쇠를 찾아냈다. 열쇠를 구멍에 넣고 신중하게 돌렸다. 문이 삐걱거리는 소리를 내며 열렸다. 방 안의 광경이 김상태의 충혈된 눈에 한꺼번에 몰려들었다.

방 한가운데 중년 남자를 깔고 앉아 있는 것은 예의 그 젊은 치였다. 그는 중년의 몸에 올라탄 자세로 주먹을 허공에 들어 올린 채, 막 문을 연 김상태를 향해 천천히 고개를 돌렸다. 아래 깔려 있는 중년 역시 김상태를 바라보고 있었다. 형광등이 나갔는지 틱틱거렸다. 틱틱거리는 소리에 맞추어 젊은 치와 중년의 얼굴이 사라졌다가 나타났다. 왼쪽 구석의 여자는 두 팔로 무릎을 감싼 자세로 앉아 김상태 쪽을 바라보고 있었다.

하지만 방 안에 있는 것은 그 셋뿐이 아니었다. 김상태는 어리둥절한 표정을 지었다. 여자 옆에 웬 노인네 하나가 누워 있었다. 노인네는 잠을 자다가 막 깬 듯 불만스러운 표정으로 상반신만 들어 올려 김상태 쪽으로 고개를 돌리고 있었다. 퀭한 눈동자에는 뿌옇게 백태가 끼어 있었다. 낡은 양복을 차려 입은 게 어디서 많이 본 노인네라고 김상태는 생각했다.

방 오른쪽에도 사람이 더 있었다. 소형 텔레비전 옆에 신중한 표정의 남자 셋이 둘러앉아 있었다. 세 남자는 뭔가에 열중해 있다가 방해를 받은 듯 김상태를 향해 찌푸린 시선을 던지고 있었다. 그들이 둘러싸고 있는 것은 제법 커다란 모형 비행선이었다. 김상태는 중얼거렸다. 저치들은 뭐야? 또 모형 비행선인가? 여길 어떻게 들어온 거야, 대체?

방 안은 정물화처럼 정지해 있었다. 틱틱거리던 형광등이 잠시 꺼졌다가 반짝, 하며 환하게 불이 들어왔다. 그 순간 중년을 타고 앉은 젊은 치가 정신을 차린 듯 갑자기 소리를 지르기 시작했다. 왼손으로 중년의 멱살을 잡고 허공에 들고 있던 오른손으로 방바닥을 내리쳤다.

살아야지! 살아야지! 이 씨발놈아!

젊은 치는 거의 눈이 뒤집힌 채 식식거렸다. 방 안의 사람들이 문득 현실로 돌아온 듯 움직이기 시작했다. 김상태가 본능적으로 젊은 치를 향해 몸을 던져 거칠게 그를 밀쳐냈다. 젊은 치는 벽에 부딪히며 나동그라졌다. 김상태는 곰 같은 손바닥을 펴들고는 젊은 치의 뺨을 짝, 소리가 나도록 때렸다. 그러고는 자신도 모르게 소리를 질렀다. 그만해! 그만하란 말이야!

얼이 빠진 젊은 치가 김상태를 바라보았다. 멍한 표정이었다. 자기가 지금 여기서 뭘 하고 있는지 알 수 없다는 눈빛이었다. 그때 방 한가운데 사지를 뻗고 누워 있던 중년이 중얼거리듯 말했다. 시선은 천장을 향한 채였다. 방송국 아나운서 같은 말투가 그의 입에서 흘러나왔다.

그분은 소설을 쓸 거라고 합니다. 소설을. 그분이 방금 그분의 입으로 열에 들떠서 얘기했습니다. 나를 깔고 앉아서.

중년은 얼굴을 기묘하게 일그러뜨리더니 갑자기 빠른 어조로 뇌까렸다. 순식간에 문장을 뱉어낸다는 느낌이었다.

나는 소설을 씁니다. 소설을. 죽음을 대면하는 소설을 씁니다. 소설을. 그분은 분명히 그렇게 말했습니다. 분명히.

중년의 일그러진 표정과 입을 김상태는 멍하니 바라보았다. 소설? 죽음? 죽음을 대면하는 소설? 이자가 지금 뭐라는 거야? 김상태는 중년 남자와 젊은 치를 번갈아 바라보았다. 이게 대체 무슨 사단인지 알 수 없었다. 잠깐 조는 동안에 이 많은 사람들이 여관에 들어왔단 말인가? 대체 어떻게? 저기 누워 있는 노인네는 뭐고, 구석의 저 세 남자는 뭘 하고 있는 건가? 노인은 흰 눈동자를 뒤룩뒤룩 굴리고 있었고, 방 한 켠의 세 남자는 여전히 모형 비행선에 열중해 있었다. 옆에서 무슨 일이 일어나는지 관심이 없는 듯했다. 흰 비행선은 거의 다 만들어진 것 같았지만, 왠지 영원히 완성되지 않을 것 같은 느낌이 들었다.

김상태는 젊은 치 쪽으로 시선을 돌렸다. 젊은 치는 얼빠진 표정으로 숨을 몰아쉬며 김상태를 멍하니 마주 보고 있었다. 지금 자기 멱살을 잡고 있는 게 사람인지 귀신인지 모르겠다는 표정이었다. 중년 사내는 방 한가운데 누운 채 그대로 천장을 바라보고 있었다. 그는 예의 그 아나운서 같은 어조로 중얼거리기 시작했다. 떡볶이는 이천 원, 오뎅은 이천 원, 순대는 이천오백 원. 떡볶이는 이천 원, 오뎅은 이천 원, 순대는 이천오백 원.

김상태는 어이가 없는 표정을 지으며 중년을 바라보았다. 그때 문가에 노파가 나타났다. 노파는 빗자루와 쓰레받기를 손에 든 채 서 있었다. 쓰레받기에서 먼지들이 조금씩 피어오르고 있었다. 김상태를 바라보던 노파가 히죽, 웃음을 흘렸다. 그 순간 김상태는 갑자기 몸이 굳는 느낌이 들었다. 젊은 치 쪽으로 고개를 돌리려 했지만 목이 말을 듣지 않았다. 눈알만 겨우 움직여 시선을 돌렸을 뿐이었다. 김상태는 젊은 치의 멱살을 잡고 있는 제 손을 겨우 바라보았다. 손도 조각상처럼 굳어 움직이지 않았다. 가위에 눌린 듯 꼼짝도 할 수 없었다. 김상태는 생각했다. 나는 해병대 출신이란 말이다, 해병대 출신. 그런데 이 모든 건 대체 뭐란 말인가?

그때 문 쪽에서 누군가 김상태를 부르는 목소리가 들렸다. 여자애들의 목소리였다.

아저씨, 아저씨.

김상태는 고개를 돌려 문가를 바라보려 했지만 여전히 목은 움직이지 않았다. 눈동자를 다시 힘겹게 돌려 문 쪽을 보았다. 힘을 준 탓에 눈알이 터질 듯했다. 핏물이 김상태의 망막에 조금씩 배어들었다.

아저씨, 아저씨.

문가의 노파 곁에 나란히 서서 김상태를 부르는 것은 여학생 둘이었다. 서로 닮은 듯 닮지 않은 듯 분간이 되지 않는 얼굴이었다.

아저씨, 아저씨. 방 있어요? 조용한 방?

여학생들은 희미하지만 명랑한 표정으로 합창하듯 물었다. 김상태는 어디서 많이 본 얼굴에 목소리라고 생각했다. 그래, 그 아이들이었지. 그제야 김상태는 두 여학생을 어디서 보았는지 기억해냈다.

그날도 구름이 낮아서 을씨년스러운 날이었다. 여학생 둘이 여관 유리문을 밀고 들어온 후 실내를 둘러보고 돈을 지불할 때부터, 김상태는 뭔가 찜찜한 느낌이었다.

우리는 공부하러 왔어요.

여자애들은 쌍둥이처럼 한목소리로 말했다. 명랑한 어조지만 한편으로는 책을 읽는 듯한 어조이기도 했다.

여관에서 공부를?

김상태가 반문하자 여자애들은 당연하다는 듯 동시에 대답했다.

네, 여관에서 공부를.

김상태는 왠지 불안한 느낌이 들었다. 하지만 나가라고 할 수는 없었다. 김상태는 여자애들을 202호로 안내했다. 삐걱삐걱. 여관 계단이 그날따라 습기를 잔뜩 머금고 있었다.

〔『고백의 제왕』, 창비, 2011〕

수상 소감

오르페우스는 에우리디케를 두 번 잃는다. 한 번은 에우리디케의 죽음으로, 다른 한 번은 하데스에서 그녀를 데리고 나오다가 뒤를 돌아보았기 때문에.

이 유명한 이야기는 나에게 글 쓰는 밤을 생각하게 만든다. 저 첫번째 상실은 글이 시작되는 곳이 아닌가. 어떤 상실과 결핍, 그리고 그리움의 시간이 시작되는 곳. 물론 그것만으로는 부족하다. 자신을 환하고 명백하고 안전한 지상에서 빼내어 어둠 속으로 몰아넣지 않는다면, 아무것도 만날 수 없을 테니까.

그렇다면 두번째 죽음은 글이 끝나는 곳일 터이다. 나는 지상으로 나왔다고 생각한다. 그래서 뒤돌아본다. 하지만 뒤를 따라오던 그것은 아직 어둠을 빠져나오지 못한 채이다. 우매한 나는, 그것을 잃는다. 뒤돌아보았기 때문에, 그것은 내 눈앞에서 처연히 모래처럼 흩어져버린다. 이미 잃었던 사랑을, 인간의 진실을, 세계의 본모습을, 다시 잃는다.

나는 밤의 마음으로 바라본다. 나는 무엇을 한 것인가? 무엇을 쓴 것인가? 희끗 그 얼굴을 보았다고 생각했으나, 내가 본 것은 정말 무엇인가? 어둠 속으로 사라져버린 그것을 되찾을 수 없을 것 같은 느낌, 다음 글을 시작할 수 없을 것 같은 허망한 기분에 빠지는 건 그 무렵이다.

나는 가만히 중얼거린다. 응, 자신을 믿어볼 수밖에. 기다릴 수밖에. 다시 걸어갈 수밖에. 그 어둠 속으로. 두 번의 상실을 반복한다 하더라도.

이번에도 유혹을 참지 못하고 뒤돌아보겠지. 모래처럼 흩어지는 것의 얼굴을 온전히 기억해낼 수 없을 거야. 하지만 내 앞에서 사라져가는 그 캄캄한 진실들은 나를 매혹시킬 것이다. 차갑고 냉정한, 밤의 대기 속에서.

*

고맙습니다. "사물들은 어둠 속에서는 빛깔을 갖지 않는다"는 고대의 문장을 떠올립니다. 글쓰기도 사랑도 마찬가지가 아닌가 합니다. 빛과 말과 조명 속에서야, 사물도 글도 사랑도 자신의 빛깔과 화사함을 얻습니다. 오늘 이 상은 제게 분에 넘치는 화사한 빛깔을 주었습니다. 게다가 첫 회라니요. 저는 잠시 그 신선한 느낌에 젖어듭니다.

하지만 다시, 빛깔을 갖기 이전의 어둠 속으로 돌아가야 한다는 것을 알고 있습니다. 캄캄한 존재로서, 무엇도 아닌 존재로서, 벽을 짚고 천천히 걸어가야 한다는 것을 알고 있습니다. 심사위원 선생님들께, 선후배 작가들께, 독자들께, 친구들에게, 자못 명랑한 표정으로 인사하겠습니다. 고맙습니다.

이달의 소설

2010년 3월

정용준 ● •• 가나

정 용 준 1981년 전남 광주에서 태어났다. 2009년 『현대문학』 신인상으로 문단에 나왔으며, 조선대학교 문예창작학과 대학원에서 공부하고 있다. 현재 텍스트 실험집단 '루' 동인으로 활동 중이다.

선 정 의 말

—

흔히 삶이 죽음의 대척점에 놓이는 데 반해 정용준의 「가나」는 더블 플롯double plot의 구성을 취하면서 삶의 양면으로 공존하는 생과 사에 대한 상상력을 탁월하게 보여준다. 이 소설의 에너지는 생과 사를 한데 끌어안는 삶의 동력에 집중된다. 소설의 도입부에서 "나"는 생물이라 할 수 없는 상태로도 "분별력"을 갖는 존재이지만 바다에 떠 있는 그것은 일군(A, B, C)에게 있어 "붉은 물체"에 불과하다. 소설은 두 개의 시점, 1인칭과 3인칭의 혼용을 통해 이 '죽었지만 살아 있는' 불가해한 존재를 효과적으로 보여준다. 자칫 복잡하거나 고루해지기 쉬운 형식과 내용을 전연 그렇지 않게 다루는 솜씨는 신인 작가의 것이라 더 놀랍다.

이 소설의 특장은 무엇보다도 '소리'라는 감각 요소를 삶의 성찰에 겹쳐보는 시도와 그에서 발생하는 긴장이 소설 전체를 일관되게 압도하는 데 있다. 가장 아름다운 장면으로 꼽을 만한 9번 부분을 시작하는 문장은 "낯선 소리가 들렸다"이다. '나'의 이 고백은 낯선 시공간을, 생물 아닌 생물이 되어 부유하는 낯선 존재를 포괄하는 말이다. 그러니 소리를 존재의 심장으로 쓴 것은 절묘한 은유이다. 죽은 엄마가 좋아하던 노래가 흘러나오는 라디오를 빼앗기지 않으려 "그것이 마치 자신의 심장이라도 되는 것처럼 가슴 깊숙이 품"는 여자는 그 소리를 동력 삼아 살아 있는 존재이다. "하나의 커다란 생명을 공유한 듯" 수많은 꽁치들이 떼 지을 때 "그 깊숙한 중심에서 들리는 소리는 투명한 심장처럼 꽁치들의 움직임에 피를 공급"하듯 말이다. 작가는 심장이란 비단 주먹만 한 근육 덩어리가 아닐 수도 있음을, 그 절절한 삶의 비의를 소리라는 투명한 심장으로 보여준다.

이 소설은 빛보다도 가벼운 소리로부터 시작되어 바람보다 가벼운 노래로 마친다. 존재는 어둠에 잠식되더라도 사라지지 않고, 마침내 떠오르고 날아올라 '그곳'에 도달한다. 아마도 그곳은 누군가의 마음일 테다. 「가나」가 갖는 아름다움은 바로 이 존재의 가벼움을 감각적으로 포착한 데 있다. **_김나영(문학평론가)**

인터뷰

강동호_

이 작품을 쓰게 되신 계기가 있으신가요?

정용준_

친한 동생이 해경 생활을 하다가 익사한 시체를 건진 적이 있습니다. 그 이야기가 제게는 굉장히 충격적이었는데, 그중에서도 '도대체 14일 동안 시체가 무얼 하며 돌아다녔을까' 하는 것이 가장 컸어요. 분명 한때는 존재하고 살아 있었을 사람인데, 소속을 알아낼 수 없다는 이유 하나만으로 살아 있었을 때의 모든 것들이 소각되고 또 소멸되는, 아예 없어져버리는 것을 보면서 그 사람에 대해 궁금해지기 시작했고요. 바닷속에서 떠다니는 사람과 그가 두고 온 배 밖의 삶에 대해 상상하게 되었는데 제가 상상한 것인데도 도리어 제 가슴이 너무 아팠습니다. 그러면서 현실 층위에 있는 해경이라든지 이 세상의 제도 등이 약간 무의미하고 하찮게 느껴지는 것 같았어요.

강동호_

「가나」를 보면 '하비바'나 '가나' 같은 이름이 나오는데 어디 말인가요?

정용준_

실제로 파키스탄에서 쓰이고 있는 이름이고, 물론 정확한 것은 아니지만 파키스탄 사람이라 생각하고 썼습니다.

강동호_

장면이 교차적으로 나오잖아요. 그 과정에서 A, B, C로 등장하는 사람들이 있어요. 이 익명화된 사람들이 「벽」에서도 계속 나왔던 것 같아요. 21이나 9, 반장5 같은. 그러니까 일종의, 정용준 씨께서 세계를 바라보는 틀이라고 할까요, 관점이 이런 곳에 녹아들어 있다는 느낌이 들었어요.

정용준_

저도 항상 잘 드러내고 싶은 부분이고, 그들의 이야기를 최대한 진짜에 가깝게 하고 싶어요. 쓰다 보면 '나는 결국 이해할 수 없다'는 생각이 가장 먼저 들기도 하고 또 '말해질 수 없는 이야기들'도 있잖아요. 분명히 말은, 언어는 있는데 지금의 언어로 표현이 안 되는 언어도 있고. 또 의미만 있고 기호는 없는, 그런 이름을 가진 사람들도 있고. 왜냐하면 현실 안에서 그 사람들의 삶은 비현실적이니까요. 그러다 보니 아무래도, 익명으로 처리가 된 것 같아요.

제 글을 읽고 자신이 딛고 있는 땅 같은 것이
단단해지는 경험을 했으면 하는 마음이 있어요.
그래서 저는 사실, 누군가 내 소설을 읽으며 감동을 받았으면 좋겠다는
생각을 합니다. 그 감동이, 눈물을 흘리거나 하는 게 아니라
어떤 방식으로든지 읽는 사람의 마음이 좋은 방향으로 움직이기를 바라죠.
저도 그랬으니까요.

강동호_

위로와 위안을 주는 것, 이라는 건 사실 오래전부터 문학이 해오던 역할이기는 한데, 최근의 소설이나 시에서는 우리에게 위로를 주려는 의지와 의욕이 예전에 비해 많이 사라진 것 같아요. 그런 면에서 정용준 씨의 소설들은 그런 것들이 드러나서 오히려 새롭다는 느낌을 받았고, '오랜만에 발견한 소중한 것' 같은 따뜻함을 많이 느꼈어요.

정용준_

문학을 처음으로 접하고 느꼈던 감동은 사람마다 다르겠지만, 제게는 '위로'였어요. 어떤 방식으로든지, 모든 사람들이 그걸 경험할 수는 없지만 책을 읽는 사람들이 여전히 존재한다면, 제가 느꼈던 것들을 제 글을 통해 그 사람도 느꼈으면 좋겠다는 생각을 합니다. 그래서 궁극적으로 마음의 온도를 올려주고요. 흔히 말하는 상투적인,

아름다운 세상을 제안하는 게 아니라 그 자체로 인정하는. 슬픔은 슬픔대로 인정하고, 아픔도 아픔대로 인정하지만 제 글을 읽고 자신이 딛고 있는 땅 같은 것이 단단해지는 경험을 했으면 하는 마음이 있어요. 그래서 저는 사실, 누군가 내 소설을 읽으며 감동을 받았으면 좋겠다는 생각을 합니다. 그 감동이, 눈물을 흘리거나 하는 게 아니라 어떤 방식으로든지 읽는 사람의 마음이 좋은 방향으로 움직이기를 바라죠. 저도 그랬으니까요. †

인터뷰, 영상으로 보기

작가노트

발밑에 디딜 곳이 없어도 두 발로 걷는 꿈을 꾼다. 공중이나 물속, 혹은 우주의 너른 어둠 속을 그림자처럼 소리 없이 움직이는 근사한 걸음걸이. 뿌리를 펼치고 물속을 천천히 떠다니는 나무, 정지 비행하며 밑을 내려다보며 느리게 늙어가는 새처럼 내 몸의 무게를 느끼지 않고 한순간이라도 살아볼 수 있다면. 걷고, 눕고, 잠들고, 일어서는 일상이 번거롭다는 생각이 들 때마다 눈을 감고 꿈을 꾼다. 꿈속에서만 가능한 방식의 삶이 있다. 사랑하는 것, 죽어가는 것, 상상하는 것, 허구의 대지 위에 글을 쓰는 것. 불가능한 꿈을 꾸며 살고 싶지는 않다, 라고 늘 다짐하지만 불가능한 것처럼 치명적인 것도 없다. 불가능한 세계에서 불가능한 방식으로 사는 것을 멈추지 않겠다.

● • •

정 용 준

가나

1

소형 피정의 엔진이 돈다. 새벽이 아직 물러나지 않은 바다, 적요한 수면 위로 내려앉은 어둠이 엔진 소리를 삼킨다. 해경들이 피정에 올라탄다. 깊숙이 눌러쓴 모자 밑으로 숨은 눈빛들이 분주하게 움직인다. A는 바다를 향해 견시를 보고, C는 통신을 확인하고 타를 잡는다. 그들의 입에서 뿜어져 나오는 입김이 유령처럼 피정 위를 떠돌다 사라진다. 남쪽 수평선 끝에 어선 몇이 노란 불을 밝히고 조업을 하고 있다. 선미의 녹슨 스크류가 바닷속을 헤집으며 천천히 돌아가고 피정에 열이 오른다. 수평선 끝에 웅크리고 있는 미명은 좀처럼 바다를 비추지 못한다. 붉은 사이렌이 돌고 어둠 속으로 피정이 들어간다. 그 모습은 그늘로 향하는 느릿한 환형동물의 움직임과 닮아 있다.

견시를 보는 A가 조타실에 있는 C를 바라본다. 레이더의 붉은 불빛만 집요하게 바라보던 C가 입 안쪽의 살점을 꾹 깨문다. 타를 잡은 손바닥에 땀이 찬다. 분명치 않게 수신되는 통신 전문과 점멸하는 레이더 빛이 피정을 어디론가 이끈다. 일출을 앞둔 바다에 안개가 피고 새벽빛이 해면 위를 천천히 움직인다. 갑판 위에 무릎을 대고 앉아 노끈과 방수 포대를 정리하던 B가 옷깃을 여미며 짧게 기침을 한다. 보이지 않던 섬들이 하나둘씩 떠오르고, 스크류가 헤집고 있는 바다는 하얀 거품을 토해낸다. 피정이 향하는 바다 끝에 낙지잡이 배 한 척이 떠 있다. 피정은 그곳을 향해 똑바로 나아간다. 이제 막 수평선에 걸린 태양빛이 사방으로 갈라진다. 일곱 시가 막 지난 겨울 바다, 아침이 온다.

2

눈을 뜬다. 뿌옇게 흐려지며 뭉그러지는 하늘, 위아래로 뒤섞이며 흔들리는 대지. 이곳은 어디일까. 딛고 설 것이 아무것도 없으나, 나는 지금 서 있다. 호흡은 멈췄으나 정신은 이곳과 저곳을 분별하고 있고, 혈관 속의 피가 흐르지 않지만 난 조금씩 움직이고 있다. 이해할 수 없으나 지금 이 상황을 인지할 수 있다. 이것은 꿈이 아니며 현실도 아니다. 나는 정말 죽은 것인가.

현인들은 말했다. '죽음이 가엾은 인생에게 그 얼굴을 보여주는 순간, 인생은 과거의 일기들을 마주할 수 있다. 그 시간은 이제까지 경험한 모든 여행 중 가장 긴 여행이 될 것이다.' 하지만 그들은 틀렸다. 그들이 만난 죽음의 얼굴은 상상과 객기에 지나지 않는 것이었다. 죽음은 그렇게 오지 않았다. 얼굴도 없고, 징후도 없고, 위험도 없었으며, 모종의 예감도 없었다. 모든 것이 평소와 다르지 않았다. 그저 잠이 오는 것처럼, 죽음은 그렇게 왔다.

잠이 든다는 것은 선택할 수 있는 영역이 아니었고 의지로 취할 수 있는 것도 아니었다. 엔진 소리에 귀가 울려도 끝없이 졸렸고, 그물을 당기며 온몸의 수분이 다 빠져나가는 순간에도 불쑥 잠은 찾아왔다. 그러나 빛 한 줄기 들어오지 않는 선실의 완벽한 어둠 속에서는 잠이 오지 않았다. 시간의 흐름을 감각할 수 없는 불면의 경험은 땅속에서 웅크리고 몇 년을 살아야 하는 유충이 된 것만 같은 기분을 느끼게 했다. 그 어떤 소리도 들리지 않는 침묵의 새벽. 그 정지된 시간을 멀쩡한 정신으로 견디는 것은 고통스러웠다. 차라리 죽음이 더 나을 것 같다는 절망스러운 포기만이 좁은 선실에 켜켜이 쌓여가는 나날이었다.

지금 내가 잠을 자는 것인가, 꿈을 꾸는 것인가, 아니면, 죽은 것인가. 그렇다. 인정하고 싶지 않지만 나는 죽은 것이다. 죽음은 잠처럼 익숙하게, 하지만 예상할 수 없이 찾아왔다. 어, 하는 그사이에, 나는 죽었다.

3

붉은 물체가 바다에 떠 있다. 낙지잡이 배 옆으로 피정이 멈춰 선다. 깃발을 흔들며 어부가 피정으로 건너온다. 부산하고 성급한 발걸음이다. 어부는 C에게 알아듣기 힘든 말을 다급히 쏟아낸다. C는 이미 통신을 통해 들었던 정보지만 어부의 말을 충실히 상황판에 옮겨 적는다. A는 엔진을 정지시키고 붉은 물체를 가만히 응시하고 있다. A의 들숨과 날숨이 조금 빨라진다. B는 하얀 포대를 준비하고 카메라를 손에 든다. 파도에 흔들리며 위아래로 움직이는 물체는 빨간색 점퍼다. 그 밑으로 정체를 알 수 없는 그림자가 암초처럼 크고 검다. 작은 보트가 바다에 내려진다. 보트에 A와 B가 올라선다. A는 두꺼운 줄을 어깨에 감았고 B는 하얀 포대를 들고 있다. 빨간색 점퍼에 다가선 B가 움찔 놀라며 코를 감싼다. 엄청난 악취가 풍긴다. A가 물속으로 손을 집어넣고 파도가 높아지길 기다린다. 순간, 파도가 높아지고 붉은 점퍼가 떠오른다. 그 틈을 타 A가 줄을 점퍼 밑으로 통과시킨다. B가 반대편으로 빠져나온 줄을 잡는다. A와 B는 양쪽 줄을 잡고 잠시 호흡을 고르며 서로를 바라본다. B의 충혈된 눈에서 기어이 눈물이 흐른다. A와 B가 눈을 맞추고 같은 호흡으로 순간적으로 줄을 끌어올린다. 잠겨 있던 그림자가 순식간에 파도 위로 모습을 드러낸다. 사람이다. 뒤집힌 사람의 허리가 반쯤 보트에 걸쳐진다. 아직 얼굴과 하체는 물속에 잠겨 있다. A와 B가 손바닥으로 줄을 한 바퀴 돌려 감으며 한 번 더 힘을 쓴다. 보트 위로 사람이 완전히 올라온다. 붉은 점퍼에 두꺼운 조업용 비닐 바지를 입고 있는 남자다. B가 돌아서며 바다에 구토를 한다. 소리는 요란하지만 토사물은 말갛고 내용물이 없다. A가 침착하게 사진을 찍는다. 떠오른 남자의 얼굴이 심하게 벗겨져 있다. 하얗게 부풀어 오른 피부는 오래된 고무처럼 헐겁고 너덜거린다. 남자의 입은 완전히 벌어졌고, 입 주위로 오랫동안 면도하지 않은 수염이 무성하다. 힘을 잃은 항문에서 쏟아진 배설물이 남자의 몸을 뒤덮었다. A의 손에 들린 카메라의 뷰파인더에 재생된 화면이 떨리고 있다.

4

오랫동안 부르지 못한 이름을 불러본다. 하비바, 언제나 대답이 없던 당신은 여전히 대답이 없다.

문 앞에 서 있는 그녀를 처음 봤을 때 나는 들고 있던 술잔을 벽에 던져버렸다. 나이가 조금 어리다고만 들었다. 하지만 그녀는 여자가 아닌 아이였다. 게다가 들을 줄만 알고 말은 못하는 벙어리였다. 고개를 숙이고 서 있는 그녀의 모습은 어머니의 화장품을 바르고 어른 흉내를 내는 것처럼 부자연스러웠다. 나는 그녀를 문 밖에 두고 나갔다. 등 뒤에서 닫히는 문소리가 부서질 듯 크게 들렸다. 나는 결혼에 대한 어떤 것도 듣지 못했다. 들었다 한들 내가 무엇을 바꿀 수 있었을까, 내가 흠모하던 여자는 카밀라였다. 난 간절히 기도했다. 신의 가호가 나와 카밀라 사이에 임하기를. 신의 계획은 나의 바람과 달랐다. 카밀라는 삼촌과 결혼했다. 따를 수밖에 없었다. 모든 것은 어른들의 결정으로 이루어지기 때문이다. 거부할 수 없는 운명으로 가득 찬 밤하늘을 향해 나는 조소했고, 신을 저주했고, 불 꺼진 마을을 향해 소리를 지르고 술병을 집어 던졌다.

나는 그녀를 만지지 않았다. 신의 뜻에 저항하고 싶었고, 어떻게든 그녀에게 나의 적의를 느끼게 해주고 싶었다. 죽은 새처럼 웅크리고 잠든 그녀의 야윈 어깨를 바라볼 때마다, 타르처럼 검고 깊었던 성숙한 카밀라의 눈동자가 떠올랐다. 견디기 힘든 어떤 날은 잠든 그녀에게 고함을 쳤다. 그때마다 그녀는 조용히 무릎을 감싸고 바닥에 앉아 고개를 숙였다. 그녀는 나를 두려워했고 언제나 내게 이유 없이 미안해했다.

그 모습이 보기 싫어 나는 그녀를 자주 때렸다. 그녀는 눈물도 흘리지 않고 입술을 꾹 다물고 그 시간을 견뎠다. 그녀는 집 안을 낯선 사람처럼 조심조심 걸어 다녔다. 그 가벼운 걸음은 내 마음에 불편한 자국들을 만들어냈다.

도적들이 마을을 습격했다. 일주일 전에 시장에 나타난 도적들이 상인들을 죽이고 물건을 약탈했다는 소문이 돌았지만 그저 두려움에 떨 뿐 마을은 어떤 대비도 할 수 없었다. 도적들은 끝까지 저항하는 사촌 이수와르의 이마에 총을 쐈고 마을의 어른들을 사람들이 보는 앞에서 죽였다. 기르던 양 떼가 도적들에게 모두 약탈당했다. 양은 마을의 유일한 생계 수단이었다. 도적 중 한 명이 뒤통수에 총을 겨누었을 때 나는 무릎을 꿇고 바닥에 이마를 대고 한 번도 고개를 들지 못했다. 뒤늦게 도착한 경찰들과 군인들은 도적들이 사라진 길을 향해 욕하고 침을 뱉을 뿐, 그 어떤 대책도 마련하지 못했다. 마을은 슬픔에 잠겼다. 차갑게 식은 이수와르를 땅에 묻으며 죽음 앞에 한없이 비겁하고 무력했던 나 자신이 미워 견딜 수가 없었다. 양들이 없는 초원은 황량했다. 빈 초원의 풀을 움켜쥐며 여자들은 오열했고, 남자들은 담벼락에 주저앉아 푸실푸실한 흙만 쥐었다가 놓았다. 집으로 돌아오니 그녀가 의자에 걸터앉아 트랜지스터라디오를 듣고 있었다. 라디오에서는 음악이 흘렀는데 전파가 약해 불분명하고 잡음이 많았다. 그녀는 입을 꼼지락거리며 무엇인가를 자꾸 중얼거렸다. 난 그녀의 소리를 그때 처음 들었다. 그녀의 입에서 들리는 소리는 거칠고 끔찍했다. 기가 찼다. 마을은 슬픔에 잠기고 양들은 약탈당했다. 그런데 저 철없고 어린 아내는 라디오나 들으며 듣기 싫은 소리를 내며 노래를 하고 있다. 난 고함을 치며 그녀의 어깨를 거칠게 잡고 돌려 앉혔다. 그녀는 놀라지도, 고개를 숙이지도 않고 계속 노래를 불렀다. 그녀는 나무판에 무엇인가를 써서 내게 건넸다. 분노의 감정에 휩싸인 나는 그것을 읽지도 않고 발로 밟아 깨뜨리고 그녀의 빰을 쳤다. 그녀는 헝겊처럼 너무도 쉽게 바닥으로 쓰러졌다. 나는 주저앉은 그녀의 등을 밟았다. 분노는 사실 나 스스로에게 향한 것이었다. 나는 이수와르를 지키지 못한 내 빰을 쳐야 했고, 도적들에게 소리치지 못하고 등 돌려버린 부끄러운 내 등을 밟아야 했다. 하지만 그 분노마저 나는 비겁하게 그녀에게 돌렸다. 나는 그녀가 듣고 있던 라디오를 들어 던지려고 했다. 그런데 갑자기 앉아 있던 그녀가 나를 향해 달려들었다. 그녀는 라디오를 들고 있는 내 오른손에 매달려 힘을 썼다. 그녀는 짐승처럼 날카로운 눈빛으로 나를 쏘아보며 입을 크게 벌렸다. 들리지 않았지만 나는 알 수 있었다. 그녀가 비명을 지르고 있다는 것을. 기어이 그녀가 내 팔뚝을 물어뜯었다. 나는 통증을 느끼고 라디오를 바닥에 내려놓았다. 그녀는 그것이 마치 자신의 심장이라도 되는 것처럼 가슴 깊숙이 품고 구석으로 숨었다. 그녀의 돌발적인 행동으로 당황한 나는 비로소 정신을 차렸다. 지금 내가 무슨 짓을 하고 있는 것인가, 웅크린 그녀의 등을 멍하니 바라보며 지독한 부끄러움을 느꼈다. 바닥에 뒹굴고 있는 토막 난 나무판을 집어 들었다. 그것을 맞추어 판에 적혀 있는 글을 읽었다.

'엄마가 죽었습니다. 엄마가 좋아하는 노래입니다. 엄마가 죽었습니다. 나는 노래하고 싶습니다.'

소리 없이 열린 그녀의 입에서 바람이 불었다. 바람은 내 마음을 뚫고 지나갔다. 뚫린 면이 거칠어 너무도 따가웠다. 그녀를 처음 봤던 날이 떠올랐다. 내가 신을 저주하고 운명을 거부하며 술을 마시고 마을에 소리를 지르던 그 순간, 그녀는 낯선 집의 닫힌 문 앞에 홀로 서서 어두운 하늘을 바라보며 밤새 이슬을 맞았을 것이다. 그녀는 그 밤을 어떻게 기억하고 있을까. 아무것도 기댈 데 없는 그녀를 나는 집에서조차 발꿈치를 들고 다니게 만들었고 또 방치했다. 묶여 있던 끈이 툭 끊어지듯 마음이 휘청거렸다. 나는 웅크리고 떨고 있는 그녀의 어깨를 잡고 천천히 돌려 앉혔다. 그동안 한 번도 울지 않던 그녀의 눈에서 눈물이 뚝뚝 떨어졌다. 나는 그녀를 끌어안았다. 그녀의 눈물이 목울대에 닿고 천천히 옷을 적셨다.

그 밤, 처음으로 나는 그녀의 남편으로 그녀 옆에 누웠다. 그녀의 작은 가슴을 손바닥으로 모아 움켜쥐었다. 오직 작은 유두만이 손바닥에 감각될 뿐, 그녀는 너무 야위었고 작았다. 하지만 불가해하게도 그녀의 품은 놀라울 정도로 넓었다. 그녀의 커튼이 찢겨지고 허벅지에 묻어나는 뜨거운 피를 손바닥으로 닦으며 나는 울었다. 그녀의 작은 손이 머릿속에 들어와 나를 가만가만 어루만졌다. 잠이 쏟아졌다. 마을은 절망에 잠겨 뜬 눈으로 새벽을 지새웠지만, 난 너무도 오랜만에 그녀의 품에 안겨 깊은 단잠을 잘 수 있었다.

5

지루함이 길면 죽고 싶어진다. 파도에서는 더 이상 소리가 들리지 않는다. 바닷속에 잠겨 있던 침묵이 파도의 움직임을 따라 부서지는 것뿐. 들리는 것은 끝없는 침묵, 침묵뿐이다. 지루하다. 지루해지면 곧 우울해졌다. 우울함이 길어지면 마음 깊숙한 곳이 뒤집히고, 수없이 많은 방이 텅텅 비는 것 같은 허무함을 느꼈다. 그럴 때면 아무도 동정하지 않는 눈물이 흘렀다. 나는 갑판에 몇 번이고 침을 뱉었다. 침은 금세 말라붙어 죽은 새우 껍질처럼 하얀 찌꺼기들을 남겼다. 그 찌꺼기들을 보고 있으면 또 지루해지고, 우울해지고, 기어이 죽고 싶어졌다. 시간은 죽고 싶다는 생각의 끝없는 회귀이고, 삶은 그것을 버텨내는 불안함이자 미쳐가는 정신의 바다를 항해하는 돛 없는 배였다. 난 끝없이 표류하고 조금씩 침몰했다.

배를 타고 있는 그 누구도 이 배가 어디로 향하는지 알지 못했다. 사실 그것은 무의미했다. 항구를 떠난 지 얼마나 됐는지, 어느 정도의 시간이 흘러야 다른 항구로 들어갈 수 있을지가 중요했다. 바다의 수평선은 이곳과 저곳의 경계를 허문다. 경계가 허물어졌다는 것은 세상은 온통 바다뿐이고 바다 위에는 오직 배만 남았다는 것을 뜻했다. 선원들은 말을 하지 않기 시작했다. 모두가 지루해 죽고 싶거나, 누군가의 목에 칼을 꽂고 싶어 했다. 내가 그랬으니 남들도 그럴 것이다. 이곳은 각자의 개성도, 상황도, 생각도 존재하지 않는 곳이다. 바다 위에 떠 있는 한 우리들은 모두 같다. 그럼에도 견디는 단 한 가지 이유는 돌아갈 고향이 있기 때문이다. 나는 두고 온 아내와 아이가 얼마나 자랐을지를 상상한다. 그 상상력은 너무도 허약해 금세 부서졌고, 언제나 분명하지 않았으며 안개처럼 흐릿했다. 조업은 예상보다 잘 되지 않는 날이 대부분이었고 냉동 창고는 너무도 더디게 채워졌다. 그물이 헐겁게 들썩거리고 바다의 문이 열리지 않을 때마다 내 안의 크고 작은 문들이 하나씩 '쾅' 소리를 내며 닫혔다.

나도 바다의 노래를 들은 적이 있다. 바다가 너무도 잔잔해 그 어떤 움직임도 느껴지지 않는 날이었다. 완전히 정지된 배는 사막 한가운데 서 있는 나무처럼 흔들림이 없었다. 낯선 고요는 수면을 방해하고 정신을 또렷하게 만들었다. 대책 없이 떠도는 불면은 위험한 것이다. 나는 어금니를 꽉 깨물고 자리에서 일어나 갑판으로 올라갔다. 어딘지 모르게 평소와 다른 밤이었다. 갑판을 둘러싼 공기는 봄처럼 따뜻했다. 검게 열린 하늘에는 별자리를 알아볼 수 없을 만큼 많은 별들이 떠 있었고, 작은 파도조차 없는 검은 바다가 거울처럼 그 모습을 온전히 반사하고 있었다. 하늘은 바다에게 바다는 하늘에게 서로의 경계를 내주며 섞여갔고, 떨어진 별들이 바닷속에서 물감처럼 빛을 풀어내며 녹아갔다. 배가 하늘로 조금씩 떠올랐다. 모든 것이 우주로 향해 천천히 부유했고 난 중력을 느낄 수 없었다. 침묵의 시간이 걷히고 이제껏 들어보지 못했던 소리가 들렸다. 그 소리는 바로 곁에서 들렸지만 소리의 진원지는 아주 먼 곳인 듯 미세하고 아득했다. 소리는 두고 온 아이의 옹알이 같았고, 잠든 아내가 뒤척이는 소리 같았다. 소리는 바람처럼 갑판 위를 떠돌다가 하늘로 날아올랐고 이내 유성처럼 갑판 위에 투두둑 떨어졌다. 뜨거운 눈물이 두 볼 위로 흘러내렸다. 황홀했고 가슴이 터질 듯이 부풀어 올랐다. 아름다웠다. 이대로 우주 속으로 걸어가고 싶었다. 선장은 입버릇처럼 말하곤 했다.

'바다를 사랑하지 말고 증오해라. 어떻게든지 빨리 이 지옥에서 벗어나려고 노력해라. 바다는 자신을 아름답게 바라보는 눈먼 재물을 절대 놓치지 않는다. 바다의 노래가 들리면 침을 뱉고, 눈을 감고, 귀를 막아라.'

오른쪽 다리는 이미 갑판에서 벗어나 검은 수면을 향해 내딛고 있었다. 검은 수면은 부드러운 비단처럼 보였다. 나는 바다 위에 누워 비단을 머리끝까지 덮고 깊은 잠을 자고 싶었다. 더 이상 내게 그보다 큰 염원은 없었다. 그 순간, 솟아오른 하얀 물줄기. 바위처럼 커다랗고 흑

단처럼 검은 눈동자가 나를 정면으로 쳐다봤다. 고래였다. 배 위를 떠돌던 소리가 갑자기 바다로 떨어지고, 아이의 울음소리가 파도 소리에 묻혔다. 놀란 나는 갑판 위에 주저앉고 말았다. 다시 차가워진 바람이 흐르는 눈물을 훔치며 불기 시작했고, 수면은 구겨지며 파도를 만들어 냈다. 다음 날, 엔진을 정비하던 선원 한 명이 사라졌다. 그는 중국인이었고 가장 나이가 많았던 선원이었다. 그가 결국 바다의 노래를 듣고 우주 속으로 걸어갔다는 것을 모두 다 알았지만, 아무도 말하지 않았고, 누구도 그를 찾지 않았다.

6

A와 B가 줄을 끌어 남자를 뒤집어 눕힌다. 남자의 오른쪽 허리에서 바닷물이 쏟아진다. 그의 몸속에 숨어 있던 보리새우들이 보트 위에서 팔딱거리며 뛴다. 허리 부분의 점퍼는 찢겨져 있고, 몸통은 함부로 뜯겨져 있다. 그의 손은 퉁퉁 부어 있고 손가락의 끝마디는 몽땅 떨어져 나가 하얀 뼈가 구슬처럼 박혀 있다. 그의 입술은 형체가 거의 남지 않았고 검푸른 잇몸에 박힌 이빨은 유독 하얗다. B가 남자를 하얀 포대로 감싼다. 피정에서 들것이 내려온다. 낙지잡이 어부는 C에게 쉴 새 없이 말을 한다. 어부는 바다 생활 중 시체를 발견하면 재수가 좋고 행운이 따른다는 속설을 믿는다. C는 어부의 말에 대꾸 없이 남자를 피정으로 인계한다. 갈매기들이 하나둘 모여든다. A가 남자를 살핀다. 남자의 몸이 들썩일 때마다 바닷물이 흐르며 악취가 진동한다. A가 남자의 옷을 하나씩 벗겨가며 남자의 신상에 대해 수색하기 시작한다. 부식된

점퍼의 지퍼는 움직이지 않는다. B가 A를 도와 가위로 점퍼를 자른다. 옷이 벗겨질 때마다 드러난 남자의 몸은 자꾸만 가위질을 멈추게 만든다. 부패한 몸속에서 정체 모를 소리가 부글거린다. 남자의 귓구멍에서 나온 작은 칠게 한 마리가 눈을 분주하게 움직이며 갑판을 면밀히 살핀다. 남자의 오른쪽 허리에 난 구멍 속에는 검은 고동들이 빼곡하게 붙어 있다. 인상을 찌푸리며 바라보던 어부가 핸드폰으로 남자를 찍는다. C가 어부를 저지하고 주의를 준다. B는 남자의 바지 주머니에서 동전 몇 개와 구겨진 술집 전단지를 빼낸다. A가 점퍼에서 국적을 알 수 없는 외국 담배와 작은 사진을 발견한다. 무표정한 소녀와 갓난아이의 사진이다. 소녀가 입고 있는 옷은 이국적이다. 하지만 A는 그 옷이 어느 나라의 것인지 알지 못한다. 낙지잡이 어부가 담배를 꺼내 물고 B에게 한 대 권한다. B가 담배를 받아 들고 남자의 몸에서 머물던 눈길을 돌린다. A가 방수포를 끌고 와 남자의 몸을 덮는다. C가 조타실에 들어간다. 무전기를 들고 상황을 보고한다. 높이 떠오른 해가 바다를 골고루 비춘다. 파도의 결을 따라 부서지는 노란 햇빛에 눈이 부셔 B는 모자를 눌러쓰고 담배를 깊숙이 빤다. A는 오랫동안 사진에서 눈을 떼지 않는다.

7

배는 작은 항구에서 이틀간 정박하기로 했다. 다가오는 항구를 바라보는 선원들의 표정은 모두 상기되어 있었다. 이틀은 짧고도 긴 시간이었다. 그토록 밟고 싶었던 땅이었지만 정작 갈 곳이 없었다. 그렇게 사람들이 보고 싶었지만 만날 사람이 없었다. 그저, 돈을 쓰는 일밖에 할 수 있는 일이 없었다. 나는 이틀 동안 술만 마셨다. 사람들은 이방인인 나를 시종일관 호의적이지 않은 눈빛으로 쳐다봤고 입술을 비틀고 묘하게 웃으며 키득거렸다. 나는 불편했지만 그곳을 피해 달리 갈 곳도, 할 수 있는 것도 없었다. 육지의 모든 것들은 나와 무관하게 움직였다. 나는 육지를 꿈꾸고 그리워했지만 육지는 내게 관심이 없었다. 마지막 술잔을 비우며 생각했다. '결국 난, 술을 마시기 위해 배를 탔구나.'

항구에서의 마지막 밤은 추웠다. 선장은 일찍 들어와 통신기기를 점검하고, 지도 위에 항로를 그렸고, 먼저 들어온 선원들은 선실에 모여 앉아 블랙잭을 했다. 상실감을 애써 숨기고 있는 듯 모두 비슷한 표정이었다. 노란 백열등 불빛이 그들의 표정 속에 숨어 있는 우울한 결을 더욱 부각시켰다. 선실로 들어가기 전, 잠시 갑판에 앉아 그녀를 생각했다. 아직도 그녀는 나를 기다리고 있을 것이고, 아이는 이제 걸어 다닐지 모른다. 아이의 울음소리를 상상해보려 했지만 파도 소리가 자꾸만 그 순간을 앗아갔다. 1년에 한두 번은 고향에 돌아갈 수 있을 줄 알고 넘은 국경이었다. 하지만 벌써 2년 동안 집으로 돌아가지 못했다. 배를 타는 것은 어려운 결정이 아니었다. 까다로운 서류도 필요 없었고 내 경력이나 국적을 누구도 문제 삼지 않았다. 하지만 그것이 이토록 오랜 여행이 될 것이라고 아무도 말해주지 않았다. 점퍼에서 사진을 꺼내고 그녀의 얼굴을 물끄러미 바라봤다. 웃으면 더 예쁜데 사진 속 그녀는 무표정하다. 웃으라고 했지만 사진기 앞에서 그녀는 어쩔 줄 몰라 했다. 그녀는 지금 무엇을 하고 있을까, 차가운 바람이 불었다. 사진을 손바닥으로 포개고 몸을 움츠렸다. 사진을 점퍼에 다시 집어넣고 크게 한숨을 내쉬며 어둠 속으로 흩어지며 섞이는 입김을 바라봤다. 어쩌면, 영원히 집에 돌아가지 못할 수도 있겠다는 생각이 들어 머리를 양옆으로 세차게 흔들었다. 우울한 생각이 들 때마다 머리를 흔드는 것은 배를 타며 생긴 버릇이었다. 머리가 아프고 속이 쓰렸지만 쉽게 선실로 돌아가지 못했다. 반짝거리는 불빛들과 육지에서 바람처럼 들려오는 소음들, 그리고 곳곳에 우뚝 서 있는 섬들. 그것들을 머릿속 깊숙이 새겨놔야 했다. 밤마다 들려오는 바다의 노래를 이겨내는 힘을 기르고 고향으로 돌아갈 희망을 놓지 않기 위해서는 좋았던 기억을 떠올리고 육지를 상상할 수 있어야 했다. 육지는 고향으로 돌아갈 수 있는 유일한 문이기 때문이다. 어두운 수면 위로 배가 조금씩 움직였다. 출항을 위해 배를 육지로부터 멀리 이동시켜야 했다. 물때를 잘못 만나면 스크류가 바닥에 박혀 배가 움직일 수 없다. 나는 선미 끝에 앉아 멀어지는 불빛을 바라봤다. 파도가 제법 심해 배가 위아래로 크게 출렁거렸다. 줄을 잡고 선미에 매달려 마지막 남은 술병을 열었다. 그때, 줄의 매듭이 풀렸다. 차가운 날씨가 많은 곳을 얼어붙게 했다. 얇게 얼어붙은 얼음은 발의 중심을 빼앗았다. 힘이 풀려 허우적거리는 발은 허공을 내딛었다. 어, 하는 소리를 짧게 내뱉고 난 바다로 떨어졌다. 바다에 떨어지면서 회전하는 스크류 끝에 몸이 부딪혔다. 죽음은 그렇게 쉽게 찾아왔다. 어떤 놀람도, 고통도 없었다. 난 바닷속으로 서서히 빨려 들어갔다.

8

나는 인근 노역장에서 일을 했다. 아침에는 돌을 깨고, 오후에는 깨진 돌을 바구니에 담아 산을 넘었다. 고되고 힘든 일이었지만 그마저 자리가 없어 이틀에 한 번씩은 집으로 그냥 돌아와야 했다. 집에 돌아오면 그녀는 더운물을 준비했고 괜찮다고 발을 빼도 언제나 직접 내 발을 닦아주었다. 도적이 든 후부터 나는 쉽게 잠을 이루지 못했다. 분노와 무력감이 새벽 내내 마음을 사로잡았다. 나는 마음을 가라앉히기 위해 가끔 불 꺼진 방에 앉아 창문을 열고 노래를 불렀다. 양 떼가 없는 빈들을 비추는 달빛을 보고 있으면 마음이 곧 부드러워졌다. 그녀는 내가 부르는 노래가 좋다 했다. 나 역시 눈을 감고 내 노래를 듣는 그녀의 얼굴을 보는 것이 좋았다. 어느 날, 그녀가 처음으로 내게 무엇인가를 부탁했다. 시타르를 구해달라는 것이었다. 시타르? 그녀가 나무판에 쓴 것을 처음에는 잘 이해하지 못했다. 악기를 말하는 것이냐는 물음에 그녀가 천천히 고개를 끄덕였다. '엄마가 잘 켜시던 악기였어요. 나중에 꼭 배우기로 했었는데.' 그녀는 잠시 고개를 숙였다. '엄마처럼 시타르를 배워 나도 노래하고 싶어요.' 그녀는 시타르를 제법 잘 켰다. 작은 손가락이 현을 짚을 때마다 울리는 음은 창문 틈으로 뒤채고 부는 바람소리 같았다. 그녀에게도 만약 목소리가 있다면 시타르의 소리처럼 높고 쓸쓸할 것 같았다.

마을은 자급자족할 능력을 완전히 상실했다. 그동안 남자들은 국경 근처의 도로를 닦는 일을 해왔다. 하지만 공사 현장이 차를 타고 가도 반나절이나 걸리는 거리였고 우리 마을에게 할당된 일이 거의 끝나버려 누구도, 어떤 곳에서도 일할 수 없었다. 청년들은 돈을 벌기 위해 하나 둘 마을을 떠났다. 나는 어떻게든지 마을에서 살아보려고 노력했다. 그녀를 두고, 태어난 지 일주일도 안 된 아들을 두고 마을을 떠날 수는 없었다. 하지만 결국 나는 아이의 이름도 짓지 못하고 브로커와 함께 급히 국경을 넘었다. 금방 돌아오겠다고 했고, 그럴 수 있을 줄 알았다. 다시 돌아오는 날, 아이의 이름을 짓자고 했다. 그녀는 천천히 고개를 끄덕였다. 집을 떠나는 날, 아이는 높은 소리를 내며 울었지만 그녀는 울지 않았다. 단지, 까만 눈동자가 깊이 잠겼을 뿐이었다. 국경을 넘고 생경한 풍경과 지형을 대할 때마다 나는 그녀를 생각했다. 하비바, '사랑받는 자'라는 뜻이다. 난 그 이름대로 그녀를 사랑하며 행복하게 살게 해주겠노라고 발바닥이 낯선 땅을 디딜 때마다 신에게 다짐하고 또 다짐했다.

9

낯선 소리가 들렸다. 잠에서 깨어나는 것처럼 의식은 천천히 명징해졌다. 눈을 뜨면 언제나 엔진 소리부터 들렸었다. 숨을 들이쉬면 아무리 맡아도 익숙해지지 않는 냄새가 지겨웠다. 갑판 위에는 버려진 생선의 살점이 썩어가고 있었고, 공기는 불완전하게 연소된 기름 냄새로 가득했다. 하지만 이 낯선 소리들은 무엇일까, 입안에 고인 이 차갑고 말간 느낌은 무엇일까, 소리의 진원지를 찾는다. 소리는 작지 않았고 불명확하지도 않았다. 도리어 너무 커서 정신이 없을 정도였다. 소리는 머리 위에서 떨어졌고, 양옆에서 미풍처럼 스쳐지나가기도 했으며, 발밑에서 아지랑이가 피어오르듯 흔들거리기도 했다. 먼 곳에서 끊임없이 바위가 굴러갔고, 이름 모를 생물들이 서로를 부르는 소리는 크고 높았다. 나는 서 있었다. 그리고 떠 있었다. 풍경은 둥근 원 안으로 휘어져 들어왔다. '이곳이 바닷속이구나'라는 생각이 천천히 머릿속에 맴돌며 죽었다는 인식과 함께 배 위의 지루했던 삶과 돌아가야 할 고향이 젖은 의식을 뚫고 부표처럼 둥둥 떠올랐다.

해류가 몸을 떠민다. 그것은 무겁고 밀도가 높은 바람과 같았다. 그 흐름에 따라 천천히 발이 움직이고, 난 바닷속을 산책하듯 천천히 걷기 시작했다. 지금 이곳을 어찌 형용할 수 있을까, 부드러운 흙 속에 심긴 나무뿌리처럼 나는 바닷속에 잠겨 있다. 생각이 난다. 회전하는 스크류에 강한 충격을 받았다. 그때, 내 심장이 멈췄을 것이다. 오른쪽 허리가 심하게 손상되었다. 헤쳐진 살점과 내장 들이 붉은 해초처럼 흔들린다. 갈치 두 마리가 내 곁에 맴돈다. 갈치가 움직일 때마다 칼날이 흔들리듯 날카로운 빛이 반짝거린다. 갈치는 내 몸을 먹었다. 너덜거리는 살점을 먹고 손상된 내장을 뜯었다. 떠 있던 다리가 바닥에 닿는다. 바닥의 모래는 이제껏 밟아봤던 그 어떤 땅보다 부드러웠다. 바닷속에 숨겨진 땅은 아름다운 곳이었다. 크고 작은 바위들이 곳곳에 솟아 있고 바위틈마다 색색의 말미잘들이 셀 수 없이 많은 촉수를 흔들며 움직였다. 크고 작은 물고기들이 뺨을 스치고 지나갔고, 작은 새우들은 머리카락과 수염 속에 기어들어와 제 몸을 숨겼다. 해류가 몸의 방향을 바꾸어놓았다. 난 꽃씨처럼 느릿느릿 바닷속을 떠다녔다. 모래 속에 반쯤 잠긴 폐선이 보였다. 수초와 이끼가 폐선의 몸체를 뒤덮고 있었다. 폐선은 진흙을 뒤집어쓰고 낮잠을 자는 게으른 당나귀 같았다. 불 꺼진 폐선의 선실은 발광하는 꼬리민태들로 분주했다. 청록색으로 빛나는 꼬리가 흔들릴 때마다 낡은 선실은 등을 켜놓은 것처럼 조금씩 되살아났다. 조타실에는 해마들이 단정한 모습으로 떠 있었다. 마치 오래전부터 조타실의 주인은 자신들이라는 듯, 곧게 선 해마의 몸은 고상하고 위엄 있어 보였다. 폐선의 갑판에 달라붙은 검은 고동들의 더듬이는 물속에서 느릿하게 흔들렸고 몇몇은 바지 위로 기어올라왔다. 정수리 위로 커다란 바다거북이 천천히 지나갔다. 무심한 바다거북의 눈동자가 나와 잠시 마주쳤다. 폐선의 엔진이 곧 돌 것만 같았다. 녹슨 스크류가 회전하고 모래 속 깊이 처박힌 닻이 거품에 둘러싸여 천천히 떠오를 것만 같았다. 나는 조타실의 타를 잡고 바다거북이 만들고 간 길을 따라 항해하고 싶었다. 몸이 조금씩 짓물러갔다. 몸속에서 푸른 가스가 피어오르고, 난 점점 가벼워짐을 느꼈다. 발밑의 폐선이 우물에 떨어진 돌멩이처럼 조금씩 작아져갔다.

10

이제, 몸은 더 이상 내 것이 아니다. 바지에 붙어 있던 검은 고동들은 작은 틈을 비집고 들어와 허벅지에 빼곡하게 붙었다. 고동의 느린 움직임에 따라 조금씩 몸이 녹아가는 것을 느꼈다. 찢겨진 내장 속 배설물이 흩어졌다. 그것은 작은 먼지처럼 물속에 퍼져 어린 물고기들의 먹이가 되었다. 내부는 천천히 부패하고 있었다. 몸속에 가득 찬 가스는 나를 조금씩 떠오르게 했다. 이곳이 어디쯤일까, 풍경은 자꾸 변하고, 서 있는 땅은 늘 새롭다. 얼마만큼의 시간이 지나야 저 수면 위로 떠오를 수 있을까, 의식이 끝없이 알 수 없는 시간 속으로 떨어진다. 끝을 알 수 없는 존재가 가질 수밖에 없는 고독이 나를 떠나 조금씩 먼 곳으로 이동한다. 분주한 소리가 들렸다. 수없이 많은 꽁치 떼들이 빠른 속도로 물속을 뚫고 지나갔다. 그 모습은 해마다 마을의 강을 찾던 철새를 생각나게 했다. 불타는 태양을 가리며 거대한 그림자가 춤추던 군무. 꽁치들의 무리는 하나의 커다란 생명을 공유한 듯 바다를 푸르게 물들였다. 그 깊숙한 중심에서 들리는 소리는 투명한 심장처럼 꽁치들의 움직임에 피를 공급했다. 난 천천히 그 속을 뚫고 들어갔다. 힘을 잃어버린 피부에 수없이 많은 생채기가 났다. 몇 번씩 몸이 위아래로 뒤집히고 온몸으로 단단한 우박이 뚫고 지나가듯 많은 충격들이 텅 빈 몸을 흔들었다. 피부가 벗겨진 손가락의 뼈가 하얗다. 툭, 오른손 검지의 끝마디가 물속으로 가라앉았다. 깨끗하게 벗겨진 뼈는 하얀 진주 같다. 뼈는 더 이상 떠오르지 않을 것이다. 절대로 발견되지 않고, 누구에게도 속하지 않고, 기름진 땅 어느 곳에 떨어져 나름의 이유를 품고 존재하게 될 것이다. 나도 그리되었으면 싶다. 침전하는 하얀 뼈를 따라 깊은 곳으로 가라앉고 싶다. 더 이상 흔들리지 않는 땅에 의식이 뿌리 내렸으면 좋겠다. 문득, 바다의 노래를 따라 우주로 걸어갔던 중국인이 생각난다. 그는 가장 깊은 곳에 숨겨진 땅의 주인이 되었을 것이다. 그를 둘러싸고 있던 모든 것들은 낱낱이 벗겨지고 떨어져나갔을 것이다. 이제 그의 몸은 깨끗한 보석처럼 반짝거릴지도 모른다. 물이 점점 차가워진다. 내 곁을 맴돌던 물고기들이 하나둘씩 떨어져 나간다.

11

신원 미상. 아랍계 외국인 노동자로 추정. 해당되는 실종 신고 없음.

방수포에 덮여 있던 남자의 시신은 뒤늦게 도착한 함정에 옮겨진다. 함장은 별도의 실종 신고가 없는 것을 확인하고 상부에 특이 사항을 보고하지 않는다. 함장은 피정에 타고 있던 해경들을 격려하고 휴가를 명령한다. 어부에게는 간단한 보안 교육을 하고 몇 가지 주의사항을 알려준다. 어부는 비장한 표정을 지으며 고개를 끄덕거린다. 함정의 해경들이 방수포에 덮인 남자의 시신을 들것으로 옮긴다. 남자는 행려병자로 분류되고 화장터로 옮겨진다. 입고 있던 옷과 몇 개의 소지품들과 함께 남자는 소각된다. 별도의 절차나 의식은 생략된다. 푸른 하늘에 검은 연기가 날린다. 남자의 몸은 가볍고 고운 가루로 변한다. 남자는 장묘사업소로 옮겨져 땅속에 매립된다. B가 화장 후 남은 재의 일부를 비닐봉지에 몰래 담았다. 그 모습을 C가 본다. C는 무엇인가를 말하려다 말고 모자를 눌러쓰고 조타실로 들어간다. B는 방파제에 앉아 한참 동안 바다를 바라보다 비닐봉지를 연다. 불어오는 바람에 재가 날린다. 한 줌도 안 되는 먼지 같은 남자의 유골이 바다에 닿자마자 사라진다. 갑판에 앉아 줄을 정리하던 A는 남자의 점퍼 주머니에 있던 사진을 생각한다. 자꾸만 소녀의 얼굴이 떠오른다. 그 무표정하고 심상하던 얼굴. A는 들고 있던 줄을 꽉 묶고 하늘을 바라본다. 하얀 진눈깨비가 막 내리기 시작했다.

12

오랫동안 부르지 못했던 당신의 이름을 부른다. 하비바— 새처럼 가벼운 소리가 하늘을 난다. 당신의 이름은 하늘에 스미며, 비처럼 대지를 적신다.

혹시 아직도 우리 아이의 이름을 짓지 못했는지 궁금하다. 가나, 라고 지으면 어떨까, 대답할 수 없는 당신의 얼굴이 보고 싶다. 내가 당신을 미워하고 멀리했던 그 시절 당신은 어떤 마음이었을지, 혹 내게 하고 싶은 말들이 있을지 있다면 그게 무엇일지, 시타르를 잘 켜셨다던 당신의 어머니는 어떤 분이었을지, 마땅히 나누고 들었어야 할 당신의 이야기가, 나는 국경을 넘고, 배를 타고, 지금에서야 비로소 궁금해졌다. 고향을 떠나오던 날, 당신의 품에 안겨 울던 아이의 소리를 기억한다. 부끄럽지만 아이의 얼굴과 태어난 날을 잊어버렸다. 그것이 지금, 내가 절망스러운 이유다. 하지만 아이의 울음소리만큼은 잊지 않았다. 그 소리를 어찌 잊겠는가, 바다의 노래가 삶을 희롱하며 죽음으로 이끌 때마다, 까닭 없이 무력해진 마음속으로 빠져들어 차라리 죽고 싶어질 때마다, 아이의 울음소리가 내 어깨를 붙들었다. 어쩌면 아이의 울음소리는 노래였는지도 모른다. 노래하지 못하는 당신을 대신해 그 아이가 튼튼한 목청으로 노래를 부른 것이라고 생각된다. '가나', 노래라는 뜻이다. 아이는 노래할 것이다. 그 노래가 당신의 성대를 대신해 떨릴 것이고, 당신의 침묵을 대신해 말하게 될 것이다.

하비바, 나는 당신이 좋아했던 노래가 되었다. 나는 지금 당신이 있는 곳으로 돌아가고 있다. 나는 바람보다 가벼워졌다. 나는 바다를 건너고 산을 넘는다. 국경을 넘어 마을로 향한다. 가나가 만지고 있을 초원의 풀 위로, 새 떼가 뒤덮는 하늘 위로, 나를 기다리고 있을 당신의 머리 위로, 그리고 당신의 말라버린 성대 속으로. 조금만 더 기다려주면 좋겠다. 오래 걸리지 않을 것이다.

〔『현대문학』 2009년 12월호〕

이달의 소설

2010년 5월

최제훈 ● •• 괴물을 위한 변명

최제훈 1973년 서울에서 태어났다. 2007년 『문학과사회』 신인문학상을 수상하며 문단에 나왔으며, 소설집 『퀴르발 남작의 성』과 장편소설 『일곱 개의 고양이 눈』이 있다.

선정의 말

최제훈의 소설은 한바탕 난장이다. 시공을 뒤섞고 각종 서사소들을 얽히고설키게 하여 경쾌한 서사적 탈주를 단행한다. 그 난장의 탈주를 통해 다채로운 이질혼성적 이야기들이 변형생성된다. 그 난장판에서 독자들은 새로운 문학적 성찰을 얻는 즐거움을 누린다. 확실히 최제훈의 소설은 문화공학적인 새로운 출구다.

등단작인 「퀴르발 남작의 성」에서 영화와 소설 등 기존의 문화 지형을 가로지르며 드라큘라 계열 이야기의 문화적 맥락을 의심하고 그 리얼리티에 균열을 내면서 새로운 문화적 리얼리티를 창안하려 했던 그는, 후속작 「마녀의 스테레오타입에 대한 고찰」에서는 마녀 패션의 이미지와 마녀 사냥과 관련된 세계문화사의 맥락을 전복적으로 재구성한다. 현실과 문화 양쪽에 동시다발적으로 구멍을 내면서 새로운 이야기의 가능성을 유머러스하게 길어 올린다. 세상에 넘쳐나는 각종 정보 · 문화 콘텐츠와 맞씨름하며 새로운 서사 콘텐츠를 구성해나가는 재주가 어지간하다. 그 과정에서 손쉬운 패스티시나 헐거운 패러디를 넘어서 새로운 탈주선을 격렬하게 혹은 유쾌하게 그리려 했다는 점에서 최제훈의 소설은 21세기 소설의 새로운 출구를 예감케 한다.

이번에는 프랑켄슈타인이다. 「괴물을 위한 변명」에서 최제훈은 19세기

초 인간의 무한한 욕망과 상상력을 펼쳤던 프랑켄슈타인 이야기를 중층적으로 끌어내어 새로운 성찰을 시도한다. 원저자인 메리 셸리와 그 주변 인물들, 소설 속의 프랑켄슈타인 박사와 그 가족들, 괴물 프랑켄슈타인 등을 복합적으로 되살려 다성적 대화를 시도하면서, 프랑켄슈타인 테마를 21세기의 것으로 새롭게 합성한다. 특히 최초의 프랑켄슈타인 테마에서는 미미한 위성 요소에 불과했던 프랑켄슈타인 박사의 동생인 에르네스트 프랑켄슈타인을 초점화하여 이 테마를 전복적으로 재조명하려 한 시도는 매우 흥미롭다. 에르네스트는 형의 생명 창조 동기로 트랜스젠더 욕망을 포함한 마성적 광기를 주목한다. 그것이 끔찍한 비극을 낳은 씨앗이 되었다는 것이다. 그러면서 유전공학을 비롯한 과학기술혁명 시대에 대한 윤리적 성찰을 간접적으로 제안하고 있는 것처럼 보인다. 이질혼성적 편집의 미학과 위트를 바탕으로, 과학적 광기와 생명 윤리를 맞세워 이 세대의 핵심 문제에 접근하려 한 작가의 시도가 웅숭깊다. 최제훈의 삐딱하게 보기, 뒤집어 보기, 물구나무서서 보기가 세계문화사를 새롭게 창설해나간다. _**우찬제(문학평론가)**

인
터
뷰

이수형_

표면적으로 보자면 「괴물을 위한 변명」은 다시 쓴 프랑켄슈타인 소설이라고 할 수 있는데, '다시 쓰는 ○○○'에 관한 소설들을 여러 편 발표하고 계신 것 같아요. 프랑켄슈타인 소설을 다시 쓰게 된 계기나 아니면 그에 부여하고 싶었던 의미에 대해서 말씀해주십시오.

최제훈_

원래 드라큘라나 프랑켄슈타인, 늑대인간 등 실제로 존재하지는 않지만 인간들이 공상으로 만들어서 오랜 생명력을 가지고 있는 존재들에 관심이 많았고, 특히 프랑켄슈타인 같은 경우 시체를 꿰매서 생명을 부여한다는 게 제가 하고 있는 작업과 연관되어 애정이 갔죠. 그리고 원작을 처음 읽었을 때 좀 놀랐는데, 제가 알고 있던 좀비 같은 괴수가 아니라 굉장히 다변가이고, 감성을 가지고 철학적 사고를 하는 존재라는 걸 알고 한번 소설로 다뤄봐야겠다, 그런 생각을 하고 있었습니다. 어떤 이야기를 구상해볼까 하다가 그 과정 자체를 소설로 써보자 했었어요.
그리고 가장 중점을 두었던 것은, 원작에서 캐릭터만 가져와서 쓰는 게 아니라 소설 전체가 프랑켄슈타인처럼 보였으면 좋겠다는 것이었고요. 단일한, 완결된 메시지를 전해주기보다는 소설 안에서 변천사를 설명하는 부분도 있고 원작자인 메리 셸리에게 갑자기 전화가 와서 통화를 한다든가, 아니면 제가 원작을 보면서 느낀 것을 다른 짤막한 소설로 이어 붙이면서요. 그 과정 자체를 씀으로 해서, 제가 프랑켄슈타인이라는 텍스트를 보면서 하나의 공상을 키워서 이 소설을 썼듯이 독자들도 여기에 또 다른 공상을 덧붙일 수 있다면 재미있지 않을까, 생각했습니다.

이수형_

「괴물을 위한 변명」이 어떤 점에서는 소설 쓰기란 무엇인가에 관한 아주 원초적인, 근본적인 질문을 던지고 있는 반면, 여러 다른 층위의 텍스트들이 섞여 있다는 느낌도 받았습니다. 독자나 비평가의 입장에서 보면, 결국에는 프랑켄슈타인의 존재를 부정하는 뉘앙스도 있고요.

최제훈_

물론 실체로서의 프랑켄슈타인은 소설 속에서 부정되고 있지만, 실체로서 부정된다는 것에 주를 둔 것은 아닙니다. 사람들 안의, 상당히 정리된 현대 사회에서 폐기될 수밖에 없었던 일종의 광기랄까요. 원시적인 힘이 누구에게나 다 있는데, 사회에 적응하며 살다 보면 묶어서 어디 처박아두지 않았을까 싶었던 거죠. 메리 셸리도 마찬가지였을 것이고요. 그래서 메리 셸리 입장에서는 하나의 상징으로 프랑켄슈타인을 만든 게 아닐까 하는 생각을 했어요. 실체는 부정되었지만 더 강력한 실체가 될 수 있는 그런 존재.

사람들은, 자신의 실체, 폐기시켜버린 실체를 보게 되기 때문에 존재 자체는 인정하지만 그 존재와 대화를 하는 것은 거부하는 게 아닌가, 그런 의미에서 말을 뺏는 대신 불확정성을 없애버리기 위해 이름을 붙이지 않았을까, 하는 상상에서 이 소설이 나오게 됐습니다.

자라온 대로, 틀대로 사는 삶에서 계속 느껴지는
답답함과 불안함 등을 품고 살았어요.
그러다 우연한 계기로 늦은 나이에 글을 쓰게 되었고요.
글을 쓰면서 그런 걸 탐구할 수 있지 않을까,
저 개인에 대한 탐구이면서 그 자체가 저와 타인, 저와 세계,
이런 걸로 확장시켜나갈 수 있는 계기를 소설이 줄 수 있지 않을까,
그런 욕심을 가지고 있습니다.

이수형_

그것이 결국에는 일종의 '글쓰기란 무엇인가' 까지 이어진다는 생각이 듭니다. 이런 질문은 너무 상투적이지만 어떤 계기로 이 소설을 쓰게 되셨고 그래서 글쓰기라는 것이 무엇이라고 생각하시는지, 「괴물을 위한 변명」과 연관시켜 이야기해주셨으면 합니다.

최제훈_

메리 셸리 같은 경우도 이 소설을 상당히 우연적으로 썼더라고요. 본인이 어떤 의도를 얼마나 가지고 시작했는지 모르겠지만 결국은 자기 안에 있는, 하고 싶던 이야기들이 우연한 계기로 나오지 않았을까, 저 역시 그걸 알고 싶어서 계속 쓰고 있지 않나, 그런 생각이 들어요.
자라온 대로, 틀대로 사는 삶에서 계속 느껴지는 답답함과 불안함 등을 품고 살았어요. 그러다 우연한 계기로 늦은 나이에 글을 쓰게 되었고요. 글을 쓰면서 그런 걸 탐구할 수 있지 않을까, 저 개인에 대한 탐구이면서 그 자체가 저와 타인, 저와 세계, 이런 걸로 확장시켜나갈 수 있는 계기를 소설이 줄 수 있지 않을까, 그런 욕심을 가지고 있습니다.

이수형_

앞으로 쓰고 싶으신 소설이나 계획하고 있는 소설에 대해 간단히 말씀해주세요.

최제훈_

기존의 문화적인 텍스트들을 나름대로 재해석하는 것도 상당히 관심이 있고, 또 분열증적인 자아도 관심이 있는 분야입니다. 딱히 저 자신을 어떤 소설을 쓰는 작가로 규정하고 싶지는 않아요. 관심 있는 분야들을 다양하게 해보고 싶은데 그중 한두 가지가 지금까지 썼던 것들이고, 아직 발표한 소설이 많지 않기 때문에 가능한 한 다양한 관심사들을 소설이라는 형식으로 펼쳐보고 싶다, 그런 생각을 가지고 있습니다. †

인터뷰, 영상으로 보기

작가노트

「괴물을 위한 변명」을 발표한 후 셸리 여사로부터 답신이 왔더군요. 8장에 달하는 장문의 편지는 소설에 대한 집요한 혹평과 사적인 통화 내용을 그대로 실은 데 대한 항의, 제가 보낸 편지의 무례함을 꾸짖는 내용 등으로 빼곡히 채워져 있었습니다. 그래도 편지 말미에는 따뜻한 격려의 한 마디를 남기셨답니다.

"……언젠가 당신의 괴물도 생명을 얻게 되기를, 그리고 외롭지 않기를 바랍니다."

최 제 훈

괴물을 위한 변명

—

1

"사람들은 누구나 추한 것을 미워하지. 그러니 어떤 생명체보다도 추한 내가 얼마나 혐오스러울까! 그대, 나의 창조자여, 하물며 당신까지도 자신의 피조물인 나를 혐오하고 멸시하고 있소. 그래도 그대와 나는 둘 중 하나가 죽어야만 풀릴 끈으로 묶여 있소. [……] 삶은 비록 고뇌 덩어리라고 해도 내겐 소중한 것이오. 그러니 난 삶을 지킬 것이오. 명심하시오. 당신은 나를 당신 자신보다 더 강하게 만들었다는 것을."

2

사빌 부인, 월턴 선장님이 부인께 보낸 장문의 편지들을 벌써 수차례 되풀이해 읽었지만, 피가 차갑게 얼어붙는 듯한 충격과 공포는 쉬이 가시지가 않습니다. 그러면서도 편지를 넣어둔 서랍으로 다시 향하는 손길의 작은 떨림은 또 무엇인지…… 그 무서운 기록이 제 안에 잠들어 있던 무언가를 흔들어 깨웠다는 걸 고백할 수밖에 없군요. 저는 금단의 열매를 탐하는 이브의 심정으로 편지에 언급된 사건들을 여러 날에 걸쳐 수소문했습니다. 이미 상당한 시간이 흐른 후라 쉽지는 않았지만, 빅터 프랑켄슈타인 박사의 행적과 그의 괴물이 저질렀다는 세 건의 끔찍한 살인이 실제로 발생했던 비극임을 확인할 수 있었습니다.

하지만 박사의 고백을 그대로 신뢰하기에는 풀리지 않는 의문점들이 꼬리를 물었던 것도 사실입니다. 제가 수집한 실제 기록과 편지를 비교해가며 읽는 과정에서 일련의 의문점들은 벽돌처럼 차곡차곡 쌓여 또 다른 상상의 성을 짓더군요. 그 내용에 대해서는 고인이 된 프랑켄슈타인 박사와 부인의 오라버니인 월턴 선장님의 명예에 누가 될 수 있으므로, 저만의 작은 성으로 간직하는 심정을 헤아려주시기 바랍니다. 그래 봤자 호기심 많고 한가한 여인네의 백일몽일 뿐이니까요.

다소간의 의구심에도 불구하고, 이 편지들이 어떠한 방식으로든 세상에 공개되어야 한다는 부인의 의견에는 전적으로 동감합니다. 하지만 신을 거역한 무도한 기록이 불러올 파장을 생각하면 걱정이 앞서는군요. 저와 마찬가지로 세인들도 품게 될 의문으로 인한 고단한 시달림은 또 어쩌겠습니까. 그래서 저는 이런 생각을 해보았습니다. 이 편지를 소설의 형태로 공개하는 게 어떨까. 저의 미천한 재주로 약간의 각색을 거쳐 발표한다면 허구라는 안전그물에 충격은 상당 부분 상쇄될 것이고, 의문점은 저와 같이 호기심 많은 독자들의 몫으로 남겨져……

—1816년, 메리 셸리가 마거릿 사빌 부인에게 보낸 편지 중

3

괴물은 어떻게 되었을까? 메리 셸리의 소설 『프랑켄슈타인』의 결말을 살펴보자. 괴물은 북극을 탐험하던 월턴 선장의 배에 올라 자신의 창조자 빅터 프랑켄슈타인 박사의 주검을 목도한다. 그를 향해 타오르던 분노도, 철천지원수가 되어 벌였던 추격전도 모두 끝이 났다. 남은 건 메울 수 없는 죄책감과 회한뿐. 괴물은 슬픔에 잠겨 비장하게 선언한다.

"저기 내가 타고 왔던 얼음 뗏목으로 당신 배를 떠나 지구의 최북단까지 갈 것이오. 그곳에서 나의 장례식을 위한 장작을 모아 이 비참한 몸뚱이를 재로 태워버리겠소. 나와 같은 또 다른 존재를 만들고자 하는 호기심 많고 불경스러운, 가련한 이들에게 어떠한 실마리도 남기지 않을 것이오. 나는 죽을 거요. 이제 더는 나를 갉아먹는 고뇌를 느끼는 일도, 충족될 수도 억제할 수도 없는 감정의 희생양이 되는 일도 없을 거요."

외투 자락을 휘날리며 북극해의 어둠 속으로 홀연히 사라지는 괴물. 장작더미 위에서의 화형식이라니. 최저기온이 영하 40도까지 떨어지는 빙하 한복판에서. 지나가던 북극곰이 웃을 일이다. 괴물은 어떻게 되었을까? 재가 되어 사라지지 않은 것은 확실하다. 그의 최후에 대해 사실주의적 관점에서 약간의 추측을 해볼 수 있지 않을까.

지구 최북단에 도달한 괴물은 자신이 호기롭게 내뱉은 선언이 경솔

했음을 깨닫는다. 시야가 닿는 곳은 온통 얼음뿐이고 휘몰아치는 눈갈기에 제대로 서 있기조차 힘들다. 하지만 그는 빈말을 하는 성격이 아니다. 어떻게든 자신의 언약을 지키기 위해 뭔가 태울 만한 것이 없을까 빙하 위를 헤맨다. 머리 위에서 영롱한 초록 날개를 활짝 펼치고 있는 오로라를 발견하고 아, 감탄사를 내뱉는 순간, 발밑이 푹 꺼진다. 외마디 비명을 남긴 채 크레바스 속으로 빨려 들어가는 괴물. 물론 그의 가공할 체력과 운동신경이라면 충분히 빠져나올 수 있다. 뒤이어 떨어진 큼직한 얼음덩어리가 후두부를 정통으로 때리지만 않았어도…… 빙하 속에 갇혀 얼어붙은 채 많은 시간이 흘러갔다.

18세기 중엽 영국에서 산업혁명이 시작된 이래 인류는 물질적으로 급속히 풍족해졌다. 반면 지구는 급속히 쇠약해져 병상에서 신음하고 있다. 탄산가스로 오염된 공기, 황폐해진 산림, 구멍이 뚫린 오존층…… 점점 뜨거워지는 체온은 떨어질 생각을 않는다. 교황의 하얀 주케토처럼 정수리를 가리기에 급급한 킬리만자로 만년설이 지구의 피폐한 처지를 상징적으로 보여준다. 지금의 추세라면 수십 년 내에 북극 빙하가 완전히 사라질 것이라는 우울한 전망까지 나온다. 빙하의 감소는 벌써부터 해수면 상승, 기상 이변, 생태계 파괴, 식량 및 식수 부족 등으로 이어져 우리의 삶을 직접적으로 위협하고 있다. 또 지나가다 웃은 죄밖에 없는 북극곰을 노숙자로 만들고, 때로는 크레바스에 파묻힌 조난자를 끄집어내기도 한다.

큼직한 유빙 하나가 그린란드 해안으로 떠내려 왔다. 얼음이 녹으며 백설기 속 대추처럼 박혀 있던 생명체가 모습을 드러낸다. 푸르뎅뎅하게 얼은 피부에 조금씩 혈색이 도는가 싶더니 요란한 재채기와 함께 벌떡 몸을 일으키는 괴물. 퀭한 눈으로 주위를 둘러본다. 살갗이 트고

질은 다크서클이 생기기는 했으나, 놀랍게도 그는 멀쩡히 살아 있었다. 역시 괴물이다. 여기가 어디지? 외투에 붙은 얼음 조각을 털어내다가 안주머니에 금실로 새겨 넣은 이니셜을 발견한다. 'V. F.' 하지만 아무리 쳐다보아도 자신의 이름은 떠오르지 않는다. 뭔가 말을 해보려 했으나 목소리도 제대로 나오지 않는다. 괴물은 몸을 한 번 푸르르 떨고 멀리 보이는 녹색 대지를 향해 터벅터벅 걸음을 옮긴다.

그렇게 괴물은 다시 인간 세계로 돌아와 여전히 우리 곁에 머물고 있다. 자신에 대한 어떠한 실마리도 남기지 않겠다던 결심이 무색하게 영화, 만화, 연극, 뮤지컬, 광고 등 분주하게 얼굴을 내밀더니, 최근에는 생명공학 시대를 맞아 새롭게 주목받는 스타로 부상하고 있다. 하지만 그의 언행불일치를 너무 탓하지는 말자. 냉동 상태에서 뇌 기능 일부가 손상되어 기억을 잃었을 뿐이다. 자신의 과거와 프랑켄슈타인 박사에 대해 그는 아무것도 기억하지 못한다. 박사가 시체에 생명을 불어넣는 실험을 통해 자신을 창조했다는 것도, 실험은 성공했지만 생김새가 너무 추하다는 이유로 버려졌다는 것도, 자신이 그의 가족과 연인을 죽여 복수를 했다는 것도…… 신이 되고자 했던 인간과 인간이 되고 싶었던 괴물. 그들 애증의 숨바꼭질은 아직도 끝나지 않은 듯하다.

4

1993년판 기네스북에 따르면, 1900~93년까지 공포영화에 가장 많이 등장한 캐릭터는 드라큘라(162편)이며 2위가 프랑켄슈타인(112편)이다. 이쯤 되면 20세기 공포영화계는 흡혈귀 백작과 재활용 시체가 맞

좋게 접수한 셈이다. 각각 1897년과 1818년에 소설 주인공으로 탄생한 이들은 일찌감치 원작에서 탈피, 대중문화 확산과 함께 독자적으로 성장해왔다. 혐오감과 공포로, 반역의 쾌감으로 시대를 초월하여 꾸준한 인기를 누리는 어둠의 자식들. 그들의 현재 모습 속에는 우리가 오랜 시간 투사해온 두려움과 욕망이 소리 없이 숙성되고 있다. 그러나 둘의 활동 양상은 그 신분 격차만큼이나 극명한 대조를 보인다.

드라큘라 백작은 동유럽 뱀파이어 전설의 적자로서 등장할 때마다 카멜레온 같은 연기 변신을 보여준다. 세일러복을 입고 사무라이 검을 휘두르는 여고생으로(「블러드 플러스」), 현란한 테크노 액션을 구사하는 흑인 뱀파이어 사냥꾼으로(「블레이드」), 동물의 피만 먹는 창백한 꽃미남으로(「트와일라잇」), 눈 덮인 스웨덴 작은 마을에 나타난 가녀린 소녀로(「렛 미 인」), 성별과 인종과 연령의 경계를 뛰어넘어 어떤 역할도 자유자재로 소화해낸다. 심지어 「바다에서 온 드라큘라」라는 정체불명의 영화에서는 거대한 뱀파이어 문어가 등장해 종의 경계마저 허물어버린다. 이 뱀파이어 문어는 흡혈 시에 여성의 목덜미가 아닌 더 은밀한 부위를 선호하는데, 흡반 달린 여덟 개의 다리를 어떤 용도로 사용하는지는 상상에 맡기겠다.

반면 몸의 각 부분이 무덤이나 도살장 출신인 프랑켄슈타인은 우직하다 싶을 정도로 고정된 이미지로만 등장한다. 쩍 벌어진 어깨에 누덕누덕 기운 피부, 몽탕한 앞머리, 툭 불거진 넓은 이마, 때꾼한 눈, 짙은 다크서클, 목 양쪽에 튀어나온 전기 단자, 온몸에 깁스를 댄 듯한 어색한 걸음걸이, 포효하는 괴력의 야수. '프랑켄슈타인'이라는 이름을 듣는 순간 사람들의 머리에 떠오르는 이미지는 여기서 크게 벗어나지 않을 것이다. 의상이라도 좀 챙겨주면 좋으련만, 우중충한 검은 재킷에

헐렁한 '기지 바지' 한 벌로 사계절을 버티는 모습은 적이 안쓰러울 정도다. 당사자로서 더욱 억울한 건, 이런 우직함이 전통을 고수하는 클래식한 매력도 아니라는 점이다. 원작의 괴물은 우리가 아는 프랑켄슈타인과 달라도 한참 다르다. 둘이 만난다면 흘끔거리며 데면데면하게 악수를 나눌지도 모를 일이다. 처음 뵙겠습니다. 아, 예……

『프랑켄슈타인』은 캐릭터의 높은 인지도에 비해 원작이 가장 소외된 소설로 꼽힌다. 팝콘을 내뿜으며 비명을 지를 때 일일이 원작을 의식할 필요는 없겠지만, 그래도 본인이 처음 유의미한 존재로 잉태된 자궁이 아닌가. 저자 메리 셸리는 괴물에게 어떤 유전인자를 물려주었을까? 우리는 그동안 프랑켄슈타인에게 무엇을 투사해왔을까? 지조를 지키려다 크레바스에 떨어지고 기억상실증에 걸린 채 우리 곁으로 돌아온 괴물. 따지고 보면 DNA가 좀 복잡할 뿐 그도 우리와 똑같은 인간이다. 휴머니즘을 발휘하여 우직한 단벌 신사에게 잃어버린 과거를 되찾아주자.

5

가장 먼저 눈에 띄는 차이는 괴물의 이름이다.

로보캅, 터미네이터, 가위손, 가제트 형사 등 유명한 사이보그 캐릭터들에게는 종종 '프랑켄슈타인의 후예'라는 꼬리표가 붙는다. 환경보호론자들은 자연법칙을 거스르는 유전자 변형 식품GMO에 대한 경고와 혐오를 표현하기 위해 '프랑켄푸드Frankenfood'라는 용어를 사용한다. 또한 인간 복제, 유전자 조작, 장기 이종이식, 주문형 아기 등 갖가지 생명윤리 논쟁에서 프랑켄슈타인은 부정적인 시각을 대변하는 유용한 상징이 되었다. 이와 같이 '프랑켄슈타인'이라는 이름은 우리 머릿속에 자연스럽게 시체를 꿰매어 만든 인조인간을 떠올리게 한다.

하지만 소설에서 '프랑켄슈타인'은 괴물을 만든 박사의 이름일 뿐 괴물에게는 이름이 없다. 박사는 괴물이 깨어나는 것을 보자마자 냅다 줄행랑을 쳤기 때문에 이름을 지어줄 틈도 없었다. 그러나 후대인들은 박사의 이름을 괴물에게 물려주어, 지금 이 글에서도 그렇듯이, 박사와 괴물 모두를 지칭하는 것으로 사용하고 있다.

그 과정을 짐작하는 건 어렵지 않다. '현대의 프로메테우스'라는 부제가 보여주듯 소설 『프랑켄슈타인』의 단독 주인공을 꼽자면 박사라고 할 수 있다. 하지만 소설이 영화, 만화 등 다양한 장르로 상품화되는 과정에서 은근슬쩍 주인공이 바뀌었다. 성격이 오락가락하는 유약한 박사 대 한 번 보면 절대 잊을 수 없는 괴력의 터프가이. 그리 어려운 선택이 아니었다. 그에 따라 소설 제목은 점차 박사가 아닌 괴물을 연상시키게 되었다. 이 바쁜 세상에 일일이 '소설 『프랑켄슈타인』에 등장하는 프랑켄슈타인 박사가 시체로 만든 그 괴물'이라고 호명하는 건 너무 번거롭지 않은가.

만일 프랑켄슈타인 박사가 이 사실을 알게 된다면 아마도 관 뚜껑을 박차고 뛰쳐나오지 않을까 싶다. 소설이 끝날 때까지 그는 자신의 피조물에게 악착같이 이름을 부여하지 않았다. 괴물의 정체성을 인정할 수 없었던 것이다. 그놈, 비열한 놈, 더러운 악마, 끔찍한 괴물, 악마 같은 시체, 흉악한 괴물, 소름 끼치는 손님, 유령 같은 놈, 짐승, 분노의 파괴자, 더러운 벌레 같은 놈 등등, 이름을 대체하기 위해 그가 동원

한 현란한 어휘들을 감안하면 박사의 심정도 이해 못 할 바는 아니다. 주인공 자리까지 빼앗긴 마당에. 그래도 흥분을 가라앉히고 현실을 겸허히 받아들였으면 한다. 침실에서 만들었건 실험실에서 만들었건, 자식은 자식이 아닌가.

그렇다면 박사와 달리 괴물에게 흔쾌히 이름을 붙여준 우리는 그의 정체성을 전적으로 인정한 것일까? 이름은 정체성의 표식인 동시에 타인과의 경계선이다. 익명의 존재, 경계선이 불투명한 존재는 우리를 불편하게 만든다. 호기심과 함께 두려움을 불러일으킨다. 그것에 다가가 만져보고 냄새 맡고 귀를 기울여보는 게 싫다면, 이름을 붙여 창고에 던져버리면 그만이다. 어린아이가 자신의 뒤를 따라오는 크고 검은 형체에 겁을 먹고 달아나다가, 아무리 달려도 떨칠 수 없음을 깨닫고 주저앉아 훌쩍거리다가, 가만히 눈치를 보니 그것이 위험하지는 않은 것 같아 안심하다가, 아이다운 호기심으로 손을 내밀어 말을 걸어보려는 순간…… "바보, 그건 그림자야"라고 알려줄 수 있으니까.

두번째 두드러진 차이는 언어 사용 능력이다.

현재 우리 곁에서 활동하고 있는 프랑켄슈타인은 벙어리이다. 인간과 좀비의 중간쯤 되는 모습으로 코끼리 옹알이 같은 괴성만 질러대는 게 고작이다. "우워~ 우워~ 우워워~" 하지만 원작의 괴물은 읽고 쓰고 말할 줄 안다. 아는 정도가 아니라 번듯한 정장만 입혀놓으면 존 그리샴 소설에 변호사로 출연해도 손색없는 달변가이다. 게다가 그 모든 걸 독학으로 깨우칠 정도로 뛰어난 지능을 지녔다.

괴물은 드 라세 가족의 가축우리에 숨어 지내는 동안 그들의 오두막을 훔쳐보며 말과 글을 배웠다. 교재 한 권 없이 불과 두어 달 만에 불어를 완벽하게 습득하는 언어 감각은 가히 천재적이라 하겠다. 그뿐인가. 『젊은 베르테르의 슬픔』을 읽으며 고결한 정신을 찬미하는 감성을 지녔고, 『플루타르크 영웅전』에서는 선과 악, 숭고함과 용기를 가슴 깊이 새긴다. 『실락원』은 그에게 가장 큰 감동을 안겨준 책으로, 전능한 신과 피조물의 관계를 자신의 처지와 비교하며 철학적 사색에 잠기기도 한다.

이렇게 지식과 교양을 쌓은 결과 몽탕베르 정상에서 프랑켄슈타인 박사와 마주쳤을 때에도 괴물은 전혀 밀리지 않는 말발을 보여준다. 차분하고 논리적으로 자신의 견해를 피력하더니 결국 박사를 설득해 요구사항을 관철시킨다. 오히려 흥분해서 횡설수설 억지만 부린 쪽은 배울 만큼 배운 프랑켄슈타인 박사였다.

이런 달변가가 왜 벙어리가 되었을까? 어쩌면 극심한 무대공포증 탓이 아닌가 싶다. 괴물은 대중 앞에 나서면서부터 언어를 잃어버렸다. 이미 19세기 연극 무대에 설 때부터 벙어리였고, 처음으로 스크린에 등장한 1910년 에디슨 스튜디오의 단편영화에서도 괴물은 말이 없다. 물론 이 작품은 무성영화이기 때문에 등장인물 누구도 말이 없기는 하지만.

우리가 아는 전형적인 괴물의 이미지는 1931년 유니버설 스튜디오의 영화 「프랑켄슈타인」에서 빚어졌다. 괴물 역을 맡은 보리스 칼로프의 독특한 분장과 강렬한 눈빛 연기는 지금까지도 프랑켄슈타인의 원형으로 남아 있다. 이후 몇 편의 시리즈를 통해 미친 과학자와 꼽추 조수 이고르, 흉악한 괴물의 삼각 구도가 자리 잡는다. 컴컴한 극장에 들어찬 관객들은 감성이 풍부하고 언변이 뛰어난 거구의 변호사보다는 벙어리 시체 인간이 선사하는 스릴과 공포를 원했다. 괴물은 점차 말이 없는 무자비한 야수로 각인되어 갔다. 아이러니하게도 관음증적 시선을 통해 언어를 습득한 괴물은, 또 다른 관음증적 시선에 의해 언어를 잃어버린 셈이다.

"아마 그들은 내 모습을 보고는 혐오스러움을 느끼겠지만, 부드러운 태도와 친절한 말들로 그들의 호의를 사게 되면 결국엔 나를 사랑하게 될 것이라고 상상했소. 이런 생각에 고무되어 나는 새로운 열정을 가지고 언어의 기술을 터득하는 데 전념했소."

이름을 얻은 대신 언어를 잃어버린 괴물. 존재의 두 가지 층위에서 주고받은 이 거래에 대해 당사자는 어떻게 생각할까? 사실 괴물은 이름을 달라고 투정한 적이 없다. 그는 외투 주머니에 있던 박사의 일기를 통해 자신의 저주받은 탄생 과정을 낱낱이 알고 있었다. 창조주가 느낀 혐오와 공포까지도. 정체성이니 경계선이니 하는 뜬구름 잡는 고민은 애당초 그의 관심사가 아니었다. 그리고 괴물 역시 자신을 탄생시킨 박사를 향해 노예 놈, 폭군, 원수 등의 패륜적 극언을 서슴지 않은 걸 보면, 프랑켄슈타인이라고 불리는 걸 그리 달가워할 것 같지는 않다. 부자지간에 참 아름다운 광경이다.

괴물이 원한 것은 이름이 아니라 함께 얘기를 나누고 교감할 수 있는 배우자였다. 제조 공정이 까다로운 성형 미인을 원한 것도 아니고, 동병상련의 정을 나눌 수 있도록 자신과 같은 흉측한 존재를 만들어달라는 소박한 바람이었다. 그러면 인간 세계를 영원히 떠나 황야에서 둘이 오순도순 살다가 죽음을 맞이하겠노라고. 하지만 프랑켄슈타인 박사는 과학자답게 괴물 둘이 오순도순 사는 행위의 결과를 예측했다. 그들의 후손이 퍼질지 모른다는 두려움에 약속을 파기하고, 완성을 앞둔 배우자를 그의 눈앞에서 갈가리 찢어버린 것이다. 잔혹한 복수극과 목숨을 건 추격전의 서막이었다. 긴 사투 끝에 북극에서 돌아온 괴물. 우리는 환영의 뜻으로 명찰 하나 달아주고는, 교감을 나눌 수 있는 혀마저 빼앗아버렸다.

마지막으로 살펴볼 원작과의 차이점은 철학, 심리학, 사회학, 교육학, 정신의학, 대뇌생리학, 사회생물학, 문화인류학 등을 두루 거치며 벌어진 해묵은 논쟁과 연관되어 있다. 이 논쟁의 양극단은 각각 공산주의와 나치즘에 사상적 근거를 제공함으로써 인류사를 격랑에 몰아넣기도 했고, 형편없는 성적표를 받아온 자녀와 부모 사이에 소모적인 언쟁을 유발하기도 한다.

앞서 언급한 유니버설 스튜디오의 1931년 작 「프랑켄슈타인」의 한 장면을 보자. 시체에 생명을 불어넣는 실험의 막바지 단계, 박사는 꼽추 조수에게 의대에 가서 뇌를 훔쳐 오라고 지시한다. 마침 의대 강의실에는 정상인의 뇌와 범죄자의 뇌가 나란히 유리병에 담겨 있었다. 다행히 조수는 정상인의 뇌를 집어 든다. 하지만 공포 영화에서 영민하고 심부름 잘하는 조수를 본 적이 있는가. 그는 실수로 병을 깨뜨리고 툴툴거리며 범죄자의 뇌가 든 병을 가지고 돌아온다. 괴물은 왜 괴물이 되어야만 했는가에 대한 단순 명쾌한 근거가 마련되는 순간이다. 이후 많은 프랑켄슈타인 영화나 각종 패러디물에서 뇌 이식은 매우 중요한 모티프로 등장한다. 반사회적 행동의 유전적 요인을 강조하는 이 속 편한 발상은 현대 프랑켄슈타인 신화의 중요한 일부가 되었다.

이 사실을 알게 된다면 이번에는 메리 셸리 여사가 관 뚜껑을 박차고 뛰쳐나오지 않을까 싶다. 그녀의 작품을 관류하는 주요 사상적 배경

중 하나는 존 로크의 백지설(白紙說)이라 할 수 있다. 원작에는 누구의 뇌를 사용했는가는 언급도 되지 않는다. 괴물은 백지 상태의 무구한 존재로 태어났으나 성장 과정이 순탄치 못해 범죄자의 길로 들어섰을 뿐이다. 단지 흉측하게 생겼다는 이유로 창조자에게 버려지고 가는 곳마다 혐오와 경멸의 대상이 되었다. 목숨을 걸고 급류에 휩쓸린 소녀를 구해줬건만 돌아오는 건 총알 세례였고, 유일한 희망이었던 고결한 드라세 가족마저 그를 보자마자 막대기로 후려치며 쫓아낸 것이 결정타였다. 이 정도면 사이코패스 살인마가 탄생하기에 최적의 환경이다. 그는 비참한 고독의 동굴에 갇혀 "마왕처럼 가슴에 지옥을 품었"다. 채 두 돌도 지나지 않은 키 2미터 40의 갓난아기는 복수의 화신이 되기로 맹세한 것이다.

인간 성격과 행동의 비밀을 밝히는 유전적/본성적 요인 대 환경적/경험적 요인 사이의 논쟁은 양쪽 모두 중요하다는 지극히 상식적인 답변이 정설로 받아들여지고 있다(물론 주목을 덜 받고 삶이 무료해지는 것을 우려하는 해당 분야 학자들 생각은 다르겠지만). 그러나 19세기 초의 메리 셸리는 소설에서 환경적/경험적 요인에 경도된 양상을 보이며 인간의 후천적인 개선 가능성을 강조한다. 아마도 경험론이 우세했던 영국에서, 급진주의 사상가와 선구적 페미니스트를 부모로 두고, 계몽주의의 영향을 받고 자란 환경적 요인 탓이리라.

때문에 소설에서는 가장 흥미로울 수 있는 괴물의 탄생 과정이 거의 시적으로 압축되어 있다. 뇌는커녕 발가락 하나 붙이는 장면조차 보여주지 않으니 뭔가 허전할 수밖에. 사실 시체 조각을 결합해 생명체를 만드는 이야기라고 하면 누구나 기대하게 되는 충격 영상들이 있지 않은가. "이고르, 요 앞 사거리 종합병원에서 뇌 하나 훔쳐 오게. 통통하고 주름 실한 놈으로!”

6

살펴보았듯이 지금 우리 주위를 어슬렁거리는 프랑켄슈타인은 200년 전 북극에서 냉동 미라가 되기 전의 괴물과는 사뭇 다르다. 제멋대로 변형된 현대의 괴물을 본다면 저자 메리 셸리는 어떤 반응을 보일까? 모르긴 해도 썩 유쾌한 기분은 아닐 것이다. 직접 자료를 수집하고 자신이 소설로 각색하여 발표하겠다며 의욕을 보였던 작품이 아닌가. 특히 박사보다는 괴물에게 각별한 애착을 품은 게 소설 전반에서 느껴지는데, 그 친구를 이리저리 끌고 다니며 형체도 알아볼 수 없게 주물러 놓았으니.

그런데 메리 셸리는 읽을 때마다 피가 차갑게 얼어붙는다는 괴물 이야기에 왜 그토록 매혹된 것일까? 그녀 내면의 어떤 존재가 기지개를 켠 것일까? 사빌 부인에게 보낸 편지에 따르면, 그녀는 수집한 실제 자료와 프랑켄슈타인 박사의 고백 사이에 벌어진 틈새에 주목하고 있다. 풀리지 않는 의문점들이 차곡차곡 쌓여 만들어졌다는 상상의 성. 그게 과연 무엇이었을까? 소설 같은 건 한 번도 써본 적 없는 열아홉 양갓집 규수로 하여금 분연히 펜을 들게 만든, 고딕소설의 고전이자 공포소설의 전설이며 SF소설의 효시가 된 『프랑켄슈타인』을 탄생시키게 만든 그 틈새……

이런저런 궁금증이 머릿속을 나풀나풀 떠도는데, 마침 그녀에게서 전화가 왔다.

셸리 : 저를 찾으셨다고요?

나 : 아, 반갑습니다. 몇 가지 궁금한 점이 있어서요. 그런데 통화 감이 상당히 머네요.

셸리 : 먼 게 당연하죠. 제가 시간이 별로 없어서 간단히 했으면 좋겠네요.

나 : 예예. 음, 우선 영화나 만화에서 현대의 프랑켄슈타인을 보신 소감을 듣고 싶습니다. 박사 말고 괴물 말입니다. 선생님 작품 속 괴물과는 꽤 차이가 있죠?

셸리 : 소감이랄 게 뭐 있나요. 그냥 무지하고 교양 없고 막돼먹은 얼치기처럼 보이더군요. 말은 안 하고 역겨운 괴성만 지르니 도통 무슨 생각을 하는지도 모르겠고.

나 : 그래서 기분이 상하셨나요?

셸리 : 천만에요. 그건 이미 제 소설과는 무관하게 당신들이 만든 괴물 아니겠어요? 댁들의 취향이 반영된 결과겠죠.

나 : ……예에. 그럼 선생님의 괴물은 어떤 존재였습니까? 현대 비평가들은 괴물이 가부장제하에서 억압된 여성을 상징한다, 사회에서 소외된 하층민, 무산계급을 상징한다 등등 다양한 의미를 부여하고 있는데.

셸리 : (일부러 들으라는 듯한 한숨) 좋을 대로 생각하세요.

나 : 답변이 곤란하신 모양이군요. 그럼 간단한 질문 하나 드리죠. 프랑켄슈타인 박사는 왜 시체들을 조각조각 꿰매어 썼을까요? 온전한 시체 한 구를 쓰는 게 일도 훨씬 수월하고 잘만 고르면 비주얼도 괜찮았을 텐데. 딴죽을 걸자는 게 아

니라 제가 개인적으로 좋아하는 모티프라서, 선생님의 본래 의도는 무엇이었는지 궁금하군요.

셸리 : 박사가, 바느질이 취미였나 보죠.

나 : ……재미있군요. 혹시 그 모티프가 선생님께도 어떤 의미를 가지는 게 아닌지요? 말하자면, 어린 시절부터 비극적인 일을 많이 겪었던 것으로 압니다. 어머니의 죽음, 계모와의 갈등, 유부남인 퍼시 셸리 시인과 사랑의 도피, 첫딸의 죽음, 의붓언니의 자살에다 퍼시 셸리의 본처마저 임신 상태로 투신자살, 후에 태어난 두 아이마저……

셸리 : 잠깐, 프라이버시에 관한 질문은 사양합니다.

나 : 아, 예…… 실례를 범했군요. 전 이미 오래전 일이라…… 그러면 다시 작품으로 돌아가죠. 제가 가장 궁금한 건 편지에서 언급한 의문점에 관한 겁니다. 그로부터 촉발된 상상이 소설의 단초가 된 것 같은데, 그게 무엇이었는지 듣고 싶군요.

셸리 : (또 한숨) 그것도 좋을 대로 생각하세요.

나 : 하아, 좋습니다. 그런데 말입니다, 따지고 보면 프랑켄슈타인 박사는 생명을, 그것도 여타 인간보다 육체적으로나 정신적으로나 더 뛰어난 존재를 창조함으로써 목표를 달성한 셈이잖아요. 헌데 그렇게 열성적으로 매달려 이룩한 위대한 성과를 단지 외모가 추하다는 이유만으로 파기해버리는 건, 좀 심하지 않나요?

셸리 : 많이 심하죠.

나 : 본인이 뻔히 보면서 만들어놓고는 갑자기 흉하다며 기겁을

하는 건 또 뭡니까?

셸리 : 그러게 말이에요. 원래 소심하고 변덕스런 성격이긴 하지만, 그게 상식적으로 납득이 가나요? 단순히 생명 창조가 목적이었다면…… 뭐, 그 사람도 말 못 할 사정이 있었겠죠.

나 : 오호, 말 못 할 사정이라. 박사에게 뭔가 숨겨진 목적이나 다른 문제가 있었다는 뜻인가요?

셸리 : 고인이 된 분에 대해 이러쿵저러쿵 말하고 싶지 않군요.

나 : 이미 책에 시시콜콜 다 쓰셔놓고는 뭘 새삼스럽게.

셸리 : 이쯤 하죠. 산책 나갈 시간이라.

나 : 잠깐만요! 하나만 더. 그럼 소설의 어디까지가 실제 편지 내용이고 어디가 각색……

셸리 : 아, 오늘은 별이 좋군요. 겨울이라 해가 짧아요. 그럼 이만.

나 : 아이, 정말, 이러시면 곤란하죠. 뭐 하나 제대로 답도 안 해 주시고.

셸리 : 무슨 수학 문제도 아니고, 답이 왜 필요하죠? 그냥 책을 읽어보면 되는 게 아닌가 싶네요.

나 : 읽기야 읽었는데…… 거, 초상화로 뵐 때보다 영 까칠하시네요.

(뚜— 뚜— 뚜—)

본인은 부인했지만 근본도 없이 변해버린 괴물 때문에 기분이 상한 게 틀림없다. 그래도 마지막 답변은 새겨들을 만하다. 편지에 슬쩍 운만 떼어놓은 상상의 성. 사빌 부인이나 나에게는 입을 꾹 다물었지만, 소설 행간에 단서를 남겨놓고 싶은 유혹마저 뿌리칠 수 있었을까?

그나마 가장 성의 있는 반응을 보였던 프랑켄슈타인 박사의 심리부터 파고들어보자. 그가 정서적으로 매우 불안정한 상태라는 건 소설 곳곳에서 감지할 수 있다. 셸리 여사의 말대로 소심하고 변덕스런 성격에다 감정 기복이 심하고, 우울증 성향에 메시아 콤플렉스도 엿보인다. 어머니의 갑작스런 죽음과 가부장적인 아버지, 명문가 장남으로서의 책임감 등이 영향을 미쳤을 것으로 짐작되는 부분이다. 그런 불안 심리가 매사에 과도한 집착으로 이어진 게 비극의 시작이었다. 신비주의 연금술에 탐닉하거나 생리학을 공부한답시고 지하 납골당에 틀어박혀 사체의 부패 과정을 관찰할 때부터 조짐이 심상치 않았다.

죽마고우인 앙리 클레르발과의 관계도 주목해볼 필요가 있다. 그에 대한 프랑켄슈타인의 감정이 단순한 우정이었을까? 프랑켄슈타인은 항상 클레르발을 통해 진정한 마음의 위안을 얻었다. 자연을 음미하는 그의 섬세한 감수성과 시적 상상력을 동경했고, 병상에서 그의 보살핌을 받을 때면 연인처럼 행복감에 젖어들었다. 반면 약혼녀인 엘리자베스에 대해서는 입에 발린 찬사만 늘어놓을 뿐 태도가 영 미적지근하다. 몇 년씩 떨어져 지내야 하는 여행길을 전혀 주저하지도 않고, 결혼을 차일피일 미루는 것도 수상하고. 클레르발의 죽음과 엘리자베스의 죽음 앞에서 그가 표현하는 슬픔의 강도에도 확연한 차이가 엿보인다. 무엇보다 수컷의 몸으로 혼자 생명을 탄생시키겠다며 단성생식(單性生殖)에 광적으로 집착하는 태도는 무엇을 의미하는 것일까?

주목할 만한 또 다른 단서는 소설의 형식이다. 메리 셸리는 이 소설을 서간체이면서 여러 겹의 이야기가 겹친 다중액자 기법으로 썼다. 당시로서는 획기적인 시도였다. 메리 셸리가 우리에게 남겨준 소설 『프랑켄슈타인』은 로버트 월턴 선장이 북극 항해 도중 여동생 사빌 부인에게 보낸 편지들로 이루어져 있으며, 그 편지 속에는 북극에서 우연히 만난 빅터 프랑켄슈타인의 이야기가 담겨 있고, 프랑켄슈타인의 이야기 속에는 괴물로부터 전해 들은 그의 사연이 러시아 마트료시카 인형처럼 겹쳐져 있다.

메리 셸리는 편지가 몰고 올 파장을 염려하여 소설로 공개하자는 제안을 했다. 그런데 왜 굳이 편지 형식을 그대로 남겨가며 이토록 복잡한 서술 방식을 고수했을까? 좀더 생동감 넘치고 편안한 형식을 채택할 수도 있었을 텐데. 인간에 대한 소박한 믿음을 잠시 접고 생각해보자. 이 다중액자 기법의 핵심은 서술의 객관성을 담보하는 제스처를 취하지만 실은 모두 전해 들은 말의 연쇄, 일명 '카더라 통신'이라는 것. 괴물이 빅터에게, 빅터가 월턴 선장에게, 선장이 사빌 부인에게, 사빌 부인이 메리 셸리에게, 셸리 여사가 우리에게…… 과연 진실만을 말했다고 믿어야 할 이유가 있을까?

끝으로 사족 하나. 소설 『프랑켄슈타인』에는 역할이 모호한 인물이 한 명 등장한다. 빅터 바로 밑의 동생 에르네스트 프랑켄슈타인. 막내 윌리엄의 경우 괴물의 첫번째 희생자이자 하녀 저스틴이 누명을 쓰고 사형당하는 원인을 제공함으로써 꽤 비중 있는 조연을 맡고 있다. 하지만 에르네스트는 소설 초중반에 잠깐 언급되다가 흐지부지 사라진다. 동생 윌리엄이 죽고, 친형이나 다름없는 클레르발이 죽고, 어머니처럼 따르던 엘리자베스가 죽고, 아버지가 충격을 받아 세상을 뜨고, 큰형 빅터마저 북극에서 횡사해 일가족 대참사로 소설이 마무리되는 와중에도, 에르네스트는 끝내 등장하지 않는다.

슬픔을 표현할 출연 분량도 얻지 못하고 초반 몇 마디 대사에 만족해야 했던, 어찌 보면 누더기 괴물보다 더 소외된 소년. 온 가족이 차례로 죽어나가는 불행을 겪은 이 소년은 어떻게 되었을까? 조용히 정신병원에라도 들어가 여생을 마친 걸까? 우리 까다로운 셸리 여사가 필요도 없는 인물을 집어넣지는 않았을 텐데…… 좋을 대로 생각하라 했겠다. 안 그래도 그럴 참이었다.

7

선술집에는 우람한 뱃사람들의 왁자지껄한 고함과 노랫가락, 매캐한 담배 연기가 한데 뒤섞여 넘실거렸다. 한쪽 구석에서는 잔뜩 취한 닻 문신과 제비 문신의 주먹다짐이 한창이었다. 승부는 나지 않고 부둥켜안은 채 흐느적거리는 꼴이 흥겹게 왈츠를 추는 것도 같다.

문이 열리며 바닷바람과 콜타르 냄새를 앞세우고 비쩍 마른 청년이 들어왔다. 창백한 낯빛에 잘 차려입은 품새는 한눈에 보기에도 부둣가 선술집에 어울리지 않았다.

"어이, 도련님, 번지를 잘못 찾았어. 엄마 젖을 빨고 싶으면 부두 끝에 로즈 마담에게 가야지."

셔츠를 풀어 헤쳐 가슴팍의 칼자국을 드러낸 선원이 술잔으로 탁자를 두들기며 허풍스럽게 웃었다. 그러나 돌아보는 청년과 눈이 마주친 순간, 칼자국은 웃음 꼬리를 흐리며 고개를 돌렸다. 아무런 감정도 읽을 수 없는 서늘한 눈빛. 칼자국은 뱃사람 특유의 본능으로 그 눈빛에서 위험한 독기를 감지한 것이다.

청년은 땅딸막한 주인장에게 낮은 목소리로 무언가를 물었다. 주인장은 앞치마로 술잔을 닦으며 턱짓으로 구석 테이블을 가리켰다. 정수리가 휑한 반백의 사내가 빈 술병을 끼고 엎어져 있다. 청년은 장갑을 벗으며 그에게 다가갔다. 사내의 닳아빠진 푸른 코트 주머니에서 놋쇠 망원경이 삐죽이 고개를 내밀고 다가오는 청년을 훔쳐보았다.

"월턴 선장님이시죠?"

청년은 대답도 듣지 않고 의자를 빼서 맞은편에 앉았다. 선장은 고개만 부스스 들고 퀭한 눈으로 청년을 쳐다보았다. 균일한 세월의 흐름이 아닌 참담한 운명과 회한으로 한순간 폭삭 늙어버린 얼굴이었다.

"그래, 내가 바로 북극의 정복자 로버트 월턴 선장님이지. 내 모험담을 듣고 싶다면 먼저 럼주 한 병을 제물로 바치게."

선장은 지저분하게 엉긴 수염 위로 침을 흘리며 클클거렸다. 청년은 럼주를 주문하고 직접 한 잔을 따라 선장에게 내밀었다.

"중간에 배를 돌린 것으로 알고 있는데요. 저는 실패한 모험담보다는 괴물에 관심이 있습니다. 시체를 꿰매어 만든 괴물."

선장이 술잔을 손에 든 채 눈을 씀벅였다.

"누군가…… 자넨?"

"에르네스트 프랑켄슈타인이라고 합니다."

"그럼, 빅터의……"

"제 형님이시죠."

"빅터 프랑켄슈타인, 가련한 친구."

선장은 허공의 한 지점을 멍하니 응시하다가 술을 입에 털어 넣었다.

"내가 여동생에게 보낸 편지를 읽은 모양이군. 괴물 이야기라면 거기 자세히 씌어 있지 않나."

청년은 선장의 잔을 다시 채워주고 자신의 잔에도 럼주를 따랐다. 잔을 들어 향을 맡아보더니 미간을 살짝 찡그리며 내려놓았다.

"편지야 다 읽었죠. 몇 번이나. 거기에 보면 괴물을 만난 사람들은 모조리 죽었더군요. 막내 윌리엄, 클레르발, 엘리자베스, 그리고 빅터 형까지. 그러니까 선장님은, 괴물을 직접 만나 얘기까지 나누고도 멀쩡히 살아남은 유일한 목격자인 셈이죠."

청년은 탁자에 팔꿈치를 괴고 선장에게 얼굴을 들이밀었다.

"어떻게 생겼던가요? 눈동자는 무슨 색이었나요? 치아는 가지런한가요? 수염을 길렀나요? 꿰맨 상처들은 염증 없이 잘 아물었던가요?"

청년의 기세에 선장은 우물쭈물 엉덩이를 뒤로 뺐다.

"이보게, 나도 어두운 선실에서 잠깐 마주쳤을 뿐이야. 10여 년 전에. 지금은 그저 섬뜩하고 역겨웠다는 인상만 남아 있군."

청년은 자욱한 담배 연기 속에서 웃고 떠드는 뱃사람들을 천천히 휘둘러보았다.

"형님이 만들었다는 그 괴물로 인해 제가 사랑하는 사람들이 모두 죽었습니다. 저 혼자 살아남았죠. 차라리 나도 그 괴물의 손에 죽음을 당했더라면, 레테의 강을 건너 영원한 망각 속에서 안식을 취했더라면…… 나에게 닥친 이 끔찍한 운명의 정체가 도대체 무엇인가? 그걸 제 손으로 파헤쳐보지 않고는 도저히 제정신으로 살아갈 자신이 없더군요. 지난 10여 년 동안 선장님 편지를 바탕으로 형님과 괴물의 행적을 샅샅이 훑었습니다. 잉골슈타트에서 형님이 실험실로 썼던 하숙집에 가 보고 지도했던 교수들을 만나고 재료를 얻었다는 납골당, 해부실, 도살장을 찾아다녔죠. 샤모니로 가서 괴물의 오두막이 있었다는 몽탕베르 산을 뒤지고, 괴물의 배우자를 만들었다는 스코틀랜드 오크니 제도의 섬들을 헤집고, 아일랜드의 감옥에도 들렀습니다. 퍼즐을 맞추듯 여기저기서 조각들을 찾아 모았죠. 그런데 이상하죠. 조각을 하나하나 끼워 갈수록 편지 내용과는 다른 그림이 나타나더군요."

청년의 목소리는 담담하게 일정한 톤을 유지했다.

"제 이야기를 한번 들어보시겠어요? 빅터 형은 생명을 창조하겠다는 거창한 계획을 늘어놓으면서 그 동기에 대해서는 은근슬쩍 얼버무렸어요. 이상하지 않던가요? 구체적인 설명도 없고 그럴듯한 이상이나 야망도 안 보이고. 단지 '행복하고 뛰어난 수많은 생명체들이 나로 인해 탄생하게 될 것이다'라는 두루뭉술한 선언이 전부였죠. 뭐였을까요? 빅터 형은 막연히 신이 되고 싶었던 걸까요? ……아니에요. 형님은 말이죠, 신을 거부하고 온전한 자기 자신이 되고자 했던 겁니다."

선장은 눈을 끔벅이며 청년을 건너다보았다.

"오래전, 대여섯 살 무렵인가, 우연히 엘리자베스 누나의 방에 혼자 있는 빅터 형을 본 적이 있었어요. 거울 앞에서, 그녀의 보랏빛 드레스를 입고…… 지금도 생생해요. 발갛게 상기된 얼굴, 앙다문 입술, 거울을 깨뜨려버릴 듯 노려보던 그 눈빛이. 그땐 그냥 이상하다고만 생각했는데, 이제야 그게 무얼 의미하는지 알겠더군요. 빅터 형은 신이 부여한 정체성 이외의 또 다른 자아를 품고 있었던 거예요. 본인도 괴로웠겠죠. 봄이 오고 꽃이 피듯 자연스런 욕망은 억누른 채, 신의 섭리를 거역한다는 죄책감만 끌어안고 살아야 했으니. 제네바 공화국에서도 알아주는 프랑켄슈타인 가문의 장자가 말입니다. 게다가 형님은 인간이란 환경과 교육에 의해 후천적으로 만들어진다는 백지설의 신봉자였어요. 그런데 유복하고 화목한 가정에서 최고의 교육을 받고 자란 본인이 그 신념을 정면으로 반박하는 꼴이었죠. 자기가 신의 실수로 생겨난 추악한 괴물로 여겨졌을 겁니다. 내면의 비밀을 숨긴 채 선량한 가족들을 대하기가 특히 괴로웠을 테죠. 제네바를 벗어나 잉골슈타트의 대학으로 떠날 때 형님은 잠시나마 해방감을 느끼지 않았을까요? 거기서 괴로움을 잊을 요량으로 화학이건 생리학이건 닥치는 대로 몰두했겠죠. 그러다가 빅터 형은, 그 모든 고뇌에서 해방될 수 있는 무서운 계획을 세웠던 겁니다."

"무서운…… 계획?"

"형님은 생물학적으로 여성이 될 수 있는 방법을 발견했던 거예요. 하지만 가족이나 지인들 앞에서 그런 신성모독을 행할 용기는 없었겠죠. 그래서…… 또 하나의 빅터 프랑켄슈타인을 만들기로 한 겁니다. 수십 구의 사체를 자르고 이어 붙여 자신과 꼭 닮은 형체를 만들고 거기에 생명을 부여하려 했던 거죠. 그 꼭두각시를 자기 대신 현실의 흐름에 끼워 넣고, 자신은 허구의 존재가 되어 본능에 따라 자유롭게 살아가겠다는 계획."

선장은 숨이 넘어갈 것처럼 웃음을 터뜨렸다.

"나도 뱃놈들 허풍에 이골이 난 사람인데, 내 들어본 중 가장 못 말리는 헛소리구먼. 남자가 여자가 된다니, 어디 가당키나 한가! 그래서? 꼭 닮은 쌍둥이를 만들려다가 손재주가 없어 집채만 한 괴물이 태어난 건가?"

"아뇨, 형님은 실패했어요. 시체를 붙여 생명체를 만든다는 게 어디 가당키나 합니까."

청년은 입술을 비틀며 생기 없이 웃었다.

"그래요, 애당초 헛소리였어요. 궁지에 몰린 영혼이 쥐어짜낸 발악일 뿐이었죠. 문제는 그다음이었습니다. 몸을 상해가며 밤낮없이 매달리다가 문득 정신을 차려보니, 주위는 온통 처참하게 잘린 팔다리며 허연 뼈다귀, 썩어가는 내장 무더기들…… 그 참혹한 폐허에 파묻혀 광인의 몰골을 하고 있는 자신이 어떻게 보였을까요? 그동안 한껏 부풀었던 희망을 지렛대 삼아 튕겨나간 절망은, 극렬한 분노로 바뀌었겠죠. 그 대책 없는 분노가 향할 곳은 한 군데뿐이었어요. 자신의 진짜 모습을 표출할 수 없게끔 주위를 가리고 있던 장막, 꼭두각시를 끼워 넣으려 했던 현실 세계."

청년은 검지를 세워 자신의 머리통을 툭툭 쳤다.

"악마가, 빅터 형의 영혼 속에 똬리를 튼 거예요. 악마의 숨결로 부풀어 오르던 광기가 결국 쾅, 폭발한 거죠. 너무나 끔찍한 방식으로. 순진무구한 자신의 어린 시절인 윌리엄을, 닿을 수 없는 연모의 대상인 클레르발을, 안타까움만 더해주는 일편단심 약혼녀 엘리자베스를, 자신의 비참한 껍데기를 해맑게 비추는 밝은 세상의 거울들을…… 모두 깨뜨려버린 겁니다. 서글픈 일이에요. 가장 많은 시간을 함께 보내고 나를 가장 사랑해주는 이들이, 동시에 가장 무거운 족쇄가 될 수 있다는 건."

"어이가 없군. 고결한 성품을 지녔던 자네 형님이, 미치광이 살인마였다는 겐가?"

"어디에서도 형님이 만든 괴물의 흔적을, 그놈이 여기저기 다니며 살인을 저질렀다는 증거를 찾을 수 없었죠. 반면 세 건의 살인 현장에 모두 빅터 형이 있었던 게 과연 우연일까요?"

"프랑켄슈타인은 윌리엄이 죽었을 때 클레르발과 잉골슈타트에 있었네. 기별을 받고서야 제네바로 떠났다고……"

"거짓말이었어요. 집세 계산에 꼼꼼한 하숙집 여주인의 말에 따르면 형님이 떠난 건 윌리엄이 죽기 2주 전이더군요. 또 크렘프 교수는 생물학적 성전환이라는 엉뚱한 주제에 몰두하던 괴짜 학생에게 핀잔을 주었던 일을 똑똑히 기억하고 있었고. 아일랜드에서 클레르발의 살인 혐의로 체포되었을 때가 최대 위기였죠. 본인은 알리바이가 확인되어 풀려났다고 했지만 은밀히 조사해보니 아버지의 재력과 연줄이 작용한 결과더군요. 차라리 그때 감옥에서 썩었더라면, 천사 같은 엘리자베스가 신혼 첫날밤에 당한 끔찍한 비극은 피할 수 있었을 텐데……"

"그건 모두 괴물의 짓이야! 자네도 그 교활한 악마에게 속고 있는 거라고."

선장은 힘겹게 소리치고 나서 침을 꿀꺽 삼켰다. 청년은 빙긋이 미소를 지으며 손가락 끝으로 술잔을 집었다. 하지만 여전히 마시지는 않고 탁자 위에서 빙글빙글 돌리기만 했다.

"괴물…… 그 부분이 재미있어요. 혹시 선장님의 편지에 있던 이 구절을 기억하나요? '나는 당신의 아담이건만, 아무런 죄도 없이 당신에 의해 기쁨에서 쫓겨나 타락한 천사가 되었소.' 몽탕베르에서 만난 괴물이 형님에게 했다는 말이죠. 자신의 억울한 처지를 항변하면서. 그런데 왠지 낯익은 글귀더군요. 분명 어릴 적에 어디선가 봤던 기억이 가물거리는 거예요. 답은 제네바 저택의 서재에서 찾을 수 있었죠. 그 구절은 오래전 누군가 『실락원』의 한 페이지에 조그맣게 휘갈겨놓은 낙서였어요. 누구의 필체인지는, 한눈에 알 수 있었죠."

청년의 눈동자가 형형하게 빛났다.

"유일한 구원이라 여겼던 계획이 실패로 돌아간 걸 인정하고 싶지 않았을 겁니다. 뭐라도 만들어내야 했겠죠. 구원이 없다면, 악마의 손을 잡을 용기라도…… 망상 속에서 형님은 차츰 둘로 분열되었어요. 내면에 있던 또 하나의 자아가 뒤틀리고 왜곡되어 부풀어 오르기 시작했죠. 자신에게 여자를, 흉측하게 생긴 여자를 만들어달라는 괴물의 외침이 의미심장하지 않나요? 용납할 수 없는 자신의 일부분, 자신의 광기, 자신의 죄의식, 격정, 공포, 분노, 절망, 자기 안에 버려진 온갖 찌꺼기들을 누덕누덕 기워 전기 충격으로 생명을 부여한 겁니다. 형님이 창조한 건 시체로 만든 괴물이 아니라, 망상을 꿰매어 만든 이야기였어요. 너무 추하다는 이유로 자신이 외면한, 결국 복수의 화신이 되어 창조주가 사랑하는 이들을 잔인하게 죽여버린 괴물의 이야기. 나머지 반쪽을 용서하는 면죄부. 게다가 괴물은 태어나자마자 버림받고 냉대와 핍박 속에 지냈기 때문에 그런 흉포한 존재가 되었다는 설정으로, 그 잘난 신념마저 다시 챙길 수 있었죠. 그 와중에, 참 치밀한 사람이에요. 그러고는 무슨 순교자라도 되는 양 괴물을 잡겠다며 제네바에서 지중해로, 타타르와 러시아로, 인간의 발길이 닿지 않은 북극까지, 복수의 순례를 나선 겁니다. 뒤쫓고 있는 것이 바로 자기 자신인지도 모른 채."

"미쳤군! 악마가 영혼을 차지한 건 바로 자네로군!"

선장은 주먹으로 탁자를 치며 벌떡 일어났다. 그러나 어지러운 듯 비틀거리다가 다시 털썩 주저앉았다.

"그런데 말입니다, 제 이야기에도 치명적인 허점이 하나 있습니다."

청년은 왼손과 오른손을 가슴 앞으로 천천히 모아 기름한 다섯 개의 손가락 끝을 서로 맞닿게 했다.

"그게 바로 월턴 선장님 당신이지요. 선장님은 빅터 형이 숨을 거둔 선실에서 괴물을 직접 만났다고 편지에 썼으니까. 선장님의 말이 사실이라면 제 가설은 모두 엉터리 망상일 뿐이겠죠. 저는 여러 가능성을 염두에 두고 곰곰이 생각, 또 생각을 했습니다. 하지만 오랜 시간을 들여 수집한 증거들이 제 가설을 포기하지 못하게 하더군요. 그래서 생각을 다른 방향으로 돌려보았죠. 혹시 월턴 선장도 거짓말을 한 게 아닐까? 그렇다면 왜? 왜 있지도 않은 괴물을 보았다고 한 걸까?"

선장은 허겁지겁 잔에 럼주를 따라 들이켰다.

"답은 선장님 스스로 편지에 썼더군요. 형님이 선장님께 했던 충고가 기억나시나요? '나의 모든 생각과 희망은 수포로 돌아갔고, 전능함을 갈망하던 대천사처럼 나는 영원히 지옥에 갇히게 된 거지.' 충고라기보다는 자기 넋두리였지만."

청년은 술병을 조금씩 기울여 선장의 잔을 마지막 한 방울까지 가득 채웠다. 선장이 떨리는 손으로 잔을 집어 들자 찰랑거리며 넘쳐흐른 술이 테이블의 나뭇결 사이로 스며들었다.

"당신의 괴물은 오만한 야망과 어리석은 허영심이었어요. 아마 선장님도 처음에는 황당무계한 시체 인간 이야기를 조난자의 정신착란 탓으로 여겼을 겁니다. 그러던 중 필생의 꿈이었던 북극 항로 개척에 실패하고 배를 돌려야 하는 상황이 된 거죠. 지금껏 품었던 야망을 지렛대 삼아 튕겨나간 좌절감, 감당하기 힘들었겠죠. 목숨처럼 여기던 명예와 이상은 땅에 떨어지고, 비루한 실패자로 사랑하는 누이와 지인들을 대면해야 했으니. 영원히 지옥에 갇혀야 했으니. 편지를 보면 극단적인 선택까지 염두에 두셨더군요. 하지만 당신은 차마 그 선택에 손을 뻗지는 못했죠. 대신 빅터 형의 말에 새롭게 귀를 기울이기 시작한 겁니다. 형님은 진작부터 당신의 야망을 경계하며 자연을 파헤치려는 과학적 이성의 폐해에 대해 경고했으니까요. 엘리트 과학자의 비극적 몰락. 자신의 실패를 가려주고 위무해줄 수 있는, 살아서 돌아간다는 수치심을 덜어줄 수 있는 적절한 드라마였겠죠. 그래서 선장님은 허공을 휘젓는 피에로의 팬터마임에 동참하기로 한 겁니다. 펜을 들고, 빅터 형의 이야기 위에, 다시 당신의 이야기를 겹쳐 써내려간 거죠. 그 이야기를 누이에게 편지로 써서, 아주 자세히도 써 보내, 주위에 퍼지게 한 것이고."

청년은 앞에 있던 잔을 들어 럼주를 단숨에 비웠다. 얼굴을 찡그리며 탁, 소리가 나게 잔을 내려놓았다.

"시체를 꿰매어 만든 괴물 같은 건, 처음부터 존재하지도 않았어요."

선술집 문이 열렸다 닫히며 꼬리 잘린 바닷바람이 후미진 그들 테이블까지 물비린내를 던져놓고 돌아섰다. 청년과 선장의 눈씨름이 이어졌다. 한동안 밀려나 있던 왁자한 소음이 다시 몰려와 두 사람을 에워쌌다. 선장의 입이 양쪽으로 길게 늘어지더니 사포로 돌을 문지르는 듯한 웃음소리가 새어 나왔다. 벌겋게 핏발 선 눈이 기묘한 광채로 번들거렸다.

"재밌는 이야기로군. 아주 재미있어. 헌데 이상하네그려. 그러니까 자네 이야기에 따르면, 프랑켄슈타인 그 친구가 광기에 사로잡혀 사랑하는 가족들을 차례로 죽이면서, 자네 하나만은 건너뛴 게로군."

청년의 움푹 팬 뺨이 실룩거렸다.

"10년이라…… 혼자 살아남는다는 게 얼마나 지루한 일인지 나도 좀 알지. 내가 실패를 가려줄 방패가 필요했다면, 자넨 증오할 대상이 필요했겠군. 그래서 자네도 펜을 들고, 내 이야기 위에, 다시 자네의 이야기를 겹쳐 써내려간 건가?"

선장은 연신 딸꾹질을 하며 웃어댔다. 청년은 주머니에서 장갑을 꺼내어 주먹을 쥐었다 폈다 하며 손가락 끝까지 밀어 넣었다. 그가 자리에서 일어나 꼿꼿한 걸음걸이로 선술집을 나갈 때까지, 선장은 테이블에 엎어져 웃음인지 신음인지 거친 숨소리를 흘리며 웅얼거렸다.

"난 봤어…… 분명히 괴물을 봤다고…… 그 흉측한 놈을……"

8

메리 셸리 여사에게 편지라도 한 통 쓰며 이 글을 마칠까 한다. 일방적으로 전화를 끊어버리는 바람에 작별 인사도 전하지 못한 게 마음에 걸린다. 비록 성의 있는 답변은 듣지 못했지만, 난 그 정도 교양머리는 갖춘 사람이니까.

셸리 부인, 부인이 우리에게 남긴 소설을 벌써 수차례 되풀이해 읽었지만, 피가 차갑게 얼어붙는 듯한 충격과 공포는 쉬이 느낄 수가 없군요. 지금은 피가 튀고 창자가 날아다니는 하드고어 영화들이 난무하는 세상이니까요. 그러면서도 부인의 책을 꽂아둔 책장으로 다시 향하는 손길의 작은 떨림은 또 무엇인지…… 이제 술 좀 작작 마시라는 경고가 아닌지 걱정입니다.

프랑켄슈타인 박사, 그의 안전그물은 부인의 것과 달리 너무 낮게 매달려 있었나 봅니다. 그의 비극이 부인 내면의 어떤 존재를 흔들어 깨운 것인지는 잘 모르겠습니다. 부인의 괴물은 무엇이었는지, 부인은 자신을 어떤 허구 속에 풀어놓고 싶었는지…… 산책 나간다는 핑계로 아무런 언질도 주시지 않았으니까요. 아무튼 지금까지도 무한한 상상력의 터전이 되는 명작을 남겨주신 점에 대해 감사의 말을 전합니다. 비록 원형을 알아볼 수 없게 변형된 유사품이 다반사로 유통되지만, 해석의 다양성이라고 너그러이 이해해주세요.

하지만 저 역시 부인의 소설을 그대로 받아들이기에는 풀리지 않는 의문점들이 꼬리를 물었던 것도 사실입니다. 책의 내용과 부인의 삶을 반추해보는 과정에서 일련의 의문점들은 벽돌처럼 차곡차곡 쌓여 또 다른 상상의 성을 짓더군요. 그 내용에 대해서는 고인이 된 프랑켄슈타인 박사와 월턴 선장님의 명예에 상당히 누가 될 게 분명하지만, 아무런 거리낌 없이 공개하는 바입니다. 그래 봤자 호기심 많고 한가한 남정네의 백일몽일 뿐이니까요.

너무 걱정은 않으셔도 됩니다. 저도 제 상상의 성을 소설 형태로 발표할 예정이니까요. 부인 말대로 허구라는 안전그물에 충격은 상당 부분 상쇄될 것이고, 의문점은 저와 같이 호기심 많은 독자들의 몫으로 남겨져……

〔『문학과사회』 2010년 봄호〕

※ 이탤릭체는 메리 셸리의 1818년 판 『프랑켄슈타인』(임종기 옮김, 문예출판사, 2008)에서 일부 수정하여 인용했다.

이달의 소설

2010년 6월

김유진 ● •• 희미한 빛

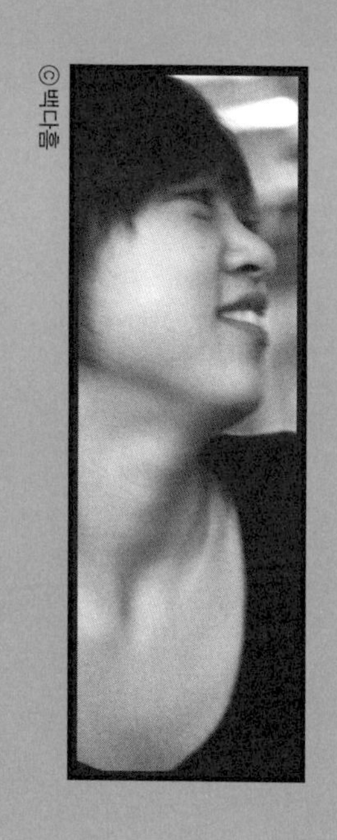

ⓒ 백다흠

김 유 진 1981년 서울에서 태어났다. 2004년 문학동네 신인상을 수상하며 문단에 나왔으며, 소설집 『늑대의 문장』 등이 있다.

선정의 말

—

전작 「바다 아래서, Tenuto」를 쓸 때, 김유진이 시도했던 것은 '소설의 악곡화'였다. 서사가 없는 것도 아니었고 인물이나 행위가 없는 것도 아니었으나, 「바다 아래서, Tenuto」는 차라리 그것이 악곡에 대해 요구하는 바 '음을 충분히 지속하여 연주하듯이', 여운이 충분히 지속되는 고독하고 쓸쓸한 문장들의 어조로만 이루어진 소설을 염두에 두고 쓰인 듯했다. 「희미한 빛」에서 김유진은 이제 소리가 아니라 빛을 어떻게 글로 옮길 것인가를 고민한다. 세 등장인물들의 가느다랗고 지난한 삶, 이루어지지 않는 사랑과 소통 부재의 상황은 물론 소설의 주제다. 그러나 정작 작가가 고심하고 있는 것은 그들의 삶을 어떻게 희미한 빛처럼 '그릴 것인가'이다. 문장들은 이제 어떤 의미를 지시하는 문자들의 조합이기보다는 희미한 빛을 그려내는 화가의 붓에 가까워진다. 문장의 음악화에 이은 문장의 회화화, 「희미한 빛」에서 김유진이 실험하는 것이 그것이다. 이 실험은 단순히 음악이나 회화를 소설의 소재로 삼는 정도로 장르 간 교섭이나 횡단 운운하는 경박함과는 사뭇 그 질이 다르다. 소설의 음악 되기, 소설의 회화 되기. 전대미문의 그 실험에 대한 기대가 크다. _**김형중(문학평론가)**

김나영_

작품을 쓰시면서 젊은 감각 혹은 동시대적 감각 등에 영향을 받는지 궁금했어요.

김유진_

거의 안 받는 것 같아요. 왜냐하면 제가 읽고 주로 영향을 받는 작품들이 약간, 옛날 것들인 경우가 많거든요.

김나영_

「희미한 빛」에는 '나' 그리고 '나'와 동거하고 있는 'L'이라는 남자와 그의 여자 친구, 지금은 아니지만 '나'의 남자 친구였던 'B'가 나오는데, 인물마다 캐릭터는 참 뚜렷한 것 같아요. 그런데 그들의 관계는 모호하게 그려져 있거든요. 이 점이 흥미로운데, 의도한 것인가요?

김유진_

그렇죠. 왜냐하면 제가 말하고 싶었던 것에는 모든 관계들이 규정될 수는 없다, 라는 것들도 포함되거든요. 항상 변하잖아요, 관계는. 친구였다가 애인일 수도 있고 애인이었다가 친구일 수도 있고. 남남이 될 수도 있고. 아니면 이도 저도 아닌 관계도 분명 존재하고. 그게 확실한 건 아닌 것 같아요. 그러니까 규정할 수 없는 관계들이 규정할 수 있는 관계보다 훨씬 더 많은 것 같고. 하지만 그게 어떤 불편함을 주니까, 나누려고 하는 거겠죠.

김나영_

대체로 그로테스크한 분위기라든가 짧은 문장이 속도감 있게 진행되면서 만들어내는 흡인력 등 김유진의 소설은 이렇다, 라는 정의가 확고했던 것 같아요. 비현실적인 인물이나 사건, 배경 등도 많았고요. 그런데 이번 작품에서는 이전 소설들에 있었던 강렬함이 좀더 부드럽게 변했다고 해야 할까요?

김유진_

자연스러운 변화인 것 같아요. 제가 스물네 살 때 썼던 소설이랑 서른 살 때 썼던 소설이 같을 수는 없으니까. 자연스럽게 그렇게 변하게 된 것 같아요. 관심을 가지게 되는 것도 변하고 생각하는 것도 조금씩 나아가고요.

「늑대의 문장」 같은 작품을 썼을 때에는 지금과는 마음이 달랐어요. 그러니까, 억울한 거 있잖아요. 알 수 없는 억울함 같은 게 항상 있었어요. 세상에 대한 억울함, 그리고 나 혼자만 괴로운 것들요. 환멸, 짜증, 뭐든 다 지긋지긋하고 지리멸렬하고 싫은 것들이 있었어요. 그런 적의 같은 것들을 항상 품고 있었기 때문에 작품에서 그게 불쑥불쑥 나왔던 것 같아요. 저는 못 느꼈지만 그게 좀 상쇄된 게 아닌가 싶기도 하고, 시간이 지나 스스로 타협점을 찾은 게 아닌가 싶기도 해요.

왜 쓸까, 내가 원하는 건 무엇일까,
돌아보기는 하지만 답은 없는 것 같아요.
앞으로 쓸 소설도, 공포소설을 쓸까 연애소설을 쓸까
우스갯소리로 이야기하지만 정말 그걸 쓸 수도 있고 아닐 수도 있고,
지금은 그래요.
항상 너무 무겁지 않게 생각하려는 면이 있어요.
너무 멀리 나아가려고 하지 않는 것 같아요.

김나영_
L의 여자 친구가 거실에서 스트레칭을 할 때의 고른 숨소리라든가 전날 밤의 흔적들, L과 L의 여자 친구가 먹었던 음식물들이나 빈 그릇들이 개수대에 쌓여 있는 것 등등을 '나'가 하나하나 세세하게 묘사하는데, 김유진 소설에서의 배경 묘사라는 건 곧 주인공의 감정 묘사가 아닌가, 그런 생각이 들었어요.

김유진_
중요한 것 같아요. 공간을 만드는 것이 필요하지 않을까, 그렇게 생각해서 항상 신경을 쓰는 편이에요. 내 주변에 뭐가 있는지 끊임없이 상상하고 다 만들어놓은 다음에, 하나하나 꺼내서 펼쳐놓는 편이에요.

김나영_
앞으로 이런 소설을 써보고 싶다든가 아니면 소설 쓰기의 목적으로 삼는 게 있는지 말씀해주세요.

김유진_

솔직히 말하면 잘 모르겠어요. 굉장히 희미해요. 순간 순간 변하기도 하고, 어떤 걸 쓸까, 왜 쓸까, 내가 원하는 건 무엇일까, 돌아보기는 하지만 답은 없는 것 같아요. 앞으로 쓸 소설도, 공포소설을 쓸까 연애소설을 쓸까 우스갯소리로 이야기하지만 정말 그걸 쓸 수도 있고 아닐 수도 있고, 지금은 그래요. 항상 너무 무겁지 않게 생각하려는 면이 있어요. 너무 멀리 나아가려고 하지 않는 것 같아요. 지금은 음악처럼 리듬감 있게 아름답게 읽힐 수 있는 장편소설을 쓰고 싶어요. †

인터뷰, 영상으로 보기

작 가 노 트

얼마 전, 파리에서 함께 지내던 룸메이트와 전화 통화를 했다. 3년 만이었다. 우리는 회포를 나누었는데, 그녀가 대뜸 나에게 물었다. '네 소설을 보았어. 정말 나를 그렇게 생각하는 것은 아니지?' 나는 그 모호한 두 마디의 말로도 그것이 무엇을 의미하는지 정확히 이해할 수 있었다. 도둑이 제 발 저리는 것과 같은 이치였다. 소설은 「희미한 빛」을 이야기하는 것이었고, 소설 속 화자가 지내는 아파트와 룸메이트는, 그녀와 파리의 아파트에서 가져왔기 때문이었다. 룸메이트는 얼핏 그녀와 비슷한 점이 있었다. 나는 무척 당황해, 손사래를 쳤다. 몇 가지 설정이 같다고 해서 그 인물이 그녀일 리는 없었다. 그러나 나는 어쩐 일인지 내내 민망하고 미안한 생각이 들었다. 보고 듣고 경험한 것을 소설에 담는 것은 매우 당연한 일이겠지만, 나는 내 주변의 인물과 풍경에게 조금씩 빚을 지고 있는 것은 아닐까.

김 유 진

희미한 빛

L의 여자 친구는 거실 한가운데 서서 몸을 반으로 접고 있었다. 그녀의 두 팔이 원숭이의 것처럼 길게 늘어졌다. 이마가 정강이에 붙었다. 마르고 단단한 등, 튀어나온 목뼈와 척추를 중심으로 잎맥처럼 갈라진 근육이 보였다. 그녀는 등이 깊게 파인 레오타드에 몸매가 드러나는 실크 팬츠를 입고 있었다. 내 발소리를 듣고는 허리를 곧게 펴 몸을 일으키며 좋은 아침,이라고 말했다. 나는 그녀의 인사에 답하지 않았다. 오늘은 좋은 아침이 아니었고, 내 거실을 제집처럼 드나드는 그녀가 마음에 들지도 않았다. 신체의 어느 부위에서 나오는지 알 길 없이 거실 전체에 울리는 숨소리도 거슬렸다. 나는 이 모든 적대감을 숨김없이 얼굴에 드러냈다고 믿었다. 그러나 그녀는 나의 표정에 영향받지 않았다.

나는 펼쳐져 있는 접이식 소파와 그 위에서 잠든 L의 뒤통수를 지나쳤다. 현관 입구에 세워둔 그녀의 자전거 바퀴에서 떨어진 흙먼지로 더러워진 거실 바닥을 노려보았다. 어젯밤에 비가 왔거든. 그녀의 목소리는 밝고 친절했다. 나는 부엌으로 들어가 냉장고에서 맥주 캔 하나를 꺼냈다. 찬장에서 캐슈너트와 아몬드가 든 유리병을 집어 들었다. 크고 작은 접시들, 찌그러진 맥주 캔 네 개, 화이트와인과 레드와인 각각 한 병, 와인 잔 네 개, 머그잔 두 개, 숟가락과 포크, 티스푼 한 쌍이 개수대와 그 주변에 널브러져 있었다. 먹다 남은 올리브와 감자 부스러기가 배수구를 틀어막은 것을 확인하고 나서 부엌을 빠져나왔다. L의 여자 친구는 바닥에 드러누워 두 다리를 높이 들어 올리는 중이었다. 어깨로 몸을 버티고는 허공에서 가부좌를 틀었다. 바닥과 수평이 된 두 다리의 무릎을 양팔로 받치고는 균형을 잡았다. 통 넓은 바지가 커튼처럼 그녀의 얼굴을 가렸다. 나는 맥주 한 캔으로 지난밤의 불면을 종결짓길 원했다. 블라인드를 쳤으나 햇빛은 틈을 비집고 기어코 방 안으로 들이쳤다. 캐슈너트 세 개를 한꺼번에 입안에 집어넣었다. 깊고 규칙적인 숨소리가 방 안까지 퍼졌다. 나는 그녀의 배 속에 갇힌 것만 같았다.

잠에서 깨어난 L이 곧장 달려간 곳은 화장실이었다. L의 여자 친구는 이미 집을 떠나고 없었다. L은 손끝에 물을 묻혀 머리를 대충 정리했다. 그는 자신의 방과 면해 있는 부엌으로 가 맥주잔에 우유를 따라 단번에 마셨다. 그것이 그의 숙취 해소법이었다. 잔은 여전히 씻지 않은 채 조리대에 올려두었다. 거실로 돌아와 리모컨으로 TV를 켰다. 담배를 꺼낸 L은 라이터를 찾아 주변을 뒤적거렸다. 이내 다시 부엌으로 가 가스레인지로 불을 붙이고 돌아왔다. 두 대를 연거푸 피웠다. L은 늘 창문 여는 것을 잊었다. 담배 연기가 내 방으로 전해졌다. TV에서는 가정식 요리 프로그램이 이어지고 있었다. 진행자는 과일주에 졸인 돼지고기 요리를 배우기 위해 차를 타고 2시간가량 북쪽으로 이동했다. L은 탁자 위에 놓인 누렇게 뜬 금사철 화분에 꽁초를 비볐다. 금사철은 내 것이었지만 L은 개의치 않았다. 나는 보지 않아도 L의 행동을 충분히 짐작할 수 있었다. 각자의 방에는 문이 없었다. 우리는 모든 소음을 공유했다.

나는 L의 인기척에 잠에서 깬 뒤에도 침대를 벗어나지 않았다. L은 음량을 잔뜩 올렸다. 여자 아나운서의 격앙된 목소리가 집 안에 쩌렁쩌렁 울렸다. L은 그 청량한 목소리를 무척 마음에 들어 했다. 그것은 L이 규칙적으로 시청하는 유일한 TV 프로그램이었으므로, 나는 싫은 내색을 하지 못했다. 6층짜리 아파트엔 엘리베이터가 없었다. 집은 6층에 있었다. 아파트는 이 골목의 유일한 고층 건물이었다. 창문을 열면 이웃 건물의 정수리가 고스란히 내려다보였다. 송전탑과 새 집, 물탱크, 너저분한 살림살이들을 한눈에 조망할 수 있는 것은 이 집의 몇 안 되는 장점 중 하나였다. 요리 프로그램이 끝나자 L은 TV를 끄고 다시 화장실로 들어갔다. 곧 샤워기의 물소리가 들렸다. L은 아르바이트로 관광 가이드를 하고 있었다. 머리가 무거웠다. 입에서 단내가 났다.

나는 지하철 승강장에서 망연자실 서 있었다. 목적지와 반대 방향으로 갈아탄 것이 벌써 세번째였다. 마지막으로 깨달았을 때에는 무려 열다섯 정거장을 지나친 후였다. 철로가 여섯 개나 되는 야외 승강장은 사람들로 북적였다. 시의 중심부에서 다소 벗어난 역은 공기가 차가웠다. 매점에서 어묵 국물의 비린내와 즉석빵 굽는 냄새가 진동했다. 역명이 낯설었다. 나는 왼손에 들린 잡지를 가방에 집어넣었다. 이 모든 허무맹랑한 실수를 잡지 탓으로 돌리고 싶었다. 시간을 확인했다. 지하철 노선도를 재차 확인하고 승강장 계단을 빠져나왔다.

반대쪽 승강장은 개찰구로 가로막혀 있었다. 교통카드를 인식기에 갖다 대기 직전, 잠시 망설였다. 약속 시간에 도착할 수 있을지 확신할 수 없었다. 이 모든 번잡함이 허사로 돌아갈 수도 있었다. 고용지원센터 직원은 약속 시간에 늦을 경우 번호표를 뽑고 무한정 기다려야 한다며 으름장을 놓았었다. 약속 날짜를 다른 날로 미루는 것이 나을지도 몰랐다. 그때 뒤에서 누군가가 교통카드를 든 손의 팔꿈치를 앞으로 밀었다. 떠밀리듯 교통카드를 찍고 나자 개찰구를 빠져나올 수밖에 없었다. 뒤돌아볼 틈도 없이 거구의 중년 여자가 내 몸을 밀치고 지하철 계단으로 뛰어 내려가고 있었다. 열차가 역사 안으로 들어오고 있음을 알리는 신호음이 울렸다. 그러자 좀더 많은 사람이 몰려들기 시작했다. 의지와 상관없이 지하철 계단 바로 앞까지 떠밀렸을 때, 난간을 잡고 간신히 무리에서 벗어날 수 있었다. 현기증이 일었다. 피가 정수리로 쏠리는 듯한 기분이었다. 집으로 돌아가고 싶었다.

지하철 안은 수신 상태가 나빴다. 고용센터 직원은 재차 이유를 물었다. 나는 몸이 아프다고 대답했다. 한 번은 허리가 아프다고 했고, 나중에는 감기몸살이라고 둘러댔다. 직원은 짜증이 나 있었다. 그는 서류를 제대로 갖추지 못해 창구 안을 우왕좌왕하는 실업자들과 번호표를 뽑지 않고 자신의 차례인 양 찾아오는 무례한 대기자들 사이에서 전쟁을 치르면서, 나에게 적절한 결석 사유를 묻고 있었다. 그는 다음번 실업 급여 교육 일자와 준비 서류를 빠르게 내뱉었다. 2주 뒤였다. 실직 후 6개월 이내에 신청하지 않으면, 이후 실업 급여는 받을 수 없게 된다는 말도 덧붙였다. 그 단순한 정보가 내 귀엔 게으름에 대한 질책과 협박으로 들렸다. 그는 내게 인사도 없이 전화를 끊었다. 통화 종료를 알리는 메시지가 핸드폰 액정 화면에 깜박였다. 우리가 나눈 곤혹스러운 대화 시간은 1분 35초였다. 나는 불이 저절로 꺼질 때까지 가만히 화면을 들여다보았다.

지하철은 빛을 가로지르며 달렸다. 사방에서 쏟아진 미적지근한 햇빛이 바닥으로 뚝뚝 떨어졌다, 이내 스며들었다. 수명을 다한 빛은 무거웠고, 눅눅했다. 빛은, 찌들어 보였고, 먼지로 가득 찬 것만 같았다. 목구멍이 간질거렸다. 열차는 다리를 건넜다. 모호한 색의 강물, 멀리, 오물처럼 물 위에 둥둥 떠밀려오는 노을, 구름 너머 V자 모양으로 일렁이는 철새 무리가 있었다.

오늘은 출장 온 아저씨들을 데리고 그 숲에 갔었어. 너도 이름은 들어봤잖아. 거긴 남자들이라면 누구나 궁금해하니까. 그런 델 가야 비로소 돈을 만지는 거야. 물론 위험하지. 너도 알다시피, 가슴도 달렸고 여자처럼 몸매도 끝내주지만, 아무튼 남자인 데다 거칠거든. 약 하는 애들도 많고. 내가 분명히 주의를 줬어. 절대 창문을 열지 말라고. 우린 구경만 하는 거라고. 차를 몰고 길을 따라가는데, 음 처음엔 별로 없어. 숲의 3분의 1 지점을 지나야 비로소 진짜들이 나타나지. 근데 이 아저씨들이 눈이 휘둥그레져서 창문에 다 달라붙어 있는 거야. 왠지 느낌이 좋질 않아서 빨리 지나가려고 속도를 내려는데, 일이 난 거지. 아저씨 한 명이 몰래 창문을 열었어. 내가 그걸 발견하고 창문 닫으라고 주의를 주는데, 그 순간 흑인 녀석 하나가 창틈으로 손을 집어넣어서 차 문을 열어버린 거야. 잽싸게 차 안으로 들어와서 다짜고짜 제일 덩치 작은 아저씨를 골라 아랫도리를 붙잡고 허리띠를 풀기 시작했어. 하,

상상이 가? 차 안에 말 한 마리가 뛰어들어온 것 같았어. 야광 비키니를 입은 흑마 말이야. 그때 카메라를 가져갔어야 했는데! 그 좁은 차 안에서 날뛰는데 불곰한테 습격당한 인간이랑 다를 바 없었어. 아비규환이었거든. 바지춤을 잡힌 아저씨는 자기보다 덩치 큰 놈이 위에 올라타니까 기겁을 했지만, 반항도 못했어. 무서웠을 거야. 가슴이 아저씨 머리통만 했거든. 그 아저씨 완전히 포기했는지 넋 놓고 그놈 가슴이랑 얼굴만 번갈아 보더라. 아무튼, 그 녀석 내 얼굴 보니까 그제야 멈추더라고. 그러곤 바지 벗기면서 슬쩍한 지갑을 보여주면서 돈을 좀 달라고 했어. 어쨌거나 일을 약간 했으니까. 그런데 그 아저씨, 얼굴이 시뻘게져서 지갑에 든 돈을 통째로 줘버렸어. 완전히 오버였지. 그 흑인 애가 엄청 고마워하면서 내리는 거야. 우리 차가 멀어질 때까지 내린 곳에 서서 손을 흔드는데, 눈을 못 떼더라, 그 아저씨. 커진 게 가라앉질 않더라고.

아무튼, 그 아저씨 돈 뺏긴 것 때문에 난 팁 한 푼도 못 건졌어. 오늘 하루 공쳤어.

나는 저녁 대신 치킨너겟과 맥주를 마셨다. 지하철에서 겪은 일련의 일들 때문에 진이 빠졌다. L은 시무룩해져서 우유 한 컵만을 마시고 자기 방으로 돌아갔다. L은 여자 친구 때문이 아니면 거실에서 자는 일이 없었다. 거실의 접이식 소파는 펼치면 3명이 눕고도 남을 만큼 넓었지만, 매트리스가 단단해 자고 나면 허리가 아팠다. L의 방은 현관 바로 앞에 마주해 있어 내부가 훤히 들여다보였다. 집에 들어서면, 자연스럽게 L의 1인용 침대가 눈에 들어왔다. 지구본과 세계지도가 프린트된 이불과 침대 커버는 밝은 하늘색이었다. 붉은색의 'Bon voyage'라는 문구가 작고 규칙적으로 인쇄되어 있었는데, 언뜻 피 칠갑을 한 것처럼 보이기도 했다.

나는 L이 없을 때 종종 그 방에 들어갔다. L의 책장이나 서랍을 뒤적거리거나 컴퓨터를 켜고 문서를 열어보기도 했다. L의 책장엔 책이랄 것이 별로 없었다. 몇 권의 컴퓨터 프로그램 매뉴얼과 게임 공략집, 유명 사진작가의 사진집 몇 권과 시나리오 작법책이 전부였다. L의 포부는 언제나 상투적이었고 모호했다. 그 방에서 나의 관심사는 L이 찍은 사진이 저장된 컴퓨터 폴더와 앨범뿐이었다. L은 자신이 만났던 여자들의 모습을 담아 간직하는 것을 좋아했다. 특별히 잘 나온 사진은 인화하여 앨범에 따로 보관했다. 그것은 그가 느끼는 여자들에 대한 감정과는 아무런 관련이 없었다. 사진은 객관적으로 완성도가 높은 것들로만 추려져 있었다. 그곳엔 나도 있었다. 우리는 3년 전, 두 달간 만났었다. 사진 속의 모습은 6년 전이라고 해도 믿을 만큼 어려 보였다. 시골 처녀인 양 빰이 홍조를 띠었다. 3년 전의 나는 흉물스러운 단발 파마머리에 바다색 민소매 시폰 원피스를 입고 소파에 드러누워 있었다. 치마를 팬티 근처까지 걷어 훤히 드러난 두 다리와 맨발에 초점이 맞춰져 있었다. 나는 사진을 가져가고 싶었으나 그럴 수 없었다. 사진의 주인공은 나이되, 사진의 주인은 L이기 때문이었다. 두 다리는 게처럼 사이가 벌어져 있었다.

몇 달 전, B는 고국으로 돌아갔다. 그곳을 '고국'이라고 부르는 게 맞았다. B는 자신이 태어난 나라에서 정착하려 6년간 애를 썼지만, 적응하지 못했다. 그는 유년기와 청소년기, 청년기를 모두 그곳에서 보냈다. 그곳의 물을 먹고 자라고, 말을 하고, 고등교육을 받았다. 그는 자신이 받은 양질의 교육에 자긍심이 있었다. B가 6년간의 생활에서 얻어 가는 것은 자신을 보호하기 위해 필사적으로 익혔던 이곳의 언어뿐이었다. 그는 모호한 이곳의 정서를 이해하지 못했다. 논리로 무장한 그는 자주 오해받았다. 가까운 사람들일수록 그를 이해하지 못했다. 그는 늘 전쟁터의 군인처럼 긴장 상태였고, 말 속에 숨어 있는 좋지 않은 의도를 파악하는 데에 능했으며, 부당한 처사에 분연히 일어났다. 그는 자신을 보호할 줄 알았다. 문제라면, 자신만을 보호할 줄 안다는 것이었다.

B가 고국으로 돌아가고 나서, 나는 그에게 일주일에 한 번씩 전화를 걸었고, 2주에 한 번씩 메일을 보냈다. 나는 '사랑하는 B에게'라는 문장을 아끼지 않았다. 메일에 그간 내가 저지른 과오들, 그의 고독에 대한 몰이해와 의심들을 구구절절이 적으며 용서받고 싶다고 썼다. 그러나 기실, 그가 돌아오기를 바란 것은 아니었다. 그는 나에게도 부담스러운 존재이기 때문이었다. 그는 독선적이었고 타협하지 않았다. B는 처음 한 달간 메일에 답장을 보내주었고, 두 달간 가끔 전화를 걸어 안부를 물었다. 그리고 지난달부터는 연락이 닿질 않았다.

B는 자주 꿈속에 나타났다. 어느 날은 청부살인에 실패한 나의 남편이었다가, 실족사한 아들이 되기도 했고, 나의 선생님이자 강간범이 되기도 했다. 나는 돌아가기 전 1년간 B와 함께한 유일한 사람이었다.

L은 며칠째 컴퓨터 앞에 붙어 있었다. 집은 L의 것이었다. 나는 L에게 매달 방세를 냈다. 시세에 비하면 터무니없이 적은 돈이었다. 공과금은 정확히 절반으로 나누었고, 매달 1일 얼마간의 돈을 각출해 공동생활비로 썼다. 우리는 특별한 일이 아니면 끼니를 각자 해결했다. 냉장고와 찬장에는 각종 냉동식품, 반조리식품, 술과 안주가 구비되어 있

었다. 안주는 주로 장기 저장이 가능한 건조식품들이었다. 둘 다 과일이나 야채를 좋아하지 않았다. 커피나 차 대신 유제품을 즐기는 점도 같았다. 우리의 공통점은 식성뿐이었지만, 대체로 관계는 원만한 편이었다. L은 부엌으로 향하는 나를 방으로 불렀다. 그는 성인용품 쇼핑몰을 뒤지는 중이었다. 침대 위 이불은 둘둘 말려 구석에 처박혀 있었다. 가까이 다가가자 머리칼에서 땀 냄새가 났다. L은 망사로 된 전신 스타킹과 밧줄 사이에서 고민 중이라고 했다. 인터넷 페이지를 넘기며 수십 장의 전신 스타킹 사진을 보여주었다. 나는 대답 대신 개, 너보다 열 살은 많아 보여,라고 말하곤 부엌으로 돌아갔다. 찬장에서 술을 꺼내 전자레인지에 넣고 돌렸다.

'사랑하는 B에게'로 시작하는 메일을 쓰기 시작했다. 나는 이제 저 문장이 얼마나 상투적인지 잘 알고 있었다. 더불어 내가 하는 행동 역시 질리도록 지지부진하다는 것을 잘 알고 있었다. 그러나 아는 것과 행동하는 것은 별개의 문제였다.

L의 여자 친구는 건강하고 독립심이 강해 보였다. 그녀는 일정한 수입이 보장된 일이 있었고, 5년간 요가를 했으며, 지난 4년 동안 매년 두 차례씩 각각 한 달간 단식을 해왔다고 했다. 그녀의 얼굴에는 화장기가 없었고 파마나 염색 따위도 하지 않았다. 그러나 자신의 고정된 생활 방식을 L에게 권한 적은 없었다. 그녀는 일주일에 3일 이상 우리 집을 찾았는데, 늘 자전거를 타고 왔다. 그리고 자전거를 어깨에 들쳐메고 6층까지 올라오는 수고를 마다하지 않았다. 자전거 도둑이 기승을 부렸기 때문이었다. 그녀는 L이 복사해준 현관 열쇠를 갖고 있었지만, 언제나 초인종을 눌렀다.

현관문을 열자, L의 여자 친구는 여느 때처럼 어깨에 자전거를 얹고 서 있었다. 씽긋 웃는 것으로 인사를 대신했다. 나는 한 손에는 요구르트 병을 든 채, 그녀를 맞았다. L은 아직 일어나지 않았다. 그녀는 배낭에서 신문지로 덮은 타르트 그릇을 꺼냈다. 배낭에는 어깨끈을 여러 차례 덧대어 꿰맨 흔적이 있었다. 시금치와 가지, 말린 토마토가 들어간 키쉬였다. 거실에 고소한 냄새가 진동했다. 그녀는 처음 보는 낡은 스웨터를 걸치고 있었다. 분홍색과 검은색, 연두색이 뒤섞여 전반적으로 잿빛에 가까운 스웨터는 엉덩이를 덮을 정도로 펑퍼짐했다. 목 부분의 실밥이 뜯어져 있었다. 나는 L에게서 그녀가 종종 재활용품 수거함을 뒤져 사람들이 입다 버린 옷이나 양말 따위를 가져다 쓴다는 이야기를 들었었다. 그녀는 스웨터 속에 몸에 완전히 달라붙는 일체형 사이클복을 입고 있었다. 나는 요구르트 병을 들어 보이며, 키쉬를 정중히 거절했다. 그녀는 무엇이든 두 번 묻는 법이 없었다.

나는 방 창가에 놓아둔 작은 나무 의자에 앉아 요구르트를 떠 먹었다. 바닥에 남은 요구르트를 남김없이 긁어 먹었다. 티스푼이 유리 용기에 닿아 요란한 소리를 내었으나, 나는 더욱 거칠게 바닥을 긁어댔다. L의 인기척이 들렸다. 다 먹은 유리 용기는 버리지 않고 모아두었다. 용도는 생각해보지 않았다.

건조하고 맑은 날이 계속됐다. 아침부터 먼지가 풀풀 날렸다. 오늘은 고용센터와의 약속이 잡혀 있었다. 집을 나서기 전, 바닥에 쭈그리고 앉아 카펫에 달라붙은 머리칼을 뜯어냈다. 얇고 긴 머리칼은 섬유 깊숙이 묻혀 있기 일쑤여서 소형 청소기로는 도통 해결이 되지 않기 때문이었다. L과 그녀와의 대화를 엿들으며, 나는 머리칼을 뜯어내고 청소기로 먼지 제거하는 짓을 수없이 반복했다.

L이 사진 찍어준대. 너도 찍을래?

단화 끈을 묶는 나에게, L의 여자 친구는 물었다. 거실 탁자에는 흰색과 붉은색의 밧줄이 두께별로 늘어놓여 있었다. 괜찮아, 난 이미 찍었어. 나는 그녀의 습관처럼 살짝 미소를 지어 보였다. 아래로 처지는 입꼬리를 억지로 끌어올려 싱긋 웃어 보이는 그녀의 표정을 뒤로하고 집을 나섰다.

지난여름 우리는 지방의 한 소도시로 짧은 여행을 떠났었다. 버스 터미널에 나타난 B는 한 손에 검은 비닐봉지를 들고 있었다. 그 안엔 담배 한 보루와 요구르트 두 병이 들어 있었다. 우리는 버스 안에서 나란히 요구르트를 나눠 먹었다. 그곳은 B의 고향이긴 했지만, 연고가 있는 것은 아니었다. 그곳이 진짜 자신이 태어난 곳인지, 아니면 서류상의 고향일 뿐인지 B 역시 알지 못했다. B는 이동하는 내내 잠을 잤다. 차창 밖으로 끝없이 이어지는 여름 산과 싱싱한 벼, 야생화, 드물게 남아 있는 흙집이나 차양을 친 인삼밭은 그가 단 한 번도 본 적 없는 풍경일 것이었다. 나는 그것들에 대해 이야기해주고 싶었으나, 그는 관심이 없었다.

역에 도착한 그는 매표소 위에 걸려 있는 50호짜리 유화 그림을 올려다보았다. 그림은 마을의 풍광을 담은 것이었다. 마을을 가로지르는 강과 녹음이 우거진 산의 아름다움은 다소 과장된 감이 없지 않았다. 그는 구도와 명암이 엉망인 형편없는 그림이라고 평했다. 색이 유치하고 촌스럽기 이를 데 없다면서, 벽을 따라 다닥다닥 붙어 있는 상아색 인조가죽 의자를 가리키며 너무나 잘 어울린다고 비아냥거렸다. 의자

시트는 모서리가 갈라져 누런 스펀지가 곳곳에 드러났다. 출구엔 마을 뒤쪽으로 연결된 수목원의 상세 지도가 걸려 있었다. 역사 안에는 몇몇 노인들과 매표소 직원 한 명이 있었다. 직원은 껍질을 벗긴 메추리알을 소금에 찍어 입에 넣으며 그를 신기하다는 듯이 바라보았다. 그는 다소 예민해져 있었다. 우리는 다리를 건넜다. 난간에 길게 늘어놓은 나팔꽃에서 오줌 지린내가 났다.

고용지원센터의 직원은 10명가량 되었다. 대기실은 약속을 잡고 온 사람들과 번호표를 뽑고 대기하는 사람들로 북새통을 이루었다. 태반이 50대 이상의 남성이었다. 젊은 여자는 나를 포함해 3명에 불과했다. 담당자는 퉁명스럽던 목소리와는 달리 인상이 서글서글했다. 제출한 서류를 훑어보며, 그는 해직 사유를 재차 확인했다. 나는 구차하리만큼 자세히 이유를 설명했다. 그는 겉표지에 내 이름이 적힌 작은 수첩 하나를 내밀었다. 나는 돈을 받기 위해서, 2주에 한 번씩 구직 활동을 증명해 보여야 했다. 각종 명함과 이력서, 이메일 자료 출력분 등 증명할 수 있는 것이라면 무엇이든 가능했다. 그는 첫번째 칸에 오늘 날짜를 적어 넣고 도장을 찍었다. 돈은 월급의 절반가량이 두 번으로 나뉘어 계좌로 지급된다고 했다. 그는 수첩을 돌려주며, 세미나실을 가리켰다.

강의실 안에는 50명 정도의 사람들이 있었다. 파워포인트로 만든 조악한 그래프가 대형 화면에 떠 있었다. 강사는 실업 급여가 재취업의 의지를 고취하기 위한 제도라는 점을 누차 강조했다. 대다수는 강의가 끝나기만을 바라는 듯 엉덩이를 들썩댔으나, 몇몇 열성적인 수강자의 끊임없는 질문 공세로 교육은 한정 없이 늘어지고 있었다. 파워포인트의 끊임없는 효과음이 신경에 거슬렸다. 나는 이어폰을 꺼내 한쪽 귀에 꽂고 MP3 플레이어의 전원 버튼을 길게 눌렀다. 최대치로 올려놓은 음량을 재빨리 줄였다. 그때, 옆자리에 앉아 있던 남자가 말을 걸었다. 음악 좀 같이 들어도 될까요. 그는 머리숱이 유난히 많았다. 구레나룻까지 촘촘했다. 그는 나를 보며 작게 미소 지었는데, L의 여자 친구의 경우가 그러하듯, 나에게는 위선과 비웃음으로 느껴졌다. 이어폰을 나눠 낀 그는 몸을 내 쪽으로 완전히 틀었다. 반바지 아래로 드러난 내 허벅지를 검지로 살짝 누르며 속삭였다. 허벅지에 점이 하나 있네요. 난 세 개나 있는데. 그는 조금 전보다 더 활짝 미소 지었다. 그의 작고 촘촘한 이가 눈앞으로 성큼 다가왔다. 니코틴에 전 누런 이가 참을 수 없이 역겨웠다. 나는 이어폰을 낚아채 세미나실 밖으로 나가버렸다. 교육을 끝마치지 못한 뒷일은 생각하지 않았다.

우리는 시장 입구로 들어섰다. 허기가 졌다. 식당은 대부분 민물고기를 이용한 음식들을 팔았다. 강을 낀 마을은 은어가 특산물이라고 했다. 그는 비린내를 견디지 못했다. 시장 전체에 풍기는 생선 고는 냄새에 얼굴을 찌푸렸다. 나는 노점상에서 생선살에 밀가루와 계란을 입혀 튀긴 것을 한 봉지 샀다. 튀김은 고소하고 비린내가 없었다. 그에게 권했으나, B는 미안하지만 역겹다고 했다. 나는 손에 든 튀김을 다시 종이봉투에 집어넣었다. 입구를 접었다.

B는 갈아입을 옷이 없었다. 우리는 트레이닝복이 즐비하게 널린 옷가게로 들어섰다. 그는 눈으로 물건을 훑어보고는 면티 2장을 골랐다. B는 가게 주인에게 신용카드를 내밀었다. 주인 남자는 쓴웃음을 지으며 카드는 받지 않는다고 말했다. 이런 시골 장에서 누가 카드를 씁니까. 만 원도 안 하는데. 그는 볼멘소리로 덧붙였다. B는 계산기 옆에

버젓이 놓인 카드 단말기를 확인했다. 그는 단호한 목소리로, 카드로 계산하고 싶다고 재차 말했다. 나는 눈을 질끈 감았다. B가 한번 고집을 부리면 스스로 꺾는 일이 없었다. 지갑을 열고 현금을 내보였으나, 그는 나를 밀쳐냈다. 카드를 쓸 수 없는 이유를 명확히 대지 않으면 물러서지 않겠다고 했다. 이건 불법이잖아. B는 분개했다. 남자는 물건을 팔지 않겠다고 손사래를 쳤다. 그는 주인 남자의 신통치 못한 태도에 급기야는 불같이 화를 내기 시작했다. 이 옷은 내가 고른 것이니 내가 반드시 가져가겠어요. 카드로 계산해주십시오. 아니면 경찰에 신고하겠습니다! 제가 우습게 보입니까? 난 한다면 하는 사람이에요. 경찰 부르세요!

그는 거친 말을 쓸 줄 몰랐다. 속어나 욕도 배우지 않았다. 그 대신 자신이 할 수 있는 가장 강한 태도를 취했다. 공손한 말투와는 달리 이글거리는 B의 눈빛을 본 남자는 싸움을 피했다. 목숨을 거는 듯한 B의 태도가 황당하다는 반응이었다. B는 티셔츠가 든 비닐봉지를 들고 당당히 시장을 빠져나왔다. 나는 B가 부끄러워 견딜 수 없었다. B는 종종 자신이 정의의 투사라도 된 양 굴었다.

생선튀김이 든 종이봉투는 기름에 절어 눅눅해져 있었다. 생선이 식자 비린내가 올라왔다. 아무리 입구를 접어도 냄새는 사라지지 않았다. B의 탐탁지 않은 시선이 느껴졌으나 버리지 않았다. 버리고 싶지 않았다. 우리는 마을 입구에 도착했다. 마을은 고적했으나 평화로웠다. 볕이 잘 드는 담장과 지붕 위에는 어김없이 고양이들이 오수를 즐기고 있었다. 건조하고 시원한 바람, 푸른 활엽수들, 잎 사이로 산산이 부서지며 쏟아지는 햇빛 냄새와 뒤섞인 나무줄기의 풋내를, 나는 무감하게 받아들였다. B를 어디까지 이해하고 용인해야 할지 감당할 수 없었다.

아스팔트 바닥으로 햇빛은 곤두박질쳤다. 빛은 덜 여물었으나, 한낮의 것과 다를 바 없이 매섭고 따가웠다. 요즘은 어째서 이렇게 날이 맑은 것인지, 짜증이 일었다. 빨라진 걸음 때문에 숨이 찼다. 고용센터가 보이지 않을 정도로 멀리 왔으나, 조금 전에 느꼈던 역겨움은 사라지지 않았다. 어서 집으로 돌아가고 싶었다. 이불을 뒤집어쓰고 누워, 오늘 하루를 끝마치고 싶었다. 가로수 없는 인도를 끝없이 걸었다. 지하철역은 보이지 않았다. 아파트 단지의 시든 장미 넝쿨을 지났다. 고가도로 아래 주차된 자동차들, 폐휴지 리어카 사이를 걸었다. 지하철은 아파트 단지의 끝자락에 있었다. 외벽 공사 중인 상가 건물을 지나 지하철 입구에 다다른 순간, 엄청난 굉음이 울리기 시작했다.

높고, 날카로우며, 연속적인 소리는 자동차의 경적 소리를 압도할 정도였다. 여기저기서 비명과 고함이 뒤따랐다. 엄청난 양의 먼지가 시야를 가로막았다. 외벽 공사에 쓰이는 철조 구조물이 한꺼번에 무너져 내린 것이었다. 철조 구조물은 인도와 도로의 한쪽 차선을 완전히 덮었다. 떨어져 나간 철골이 도로를 굴렀다. 도로를 구른 철골들이 차와 부딪혔다. 경적 소리는 비명과 닮았다. 엄청난 소음 때문에 일순 정신이 아득해졌다. 점차 가라앉는 먼지 사이로, 나는 철골에 깔린 인부 한 명을 보았다. 찌그러진 철골 발판 아래로 피범벅이 된 두 다리가 있었다. 왼발의 운동화가 반쯤 벗겨져 있었다. 오른쪽은 그나마도 없었다. 나는 지하철역으로 몸을 돌렸다. 입구에선 노인 하나가 깐 완두와 말린 호박을 팔고 있었다.

주머니에서 핸드폰 진동이 느껴졌다. 번호를 보지 않아도 짐작할 수 있었다. 고용센터일 것이었다. 혹은 B일 수도 있었다. 아니면, 내 짐작이 틀렸을 수도 있었다. 그런 것은 별로 중요하지 않았다. 나는 모든 것이 하찮게 느껴졌다. 지리멸렬했다.

민박집에 도착하자, B는 기분이 한결 나아 보였다. 기역 자 모양의 흙집이었다. 햇볕은 작은 마당에 고르게 내리쬐었다. 마당 한편에는 고추, 오이, 깻잎 따위를 기르는 텃밭이 있었다. 그 옆으로 장독 세 개가 나란히 놓여 있었다. 마당 한가운데 돗자리가 깔린 평상이 자리잡고 있었다. 호박이며 토란대, 가지, 고사리 따위의 나물들이 바짝 말라, 건드리기만 해도 바스러질 것 같았다. 풍경 대신 메주 한 덩이가 처마 밑에 흔들렸다. B는 감나무 아래 그루터기에 앉았다. 나는 하늘을 바라보았다. 감잎은 덜 여물어 얇고 부드러웠다. 감잎 그늘에 숨은 작고 단단한 열매를 보았다. 감나무 아래엔 1.5킬로그램짜리 아령 두 개가 있었다. B는 아령을 과장된 몸짓으로 들어 보이며 화를 내서 미안하다고 말했다. 그런데 억울한 일을 겪으면 참을 수가 없어. 그는 자신을 이해해주는 사람은 나뿐이라고 말했다. 나는 그것은 사실이 아니라고 말하고 싶었으나 그럴 수 없었다. 그는 외톨이였다. 그를 이해하는 것은 자신 말고는 세상 어디에도 없었다. 대청마루 위 놋쇠 그릇에 담긴 보리차에 하루살이들이 둥둥 떠다녔다. B는 이 집을 고향으로 삼아야겠다며 너스레를 떨었다.

L의 여자 친구는 나체로 거실 벽 가까이에 서 있었다. 소파는 구석으로 밀려나 내 방 입구를 가로막고 있었다. 카메라를 이리저리 움직이던 L은 잡지를 펼쳐 보이며, 이런 자세도 할 수 있어?라고 물었다. 그녀는 고개를 끄덕이더니 가볍게 허리를 뒤로 꺾어 두 손으로 바닥을 짚

었다. 몸을 뒤집어 팔다리로 지탱하는 모습은 거미 같기도 했고, 공포 영화의 한 장면이 떠오르기도 했다. 그녀의 몸은 지방이라고 할 만한 것이 없었다. 단단한 뼈와 최소한의 근육으로 이루어진 몸은 성적 감흥과는 거리가 멀었다. 음모가 없는 그녀의 성기는 어린아이의 것 같았다. 잔뜩 힘이 들어간 엉덩이 근육이 도드라졌다. 골반 뒤쪽이 움푹 들어갔다. 그녀가 취하는 자세 하나하나는 특정 부위의 근육을 단련시키기 위한 것 같았다. 가부좌를 틀고 두 팔로 몸 전체를 들어 버티는 동작은, 그녀를 한 마리 들소처럼 보이게 했다. 그녀가 고개를 치켜들자, 빗장뼈가 금방이라도 몸 밖으로 빠져나올 듯 튀어나왔다. 목 근육과 가슴, 세 부분으로 갈라진 어깨 근육이 빗장뼈 주변을 감싸며 공격 태세를 갖추었다. 보기 드문 광경에 넋을 놓고 있다가 그녀가 몸을 일으키자 번뜩 정신이 들었다. 나는 L에게 내 방 입구를 가로막은 소파를 치워달라고 요구했다. 온몸의 피가 다 빠져나간 듯 힘이 없었다. 한 시간 전의 충격이 채 가시지 않아 손이 덜덜 떨렸다. L은 대답 대신 탁자 위의 붉은 밧줄을 가져왔다. 좀 도와줘, 라고 내게 말했다.

L은 매듭짓는 것에 서툴렀다. 그는 인터넷에서 출력한 각종 매듭의 이미지를 가져와 그대로 따라 했다. L은 발목과 팔목, 목에 부피감을 주고 싶어 했고, 명치에서부터 배꼽으로 이어지는 부분을 세 개의 매듭으로 장식하려 했다. 유두와 성기는 의식적으로 배제했다. 그녀의 밋밋한 몸에 적합한 방식이었다. 밧줄은 방사선처럼 몸통 한가운데에서 팔과 다리로 퍼져나갔다. 다리는 상대적으로 자유로웠는데, 높게 들어 올려야 하기 때문이라고, L은 말했다. 내 손엔 어느새 밧줄이 들려 있었다. 그녀는 몸에 힘을 풀고 척추를 바닥에 바싹 붙이고 누워 있었다. 두 손바닥이 하늘을 향했다. 생각보다도 단단하게 몸을 결박해야 했다. 그

러지 않으면 매듭의 모양새가 틀어지거나, 중심이 어긋날 수도 있었다. 그것은 그녀의 신체에 부담을 더하는 것이기도 했다. 나는 그녀의 표정을 살폈다. 나와 눈이 마주쳤으나, 웃지 않았다. 온몸이 땀으로 범벅되어 있었다. 피가 통하지 않아 거무죽죽해진 몸은 언젠가 다큐멘터리에서 보았던 불에 그슬린 원숭이의 팔다리를 떠올리게 했다. 혈색이 없었다. 나는 긴장한 그녀의 눈과 일자로 다문 입술을 보았다. 팔다리가 미세하게 떨렸다. 나는 천천히 마음이 진정되는 것을 느꼈다.

L의 지시에 따라 몸을 일으켜 세웠다. 그녀는 거실 한가운데에 두 발을 나란히 모으고 서서, 몸을 반으로 접었다. 두 손바닥이 발 옆 바닥을 짚었다. 오른쪽 다리에 힘을 주어 몸을 지탱하고, 왼쪽 다리를 천장 쪽으로 들어 올리기 시작했다. 지탱하고 있는 오른쪽 다리의 정강이에 이마가 닿았다. 왼쪽 다리는 거의 몸과 일자가 될 정도로 들어 올려졌으나, 완벽하진 않았다. L은 왼쪽 다리에 연결된 밧줄을 천장 한가운데 박아놓은 고리에 끼워 넣고 반대쪽으로 넘겨 나에게 주었다. 잡아당겨, 힘껏. 나는 L의 지시에 따라 밧줄을 잡아당겼다. 그녀의 몸은 완벽히 일자가 되었다가, 활처럼 미세하게 휘었다. 그녀의 시선은 정강이에서 떨어져 나와 바닥을 향했다. L은 연방 카메라 셔터를 눌렀다. 갑자기 큰 소리로 멋지다!고 말했다. 나는 깜짝 놀라, 그만 밧줄을 놓치고 말았다. 밧줄에 지탱되던 몸이 균형을 잃고 앞으로 고꾸라졌다. 나와 L은 그녀를 향해 달려갔다. L의 여자 친구는 대자로 누웠다. 우리를 올려다보며, 나즈막이 웃었다. 땀이 들어가는지 눈을 쉴 새 없이 깜박이면서도 닦아내지 않았다.

나는 메일함에 저장해놓은 B의 편지를 모두 지웠다. 나는 B에게 고국으로 돌아가라고 말한 것이 내가 아님을 후회했다. 이곳에서 너를 이해하는 사람은 아무도 없노라, 말해주지 않은 것을 후회했다. 더불어, 돌아간 고국에서도 너를 받아줄 곳은 아무 데도 없다는 것을 꼭 말해주고 싶었다. 그가 나에게 하듯, 그에게 진심을 말하지 않은 것을 후회했다. 그가 고국에 돌아가고 나서도 나는 끝까지 진심을 말해주지 않았다. 나는 지금이야말로 침묵할 때라고 생각했다. 내가 B에게 보냈던 편지 중 그가 수신 확인을 하지 않은 몇 통의 편지들을 찾아 지워버렸다. 그가 편지를 읽지 않은 것이 참으로 다행이라고 생각했다. 나는 입을 다물어야 했다.

B가 가진 주소에는 집 대신 작은 연못만이 남아 있었다. 물은 깊이를 가늠하기 어려울 정도로 혼탁했다. B는 오랫동안 연못 앞에 서 있었다. 그는 표정이 없었다. 나는 그에게 마을 너머로 보이는 수목원의 입구를 가리켜 보였다.

L은 말린 소시지를 불에 살짝 구웠다. 돼지고기 비린내가 식욕을 자극했다. 냉장고에서 맥주 캔 세 개를 꺼내 탁자에 내려놓았을 때, L의 여자 친구가 샤워를 마치고 나왔다. 그녀는 전신 타이츠 대신 L의 티셔츠를 입었다. 옷에는 거대한 남자 성기 그림과 함께 Suce-moi!라고 휘갈겨 쓴 문장이 프린트되어 있었다. 그림과 그녀의 납작한 가슴은 묘하게 잘 어울렸다. L은 시간을 확인하더니 TV를 틀었다. 아나운서는 조금 쉰 듯한 목소리로 삭힌 생선 요리법을 전수받고 있었다. 남부에서 가장 유명한 요리사라는 소개를 거친 중년의 여성은, 삭힌 생선 요리야말로 지극히 개인적인, 하나하나가 다 다른 맛을 지닌 음식이며, 그 맛으로 그것을 담근 사람과 그 집안의 내력을 이해할 수 있다는 평가를

내렸다. 나는 이해라는 말이 참으로 재미있는 말이라는 생각을 문득 했다. 우리는 생선의 숙성 과정을 보며 맥주를 들이켰다. 나는 무의식적으로 담배를 빼드는 L을 위해 창문을 조금 열었다. 죽은 화분을 그의 앞으로 밀어주었다. 우리는 아무런 대화도 나누지 않았다.

늙은 공작은 구애 중이었다. 우리는 수목원에서 그를 보았다. 공작은 인도공작의 변종으로 전신이 백색이었다. 부리와 다리는 연한 분홍빛이 돌았다. 그는 날개깃의 가장자리와 정수리 부분이 누렇게 변색되어가는 중이었다. 공작은 깃털을 빳빳이 세우고 울었다. 코를 푼 휴지를 뭉쳐놓은 듯, 불규칙한 크기의 무늬들이 앞뒤로 파르르 떨렸다. 구애는 약 15분간 이어졌다. 그러나 우리 안의 암컷들은 그에게 관심이 없었다. 여행하는 내내 날이 흐렸다. 흐린 날을 기다려 구애를 하는 것이 공작의 습성이라고 했다. 공작은 체념한 듯 깃털을 천천히 접었다. 가지런히 접힌 날개의 길이는 족히 1미터가 넘었다. 날개 때문에, 방향을 바꾸기가 쉽지 않은 듯했다. 땅에 끌린 깃털은 흙먼지를 뒤집어쓰고 좀더 누레졌다. 둥지로 돌아가는 공작의 엉덩이와 뒤뚱거리는 걸음새는 오리의 것과 다를 바 없었다. 공작의 생태에 관한 안내문과 경고 문구가 적인 표지판을 단 원형 철조망, 그 주변을 에워싼 개화한 모감주나무, 나뭇잎과 닮은 모양새의 비늘구름 사이로 이제 막 들이치기 시작한 희미한 빛을, 나는 바라보았다.

〔『창작과비평』 2010년 봄호〕

이달의 소설

2010년 7월

이 유 ●•• 커트

이 유 1969년 서울에서 태어났다. 2010년 『세계일보』 신춘문예에 당선되어 문단에 나왔다.

선 정 의 말

—

이유의 소설 「커트」의 강렬한 상징성은 '가위'의 내포적 의미가 과거와 현재, 상처의 연원과 그것의 회귀를 오가면서 누적되는 데서 비롯한다. '가위'는 어린 여아에게 가해진 끔찍한 폭력에 대해 본능적인 자기방어의 수단으로 휘둘러지며, 용서가 불가능한 추악한 남성성의 거세를 망설임 없이 이행하는 도구로 나타난다. 날카로운 칼날의 번뜩임은, 그 감각적 즉물성은 상처 입은 자(여성)의 상흔을 즉각적으로 환기하며, 그로 인해 패였을 원한의 깊이를 동시에 비춘다. 그러나 '가위'는 손에서 놓지 않는 한, 언제든 되살아나는 정신적 외상의 구체적 외현이기도 하다. 그런 까닭에 비슷한 폭력이 되풀이되는 순간, 억압된 것이 귀환하듯 '가위'는 다시 한 번 가해자의 목덜미에 박힌다. '가위'는 잊어야 할 기억, 잊히는 것이 나은 기억을 절대 잊지 않도록, 잊을 수 없도록 의식의 편에 붙드는 강력한 매개물이다.

그런데 주목할 것은 정작 '가위'에 찔린 자(남성)는 피해자가 아닌 가해자일 뿐이라는 사실이다. 그것도 개선의 여지가 없는 영원한 가해자. 그 까닭은, 폭력은 동일한 형태로 현재까지 연속되고 있으며, 끔찍한 반복의 주범은 겉모습만 다를 뿐 욕망의 본질에선 변함없는 상태로 재차 등장하기 때문이다. 그렇다면 이 소설은 피해자—여성/가해자—남성의 단순 이분법에 근거하고 있는가? 인물간의 관계만을 따진다면, 범죄 발생의 원인을 묻는다면, 그럴 수도 있다. 하지만 폭력적 남성의 얼굴로 가시화되는 현실의 강고한 제도와 그러한 제도로부터 소외되어 바깥으로 내몰리는 사회적 약자의 불행이 더 근원적인 대비로 가로놓여 있다고 보아야 할 것이다. '나'의 어머니에서 '나'에게로, 그리고 업둥이 '딸'에게로 이어지는 경제적 어려움이야말로, 그러한 궁핍이 지속되리라는 강한 필연성이야말로 외부 세계로부터 자신을 지킬 최선의 방어책으로 '가위'를 놓지 못하게 만드는 근본 요인이다. 〔홀로 네 아이를 키워야 하는 어머니, 원장의 성적 착취를 감내해야 하는 시다바리 미스 조, 온몸에 멍이 든 채 버려진 아이는 모두 '가난한 여성'이라는 호적(戶籍)을 모태처럼 공유하고 있다.〕 소설 「커트」가 한 여성의 예외적 이야기가 아닌 사회적 보편성의 문제를 예민하게 간파한 작품이라는 점이 바로 여기에서 드러난다. 추한 기억을 잘라내고, 외상의 기원을 끊어내려는 '커트'의 상상적 노력이 독하지만 아슬아슬한 최후의 자구책으로 읽히는 것은 그만큼 궁지에 몰린 약자의 절박함을 담고 있기 때문이다.

_강계숙(문학평론가)

인터뷰

이수형_

2010년에 「낯선 아내」라는 단편소설로 등단하셨는데, 약력을 보니 수학과를 졸업하셨다고 나와 있어요. 많은 사람들이 수학적인 세계와 소설이나 문학이 감당하는 세계가 좀 다를 거라고 상식적으로 생각할 것 같은데 그 괴리에 대해서, 간격에 대해서 해주실 말씀이 있으신가요?

이유_

저는 수학을 좋아해요. 딱 떨어지는 숫자들의 세상이 좋았어요. 숫자들 하나하나가 다 인격적으로 느껴지기도 했고요. 그 세계들에 빠져서, 인생이 명확하게 나아갈 수 있지 않을까 하는 생각을 하고 수학 공부를 하게 됐죠.

이수형_

답이 딱 떨어지는 그런 삶 혹은 삶의 궤적과, 등단작인 「낯선 아내」에 나오는 서사나 소재가 관계 있을 것 같다는 생각도 듭니다. 형사가 등장해서 그렇기도 하지만 뭔가를 찾아가는 플롯을 가지고 있잖아요? 물론 찾지 못하게 되는 것이 결말이기는 한데, 아마도 선생님께서 하시는 수학적이거나 혹은 명확한 답이 있는 과정에 대한 고민이 플롯을 만드는 데에도 어느 정도 영향을 미친 것은 아닌가, 그런 생각도 듭니다.

이유_

수학적인 사고, 그러니까 일을 진행하다가 어떤 문제가 발생했을 때 몇 가지 길이 있는지 확인해본 후 하나하나 추적하고 가능성을 따져서, 되는지 안 되는지 등을 따져나가는 일들을 계속 해왔기 때문에 어떻게 보면 형사가 하는 일과 맞아떨어지는 부분들이 있었던 것 같아요.
그렇지만 형사라는 직업이 어떻게 보면 소설과 비슷하잖아요. 형사는 진실을 좇아가는 사람인데, 사실은 그 진실들이 우리 인생을 지탱해주고 있는가에 대해 생각해보면 딱 들어맞지는 않는 것 같아요. 그리고 결국 인간이 살아야 하기 때문에, 사는 것을 지탱해줄 수 있는 부분들을 거짓이라 하더라도 믿고 살아가는 그런 모습들에 대해 생각해요.

이수형_

「낯선 아내」의 경우 형사가 일종의 정신병을 앓게 된다는 데에 주목해볼 필요가 있지 않을까 합니다. 「커트」의 주인공도 사실은 일종의 망상의 세계에서 살고 있는 셈인 거잖아요. 선생님의 소설은 아직 두 편밖에 발표되지 않았지만 등장인물들이 다들 약간 심리적인 문제를, 그것도 다소 중증의 문제를 앓고 있다는 생각이 들어요. 그런 소재나 사건에의 관심이 의도적인 것인가요, 아니면 플롯 등을 만들다 보니 그렇게 된 것인가요?

「커트」에 나오는, 가위가 없으면 버틸 수 없는 인물처럼
저를 버티게 해준 것이 문학이기도 했었는데,
좀 크고 나서 그런 부분들을 되짚어보니 결코 타인이 나에게
상처를 줄 수 없다는 생각을 하게 됐어요.
상처는 스스로 받는 것이더라고요.
살면서, 공격하는 사람들로부터 나를 지키려 해왔는데
어느 순간에 그런 건 아니구나 싶었어요.

이유_

제가 계속 고민했던 것이 '자각'에 대한 부분이었거든요. 어렸을 때 이상하게도 다른 사람은 단단한 땅에 발을 잘 딛고 걷는 것처럼 보이는데 저만 바퀴 같은 걸 달고 있는 듯한, 혹은 원하는 길로 갈 수 없을 것 같은 불안함이 있었어요. 「커트」에 나오는, 가위가 없으면 버틸 수 없는 인물처럼 저를 버티게 해준 것이 문학이기도 했었는데, 좀 크고 나서 그런 부분들을 되짚어보니 결코 타인이 나에게 상처를 줄 수 없다는 생각을 하게 됐어요. 상처는 스스로 받는 것이더라고요. 살면서, 공격하는 사람들로부터 나를 지키려 해왔는데 어느 순간에 그런 건 아니구나 싶었어요. 그런 자각들에서 두 소설 다 나오게 된 셈이에요.

이수형_

여기 나오는 '커트'라고 하는 제목 자체가, 무언가를 잘라내는 거잖아요. 무언가 결단을 하는 것이고 무언가와 절연을 하는 것이고 무언가와 결별하는 것이고. 다시 말하면 새롭게 무언가를 시작할 수 있을 것인데, 그래서 '커트'에 두 가지 의미가 있다고 보입니다. 하나는 과거의 문제 안에서 그것들을 해결할 수 있는 상상적인 해결 방안이 일종의 커트, 가위를 이용한 커트이기도 한 것 같고요. 그런데

뒤로 갈수록 과거의 상처로부터 넘어서서, 과거의 기억으로부터 벗어나서 새 출발을 하고 싶다는 소망이 있는 것 같기도 한데 그런 것들은 커트해내기 어려운 이중적인 상황에 봉착해 있는 것도 같습니다.

이유_

딸이 등장하잖아요, 그 상황에. 저는 그 상황이 계속 반복되는 게 인생이라고 생각해요. 계속 커트해내지만 기억들이 제게 또 찾아오면 어느 순간 다시 커트해내고, 다시 찾아오고 하는 그런 과정 속에서 자신을 용서하게 되는 부분까지 생각했던 것이고요.

이수형_

그럼 그 '커트'라는 게 아까 말씀하신 일종의 '자각'이라는 것과 비슷한 개념인가요?

이유_

네, 비슷하죠. 그리고 여기에서는 그걸 딛고 일어나는 것을 쓰려고 했고요. †

인터뷰, 영상으로 보기

작 가 노 트

허허벌판에 홀로 버려져 우는 꿈을 꿀 때가 있었다. 계속해서 불어닥치는 거센 바람과 부활하는 무서운 기억들로 가득하기만 했던 벌판에서 파르스름한 털을 가진 고양이와 수줍음 많은 딸아이가 이제 나를 지켜준다.

● • •

이 유

커트

—

온통 바람이다. 시도 때도 없이 불어재끼는 벌판의 바람은 입만 살짝 벌려도 어금니 사이로 살얼음을 물린다. 오래전 개발 바람이 불 때 근거 없는 소문과 기대가 만들어놓은 가건물 10여 채가 지금은 모두 헐리고, 유일하게 남은 한 채만 벌판 위에 서 있다. 가건물 귀퉁이에 〈머리치장〉이라는 소박한 간판을 걸고 나는 미용실을 하고 있다. 손가락 한 마디와 통감이 없는 아홉 살 딸아이를 데리고 합판을 막아 만든 가게 뒷방에서 산다. 드는 손님이라고 해봐야 커트하러 온 뜨내기 한둘이 고작이다. 그나마도 뭐 하나 가진 것 없고 성한 데 없는 족속들뿐이다.

일단 가게 문을 열면 선택의 여지란 없다. 별의별 손님이 다 찾아든다. 그들은 결코 내게 이해를 구하는 법이 없다. 자신이 원하는 걸 악착같이 얻어낼 궁리만 한다. 꿈에서도 스치고 싶지 않았던 얼굴이 불쑥 나타나기도 하고 복면한 강도가 들이닥쳐 미용 집기를 손에 잡히는 대로 몽땅 쓸어간 적도 있다. 그러나 내 손에 가위가 있는 한 걱정 없다. 오직 가위를 손에 쥘 수 있어 이 직업을 택했다. 중량감이 전혀 느껴지지 않는 커트 가위를 처음 손에 쥔 순간 나는 가위 안에 깃든 힘을 단박에 알아버렸다. 엄지 공, 약지 공 두 개의 원 안에 손가락을 끼고 엇갈린 두 날을 벌렸다 오므리기만 하면 충분하다. 젖은 종이도 아무 저항 없이 두 가닥으로 잘린다. 뭐든 잘리고 버려진다.

라디오 볼륨을 높이고 비질을 시작한다. 문이 활짝 열리더니 바람이 몰고 온 검은 흙먼지가 두 눈을 가린다. 문을 닫으려는 나를 누군가 막고 들어선다. 유행이 한참 지난 밍크를 목에 두른 칠십대 노인네다. 처음 미용실 문을 연 이들은 거의 다 무안한 표정부터 짓는다. 내가 봐도 참 누추한 실내다. 시선 위치만 빤질빤질할 뿐 먼지가 찐득하게 내려앉은 거울이며 달랑 한 개뿐인 낡은 미용 의자, 멀티 콘센트에 연결된 선들이 뒤엉킨 바닥을 보고 있으면 솔직히 나도 심란하다. 아무리 문단속을 해도 벌판의 바람이 몰고 오는 흙먼지를 막을 수 없기 때문이다. 그러나 인중이 몹시 긴, 기분 나쁜 인상의 노인네에게선 어떤 반응도 읽히지 않는다. 미용 의자가 비었는데도 대기용 소파에 털썩 주저앉는다. 무릎뼈 접히는 소리가 내 귀에까지 들린다. 노인네가 하는 꼴을 가만히 지켜본다.

"여긴 머리 깎는 데 얼마야?"

흥정을 해보잔다.

"8천 원요."

노인네는 화들짝 놀라는 시늉을 한다.

"전에 살던 데선 2천 원에 커트를 했다구."

나오는 건 웃음밖에 없다.

"왜요, 그냥 해드릴 수도 있죠."

"그럼 그냥 해줄 텨?"

뻔뻔스런 낯짝이다.

"할머니가 첫 손님이거든요?"

가게는 치우지 않더라도 자기 머리 손질은 하고 손님을 맞는 게 미용사다. 미용사에게 머리 손질할 시간도 주지 않고 들이닥친 예의 없는 손님은 커트 가격마저 깎으려 들었다. 차라리 밍크나 걸치고 오지 말 것이지 생각하다 어쩌면, 싶다. 들어설 때완 다르게 내부 꼴을 보자 공짜로 머리를 자를 수 있겠다는 계산이 섰는지 모른다.

"나 같은 늙은이야 스타일이 있어 뭐가 있어. 그냥 잘라만 주면 되는 거 아냐."

노인네가 집요하게 물고 늘어진다. 나도 까닥하지 않는다.

"그럼 그런 데 찾아가 하시든가요."

"이런 먼지 구덩이 속에서 누가 머리를 잘라?"

노인네가 벌떡 일어선다. 순간 나는 멈칫한다. 고름 덩어리 같은 누런 흰자위에 떠 있는 검은자위가 전혀 움직이지 않는다. 노인네의 어이없는 행동이 비로소 이해된다.

"앉으세요."

들려오는 건 너무도 차분한 미용사의 음성이다. 귓구멍이 막힌 것처럼 노인네가 말똥히 내 쪽을 본다.

"커트해드릴게 앉으시라구요."

거저? 하며 웃는 입을 콱 찢고 싶지만 나는 시종 차분하다.

"2천 원에 해달라면서요?"

노인네는 크게 인심 쓰듯 그래, 그래, 하며 고개를 까닥인다. 노인네에게서 받아든 겉옷을 카운터 위에 붙은 라커 룸에 넣는다. 그녀는 밍크 목도리만은 손에 꼭 쥐고 놓지 않는다. 하는 수 없이 밍크 위로 커다란 가운을 두른다. 재빨리 커트 선을 결정한다. 앙상한 어깨 위로 커트보를 치고 가위질을 시작한다. 첫번째 머리카락이 바닥에 버려진다.

"아줌마야, 아가씨야?"

노인네가 불쑥 묻는다.

"아가씨로 보이세요?"

고집스럽게 한곳에 고정된 눈동자는 움직일 줄 모른다. 그럼에도 천연덕스레 아니, 한다.

"그럼 아줌마로 보이세요?"

히죽 웃더니 또다시 아니, 한다. 어리석은 질문이다. 내가 보일 리 없지 않은가. 그럼에도 뭔가 찜찜한 느낌이 어깻죽지를 타고 올라온다. 노인네의 앙상한 손목에 힘줄이 불거지는 걸 보는 순간 나는 그만 노인네를 기억해내고 만다. 내가 누군지 그녀는 벌써 알아버린 눈치다.

나는 잠시 가위질을 멈추고 기미가 잔뜩 내려앉은 거울 속 미용사의 얼굴을 바라본다. 미용 기술을 배우기 시작한 게 열일곱이다. 불과 3년 전 일이건만 거울 속 어디에도 시다바리 미스 조의 앳된 모습은 없다.

일명 가위손으로 통한 남자 원장은 골반 아래까지 청바지를 내려 입었다. 몸을 젖힐 때마다 셔츠 아래로 어김없이 아랫배 털이 보였다. 거울 너머로 그의 터럭을 훔쳐보는 데 맛을 들인 단골도 꽤 있었다. 노인네 역시 그런 고객 중 하나였다. 미용실에 들어서는 순간부터 유난히 수다스럽던 그녀가 어느 날부턴가 발길을 뚝 끊었다. 큰아들이 재산을 다 해먹었다느니, 지병이던 당뇨에 합병증이 와 죽었다느니, 하는 소문이 돌았다. 지금 내 미용 의자에 앉아 있는 그녀는 알아보지 못할 만큼

폭삭 늙어버렸다. 게다가 눈까지 멀었다.

먼저 샴푸를 하고 얼마 되지 않는 머리카락을 꼼꼼히 말린다. 두피를 마사지하듯 눌러준다. 꼿꼿하던 노인네의 자세가 조금 허물어진다. 긴장이 풀리는지 등받이에 어깨를 기댄다. 모발 끝을 확인해가며 나는 마무리 손질을 시작한다. 머리카락이 얼마나 가느다란지 가윗날을 대기 무섭게 부서져 내린다. 잘린 머리카락이 커트보 위로 한 켜 한 켜 쌓여간다. 늙으면 머리카락은 머리에 달라붙은 털일 뿐이다. 윤기도 없고 탄력도 없다. 그럼에도 내 눈에는 아름답게 보인다. 낙엽이든, 눈이든, 칠십 노인네의 다 부서져가는 머리털이든, 떨어져 내리는 순간만큼은 아름답다. 그러나 잘려나간 자신의 머리카락에서 얼마나 심한 악취가 나는지 사람들은 알까.

머리카락이 손끝에 닿기만 해도 알 수 있다. 성격이 급한지 느긋한지, 어떤 업종에 종사하는지. 어디 성격이나 직업뿐일까. 내 유난한 후각은 머리카락이 품고 있는 잡다한 과거 기억까지 감지한다. 예뻐 보이는 친구의 머리핀을 슬쩍한 사소한 일부터 지하철 안에서 여자 엉덩이를 만지고, 친구 애인을 훔치고, 아내를 베란다 밖으로 밀고, 급기야 자신의 손목까지 긋는, 어둡고 추악한 기억들이 뿜어내는 독한 냄새로 내 코끝은 문드러질 지경이다. 짧게는 한 달 전부터 길게는 수년 전 기억까지 잘려나간 머리카락과 함께 1.5평 바닥에 가득 널린다. 미용실 문을 온종일 열어놔도 냄새가 빠지지 않는다. 커트만으로 충분치 않을 때도 있다. 아예 머리통이 사라져야 악취가 가실 만큼 독한 인간도 있다.

노인네의 머릿속은 2천 원짜리 커트를 하고 나서 경찰서로 향할 궁리로 분주하다. 내 목에 현상금이 걸렸는지, 걸렸다면 금액이 얼마나 될지, 그 돈으로 무얼 할지 생각하느라 정신없다.

꼬박 2년간, 가위손 발치에 떨어지는 머리카락을 쓸어냈다. 영업이 끝나면 뒷정리도 보통은 내 차지였다. 가위손이 사무실로 나를 불러들인 건 다른 날과 다를 바 없는 고단한 날들 중 하루였다. 눈을 질끈 감고 한순간만 넘기면 그의 정식 스태프가 될 수 있었을 텐데 하필 내 손에 가위가 들려 있었다. 가위만 없었더라면, 하는 생각이 불쑥 고개를 치켜든다. 그랬더라면 경찰에 쫓기는 신세가 되지 않을 수 있었을까.

"눈이 사라진답니다."

라디오에서 디스크자키 음성이 흘러나온다. 뜸을 좀 들이더니 2050년에는 말이죠, 라며 깔깔댄다. 자신의 얄팍한 말장난에 웃어줄 청취자를 떠올리는지 잠시 침묵하던 디스크자키가 말을 잇는다.

"그때는 봄 여름, 봄 여름만 있다는군요."

"걱정할 거 없어."

노인네는 긴장이 풀린 눈으로 허공을 응시한다.

"있으면 있는 게 당연한 것 같지만 없으면 또 없는 게 당연해지거든."

내게서 대꾸가 없자 답답하다는 듯 덧붙인다.

"눈 말이야, 눈."

나는 그녀 귓가에 대고 낮게 속삭인다.

"할머니 머리통도요."

"뭐?"

"머리통이 없는 것도 당연해진다구요."

이번엔 귓구멍이 제 구실을 했는지 노인네가 밍크를 쥔 채 재빨리 일어선다. 언제 누가 다녀갔냐는 듯 미용실 안은 순식간에 텅 빈다. 천 원짜리 지폐 2장만 카운터 위에서 팔락거릴 뿐이다.

완전히 닫히지 않은 문틈으로 빈 알루미늄 깡통 하나가 굴러오는 소리가 들려온다. 노인네가 사라진 도로 쪽이다. 깡통은 펜스에 부딪혀 요란하게 찌그러지는 소리를 내더니 깊이를 알 수 없는 구덩이 속으로 떨어져 내린다. 개발 소문이 사실이 됐더라면 펜스가 쳐진 곳에 아파트가 들어서고 가건물 앞으로 대로가 놓였을 것이다. 쌩한 바람 대신 차와 사람들로 복닥거렸을 미용실 앞을 상상해본다. 바삐 오가는 사람들과 도로를 달려 나가는 차와 꼬리에 꼬리를 이어 달리는 크고 작은 차들. 문을 열면 금방이라도 거리의 경쾌한 소음이 쏟아질 듯하다. 귀가 먹먹해져 오더니 문득 파르스름한 털을 가진, 지난밤 꿈속 고양이가 떠오른다.

실로 간만에 꿈을 꿨다. 고양이는 나를 보면서 새까만 눈을 감았다 떴다. 고양이의 머리통을 나는 쓰다듬어줬다. 쓰다듬고 또 쓰다듬었다. 평소 고양이를 좋아하지 않으니 비록 꿈이라도 예뻐서 그랬던 건 아니다. 고양이가 배를 깔고 납작 엎드린 곳이 다름 아닌 내 무릎이었기 때문이다. 손에 감각이 없어 문득 정신을 차려보니 고양이가 내 손을 물고 있었다. 놀란 내가 손을 흔들자 고양이의 자그마한 머리통이 함께 까닥까닥 흔들렸다. 결국 빼내긴 했는데 손등에 이빨 자국이 났다. 뾰족한 송곳니 두 개가 파고들었던 자리에 새빨간 피가 올라왔다. 그걸 꾹꾹 누르다 눈을 떴다. 잠이 덜 깬 와중에도 고양이에게 물렸던 손을 들어봤다. 손은 멀쩡했지만 얼얼한 느낌은 그대로였다. 무릎 위에 앉혀 놓은 고양이에게 물리다니. 불길한 징조가 아닐 수 없었다. 그럼에도 기분은 나쁘지 않았다. 손등에서 새빨간 피가 꽃처럼 피어오르는 순간 희한하게 기뻤다. 내가 살아 있다는 생각이 들었기 때문이다.

귓속이 꽉 막혔던 것처럼 갑자기 뻥 뚫린다. 딸아이가 숨넘어가게 엄마를 불러재낀다. 얼마나 불러댔는지 옴팡 신경질이 밴 음성이다.

왜? 되받아 소릴 질러놓고 벌떡 일어선다.

아이는 종일 뒷방에서 혼자 놀다 잠이 든다. 내가 떳떳하지 못한 처지다 보니 학교 보낼 엄두를 못 냈다. 어느 휴일 오후, 이불을 돌돌 말고 누워 있던 아이가 느닷없이 일어나 시키지도 않는데 세수를 하고 옷을 갈아입었다. 어쩐지 가슴이 철렁 내려앉았다. 어디 나가게? 하고 조심스레 묻자 아이는 도리질을 했다.

"근데 왜 옷을 갈아입어?"

"저 애가 나 보잖아."

텔레비전 상자를 가리켰다. 막 시작한 만화영화 오프닝이 깔리더니 주인공으로 보이는 캐릭터가 찡긋, 윙크를 했다. 수줍게 빰이 달아오른 딸아이는 내 귀에 대고 속닥거렸다.

"내가 제일 좋아하는 친구야."

나는 실소했지만 아이는 웃지 않았다. 뭐가 이상하냐는 듯 고개를 갸웃했다. 세상과 동떨어진 곳에 존재하는 아이의 현실을 나는 속수무책 지켜볼 수밖에 없었다. 딱하지만 하는 수 없다. 잠깐이라도 미용실에 나와 있게 하면 커트 가위를 들고 뭐든 잘라놓는다. 가운도 조각조각 자르고 전기 코드도 잘라놓더니 언젠가는 제 손가락마저 잘랐다. 한 마디씩 싹둑싹둑 잘라놓고도 암말이 없었다. 원래 통각이 없는 건지 어쩌다 상실된 건지 알 수 없다. 나중에서야 미용실을 다 뒤져 네 마디를 찾아냈지만 끝내 새끼손가락 한 마디는 찾지 못했다.

오늘 아침엔 가뜩이나 작고 마른 아이가 밥을 먹지 않겠다고 버텼다. 어르고 달래도 소용없었다. 결국 윽박을 질러댔다.

"계속 속 썩이면 엄만 죽어."

엄마가 항상 내게 하던 소리다. 아닌 게 아니라 엄마는 40이 되기 전에 죽었다. 머릿속 혈관이 꽉 막혀서였다. 내가 피 묻은 가위를 들고 돌아온 날로부터 머지않은 때이기도 했다.

해 떨어진 고속도로 휴게소였고 외가댁에 다녀오는 길이었다. 화장실에 갔다와 보니 엄마가 없었다. 언니들도 없었다. 나를 까맣게 잊고 버스에 올랐으리라고는 생각지도 못했다. 차들이 거의 빠지고 텅 비다시피 한 주차장을 서성였다. 코끝을 스치는 건 낙엽 타는 냄새와 고무 타는 냄새뿐이었다.

기억이 존재하는 순간부터 아버지는 없었다. 엄마에게는 넷이나 되는 자식들과 생선구이 집이 전부였다. 점심과 저녁 시간 때면 인간 폭탄이 떨어졌다. 큰언니도, 막내를 업은 작은언니도 석쇠 판을 뒤집어야 했다. 집 안에 혼자 남은 나는 찬밥을 처리하고 텔레비전을 보면서 골목을 오가는 발소리에 귀를 기울였다. 그때마다 시간은 아주 길게 늘어나는 고무줄이 됐다. 막상 엄마와 언니들이 오면 나는 방구석으로 숨어들었다. 그들에게서 풍기는 생선 비린내 때문이었다.

콧구멍을 한번 벌렁거리기만 하면 그만이다. 짝이 며칠 동안 머리를 감지 않았는지, 목욕은 또 얼마나 하지 않았는지, 전날 밤 먹은 간식이 뭔지까지 나는 정확하게 맞혔다. 단짝 친구가 준 사탕을 고맙다고 먹기는커녕 냄새부터 맡았다. 가장 괴로운 사람은 당연한 얘기지만 나였다. 집 밖만 나서도 코를 막아야 했고, 냉장고만 열려 있어도 헛구역질을 했다. 생선 비린내에 절은 엄마 손이 닿을 때마다 나는 어김없이 몸을 뺐다. 엄마는 정이 뚝 떨어진다는 얼굴로 나를 봤다.

텅 빈 주차장을 벗어난 나는 텅 빈 위장에서 내는 신호를 따라 맥없이 걸었다. 처음으로 엄마의 생선 비린내가 그리웠다. 내가 가장 두려워했던 방식으로 그리움은 나를 찾아온 것이다. 우동 국물에 밴 진한 간장 냄새를 따라가던 내 발길이 정작 머문 건 이상하게도 만물상 트럭 앞이었다. 화물칸에 주렁주렁 매달린 커다란 전지가위며 펀치, 나이프와 실톱 같은 수많은 절단기 중 유독 내 시선을 끈 건 일자로 쭉 뻗은 은색의 커트 가위였다. 보기만 해도 '챙' 소리가 날 것 같은 작고 날렵한 가위를 보는 순간 나는 본능적으로 알았다. 어떤 절단기도 잘라낼 수 없는 걸 자르는 힘이 가위에 숨어 있다는 걸.

"갖고 싶니?"

내 고개가 비로소 움직였다. 양쪽에 큼직한 주머니가 달린 빨간 망사 조끼에 벙거지를 쓴 덩치 큰 만물상 주인이 신기하다는 듯 나를 봤다. 플라스틱 의자에서 엉덩이를 떼더니 케이스 뚜껑을 열고 가위를 보여줬다. 줄까? 말이 떨어지기 무섭게 내 손가락들이 가위의 둥근 공 안을 파고들었다. 엄만 어디 계시니? 젖은 눈으로 내가 고개를 젓자 덩치의 목소리에 짜증이 뱄다.

"자, 그만 내려놔라. 갖고 싶으면 값을 치러야 하는 거야."

거칠고 두툼한 손을 내 앞에 내밀었다. 나는 꿈쩍하지 않았다. 나를 어르고 달래던 덩치가 입을 다물었다. 갑자기 무서운 얼굴로 뚫어져라 나를 봤다. 하필 그가 나를 데려간 곳이 남자 화장실 뒤였다. 그는 나를 꿇어앉혔고 바지 버클을 풀었다. 주먹만 한 애벌레가 튕겨져 나왔다. 나의 자그마한 입안에서 그것은 급속도로 자라나더니 목젖을 꽉 눌렀다. 바윗덩이 같은 덩치의 손이 내 머리통마저 내리누르고 있었다. 나는 양손을 마구 휘저었다. 손에 쥔 가윗날에 뭔가 스치는가 싶더니 덩치가 비명을 지르며 내 몸에서 떨어졌다. 가윗날이 얼마나 자연스럽게 살 속으로 스며드는지 나도 깜짝 놀랐다.

"엄마, 나 무서운 꿈 꿨어."

쪽문을 열자 담요 사이로 아이의 얼굴이 보인다. 양쪽 빰이 잔뜩 상기되어 있다. 밥상을 치우자 눈물이 그렁그렁한 채로 딸아이는 자리에 누웠다. 마치 잠이 부족해 그랬다는 듯 그대로 눈을 감았다. 작은 몸에서 푹푹 소리가 날 정도로 깊이 잠들더니 이제야 깨서 눈을 비벼댄다.

"귀신이 내 베개를 먹는 거야. 내가 먹지 말라고 했더니 밥 먹는데 방해 말래."

아이가 눈을 치켜뜬다.

"그래서?"

"그래서 소금을 뿌려줬어."

"그랬더니?"

"그랬더니 간 맞춰줘서 고맙다는 거야."

내가 웃음을 터뜨리자 아이가 잔뜩 인상을 쓴다.

"정말 무서웠단 말야."

바람 빠지는 소리가 나지 않게 나는 어금니를 물고 고개를 끄덕인다.

"귀신이 그러는 거야. 이건 진짜 현실이지만 꿈이라고 열심히 생각하면 정말 꿈이 될 거라고."

"그래서?"

"그래서 열심히 꿈이라고 생각했더니 눈이 딱 떠진 거지."

딸아이가 비로소 해시시 웃는다. 홀씨가 흩어지듯 웃음소리가 퍼진다. 어둑한 뒷방이 일순간 환해진다. 싱크대 하나를 다 채우지 못한 부엌살림과 가구라곤 알루미늄 행어가 전부인 두 평 남짓한 뒷방이 살풍경하지만은 않은 까닭이다. 과거의 무시무시한 기억 따윈 한낱 꿈으로 만들어버리는 아이의 눈동자를 나는 또 얼마나 들여다보고 있었는지 모른다. 방 안 가득 퍼진 홀씨 중 하나가 내 얼굴에 내려와 앉는다. 코끝이 찡해온다.

처음 아이 옷을 벗겼을 때 아이 몸은 새파랬다. 파란 몸이 검어졌다 다시 노랗게 될 때까지 자그마치 석 달이 걸렸다. 딸아이에 대해 내가 아는 거라곤 엄마로부터 버려졌다는 것과 그녀가 나와 같은 미용사였으리라는 것뿐이다.

사람들로 붐비는 역 광장에서 무수한 인파를 뚫고 아이가 꼬꾸라지듯 내 품에 안겨들었다. 꼭 끌어 안아도 품 안이 헐렁할 정도로 자그마한 아이였다. 뒤늦게 내 얼굴을 올려다본 아이는 흠칫 놀랐다. 그러나 큼큼 냄새를 맡더니 파마 약 냄새 안으로 쏙 파고들었다. 순간 내 안에 잔뜩 구겨진 채 버려졌던 은박지가 빛을 받으며 반닥거렸다. 아이 몸은 차디찼지만 내 심장보다는 따뜻했다. 엄마에게서 나던 냄새를 나는 피했지만 그것이 끌어안아야 하는 냄새라는 걸 딸아이는 안 것이다. 더 이상 떠돌지 않고 정착한 건 그때부터였다.

"이봐."

굵직한 남자 목소리가 등 뒤에서 들려온다. 돌아보지 않아도 누군지 알 수 있다. 나는 호기심 어린 눈으로 바깥을 내다보는 딸아이의 머리통을 한 손으로 밀어 넣으며 쪽문을 닫고 돌아선다. 덩치가 구부정한 자세로 서 있다.

처음 덩치의 등장은 꽤나 요란했다. 만물상 트럭이 흙먼지를 일으키며 가게 앞을 지나갔다. 그러나 곧 경적 소리와 함께 후진해왔다. 고스란히 되살아난 악취보다 더 참을 수 없는 건 세월이 한참 지났는데도 사그라지지 않는 두려움이었다. 필요한 게 없다고 손을 내젓는데도 덩치는 분명 필요한 게 있을 거라고 우겼다. 화물칸을 훑어본 나는 되는 대로 뭔가를 집어 들었다. 그가 사라지고 나서야 내 손에 들린 게 손톱깎이라는 걸 알았다. 그 자리에 선 채로 열 개의 손톱을 바싹 잘랐다. 새 손톱깎이는 소리도 안 나게 잘 깎였다. 그걸로 끝이라고 생각했다. 적어도 그땐 그랬다.

“밥은 먹었어?”

그가 내 어깨 위에 손을 얹는다. 목덜미에서 가슴 아래까지 소름이 내려앉는다. 참았던 숨을 뿜어내듯 바람이 가건물을 힘껏 밀친다. 가게 전체가 휘청한다. 바람은 잠시 깃들었던 고요마저 집어삼킨다. 이상한 날이 아닐 수 없다. 한번 몰아치기 시작한 바람은 좀체 잠잠해지지 않으니 말이다.

“정말 죽이는 물건 있는데. 한번 볼래?”

덩치는 하얗게 날이 선 가위를 내 앞에 서슴없이 내민다. 벌어진 덩치의 입에서 위액이 역류한 듯 시큼한 냄새가 훅 끼친다. 진탕 술을 마시고 눈을 붙였다 그대로 트럭을 몰고 왔다는 걸 알 수 있다.

“정말 닮았어.”

잔뜩 인상을 쓴 나를 보고 덩치가 중얼거린다.

“내가요? 누구랑요?”

나도 모르게 얼굴이 굳어진다. 귓속에서 쩔꺽쩔꺽 소리가 난다.

“내 딸.”

덩치가 웃는다. 웃는 얼굴에 경련이 인다. 전혀 아물지 않은 목의 상처는 10년이라는 세월을 거짓말로 만들어버린다. 어딘가에서 미용실을 한다는 말을 들었거든. 어려서도 가위라면 사족을 못 썼는데 말이지. 그는 묻지도 않은 말을 태연히 덧붙인다. 이제야 나를 알아본 걸까. 아니면 정말 그에게 내 또래 딸이 있는 걸까.

어느덧 생각은 엉뚱한 방향으로 흘러간다. 유일한 피붙이인 딸을 찾아 벌판 끝에 다다른 남자와 성장한 딸의 극적 상봉 드라마가 벌판 위에 펼쳐진다. 그러자 내 앞에 서 있는 남자가 정말 내 아버지인 것처럼 느껴진다. 뜻밖에도 나는 그에게 안쓰러움을 느낀다. 그때 나지막하고 분명한 목소리가 귓속을 파고든다. 다시 올 거야, 이 남자는.

자신을 붙잡는 기억에 이끌려 벌판을 가로지르게 될 것이다. 내 바람과 달리, 또 언젠가.

그를 여기까지 오게 만든 기억은 결코 떠올리고 싶지 않은 나의 기억마저 불러올 것이다. 한 달이 지난 다음이 될 수도 있고 일주일 뒤가 될 수도 있으며 내일이 될 수도 있다. 나는 잠시 벽에 머리를 기댄다. 뜨거운 뭉텅이가 목젖 바로 아래 걸린 채 도무지 내려가질 않는다.

피로 물든 가위를 움켜쥔 나를 보던 엄마의 표정은 실로 기묘했다. 터미널까지 갔다 숨 가쁘게 되돌아온 그녀에게 나는 할 말이 많았다. 그러나 쏟아지는 말들을 목구멍 너머로 삼켜야 했다. 버스 안에서 몸살하는 막내를 돌보느라, 멀미로 괴로워하는 큰아이를 챙기느라 얼마나 정신없었는지 엄마는 경찰에 하소연하기 바빴다. 나는 충분히 이해할 수 있었다. 그녀 머릿속에서 나는 집 안 구석 어딘가에 쪼그려 있는 존재였을 테니까.

젊고 이마가 반듯하게 생긴 경찰은 그와 같은 사정을 알 리 없었다. 알려고 하지도 않았다. 덩치를 놓친 일로 윗사람으로부터 문책을 받고 난 뒤였다. 그는 딱 잘라 말했다.

"한 번 더 이런 일이 있으면 아동유기죄로 법적 책임을 묻습니다."

모든 시선이 엄마와 내게 쏠렸다. 아니 시선들은 줄곧 우리를 향해 있었지만 엄마는 그제야 자신을 에워싼 사람들을 의식했다. 자식들 앞에선 철판 도배한 얼굴이 붉게 달아올랐다. 수줍게 붉어진 엄마 얼굴은 낯설었지만 내게는 어느 때보다 예뻐 보였다. 그 후론 사람들 시선이 닿을 때마다 엄마 얼굴은 자주자주 예쁘게 달아올랐다. 어느 날엔가 더는 숨을 쉬지 않았다. 계속 속 썩이면 죽는다고 소리를 질러대던 엄마의 씩씩한 목소리는 더 이상 들을 수 없게 됐다.

"머리 자르시겠어요?"

나는 대담하게 그의 팔을 잡아끈다. 주춤하던 덩치가 미용 의자에 털썩 주저앉는다. 거울 속 덩치의 시선이 천천히 내 몸을 올라탄다. 핏발 선 눈을 치뜨고 거울 속 나를 본다. 나는 덩치의 목에 수건을 얹는다. 내 손목에 힘이 들어갔던 모양이다. 놀란 듯 그가 캑, 소리를 낸다. 긴장한 듯 잠시 엉덩이를 들썩이는가 싶더니 이내 눈을 감는다. 나는 허리춤에서 가위를 뽑아든다. 누구라도 꼼짝 없이 머리를 내맡겨야 하는, 나는 어엿한 미용사가 아닌가.

먼저 숨부터 고른다. 단번에, 한 호흡으로 잘라야 하기 때문이다. 가위손은 까탈스런 오너였지만 커트에 있어서만은 단연 으뜸이었다. 거침없는 손놀림과 속도를 가늠할 수 없는 빠르기로 고객과 스태프들 기선을 제압했다. 주니어 탁구 대표 선수를 했다는 가위손은 종종 커트를 탁구 기술에 비유해 말했다. 커트는 말야, 상대가 공격해온 공을 받아넘기기 위해 사용하는 기술이지. 수비 기술이라고 해서 공을 밀어 넘기기만 하면 제대로 된 커트가 아냐. 다시 공격당하지 않기 위해선 역회전을 해야 해, 역회전.

가르침대로 나는 커트의 수비 기술을 유감없이 발휘했다. 그러나 경험 부족이었다. 가위손의 목을 몸에서 완전히 분리시키지 못했던 것이다. 결국 가위손은 침을 질질 흘리는 신세가 됐고 나는 경찰에 쫓기는 신세가 됐다. 그렇다고 나를 좇는 눈들을 줄곧 피해만 다녔던 건 아니다. 피나는 노력으로 스윙을 안정되게 하면서 유연한 역회전의 진수를 나름 터득했다.

심상찮은 기운을 느꼈는지 덩치가 눈을 번쩍 뜬다. 가윗날이 그의 질긴 목줄을 이미 끊어놓은 뒤다. 머리통이 바닥을 뒹군다. 단단한 목뼈가 가윗날과 함께 분리되는 감각이 내 손끝에 확실히 새겨진다. 실수 없이 그의 머리통을 몸에서 완전히 분리해낸 것이다. 고객의 요구만 충실하게 들어준다면 진정한 미용사라 할 수 없다. 고객에게 필요한 처방이 뭔지 항상 진지하게 고민해야 한다. 결정이 내려지면 소신 있게 결행해야 한다.

머리통이 말끔하게 제거된 덩치는 한결 개운하고 가뿐한 걸음으로 미용실 문을 나선다. 굽었던 등이 펴지고, 목의 경련으로 비뚜름했던 어깨도 반듯해졌다. 덩치가 트럭을 몰고 사라지자 나는 재빨리 빗자루를 챙겨든다. 머리통을 쓸어 벽에 붙은 미닫이 안으로 밀어 넣는다. 미닫이의 바깥으로 빠져나간 머리통은 벌판을 한참 굴러 구덩이 속으로 들어가게 될 것이다. 바람에 쓸린 흙이 구덩이를 완전히 덮고 나면 사념으로 가득 찼던 머리통은 편히 쉬게 될 것이다. 덩치 역시 더 이상 어둡고 탁한 기억에 빠져 허우적대는 일은 없을 것이며 기억하고 싶지 않은 기억 때문에 불면의 밤을 보내는 일도 없을 것이다.

서둘러 뒷정리를 한다. 핏물을 제거하기 위해 가위를 집어든 순간 정체를 알 수 없는 허전함이 밀려든다. 미우나 고우나 함께 복닥거리고 살아온 가족을 모두 떠나보내고 빈집에 홀로 남겨진 느낌이다. 손목이 심하게 시큰거린다 싶더니 가위가 손에서 미끄러진다. 건장한 남자의 머리를 자르는 건 아무리 단련된 숙련공이라도 쉽지 않은 일이다. 그렇다 해도 가위를 손에서 놓친다는 건 절대 있을 수 없다. 가위를 찾기 위해 허리를 굽힌다. 웬일인지 무릎이 툭 꺾인다. 내 손등에 튄 핏방울을 본 건 그때다. 꿈에서와 똑같다. 손등 위에서 핏방울이 꽃처럼 피어난다. 언제 나왔는지 등 뒤에 딸아이가 서 있다. 하얗게 날이 선 가위를 손에 쥐고서다. 아이에게 가위를 달라고 손짓한다. 하지만 이미 늦었다. 날카롭게 벼려진 가윗날이 허공을 가로지르며 유연하게 휘어서 다가온다. 매서운 바람 소리와 함께 가건물이 들썩인다. 몸이 붕 뜨면서 가윗날에서 뿜어지는 빛이 눈앞에서 부서진다. 잘린 머리통 하나가 바닥을 구른다. 다름 아닌 내 머리통이다.

"엄마 아파?"

아이가 태연스레 묻는다.

"목이 잘렸는데 안 아프겠어?"

말은 그렇게 했지만 하나도 아프지 않다. 오히려 개운하다. 온갖 잡냄새로 시달리던 머리통이 몸에서 분리되자 막혔던 숨이 확 트인다. 그렇다고 딸아이로 인해 치밀었던 화가 누그러지는 건 아니다.

"왜 그랬어?"

아이 눈에서 굵은 눈물이 뚝뚝 떨어져 내린다. 자신이 저지른 어이없는 행동을 뉘우쳐서가 아니다. 내가 화를 내니 억울해 나오는 눈물이다.

"왜 그랬냐니까."

소리를 지르고 나서야 방금 전 덩치의 목을 긋는 내 모습이 불현듯 스치고 지나간다. 애들 앞에선 찬물도 함부로 못 마신다던 어른들 말이 떠오른다. 바람이 들어 올린 가건물이 회오리 속에 소용돌이친다. 아무렇게나 되는대로 쳐대는 실로폰처럼 머리통이 미용실 바닥을 딩딩딩 박는다.

아무리 기술이 뛰어나도 제 머리 하나 어쩌지 못하는 게 미용사다. 과거의 기억으로부터 벗어나 새 출발할 기회가 왔는데도 나는 망설인다. 고통을 피해 나갈 감각조차 없는 딸아이가 내 앞에 있다. 손님을 몰고 다니는 잘나가는 미용사의 꿈도, 단란한 가정에 대한 희망도 단번에 커트시킨 나다. 그러나 밤이면 내 품으로 꼬물꼬물 들어와 흐느끼듯 간신히 숨을 뱉어내는 아이, 독한 약 냄새 안으로 파고드는 이 아이를 두고 갈 곳이 과연 내게 있을까.

뭐든 커트해낼 수 있다 생각한 나의 오만함이 무참히 커트당하고 만다. 순간 내 머릿속을 차지하는 건 방금 전 가윗날에 잘려나간 덩치의 머리통이다. 덩치가 버젓이 머리통을 달고 내 앞에 나타난대도 놀라지 않으리란 예감이 든다. 어쩐지 이 예감이 처음은 아니란 느낌도 든다.

"어떻게 엄마한테 이럴 수 있어?"

더 늦기 전에 머리통을 집어 들고 나는 중얼거린다. 내 몸에 머리통이 붙는 걸 빤히 바라보며 딸아이가 입을 연다.

"엄마 하는 게……"

"엄마 하는 게 뭐?"

"재밌어 보여서."

당당하고 천진한 딸아이의 두 눈동자를 보는 순간 나는 그만 웃음을 터뜨리고 만다. 역시 내 딸이다. 나는 죽어도 터득 못할 재미를 딸아이는 이미 알아버렸다. 어금니 사이에 단단하게 물려 있던 살얼음이 녹자 가득 고였던 눈물이 흘러내린다. 이유 없이 흘러내린 맑은 눈물을 손등으로 슥슥 닦아낸다. 숨을 깊이 들이마셨다 뱉어낸다. 목구멍에 단단하게 엉켜 있던 뭉텅이가 사라졌음을 그제야 깨닫는다. 주변은 아무것도 변한 게 없지만 내 눈엔 완전 달라 보인다. 딸아이와 내가 있는 곳은 세상 한가운데다. 진짜 바람은 이제부터다. 매서운 바람이 흙의 능선을 따라 넘실댄다. 벌판 한가운데 홀로 선 가건물이 불어오는 바람을 타고 일렁인다.

아무리 잘라도 머리카락은 다시 자라나고, 질기디질긴 기억의 망령은 언제고 부활한다. 하지만 내 손에 가위가 있는 한 겁날 건 없다. 바람이 만든 파도 위에 선 가건물 코너에 〈머리치장〉이라는 소박한 간판을 걸고, 세상이 어떤 공격을 해와도 너끈히 받아넘길 가위를 손에 쥔 모녀가 뭐 하나 부러울 것도 없고 욕심도 없이 살고 있다.

〔『현대문학』 2010년 4월호〕

이달의 소설

2010년 8월

김성중 ● •• 게발선인장

김 성 중 1975년 서울에서 태어났다. 2008년 중앙신인문학상을 수상하며 문단에 나왔다.

선정의 말

—

신을 연기한 남자가 있었다. 신 놀음에 지친 그는 스스로 배교자가 되지만, 무능한 그를 20년 넘게 '부양'한 단 한 명의 신도로 인해 쉽게 인간의 자리로 내려올 수는 없었다. 김성중의 「게발선인장」은 그러니까 '신으로 유폐된 인간'에 관한 이야기이다. 유일한 교도로 남은 할머니의 맹목적인 신앙과 무시무시한 선함이 할아버지를 신의 자리에 가둔 것이다. 재개발 지역의 허름한 건물에 위치한 성전(聖殿)이 폐허가 되어감과 동시에, 한 명의 교주와 한 명의 교도로 이루어진 '일주교(一主教)' 역시 누추한 종말을 맞이한다. 결자해지라고 했던가. 신을 연기했던 남자는 분양권을 빼돌려 야반도주함으로써, 완벽하게 신 놀음을 끝내버린다. 할머니는 주님과 함께 삶의 터전마저 잃는다. 맹신(盲信)의 끝은 망신(亡身)인 셈. 그러나, 신에 대한 믿음보다는 그 믿음에 대한 믿음으로, 다시 말해 제 의지로 지켜온 종교이기에 할머니의 신앙 생활이 완전 끝장난 것은 아니다. 수도관이 터져 물바다가 된 방에 홀로 남겨진 할머니는 마치 스스로 신이 된 듯 온화한 표정을 잃지 않는다.

사실 이 소설의 전언은 특별할 것이 없다. 우리 주변에서 흔히 보는 사이비 종교의 세속적 생몰을 그렸다는 점에서가 아니라, 애초에 신앙이라는 것이 어떻게 생겨나고 유지되는지를, 정확히 말해 견디기 힘든 삶이 어떻게 견뎌지는지를 그렸다는 점에서, 이 소설은 특이한 종교에 관한 이야기가 아니라 보편적 인간 삶에 관한 이야기가 된다. 신의 능력이 우리를 감화시키는 것이 아니라 대체로는 우리의 요구로 신이 탄생한다. 절대적 믿음과 희생은 애초에 신적인 존재를 위해서가 아니라 오로지 저 자신을 위해서만 가능한 것이다. 요컨대 전 생애를 통틀어 우리가 열렬히 숭배할 수 있는 신으로는 우리 자신이 유일하다. 할머니의 유일신도 바로 할머니 자신이 아니었을까. 할머니의 남루한 몰락에서는 이 모든 것을 알고 행한 자의 숭고한 여유마저 느껴진다. '나'라는 목격자의 존재를 통해 가독성을 높인 「게발선인장」은, 신실한 삶이란 오로지 자기 자신을 배반하지 않으려는 의지로써만 관철된다는 불변의 진리를 친절히 일깨워주는 작품이다.

그렇다. 우리는 모두가 "한 명의 교주, 한 명의 교도, 한 명의 배교자로 구성된" 이상한 종교의 유일한 구성원들이다. 그 삶이라는 사교(邪敎/私敎)에 연루된 자로서 품위 있는 신앙 생활을 유지하는 일은, 관계 속에서 자꾸만 누추해지는 인간에겐, 참으로 힘든 일이 아닐 수 없다. 연약한 꽃대에서 피어난 '게발선인장'의 화려한 꽃처럼 품위란 쉽게 누릴 수 있는 것이 아니라 위태롭게 지켜야 할 것임에 틀림없기 때문이다. 이 어처구니없는 사이비 종교의 이야기는 그래서, 인간 삶의 품위에 관한 서글픈 이야기이기도 한 것이다. **_조연정(문학평론가)**

인터뷰

조효원_

「게발선인장」 도입부에, 시장 풍경에 대한 묘사 다음에 굉장히 인상 깊은 문장이 나옵니다. "인간의 소리로 지어진 허공의 집 위에 누워 있는 느낌이 들었다"고 했는데, 이 문장이 너무 인상 깊었고 또 김성중 씨 소설을 한 문장으로 요약하는 명제라는 생각이 들었어요. 소설에 대해 어떻게 생각하시는지 궁금합니다.

김성중_

솔직한 거짓말들이고, 또 허구로 지어진 진실이죠. 그 문장 같은 경우는 제가 작년에 옥탑방에서 살며 느낀 직접적인 체험이었어요. 인간의 소리로 지어진 것에, 약간 붕 떠서 소리를 듣고 있었어요.

조효원_

묘한 거리감 같은 것.

김성중_

그렇죠. 있으면서 또 없기도 하고, 그늘에서 양달의 사람들을 보고 있는 것같이. 그런데 저는 그늘 속에 있고요. 그렇게 보면서 흡수하게 되는 여러 가지들이 이야기로 만들어지는 것 같아요.

조효원_

그러면, 어떻게 보면 각자 연주하는 소리들을 모아서 작곡하는, 혹은 지휘하는 느낌으로 하신다는 거죠?

김성중_

네, 음악이라고 생각하는 경우가 많죠.

조효원_

독특한 인물들을 발견하는 능력이 탁월하신 것 같아요. 어떤 모델이 있는 건가요, 아니면 그렇게 구상하시는 건가요?

김성중_

모델은 없어요. 「게발선인장」의 경우 제가 종교를 하나 만들었는데, 거기에 나오는 모든 과정들이 완벽한 허구였어요. 그렇지만 아주 허구는 아니리라고 생각해요. 어딘가에서 분명히 벌어진, 그리고 누군가의 마음속에서 분명히 일어났던 일이 제게 온 거죠. 또 대체로 제 소설들은 어떤 인물이 제게 왔을 때 출발하는 경우가 많아요.

조효원_

그럼 출발점은 일단 인물이군요.

김성중_

네. 좋은 배우들이 캐스팅 되어 있는 상태면 연출 지시를 따로 하지 않아도 이야기 안에서 인물들이 움직이고 생동감을 갖고 자기 사연을 만들어가요. 그런 상태가 됐을 때 글을 쓰는 일이 제일 재미있죠.

이 화초를 택한 또 하나의 이유는,
보통 화초라고 하면 위로 자라야 하잖아요.
보통 인생이면, 앞으로 나아가야 하잖아요.
그런데 게발선인장은 옆으로 퍼지면서 축축 늘어져요.
그런 것처럼 여기 나오는 인물들도 보편적인 쪽으로 가지 않고
자기가 집중했던 길로 가다 보니 옆으로 퍼졌지만
거기에서도 예쁜 꽃이 나올 수 있는 거죠. 연약하지만.

조효원_

어떤 평론가께서는 "사이비 종교에 관한 묘사가 상당히 핍진하다, 사실적이다"라고 하셨는데, 온전히 공상을 통해 쓰신 건가요?

김성중_

제게 필요한 종교는 굉장히 조잡한 종교였기 때문에, 이단에 관한 책이나 자료 등을 많이 보면서 제가 만들어내긴 했어요. 그렇지만 이 소설이 종교에 대한 이야기라기보다는, 종교라는 소재를 가지고는 있지만 매우 어리석은 몽상 혹은 남들이 보기에 말도 안 되는 그런 것을 끝끝내 지키는 사람들의 이야기예요. 그 사람들의 마음속에는 도대체 뭐가 들어 있길래, 그리고 어떤 일이 있었길래 그렇게 됐을까 궁금했어요. 그래서 시작하게 된 건데 그런 이상한 심연들이, 사실은 우리들에게도 하나씩 있는 것 같아요. 그런 블랙홀들을 들여다보는 모험으로 생각했었기 때문에 종교보다는 오히려 불가해함을 들여다보는 것에 대한 이야기였습니다.

조효원_

핵심어를 추려보면 몽상과 호기심 또는 관계의 역설 등이 김성중 씨 소설의 기본 요소들이라고 할 수 있을 것 같습니다.

김성중_

네. 그리고 게발선인장은 저희 어머니가 잘 기르시던 건데, 꽃은 예쁘지만 화초 자체는 굉장히 볼품이 없고 연약해요. 주변에서 흔히 볼 수 있는 그런 꽃이었기 때문에 소재로 삼았고요. 이 화초를 택한 또 하나의 이유는, 보통 화초라고 하면 위로 자라야 하잖아요. 보통 인생이면, 앞으로 나아가야 하잖아요. 그런데 게발선인장은 옆으로 퍼지면서 축축 늘어져요. 그런 것처럼 여기 나오는 인물들도 보편적인 쪽으로 가지 않고 자기가 집중했던 길로 가다 보니 옆으로 퍼졌지만 거기에서도 예쁜 꽃이 나올 수 있는 거죠. 연약하지만. †

인터뷰, 영상으로 보기

작 가 노 트

나는 항상 두 종류의 인간에게 매혹되어왔다.

1) 승리를 모르는 사람들

2) 몽상가들

1번과 2번이 겹쳐지는 위인이라면 무턱대고 반하지 않을 수 없다. 사실 저 둘은 곧잘 겹친다. 승리라곤 맛보지 못해서 몽상가가 된 건지, 몽상에 빠지다 보니 승리와 담쌓게 된 건지 알 수 없지만 말이다. 「게발선인장」은 이런 매혹에서 출발했다.

종교를 소재로 삼는 것에 별다른 부담감은 없었다. 이 소설에 나오는 대학 신입생처럼 나 역시 이야기 대륙에 들어온 지 얼마 안 된 겁 없는 애송이이기 때문이다. 다만 평범한 사람들의 마음속에 자라나는 심연(深淵)을 들여다보는 일은 경이롭고 도취적인 일이어서, 혹시 이것이 나의 종교가 되려나…… 생각해본 적은 있다.

● ••

김 성 중

게발선인장

—

지금도 그 거리를 선명하게 떠올릴 수 있다. 1층에는 차양을 드리운 서너 평 남짓한 가게들이, 2층에는 살림집들이 들어선 건물이 30여 미터쯤 이어진 시장 길이다. 트럭이 지나갈 때마다 행인들이 옆으로 비켜서야 할 만큼 골목은 좁다. 옥상에서 내려다보면 야채와 건어물과 얼음 위의 생선을 가리고 있는 차양이 이어지면서 허공에 또 다른 길을 내고 있는데, 나는 그 길에서 옆 건물의 사람과 눈이 마주치기도 했다.

골목 중간에는 커다란 약국이 여왕처럼 박혀 있고 제조 날짜가 수상한 화장품을 파는 노점과 야쿠르트 아줌마의 손수레가 길 쪽으로 비죽이 나와 있다. 내 방에 가만히 누워 있어도 조수가 들어차듯 솟았다가 가라앉는 골목의 숨결을 느낄 수 있었다.

최소한의 가게가 문을 여는 오전의 시장이 파리하고 창백한 안색이라면, 느른하게 머리를 틀어 올린 여인들이 게으른 슬리퍼 소리를 내는 정오의 시장은 점점 살집이 붙고 핏기가 도는 모습이다. 해가 기울면 거리는 눈에 띄게 부풀어 오르며 변덕스러운 흥분 상태가 된다. 나는 창문을 열어놓고 골목의 기이하고 폭발적인 활력에 전염되면서 장사꾼과 손님들의 대화에 귀를 기울였다. 그러면 인간의 소리로 지어진 허공의 집 위에 누워 있는 느낌이 들었다.

게발선인장 이야기를 하고 싶다. 어른 손가락 한 마디만 한 잎사귀가 이어지는 그 식물은 위로 자라는 대신 옆으로 볼품없이 늘어지는 속성이 있다. 게의 발처럼 생긴 잎의 끝부분에는 작고 화려한 자주색 꽃이 피는데, 연약한 꽃대를 지닌 탓에 살짝 스치기만 해도 툭 떨어져버린다. 누군가 실수로 게발선인장 꽃을 떨어뜨릴 때마다 할머니는 미간을 찌푸렸는데 내가 떠나기 전날 밤 선인장 꽃은 하나도 남아나지 않았다.

이 이야기를 게발선인장이 자라듯 하나씩 이어가려고 한다. 나라는 이교도는 그 이상한 종교—한 명의 교주, 한 명의 교도, 한 명의 배교자로 구성된—의 최후를 본 유일한 목격자이므로.

내 방이 '제3의 예루살렘'이자 온 동네가 다 아는 사이비 종교의 온상이라는 사실은 2학기 개강 파티 때 알았다. 대화 도중 시장의 돼지국밥집이 맛있다는 말이 나왔고 무심코 그 건물 옥탑에 산다고 했더니 복학생 선배 하나가 이렇게 물었던 것이다.

"지내기 괜찮냐?"

나는 올라가는 출입문이 상가 건물 입구라거나 국밥집이 시끄러운 그런 애로 사항을 말하는 줄 알았다. 그러나 선배는 다른 의미로 묻고 있었다.

"그 집 할머니…… 이상하지 않던?"

아래층에 내려갈 일은 달에 한 번 방세를 낼 때뿐이니, 딱히 할 말이 없었다. 어쩌다 주인집 사람들과 마주쳐도 간단히 목례만 할 뿐 말을 섞어본 적이 드물었다. 사실 내게는 이 도시 자체가 낯설었다.

내가 P시에 간 이유는 지원한 대학 중 유일하게 나를 허락한 학교가 있기 때문이었다. 충실하게 입시를 대한 적이 없으면서도 나는 초라한 결과에 분개했다. 자취방으로 얻은 옥탑이 녹슨 철문을 달고 있는 것도 화가 났고, 논두렁 밭두렁을 지나 산 중턱에 들어선 학교 건물을 보자 사기를 당한 기분마저 들었다.

신입생 대부분이 편입과 재수에 대해 소곤거렸고 아무도 대학 생활에 들뜨지 않았다. 그건 또 그것대로 보기 싫었다. 나처럼 시무룩한 얼굴 사이에 끼어 똑같은 좌절을 나눠 갖는 것이 견딜 수 없어 학교에는 거의 나가지 않았다. 대신 세 평짜리 옥탑방 안에서 우울한 자유를 누렸다.

그러다 반년이 지나서야 겨우 맘 잡고 학교에 나왔더니 집주인이 사이비 종교에 빠져 있다는 소문을 들은 것이다.

"무슨 종교요?"

"일주교(一主敎)라던가. 동네 사람들이 그러는데 가까이하지 않는 게 상책이래."

선배는 소주를 털어 넣고 이내 다른 사람을 말밥에 얹었다. 나는 그 뒤를 따를 수 없었다. 불현듯 옥상 구석에 세워진 깃발—아무 글씨 없이 푸른 바탕에 커다란 동그라미만 그려져 있는—이 머릿속에서 떠오른 것이다.

그대로 살자니 무당 집에 세 든 것처럼 찝찝하고, 나가자니 당장

이 돈에 그만한 방을 얻을 수 있을까 싶어 적이 심란했다. 다음 날 부러 1층 식당에서 밥을 먹은 건 이 모든 게 뜬소문이라는 말을 들었으면 싶어서였다.

"철마다 부적은 잘만 쓰는 인간들이 사이비 운운하는 게 웃기지 않냐? 대학생인 니가 한번 말해봐라."

주인집 종교 문제에 대해 아느냐고 묻자 식당 아저씨는 대수롭지 않게 반문했다. 자기 입장에선 동네에 부는 재건축 바람이 더 신경 사나운 일이라며 조합장으로 나선 약국 아줌마의 허물만 잔뜩 늘어놓았다.

나는 아저씨처럼 태연할 수가 없었다. 냉장고 문을 열었을 때 노란 불빛을 받고 있는 밀폐 용기를 한참이나 노려본 것이 그 증거다. 김치와 초마늘, 집 된장에 무친 고추가 담긴 통에는 방세를 낼 때마다 주인집 할머니가 억지로 떠안긴 음식이 들어 있었다. 돌아와 꾸러미를 풀면 자극적인 냄새에 인상이 찌푸려지면서도 시큼한 침이 고였고, 그런 날엔 모처럼 밥을 새로 지어 먹곤 했다…… 그간 잘 먹던 음식을 새삼 노려보는 꼴이 우스워 냉장고 문을 도로 닫았다.

나는 겁먹은 탐정이 되어 조그만 단서에도 신경을 곤두세웠다. 할머니가 예사로 하는 말도 의미를 헤아렸고, 아침마다 경을 읽는 듯한 노인의 낮은 음성에도 귀를 기울였다. 그 결과 내가 주변에 얼마나 무신경했는지 새삼 깨달았다.

우선 할아버지와 할머니는 부부가 아니었다. '진천 이모'라고 부르는 또 다른 할머니 역시 주인 할머니와 자매 지간이 아니었다. 한마디로 혈연과 아무 상관없는 노인 셋이 사는 집에 내가 들어온 것이다. 훗날 할머니는 '모든 것이 일주님이 정해놓은 운명'이라고 했지만 나는 다른 방향에서 날아온 운명을 느꼈다. 불가해한 것에 유독 끌리는 내 기질은 이 시절에 빚진 탓이 크다.

느지막이 일어나 볕 잘 드는 거실을 차지한 할아버지는 수련을 하는 시간을 제외하면 도무지 하는 일이 없었다. 비대한 몸에 풍성한 텁석나룻, 한쪽 다리를 절룩거리는 노인은 이상야릇한 눈빛을 하고 있어 마주 보기가 꺼림칙한 인상이었다.

할머니는 항상 바빴다. 남의 부탁을 거절하는 법이 없던 할머니는 새벽같이 일어나 거리를 쓸고 치운 후 품삯도 없는 허드렛일을 도맡아 했다. 동네에 초상이 나면 수십 명이 먹을 육개장을 끓였고 길짐승의 사체와 취객의 토사물을 치웠으며 형편 어려운 장애인의 집에 정기적으로 쌀과 연탄을 배달시켰다. 자신에게 신경 쓸 짬이 없을 것 같은데도 노인 특유의 군내가 나지 않았고 늘 깔끔한 차림에 수줍고 다정한 태도로 이웃들을 대했다.

이런 선행에는 모순된 점도 없지 않았다. 한번은 할머니가 버려진 낚싯줄에 걸려 괴로워하는 천변의 비둘기들을 구해주는 것을 본 적이 있다. 더러운 비둘기를 안고 칭칭 잠긴 줄을 커터 칼로 끊어주는 그녀의 모습은 성화에 나오는 성녀 같았지만, 다음 순간 나는 못 볼 꼴을 봤다.

"에고, 멱을 따버렸네."

목에 걸린 낚싯줄을 끊어주다가 그만 멱까지 끊어버린 것이다. 할머니는 당황한 기색도 없이 피 묻은 손을 솜바지에 쓱 닦더니 이내 다른 비둘기를 안아 들었다. 재난 구호 활동에 나선 요원이 작은 불행에 일희일비하지 않는 것과 비슷한 관록이랄까.

이런 기벽 때문인지 혹은 일주교 때문인지 다들 도움은 받아 챙기면서도 시장통의 친목에는 할머니를 끼워주지 않았다. 말하자면 할머니의 인격은 사이비 종교로 '손상'되었으며 선행 또한 순수한 것이 아니라는 인식이 깔려 있었던 것 같다.

그에 비해 진천 이모는 동네의 유명한 험구가(險口家)로 친구도 적도 많았다. 이모의 귓속으로 들어온 소문은 그 뚱뚱한 육체 안에서 한껏 부풀었고, 밖으로 나올 때는 종류와 상관없이 얼마간의 음담이 섞여 있었다. 그 소리를 들으며 고개를 끄덕이다 보면 부지불식간에 이모가 뿜어내는 부정적인 영향력 아래 놓였고, 이모는 그런 식으로 자기 처지에 권력을 부여해 시장 내에서 일정한 위치를 누렸다. 진천 이모를 통해 나는 일주교의 내막에 대해 좀더 알 수 있었다. 첫번째 단서는 할머니가 잘 쓰는 단어에서 출발했다.

"이모, 대체 십승도령이 뭐예요?"

"저 영감탱이지 뭐여."

한때 일주교 신자였던 이모는 씹어뱉는 듯한 말투로 운을 뗐다. 교리에 따르면 십승도령은 '십자가로 승리한 구세주'라는 뜻으로, 예수가 첫번째 십승도령이고 노인이 마지막 십승도령이라는 것이다.

"그 비닐하우스만 안 갔어도 내 신세가 요렇게 쪼그라들진 않았을 거여. 암만."

진천 이모는 병원에서 포기한 남편의 말기 암을 고쳐보려고 산에 들어갔다가 일주교에 입문했다고 한다. '제2의 예루살렘'이라 불리는 비닐하우스에는 20명의 신도들이 공동생활을 하고 있었다.

기독교 종말론에 명상법이 뒤섞인 일주교는 교주를 신으로 떠받들고 수련을 통해 신심을 유지하는 사교(邪敎)였다. '일주는 부모요, 인간은 자녀요, 만물은 그 가옥'이라는 것이 그들 신앙의 요체다. 수련은 되도록 물소리를 들으며 하는 것이 좋은데, 자연의 소리 가운데 가장

선한 기운을 품고 있는 것이 바로 물이 흐르는 소리이기 때문이다. 교주가 직접 녹음한 물소리 테이프를 틀고 정좌를 한 후 지그시 눈을 감으면 정수리로 들어온 기운이 신체의 중심인 배꼽노리에 고인다. 그 기운을 담기 위해 두 손을 그릇 모양으로 오목하게 배꼽 밑에 갖다 댄다는 대목에선 웃음을 참기 어려웠다. 더 웃긴 말은 그다음에 이어졌다.

"수련할 때 고무줄 달린 빤스는 금물이여. 기의 흐름을 막거든."

이모는 아침마다 테이프를 틀어놓고 수련을 하는 노인과 할머니의 모습을 묘사하며 깔깔댔다. 나는 할머니 앞에서만 일주님 운운하며 간살을 떠는 이모의 이중성이 더 못마땅했다. 일찌감치 배교를 한 이모는 오랫동안 P시를 떠나 있었다. 그러다 자식들과 사이가 틀어져 오갈 데가 없어지자 슬그머니 할머니의 건물로 돌아온 것이다.

사람들의 약점을 즐기는 진천 이모 같은 부류는 그 골목에서 드물지 않았다. 그에 비해 할머니의 정체는 모호했다. 어찌 보면 기품 있게 잘 늙은 노인인데 사이비 종교를 믿고 있는 것도 그랬고, 그런 자에게서 흔히 볼 수 있는 광기나 공격성이 전혀 느껴지지 않는 것도 놀라웠다. 비록 이단에 빠졌다고는 하나 어리석음마저 맹렬한 선행으로 승화된 할머니는 스무 살의 내가 만난 가장 큰 수수께끼였다.

물론 자식 둘을 한꺼번에 잃는 일이 흔한 것은 아니다(종갓집 며느리였던 할머니는 자식을 잃은 후 일주교에 빠져 집에서 내쫓겼다고 했다). 하지만 그런 불행을 할머니만 겪은 것은 아닐 텐데 그녀는 어느 순간 전과는 전혀 다른 사람이 됐다.

아마도 이런 모습일 것이다. 어떤 상황이 왔는데, 극복하거나 벗어날 수가 없다. 숨구멍이 생기자 받아들이기 시작한다. 처음엔 힘겨웠지만 시간이 지나면서 점점 익숙해진다. 마침내 상황과 그는 완벽히 한몸이 된다. 남들은 극단적으로 변한 모습에 놀라지만 당사자는 그렇지 않다. 그가 밟고 있는 땅에서는 당연한 귀결이기 때문이다.

사이비 종교의 본산에서 사는 일은 별다른 것이 없었다. 다만 맹신에서 비롯된 할머니의 선량함을 어떻게 봐야 할지는 쉽사리 결론이 나지 않았다. 어쨌거나 본인이 행복하고 주변에 늘 도움이 되고 있으니 그 종교도 인정해주어야 하지 않을까, 잠정적으로 그런 결론을 내렸던 것 같다.

그 무렵 나는 성경과 맑스를 동시에 읽고 있었다. 둘 다 감흥 없긴 마찬가지지만 '동시에' 읽는다는 겉멋에 도취된 것이다. 뒤늦게 들어간 사회과학 동아리에서 나 같은 애송이 관념론자 두어 명을 만났고, 우리는 개론서를 전전하며 교양의 압력을 받고 있었다. 내내 겉돌던 대학 생활에 과녁이 생겨 그럭저럭 재미를 붙이던 나날이었다.

친구들과 헤어져 늦게 집에 돌아오던 어느 밤, 흥미로운 장면이 내 눈에 들어왔다. 고주망태로 취한 노인이 자정 넘어 순찰차에 실려 온 것이다. 경광등을 받고 선 할머니는 밤의 고양이들이 빛에 얼어붙는 것처럼 잔뜩 겁먹은 모습이었다. 종일 집귀신으로 살던 노인은 누구에게 두들겨 맞았는지 앓는 소리를 내며 할머니의 부축을 받아 안으로 들어갔다.

통 존재감이 없던 노인은 그날 이후 조금씩 변해갔다. 담배 냄새가 수시로 내 방 창문을 넘어 올라오는가 하면, 늦게까지 TV 소리가 들려왔다. 노인은 별다른 행동을 하지 않았지만 소리와 냄새로 자신의 변화를 발산하고 있었다.

교주의 변화 말고도 할머니의 심기를 어지럽힌 일은 또 있었다. 시장에서는 할머니의 종교 문제를 건드리지 않는 묵계가 있는데 그걸 정면으로 깨뜨린 사람이 나타난 것이다.

"계세요?"

마침 할머니와 함께 점심을 먹고 상을 치우던 참이었다. 그즈음 나는 할머니의 외고집에 약간 반해 있었고, 시장 사람들의 부당한 처사에 분개하기도 했다. 할머니는 그런 나를 손녀처럼 예뻐하며 종종 밥상을 차려 불러내곤 했다. 노인은 자리를 비우고 없었다. 어쩌면 교주가 없는 틈을 타서 그 여자가 왔는지도 모르겠다.

"식사 중이신가 보네?"

"다 먹었어요. 들어와요!"

오랫동안 손님을 맞아본 적이 없던 할머니는 누군가 집에 방문해준 것에 기뻐하며 얼른 커피와 과일을 내왔다. 이쯤해서 내가 물러나야겠지만 할머니는 과일을 먹고 가라며 나까지 붙들어 앉혔다. 중년 여자는 잠시 저어하는 표정을 짓더니 이내 본인의 숭고한 정체를 밝혔다. 골목 끝에 새로 들어선 개척 교회의 목사 부인이라는 것이다. 동네에 케케묵은 이단이 있다는 소문을 듣고 부러 찾아온 것이 틀림없었다.

그다음에 내가 본 장면은 나른한 오후에 벌어진 두 종교인 사이의 성전(聖戰)이었다. 목사 부인은 입을 열 때마다 성경 구절을 들먹이며 일주교의 허술함을 공격했다.

"……베드로후서 2장 1절에 이르기를, 민간에 거짓 선지자들이 일어났나니 너희 중에서 거짓 선생들이 있으리라고 하였습니다. 누가 거짓 선생이겠습니까? 하나님은 알되 예수님은 따르지 않는 자들 아니겠습니까? 이단에 속한 자는 하나님의 나라를 유업으로 받지 못합니다. 이제라도 교회를 분별하시고 자신을 분별하시기 바랍니다."

할머니는 가타부타 없이 듣고만 있었다. 침묵에 힘을 얻은 목사 부인은 사탄에 홀린 자에게 기다리는 지옥의 잉걸불을 묘사했는데 어찌나 생생한지 그녀야말로 이교도적 신비에 흠뻑 빠진 사람처럼 보였다. 뒤이어 자기 목소리에 도취된 자에게서 흔히 보이는 열정으로 아름다운 계명들도 설파했다. 차분히 과일을 포크로 찍어 건네던 할머니가 마침내 말문을 열었다.

"이봐요. 나도 충분히 그렇게 살고 있어요."

자랑이라기보다 사실이니까 알려준다는 말투다. 약간 화려하기까지 한 당당함이었다. 목사 부인은 잠깐 얼굴이 굳어졌으나 이내 평정을 찾고 설교를 이어갔다.

"심히 교만한 말을 다시 하지 말 것이며 오만한 말을 너희 입에서 내지 말지어다, 사무엘 상 2장 3절의 말씀입니다. 방금 한 말씀은 회개하셔야 합니다."

"회개는 일주님 앞에서나 할 일이죠. 당신네 예수는 2천 년 전에 죽었지만 내가 모시는 예수는 아직 살아 계십니다. 일주님을 모시면 일만 시름을 잊고 사망의 법에서 해방될 수가 있답니다. 눈 밝은 사람이라면……"

할머니가 오히려 역개종을 권하자 목사 부인은 알라를 믿으라는 무슬림을 만난 표정이 되어 더 이상 말을 잇지 못했다. 결국 커피 잔에 찍힌 립스틱 자국을 제외하고 그녀는 할머니에게 아무런 흔적을 남길 수 없었다.

사실을 말하자면 할머니의 주님은 그렇게 찬란하지 않았다. 찌가 난 어린아이 같은 모습이랄까. 끼니도 귀찮아 했고 매일 한다는 수련도 건너뛰기 일쑤였다. 그리고 수시로 바깥나들이를 했다.

할머니는 변함없이 상을 차려놓고 노인을 기다렸다. 절대로 다그치거나 귀찮게 굴지 않았지만 더 정성껏 수발을 들고 수련을 종용하는 할머니와 대치하는 일이 쉽지만은 않았을 것이다. 끼니를 거른 채 외출하는 노인의 모습을 보고 있으면 뜬금없이 '비폭력저항운동' 같은 말이 떠올랐다.

그런데 그건 내 착각이었다. 개론서를 덮고 한창 집회에 쫓아다니고 있던 때라 이 집에서 벌어진 일도 나중에야 알아차렸다.

"얼굴이 왜 그래요?"

빈 반찬 통을 돌려주다가—집에서 밥 먹는 일이 줄어 상한 반찬을 아깝게 버린 날이었다—나는 소스라치게 놀랐다. 할머니의 눈두덩과 턱에 시퍼런 멍이 들어 있었다.

"눈이 어두워져서 그런가, 자꾸 여기저기에 부딪치네."

할머니는 아무 일도 아니라는 듯 반찬 통을 받아 찬장에 넣었다. 그때까지도 노인이 손찌검을 하리라고는 상상도 못했다. 하지만 이틀 후 할머니의 얼굴에는 또 다른 상처가 생겼고 이런 짓을 할 사람은 한 명밖에 없었다.

"정신 차리세요. 저 인간은 망령 난 사기꾼에 불과하다구요!"

마구 고함치는 내 모습을 상상했다. 하지만 할머니를 익히 알고 있는 나로서는 다음 장면도 곧바로 떠올랐다. '큰일 날 소리를…… 글쎄 부딪쳤대도 그러네.' 거짓말에 익숙하지 않은 할머니는 흔들리는 눈동자로 한사코 부인할 것이다.

나는 스무 살짜리답게 피가 끓었고 이 상황을 방기하는 건 비겁한 짓이라고 생각했다. 이런 고민을 선배에게 털어놓았더니 선불리 나서지 말고 전문가에게 문의부터 해보라는 조언이 돌아왔다. 몇 군데의 단체에 전화를 걸었지만 종교의 자유가 보장된 대한민국에서 자신의 의지로 사교를 믿는 늙은 여인을 구제해주기란 쉬운 일이 아니었다. 해당 기관에서는 할머니가 치매에 걸린 것도 아니고 사리분별이 멀쩡한 상태에서 그렇게 살아가는 거라면, 안타깝지만 할아버지와 격리시킬 구실이 없다는 답을 들려주었다. 상황을 바꾸려면 학대를 입증할 만한 증거가 필요했다.

이 모든 것이 그간 얻어먹은 밥과 할머니와의 우정이 빚어낸 강요된 공명심 때문이었다. 알량한 양심에 시달리는 나날이 이어지자 개입을 요구하는 상황에 새삼 짜증이 밀려왔다. 얹혀사는 주제에 폭력까지 휘두른 노인이 기가 막혔고 온갖 추문을 퍼뜨리는 이모가 입을 닫고 있는 것도 혐오스러웠다. 나는 이 골목에서 단 한 명, 할머니만 기품 있고 빛나는 사람이라고 생각해왔다. 하지만 그 성녀의 저토록 무지하고 어리석은 모습을 보니 마음이 답답했다. 그들은 제자리에 붙박인 채 돌던 궤도를 이탈하지 않을 것이다. 움직여야 하는 건 나였다.

일주교가 '물의 날'이라 신봉하는 셋째 주 수요일에 노인을 미행했다. 달마다 노인은 신의 계시를 처음으로 받은 산에 다녀오곤 했다. 그러나 정오가 지나 집을 나선 노인의 발걸음은 산으로 향하지 않았다.

시외버스를 타고 한 시간 남짓 달려 도착한 곳은 저수지 낚시터였다. 낚싯대를 빌려 좌대를 하나 차지한 노인은 오후 내내 그곳에서 시간을 죽였다. 해가 저물자 노인은 잡은 고기를 놔주고 저수지를 떠나 시내 외곽에 있는 유흥가를 기웃거렸다.

유흥가라고는 하나 어딘가 궁상맞은 생활의 냄새가 풍기는 길의 끝에는 〈장미〉 〈백합〉 〈물망초〉 따위의 가게들이 죽 이어졌다. 홍등가의 간판 위에 피어난 그 꽃들은 아무런 위화감 없이 열쇠집이나 세탁소와 마주 보고 있었다. 그 앞에서 한참 서성거리던 노인은 보다 허름하고 개방적인 막걸리집을 골라 들어갔다.

길가에 철판을 내놓고 부침개를 지져대는 좁은 틈 너머로 드럼통 테이블에 앉은 노인의 모습이 언뜻 비쳤다. 도토리묵과 막걸리를 시켜 놓은 노인은 일하는 아줌마에게 연신 수작질이었다. 옥신각신 끝에 기어코 옆자리에 아줌마를 앉히더니 수시로 지분대며 막걸리를 들이켰다. 자꾸 쪼개지는 도토리묵을 젓가락으로 집다가 바지 앞섶에 뚝 떨어뜨린 모습에서는 비애감마저 몰려왔다.

"부끄러운 줄 아시죠."

나는 자제심을 잃고 말았다. 불쑥 들어가 노인에게 소리를 지른 것이다. 놀란 노인이 주물럭거리던 아줌마의 손을 놓고 흐리멍덩한 눈으로 나를 올려다보았다.

"이 꼬락서니가 뭡니까? 제발 할머니는 놔주고 갈 길 가세요. 어디 가서 뒈지든지요."

막걸리집 아줌마가 가로막았지만 나는 끝장을 보자는 마음으로 버티고 서서 노인을 노려보았다. 어느새 늙은 호색한에서 위엄이 넘치는 교주의 모습으로 변한 노인은 고기의 근수를 견주어보듯 뭔가를 가늠하면서 눈을 가늘게 치떴다. 그러더니 손짓으로 술잔을 하나 더 청해 짐짓 술까지 따라주었다.

"옥고를 치렀다지? 나 역시 감옥소에 간 적이 있다네."

엉뚱하게도 노인은 첫 마디에 내 안부부터 챙겼다. 나한테 통 관심이 없는 줄 알았는데 집회 중에 잠깐 잡혀간 사실도 알고 있었다. '옥

고'라 할 정도는 아니라고 말하려다 노인이 왜 감옥에 갔는지부터 물었다. 노인은 쓴 입맛을 다시며,

"산림법, 공원법 위반이었지."

라고 말했다. 일주교 초기에 머문 산이 도립공원으로 지정되는 바람에 무허가 건물 주인으로 고발당했다는 것이다. 초장부터 누추하다.

"가끔 사람들은 뭔가를 강렬히 원하지. 원하는 게 뭔지도 모르면서 그냥 열렬히 뭔가를 기다리는 거야. 난 그런 사람들의 귀에 소리굽쇠를 한번 통, 울려준 죄밖에 없어. 공명을 일으키고 동심원 안에서 안정을 누리려 한 건 그 사람들 의지야. 종교는 그런 마음만 건드려주면 저절로 생겨나는 거라네."

뜻밖의 장광설이 이어졌지만 나는 꼿꼿한 눈빛을 유지하려고 애썼다. 신이었다가 인간 이하로 추락해 벌레처럼 살아가는 사나이. 단 한 명 남은 교도의 부양이 아니면 진작에 끝장났을 남자의 인생이 도토리묵과 탁주가 놓인 테이블 위에 천천히 펼쳐졌다.

전쟁고아가 된 후 안 해본 일이 없다 했다. 구두닦이, 대폿집 심부름꾼, 식당 배달원을 거쳤지만 가난과 무학이 늘 그의 앞길을 가로막았다. 일을 찾아 떠돌아다니는 사이, 공상적인 기질은 가지를 뻗어 독특한 관념을 빚어냈다.

양복점 시다로 있을 때 처음 교회를 접했다. 허공에 반쯤 붕 떠 있던 상태에서 종교를 만나니 스펀지가 물을 빨아들이듯 마음은 신앙으로 가득 찼다. 그는 스팀 다리미를 든 채 골똘히 자기 안의 하나님을 응시하곤 했다. 옷의 주름조차 신의 암호로 보이기 시작한 건 성경을 다섯 번 통독하고 난 다음부터였다.

젊은 나이에 병을 얻자 산으로 들어가 3년간 수련을 했다. 병은 나았지만 욕심을 버리기 위해 40일간 단식을 하고, 정욕을 버리기 위해 거세를 하고, 교만을 버리기 위해 '겸손'이라는 문신을 왼쪽 가슴에 새겼다. 그러나 한낱 문신이 필요 없을 정도의 징표가 내려왔다. 1979년 2월 17일, 신의 강림을 접한 것이다.

폭설이 쏟아져 거처로 삼던 동굴에 고립된 그는 며칠째 굶주리고 있었다. 눈을 녹여 먹으며 간신히 의식을 유지했지만 입김을 토해내는 것만이 유일하게 숨이 붙어 있는 증거였다. 동굴은 그대로 관이 될 것이고 검은 흙 위로 흰 눈이 덮여 죽음을 은폐할 것이다. 그는 마지막 기도를 올리기 위해 남은 양초에 불을 붙였다.

어느 순간부터 추위와 허기가 느껴지지 않았다. 진즉에 꺼졌어야 할 촛불이 점점 밝아졌고 빛의 가장자리로 물러난 어둠은 더 이상 냉혹하지 않았다. 조용히 드러누운 그는 자신의 몸이 텅 빈 파이프 같다고 생각했다. 빛과 어둠이 끝없이 그의 육체를 통과했기 때문이다.

더 이상 감당할 수 없는 상태가 되자 육체라는 겉옷을 벗어버렸다. 수백만 개의 입자가 되어 허공에 떠다니던 그는 빛과 어둠의 꼬리를 좇았다. 전 세계의 고통과 환희가 흐르는 곳에서 그는 용해의 기쁨을, 해방을, 명정(明淨)을 맛보았다. 모든 것을 노력 없이 이해할 수 있었고 평생 누려보지 못한 사랑이 느껴졌다.

그곳에는 혼자만 있는 것이 아니었다. 구원자와 수많은 추종자들이 빛무리 속에 모여 있었다. 구원자의 얼굴을 본 순간, 그는 깜짝 놀랐다. 바로 자신의 얼굴이었다. 엄청난 힘으로 육체 속에 환원된 그에게 신의 음성이 들려왔다.

'나를 사랑하느냐.'

물론 그러했다.

'내 길을 따라올 수 있겠느냐.'

그는 바위에 이마를 찧으며 신심을 다해 받들겠다고 응답했다.

혼절에서 깨어났을 때 이마에는 붉은 태극 문양의 해인(海印)이 인각되어 있었다. 만왕의 왕, 만주의 주로 재탄생한 그에게 세상을 다스릴 권세의 표식이 주어진 것이다.

다시 수련에 돌입한 그는 다섯 가지의 의문을 풀기 위해 애를 썼다. 의문은 이런 것이다. 진리는 무엇인가? 말세는 언제인가? 나의 사명은 무엇인가? 나에게 어떤 능력이 있는가? 인간은 어떻게 해야 구원을 받는가?

시간을 들여 얻은 답은 이러했다. 진리는 일주이다. 말세는 지금이다. 나의 사명은 이 사실을 세상에 알리고 사람들을 구원의 길로 인도하는 것이다. 내 능력을 의심하면 안 된다. 인간은 종말이 올 때까지 선하게 살며 수련을 거듭해야 한다.

교주의 자질은 대중에게 어떤 공상을 펼쳐 보일 수 있는가에 달려 있다. 그런 면에서 그는 신이 될 자격이 충분했다. 가난과 무학이 빚어낸 독특한 관념은 그만의 조잡하고도 힘 있는 공상을 만들어냈다. 건강과 돈과 학식이 없는 자들. 행운이 항상 불운보다 모자랐던 자들. 그들에게는 고통에 휩쓸려가지 않을 닻이 필요했다. 어려운 말을 쓰지 않고, 실천이 복잡하지 않고, 얻을 것이 확실한 닻이면 더 좋았다.

그는 어떤 삶도 혹독할 수만은 없다는 것을 알고 있었다. 기어서 구걸하는 걸인도 따뜻한 봄 햇살에 저절로 미소를 짓는 순간이 있고, 평생 누워서만 지내는 환자도 통증을 완전히 잊게 해주는 천국의 꿈을 꾼다. 그래서 교주는 집단적인 한풀이와 비슷한 눈물의 정화 의식을 치른 후에는 반드시 삶의 기쁨을 환기시켰다. 이런 방법이 효과가 있는지, 혹은 산에서 생활을 하기 때문인지 병이 나았다는 사람들도 나타났다. 교세가 확장되면서 갖가지 제의가 탄생하더니 이윽고 형식이 다듬어졌다.

연극배우가 관중의 기를 받아 무대를 초현실적인 상태로 몰아넣듯이 제의는 그렇게 고조되고 완성되었다. 세차게 흐르는 물소리, 자극적인 갖가지 향, 타오르는 촛불이 동원됐다. 어둠 속에서 밝게 빛나는 교주를 보면서 일주교 신자들은 커다랗고 뜨거운 근원과 하나 되는 강렬한 일치감을 느꼈다. 인간에게는 자신보다 크고 위대한 존재에 합일되고 싶은 욕망이 있음을 교주는 잘 알고 있었다. 그것을 충족시켜주기 위해서 자신은 더 크고 위대해야 했다.

초월에의 오르가슴, 신도들의 눈빛에서 읽히는 숭배의 표정, 아찔한 전능의 기억들…… 그는 세계의 아버지가 되어 소나기 같은 행복을 맛보았다. 〈하늘 군대〉를 조직한 것은 신도 수가 100명이 넘었을 때였다.

"무슨 군대요?"

"열 뿔과 일곱 머리를 가진 짐승이 종말을 가져온다 했으니 대비를 시켜야 했지. 성도들에게 한자리씩 나눠 주기 위한 명분이었네만."

노인은 좋았던 시절을 회상하는 포주처럼 탐욕스러운 기억력으로 〈하늘 군대〉의 조직도를 읊조리기 시작했다. 성민원장 이창근, 성례원장 김윤홍, 일주생활공생조합장 전복례, 도덕성도수양관장 차경훈. 그들 모두 내가 살고 있는 건물에 머물렀다고 했다.

듣기에는 참 평범한 이름들이다. 그런데 이름의 주인들은 사교의 제의를 지냈고 돈과 정성과 눈물을 바쳤다. 멀쩡한 인생에 요철이 생기기까지 삶에 어떤 일이 일어난 것일까. 그들에게 필요한 것은 온기였나, 광기였나. 아니면 둘 다인가.

가끔씩 욕실 천장에서 물이 새는 낡은 건물이 성소였다니, 나는 아연한 마음으로 다음 이야기를 기다렸다.

수난은 사건이 터지기 전부터 교주의 이마에 포자처럼 사르르 내려앉아 자라고 있었다.

태극 문양의 해인이 한낱 피부병에 불과하다는 사실은 안 것은 오래전이었다. 수포가 생긴 해인은 참을 수 없이 가려웠고 병원에서 처방해준 약을 먹자 넉 달 후 완전히 사라져버렸다. 병변(病變). 의사는 신의 증거라고 믿었던 해인을 이렇게 불렀다. 그러나 병은 다른 형태로 번성하고 있었으므로 병변은 여전히 필요했다.

보다 근본적인 문제는 그가 신으로 살아가는 일상에 심각한 회의를 느낀 것이다.

가끔씩 회당에서 제의를 올리던 도중 어리둥절한 마음이 될 때가 있었다. 자기 앞에 정성껏 차려진 상. 기도문을 달싹이는 마른 입술들. 신심에 달아오른 벌건 얼굴. 이 모든 것이 공상 속에서 시작된 일이란 말인가? 내 꿈이 이것들을 지어냈단 말인가?

고개를 돌리던 그는 회당 유리창에 비친 자기 얼굴이 낯설어서 깜짝 놀랐다. 창에는 우스꽝스러운 옷을 입은 중년 남자가 그 나이의 누구도 짓지 않을 표정을 하고 있었다. 그러자 스스로 연출한 극이 상연되는 극장에 앉아 있으면서도 대체 이 공연이 언제 끝날 것인지 궁금해졌다. 그는 제단에서 내려와 인간의 한가운데로 걸어가고 싶은 충동을 간신히 억눌렀다.

날이 갈수록 신의 피곤함은 강도를 더했다. 끝없이 감탄을 자아내는 존재가 되어야 하고, 세속적인 일에 일절 호기심을 드러내는 일이 없어야 하고, 아이의 아비가 되어 누리는 책임감이나 자긍심 같은 것도 없는 삶. 신이라는 일종의 괴물이 되어 사람들과 늘 거리를 두는 일이 어떤 것인지 모르고 한 선택이 그를 짓눌렀다. 그가 해방될 마지막 기회는 그때 찾아왔다.

"우주일주평화국 선언이었나. 아마 그 선포식이었을 거야."

관광버스를 빌려 단체로 계룡산에 다녀오는 중이었다. 일주교 신자들을 실은 버스가 빗길에 미끄러지며 반대 방향에서 오던 화물차와 충돌했다. 6명이 죽고 20명이 다친 사고에서 교주 역시 중상을 입었다.

회복을 기다리는 동안 적당한 연설을 찾아봤지만 이 상황에 맞는 말은 없었다. 불운하지만 평범한 사고. 아무도 비범함을 증언해줄 길이 없는 사고. 그 사고에서 교주가 중상을 입었다는 것 또한 은혜를 의심할 만한 일이다. 그가 신이라면 왜 사고를 예견하지 못하고 자기도 다쳤겠는가?

아마도 제1사도이자 사무처장을 맡고 있던 노길명이나 일주평화건설단장인 박현화가 살아 있었다면 동요하는 신도들을 추스를 시간을 벌었을지 모른다. 환자복을 입고 방울방울 떨어지는 링거액을 바라보던 그는 궁지에 몰린 교주들의 최후를 떠올려봤다. 망상을 완성하기 위해, 파국을 외롭게 견디지 않기 위해 집단 자살을 명하는 사례들이 생각났다. 하지만 생각만으로도 지겨웠다. 연출자로서의 한계는 여기까지였다.

신도들은 나날이 줄어들었다. 그는 스스로 쌓은 계단에서 하나하나 내려가는 중이라고 생각했다. 그러나 마지막 한 계단만 남겨둔 채 끝내 인간의 땅을 밟을 수 없었다. 첫째는 여전히 자신을 신으로 우러러보는 할머니의 눈동자 때문이고, 둘째는 일반인으로서의 생활력이 전무하기 때문이었다.

사고 후유증으로 다리까지 절게 된 마당이니 부양이 필요했고 그러기 위해서는 최소한의 신성함을 남겨두어야 했다. 98퍼센트는 평범한 남자지만 2퍼센트는 신으로 남은 모습이 그가 새로 맡은 배역이었다. 그 2퍼센트를 유지하며 살아온 세월이 그를 노인으로 만들었다.

"내가 그 여자를 망쳤다고? 천만에. 일주교가 사라지지 않은 건 다 그 여자 때문이야. 사고가 났을 때 이 바보 놀음은 끝내야 했어. 그럼 나도 새로운 인생을 살 수 있었을 거야. 신이 아닌 인간으로 말이야…… 그런데 내가 인간이 되도록 놔두지 않았어. 피해자는 바로 나라고."

노인은 쓴웃음을 지으며 이렇게 말했다. 입가에 막걸리가 허옇게 말라붙어 있었다.

"둘이서 평범한 부부로 살면 어떨까 싶었지. 하지만 끝내 나를 인간으로 봐주지 않더군."

그녀는 자신이 만들어낸 괴물이었지만 자신을 넘어서는 괴물이었다. 너무나 완고하게 너그러운 그녀. 어떤 의심으로도 어지러워지지 않고 어떤 악감정으로도 흐트러지지 않은 채 빛나는 선함. 무시무시한 선함. 신의 자리에서 내려와 인간의 길로 가지 못하도록 고통을 안겨주는 선함.

참으로 기이한 역설이었다.

〈하늘 군대〉가 만들어지기까지는 5년이 걸렸다고 했다. 그런데 신도들이 모두 떠난 후에도 그들은 20년째 '제3의 예루살렘'에 유폐되어 있다. 일주교의 역사 대부분을 단둘이 이어나간 셈이다.

그 이유가 할머니 때문이라면 진정한 교주가 누구이고 교도는 누구인지 의문이 생기지 않을 수 없었다. 모래시계를 뒤집듯 교주와 교도 사이에 전복이 일어난 것이라면 그건 이미 일주교가 아니게 된다. 그저 일주교를 믿고 있는 할머니의 마음 자체가 종교인 셈인데, 그렇다면 그 종교는 과연 무엇일까? 종교이기는 한 걸까? 성녀처럼 살아가는 할머니의 마음에 자리한 신앙의 근원은 대체 어디에서 온 것일까? 인생을 보호하기 위해 깨지 않은 환상에 불과한 건가?

나는 점점 혼란스러워졌다. 이단의 가지에서 저 혼자 피어난 꽃이 뿌리가 시들어도 도무지 질 생각을 안 하다니, 끔찍했다.

우리는 나란히 버스를 타고 P시로 돌아왔다. 창에 기대 가볍게 졸고 있는 노인은 뭐랄까, '수축된' 모습이었다. 누가 가해자이고 누가 피해자인지 알 수 없는 사건의 수사관이 되기에 나는 너무 어렸다. 고개를 숙인 채 이 모든 불가해함을 노려보는 도리밖에 없었다.

노인은 기도와 수련을 완전히 끊어버렸다. 신성을 연기하던 눈빛과 제스처는 그만두고 안방에 웅크린 채 나오지 않았다. 할머니에게 손찌검을 하는 일도 사라졌다.

교주의 무기력에는 약과 의사도 소용이 없었다. 어쩌다 아래층에 내려가면 테이프에서 흘러나오는 물소리만 음산하게 울릴 뿐 집 안에 생기라곤 느껴지지 않았다.

물소리가 나는 곳은 또 있었다. 건물의 누수가 부쩍 심해진 것이다. 내 방 욕실에서만 똑똑 물방울 소리가 들렸던 것이, 아래층 거실과 현관에도 습기가 차기 시작했다. 할머니는 수리를 해야지, 하면서도 일을 벌일 엄두를 내지 못했다. 인생의 중심인 교주가 무력증에 빠져든

후 중력을 잃고 허둥허둥했던 것이다.

변화가 없는 사람은 진천 이모뿐이었다. 재건축을 둘러싸고 시장 전체가 둘로 갈라져 싸우는 형국이 되자 이모는 그야말로 물 만난 물고기가 되어 집에 붙어 있는 날이 없었다.

재래시장을 없애고 쇼핑 센터를 짓는다는 말은 오래전부터 떠돌았지만 구체적인 진전이 없었다. 그러다 유명한 건설사가 나서면서 찬반으로 나뉘었던 여론이 점차 한 방향으로 모아졌다. 상인들은 장사를 작파한 채 삼삼오오 모여 세입자의 우선 분양권에 대한 열띤 토론을 벌이곤 했다.

나는 현실적인 고민에 빠졌다. 1층 식당은 곧 가게를 뺀다고 했다. 내 경우엔 계약 기간이 좀더 남아 있었지만 언제 철거될지 모르는 집에 눌러 있기가 불안했다. 새 자취방을 구하려면 나간다는 말을 미리 해둬야 할 것 같았다.

말을 꺼내기 어려웠던 건 할머니의 상황 때문이었다. 그녀는 안팎으로 고립되어 있었다. 노인은 무기력하고 진천 이모는 재건축에 대해 귀가 아프게 떠들어댔으며 식당 월세는 끊길 것이다. 그건 할머니의 수입 대부분이 사라진다는 말이 된다.

할머니가 재건축에 동의하지 않자 시장 사람들은 호통을 치다 바싹 낮추어 읍소를 하는 등 갖가지로 압박을 가해왔다. 이 건물이 종말이 올 때 천사를 마중 나갈 신성한 장소라는 것을 납득시킬 도리가 없는 할머니는 묵묵히 비난을 감당해야 했다.

극성스러운 조합원들이 떼를 지어 몰려오기도 했다. 그 와중에 새로운 사실이 밝혀졌는데, 재건축에 동의하지 않은 건물주는 개척 교회 목사와 할머니 단둘뿐이라는 것이다. 공사가 늦어지면 시장 전체가 손해를 본다며 다들 핏대를 세웠다.

"그 사람들처럼 알박기라도 하려고요? 언제까지 우리 피를 말릴 건지 말해보세요. 요새 장사도 안 되는데."

약국 아줌마에 따르면 목사와 그의 부인은 애당초 교회보다 분양권에 더 큰 목적을 두고 이 동네에 왔다는 것이다. 성전을 허물 수 없다고 버티면서 시공사와 협상하는 것이 돈 냄새를 맡은 그들의 전략이라고 했다. 개척 교회에는 제대로 된 신도가 거의 없었다. 이 동네는 원래부터 무당이 많고 개신교 신자들이 죄다 사거리 대형 교회로 몰린다는 것을 감안해도 너무나 형편없는 선교 실적이었다. 그러니 교회를 연 진정성을 의심받는 것도 당연했다.

신도가 하나도 없다니, 그렇다면 달랑 목사와 그의 부인으로 이루어진 교회란 말인가? 일주교의 구성과 다를 바 없는 교회를 생각하니 세상에 이런 조합이 얼마나 더 있을지 새삼 궁금해졌다.

바이러스에 대한 공포가 번지던 계절이었다. 수도권에 사는 마흔일곱 된 주부의 사인이 신종플루로 밝혀졌다는 뉴스를 보자 등골이 오싹했다. 며칠 전부터 편도가 붓고 미열이 있는 것을 무시하던 터였다.

약국에 다녀와 달력을 넘겨보니 방세를 내는 날짜가 닷새나 지나 있었다. 아래층에 내려간 나는 현관이 잠겨 있지 않은 것을 의아해하며 안으로 들어갔다. 안방 앞에 우두커니 서 있는 할머니는 사람이 들어오는 기척도 느끼지 못한 것 같았다. 내 시선은 저절로 할머니의 눈길을 따랐다.

노인이 쓰던 방은 떠나기 전의 어수선함이 그대로 남아 있었다. 누운 자국이 선명한 보료, 채 닫히지 않은 문갑, 흩어진 양말짝과 신문들.

할머니는 머리 나쁜 아이가 상황을 이해하려고 애쓰는 것처럼 곤혹스러운 모습이었다. 그녀의 신, 그녀의 가족, 그녀의 인질이 사라져버린 자리에 그대로 화석이 되어버린 것처럼.

나 역시 눈앞의 상황이 의미하는 바를 몰라 어리둥절했다. 그래서 약국 아줌마가 부산스럽게 들어왔을 때 할머니만큼이나 깜짝 놀랐다.

"생각 잘하셨어요. 더 버텨봐야 정해진 돈 외엔 한 푼도 줄 수 없다고 시공사에서 그러더라고요. 이사 날짜 정해지면 이주비 대출은 은행에서 즉각……"

여기까지 말한 아줌마는 뭔가를 처음으로 누설한 입장이 된 것을 눈치챘는지 잠시 말을 멈췄다.

"세 분이 수원 어디로 갈 거라면서요. 진천댁이 그러던데."

그제야 재건축에 동의하고 분양권을 빼돌린 노인과 이모가 이곳을 완전히 떠난 것이 확실해졌다.

말뜻을 톺아보던 나는 어쩐지 분개하는 눈빛이 되어 약국 아줌마를 노려보았다. 당황한 아줌마는 변명하듯 중얼거렸다.

"필요한 서류는 다 있었어요. 원래 인감은 남한테 안 주는 거잖아요."

그러나 노인은 '남'이 아니었다. 그는 만왕의 왕이자 할머니의 주님이었으니까. 일찍이 전 재산을 헌납했을 때도 이 집만은 할머니 명의로 남겨둔 사람이었다던가, 그랬으니까…… 약국 아줌마는 혀를 차며 '사람이 어찌 그리 미련할 수가……'라는 말을 남기고 나갔다.

어쩔 줄 모르고 서성거린 사람은 오히려 나였다. 마침내 노인이 마지막 계단을 내려갔구나. 뜻밖에도 가장 먼저 든 감정은 터질 게 터져버린 후련함이었다. 그러나 평생의 헌신이 파탄 난 할머니를 생각하니 앞이 막막했다.

할머니는 여전히 몽롱하고 골똘한 눈빛으로 빈방에서 시선을 거두지 못했다. 이런 일이 닥칠 줄 알았다는 태도 같기도 하기도 하고, 너무 큰 충격에 넋을 놓은 것 같기도 한 도무지 종잡을 수 없는 모습이었다. 할머니가 화를 낸다면 같이 화를 내고, 슬퍼하거나 오열한다면 위로의 말을 건네려던 나는 결국 물러 나오고 말았다.

방으로 돌아와 해열제를 털어 넣었지만 흥분 때문인지 열이 더 오르는 듯했다. 견원지간이던 두 사람이 뜻을 맞췄다는 것이 믿어지지 않았다. 게다가 그는 분명 거세를 했다고 말하지 않았던가. 그런 양반이 여자와 밤도망을 쳤다니 노인의 말이 어디까지 허풍인지 가늠이 되지 않았다.

배덕의 결과물을 가지고 그는 범부의 삶으로 망명해버린 것이다. 노인은 바란 대로 평범한 나날을, 어쩌면 죽음 앞에서 신을 찾기도 하면서, 그렇게 살아갈 것이다. 문제는 성스러운 임무가 사라진 할머니였다. 내리기를 완강히 거부해왔던 기차가 마침내 종착역에 도달했는데 천국은커녕 사방이 황량한 불모의 땅이나 다름없는 형국이었다.

그러나 저녁 무렵 전화를 걸어온 할머니는 외려 내 걱정부터 덜어주려고 했다.

"이주비에서 제하면 되니 진영 학생은 염려 말아. 보증금은 꼭 돌려줄 테니까.

통화를 마치자 내심 품고 있던 불안은 가셨지만 할머니의 처지에 새삼 한숨이 나왔다. 이주비는 일시적인 돈일 뿐 재건축이 끝나면 갚아야 할 부채에 지나지 않는다. 일주교에 빠진 후 집안과 절연한 할머니가 무슨 수로 돈을 갚고 어디로 가서 산단 말인가?

지금까지 모든 사람들이 할머니를 향해 실패한 인생이라고, 어리석게 속고 산다고 손가락질했다. 그런데 그들의 말이 사실로 드러난 것이다. 할머니에게 향할 시선과 수군거림을 떠올리니 내가 당한 일처럼 치욕스러웠다.

나는 할머니가 일주교에서 빠져나오길 바랐던 내 마음을 향해 변명을 늘어놓았다. 이렇게 끔찍한 형식은 아니었다고 말이다.

그날 밤 역십자가형에 처한 베드로를 보았다. 꿈속의 사도는 십자가에 거꾸로 매달려 마지막 숨을 몰아쉬고 있었다. 그의 눈에 담긴 최후의 풍경은 마중 나온 천사가 아니라 자신의 몸에서 흘러나온 붉은 피가 대지를 적시는 모습이었다. 어디선가 천상의 나팔 소리가 희미하게 들려왔다……

또 다른 소리가 꿈의 가장자리를 넘어왔다. 소리는 점점 커져서 억지로 눈을 뜨지 않을 수 없었다. 침대 아래로 발을 내디딘 순간, 맨발에 닿는 차가운 감각에 깜짝 놀랐다. 방바닥이 온통 물바다였다.

벌떡 일어나 형광등 스위치를 눌렀지만 딸깍이는 소리만 날 뿐 불이 들어오지 않았다. 욕실 천장에 생각이 미치자 그제야 무슨 일인지 짐작이 갔다. 물이 새던 수도관이 터지면서 누전으로 전기가 나가버린 것이다.

나는 정신없이 옷을 꿰입고 밖으로 나왔다. 열 때문에 입안이 바싹 말라 있고 다리가 후들거렸다. 벽을 짚어가며 캄캄한 계단을 겨우 내려와보니 아래층도 물바다이긴 마찬가지였다. 아니, 더 심했다.

거실 천장에 구멍이 뚫린 것처럼 세찬 물줄기가 쏟아지고 있었다. 이 건물만 수해를 만난 것처럼 실내가 온통 엉망이었다. 물기운을 이기지 못하고 부풀어 오른 벽지가 터지면서 또 다른 곳에서도 물벼락이 쏟아졌고, 열려 있는 창문 사이로 바람이 마구 휘몰아쳤다.

할머니는 진작부터 이 사태를 알고 있던 게 틀림없다. 한쪽 무릎을 세우며 느릿느릿 일어서서 허리를 펴는 그녀의 작은 몸에는 놀라는 기색이 없었다.

"빨리 사람을 불러와야 해요! 물이 점점 불어나고 있어요."

물소리에 묻히지 않으려고 고함을 쳤지만 텅 빈 눈빛만 돌아올 뿐이었다. 나는 할머니를 포기하고 양동이를 가져다 물이 떨어지는 곳에 받쳐놓았다. 창문을 닫고 바닥의 물건들을 잡히는 대로 식탁 위에 올려놓는 동안 내 입에서는 거친 욕설이 튀어나왔는데, 그때 머릿속 회로가 엉킨 것이 틀림없다.

희미한 가로등 불빛에 비쳐 보이는 실내는 내가 아는 공간이 아니었다. 걸레를 집었는데 머리카락이었고, 핸드폰을 꺼냈는데 죽은 비둘기가 손에 잡혔다. 놀라서 눈을 비비자 젖은 벽지의 얼룩이 사람의 형상으로 번지고 있었다. 한두 명이 아니라 수많은 사람들이, 이곳에서 비밀스러운 제의를 올렸던 사람들이 한꺼번에 되살아난 것이다. 나는 털썩 주저앉은 채 고막을 파고드는 기도 소리를 듣지 않기 위해 귀를 막아야 했다. 그들 사이로 보이는 할머니의 검은 실루엣은 마교의 여제사장처럼 우뚝했다.

환각이야. 열 때문에 헛것이 보이는 거야. 이마에 쏟아지는 물줄기를 그대로 맞고 있던 나는 공포에 질려 소리쳤다. 같은 말을 수십 번 반복하고서야 가까스로 굳은 몸이 풀려났다. 가위에 눌렸다가 깨어날 때처럼 전신에 힘이 빠졌다. 한참이나 지난 것 같은데 시계를 보니 겨우 수분이 흘렀을 뿐이었다.

나는 축 늘어진 채 본래의 모습으로 돌아온 실내를 멍하니 바라보았다. 군자란과 산세비에리아 화분 대여섯 개가 바람에 쓰러지면서 바닥을 흙탕물로 만들고 있었다. 탐스러운 게발선인장 꽃은 모조리 떨어져버린 후였다. 노인과 진천 이모가 달아나면서 남긴 흔적이었다.

꽃들은 먼지 뭉치와 함께 물바다가 된 거실을 이리저리 떠다녔다. 모든 것이 엉망인 이곳에서 느린 유속에 몸을 맡기며 천천히 움직이는 꽃들은 유독 비현실적으로 보였다. 자주색 꽃 한 송이가 부드럽게 할머니의 발에 닿았다. 순간 할머니의 히스테릭한 웃음을 들었다고 생각했지만 내 착각이었다.

할머니는 여전히 온순한 얼굴로 게발선인장 꽃 한 송이를 주워 들더니 한참을 들여다보았다. 떨어진 꽃은 시들어야 마땅했지만 물 위에 있던 탓인지 완전히 쪼그라들지는 않았다.

그것이 내가 본 할머니의 마지막 모습이다. 내 방으로 도망쳐온 나는 그길로 집을 나가 며칠 후에야 짐을 챙기러 돌아왔다. 철거를 의미하는 X 자가 그려진 건물 어디에도 할머니의 자취는 찾을 수 없었다.

꽃들이 떨어진 자리에서 그녀는 품위 있게, 노년 궁핍의 삶 속으로 걸어 들어간 것이다.

〔『문학과사회』 2010년 여름호〕

이달의 소설

2010년 9월

황정은 ● •• 甕器傳

황 정 은 1976년 서울에서 태어났다. 2005년 『경향신문』 신춘문예에 당선되어 문단에 나왔으며, 소설집 『일곱 시 삼십이분 코끼리열차』와 장편소설 『百의 그림자』 등이 있다.

선정의 말

—

버려지는 것, 버려져야 할 것, 그리고 이미 버려진 것을 줍는다. 그것도 대충 줍는 것이 아니라 열심히, 집요하게, 맹렬히 줍는다. 땅에 파묻히는 형태로 내버려진 것을 부러, 굳이, 파낸다. 이것이 도대체 뭐 하는 짓인가?

버려진 것을 주웠는데, 아니 파냈는데, 그것을 다시 버리지 않고 '제자리'에 가져다 놓는다. 바로 눈앞에 있는 쓰레기통이나 으슥한 골목 구석이 아니라 그것이 원래 놓여 있던 제자리로, 버려졌던 것을 되돌려놓는다. 부러 서쪽을 향해 먼 길을 걸어서. 이것이 정녕, 도대체, 뭐 하는 짓인가? 도무지 이것을 '행위'라고 부를 수나 있을까?

그렇지만 제자리는 없다. 그러니까 버려지는 것들이 버려짐을 당하는 장소는, 없다. 왜냐하면 버려짐이란 곧 파묻힘을 뜻하니까. 파묻히는 것은 보이지 않는다. 그리고 보이지 않는 것은 없다. 따라서, 결국, 아무것도 없다. 다 묻혀 있으니까. 100여 년 전 파울 요르크 백작der Graf Paul Yorck은 말했다. 근대인은 매장 당할 준비를 갖춘 사람들이라고. 그러나, 그는 틀렸다. 알고 보면, 근대인이란 언제나 이미 매장 당해 있는 시체에 다름 아니기 때문이다. 근대 이후 세계에 사람은 보이지 않는다. 사람은 파묻혀 있다. 사람과 함께 그의 꿈도 버려져 있다. 이렇게 버려진 사람과 파묻힌 꿈을 부러, 굳이, 열심히, 집요하게, 맹렬히 파내어 줍는 일이 문학이다. 문학은 파묻혀 보이지 않던 것을 파내어 보이게 한다. 「甕器傳」은, 다만, 이 일을 했다. 사정이 이러하다. _**조효원(문학평론가)**

● 인터뷰

조연정_

「甕器傳」에 대해 황정은의 변모를 가장 압축적으로 보여주는 소설이라는 평들이 있습니다. 작품 착상의 계기가 있으신지요.

황정은_

조심스러운 이야기이긴 한데, 전에 비해 말하고자 하는 바가 확고해진 건 사실이에요. 그리고 여태 쓴 소설 중에, 예를 들어 '틀림없다' '확고하다' 같은 묘사가 가장 많이 나오는 소설이거든요. 전 발표하고서야 알았어요.
제가 작년 여름에 용산을 알게 되면서, 안다고 하기에는 좀 그렇지만 용산을 몇 번 오가면서 본 용산에 대한 주변의 반응들이 굉장히 인상적이었어요. 그래서 그에 대한 고민 등이 소설에 자주 나온 것 같은데, 이 소설이 반드시 용산을 생각하면서 쓴 건 아니에요. 용산과 흡사한 사회적 사건들일 수도 있고 타자의 아픔, 고통 등을 받아들이는 반응이라고 할 수도 있고요. 또 한 평론가께서 얼마 전 「甕器傳」에 대해 망각에 관한 이야기 같다고 하셨어요. 사실 그런 걸 생각하면서 썼거든요.

용산과 같은 일들이 묻히는 이유가, 거칠게 잘랐을 때 크게 세 가지라고 생각했어요. 첫번째는 무관심. 알면서도 자기 생계에 바빠 잘 들여다보지 않거나 들여다볼 수 없는, 자의적 · 타의적 무관심. 그리고 또 하나는 기만. 예를 들어 이 「甕器傳」에 나오는 우동 가게 할아버지처럼 지금 이 사회가 얼마나 좋은 사회냐, 과거에 비하면 얼마나 좋냐고 하는, 이런 것들. 마지막으로 은폐. 그런 일들이 묻히고 잊히는 과정에서 이 세 가지가 굉장히 승하다고 생각했어요. 하지만 그렇다고 해서 그게 없어지는 건 아니거든요.
또, 도시를 이루는 다양한 요소들 중에서 지금 가장 두드러진 특징이, 그런 식으로 매몰되어가는 고통 등으로 도시가 이루어진 것 같아요. 이 도시가 과연 얼마나 제대로 된 도시인가, 도시가 제대로 되었다는 것도 말이 이상하긴 하지만, 굉장히 많이 걱정됐어요. 도시의 기반 자체가 생각보다 너무나 취약한 게 아닌가 싶었고요. 그래서 「甕器傳」이라는 단편을 쓰게 됐어요.

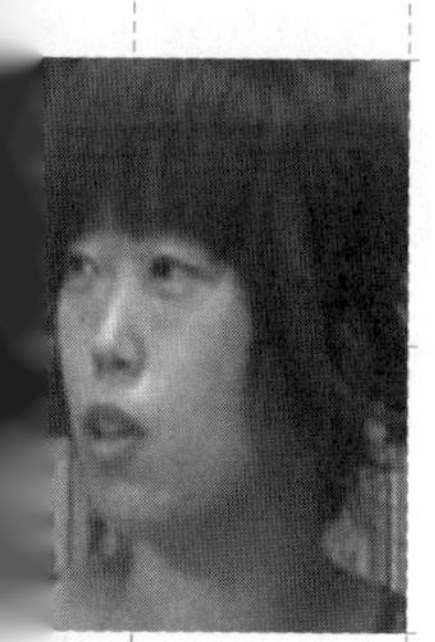

도시를 이루는 다양한 요소들 중에서 지금 가장
두드러진 특징이, 그런 식으로
매몰되어가는 고통 등으로 도시가 이루어진 것 같아요.
이 도시가 과연 얼마나 제대로 된 도시인가,
도시가 제대로 되었다는 것도 말이 이상하긴 하지만,
굉장히 많이 걱정됐어요.
도시의 기반 자체가 생각보다 너무나 취약한 게 아닌가 싶었고요.
그래서 「甕器傳」이라는 단편을 쓰게 됐어요.

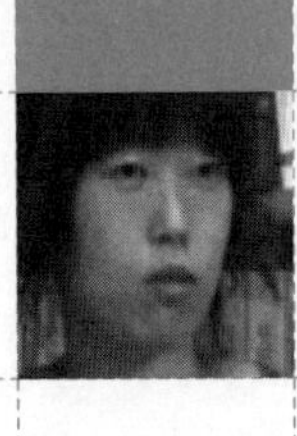

조연정_

상징 등이 분명하게 드러나는 소설인 한편, 작가가 하고 싶은 말은 분명하지만 그런 것들이 담담하고도 담백하게 드러나고 있다는 생각이 들었어요.

황정은_

어떤 단어 때문에 울면서 쓰기도 하고 한 단락 마치고 마음 아파하기도 하면서 써요. 그렇지만 이걸 과하게, 넘치게 표현하고 싶지 않아요. 감정이 과한 소설들을 별로 좋아하지 않고요. 읽을 때 등장인물들의 감정이 흘러넘치면 읽는 사람이 좀 질려버린다고 할까요. 그런 게 있는 것 같아요. 제 스스로 읽기에도 그렇고요.

조연정_

굉장히 궁금하기도 하지만 평범한 질문이기도 한데, 소설을 쓰기 시작하고 나서 지금까지, 그리고 앞으로 쓰실 소설에 이르기까지, 가장 중요하게 생각하시는 부분이 무엇인가요.

황정은_

저 스스로의 재미가 가장 중요한 것 같아요. 코미디 프로그램 등을 보면서 느끼는 그런 것이 아니라 어떤 내용을 쓰든 그 내용에 몰입하고 스스로 매혹되어야 소설을 끝낼 수가 있거든요. 소설을 쓰고 싶다는 마음, 그게 제게는 굉장히 중요해요. †

인터뷰, 영상으로 보기

작 가 노 트

어제도 묻고 오늘도 묻고 내일도 묻고 이렇게 묻고도

●••

황 정 은

甕器傳

항아리를 주웠다. 사금파리인 것처럼 바닥으로부터 한 귀퉁이 드러나 있던 것을 파냈다. 조그맣고 귀여운 주둥이를 가지고 있었다. 깨진 데도 없이 온전했다. 부모님이 기뻐할 거라고 생각하며 집으로 가져왔다. 항아리 주웠어, 라고 말하자 어머니는 재수 없다고 말했다. 귀신이 붙는다고 난리였다. 어느 집에서 어떤 것을 봉해 묻어두었을 줄 알고 가져왔느냐며 당장 갖다 버리라고 아버지에게 꾸중 들었다. 매도 맞았다. 맞은 것이 분하고 멀쩡한 항아리를 이제 와 버릴 수도 없어서 내 방에 숨겨두기로 마음먹었다. 닦고 보니 항아리는 반질반질 빛났다. 나중에 넣어둘 것이 생기면 넣어두어야지, 부모님이 뭐라던 나는 항아리를 주운 것이 기뻤다. 책상 밑에 넣어두고 발을 그쪽에 두고 잤다. 밤에 그쪽에서 누군가 말했다.

서쪽에 다섯 개가 있어.

*

잠결에 눈을 떴으나 항아리 쪽에서 들려왔다고는 생각하지 않았다. 그쪽으로는 아귀가 조금 틀어진 창이 있었고 창 너머는 사람들이 무시로 지나다니는 골목이었다. 사람들의 입 높이로 뚫린 창이라 바깥에서 목소리며 이것저것 들려올 때가 많았다. 상당히 가깝게 들릴 때도 더러 있었으므로 이번에도 그런 경우라고 생각했다. 지나가는 말이니 서쪽에 다섯 개가 있다고 누가 말했다고 해서 이상할 것도 없었다. 잠결이라 눈을 떴다가 바로 잠들었다. 아침에 항아리는 광택도 그저 그런 듯 무심하게 놓여 있었다. 이불을 접어 구석에 쌓아두고 그 주름 속에 항아리를 밀어 넣은 뒤 아침 먹으러 나갔다. 숙제로 받은 문제 세 개를 아침상 곁에서 풀고 계란부침에 간장에 밥을 비벼 먹고 학교에 갔다. 이날은 미술 수업이 있는 날이라 도화지에 그림을 그렸다. 옆자리에 앉은 녀석이 다른 녀석들보다 수십 가지나 많은 물감을 챙겨왔다. 그 녀석은 물감들이 담긴 상자를 책상에 꺼내두고 엄숙하게 그림을 그렸다. 그 속에 꼭 사용해보고 싶은 색이 있어 좀 빌려달라고 말하자 대답이 없었다. 듣지 못한 걸까 싶어 다시 물어도 대답 않고 자기 그림을 그리고 있었다. 싫다거나 안 된다거나 대답이라도 했더라면 좋았을 텐데 그러지 않아서 아주 나빴다. 집으로 돌아오는 길엔 그까짓 자식에게 그까짓 걸 빌려달라고 두 번이나 말한 것이 창피해서 눈물이 났다. 저녁엔 밥상머리에서 쓸데없이 입이 부어 있다고 아버지로부터 머리를 맞았다. 하루가 이토록 얄궂고 보니 항아리 같은 것은 아무렇게나 발치에 놓아두고 이불 속으로 들어갔다.

밤에 누군가 말했다.

서쪽에 다섯 개가 있어.

*

잠들지 않은 참이라 분명히 들었다. 뒤집어쓴 이불을 내리고 사방을 둘러보았다. 바깥에서 들어온 가로등 불빛으로 머리맡 벽과 천장 일부가 비스듬하게 붉었다. 나머지 벽들은 어두웠다. 틀림없이 이 벽들 안에서 누군가 말했다는 생각이 들었으나 일단 바깥을 의심했다. 이불을 젖히고 일어나니 밤이 고요한데 두개골만 한 것이 발치에 솟아 있었다. 설마 저것이 말했을까 싶어 창을 열고 골목을 내다보았다. 안개가 밤 불빛을 흩어놓고 있었다. 지나가는 사람은 볼 수 없었다. 안개를 들이마셨다가 코가 젖었다. 안개에서 성냥을 문대는 듯한 냄새가 났다. 창을 닫아두고 항아리 앞으로 돌아왔다. 항아리가 진했다. 무서워서 잡고 싶진 않았으나 지금 잡아서 항아리라는 것을 확인해두지 못하면 더 무서울 것 같아 두 손으로 항아리를 잡아보았다. 달랑 들어 올려졌다. 거칠고 굵은 알갱이가 박힌 항아리 속을 엄지로 쓸어보았다. 도로 내려놓자 잘강, 하고 밑바닥에서 항아리가 작게 울렸다.

뭐야 항아리네.

이불 위를 엉금엉금 기어서 눕던 자리로 돌아왔다.

그 밤에 항아리가 말했다.

서쪽에 다섯 개가 있어.

*

이튿날 부모님에게 항아리가 말했다고 말하고 싶었으나 말할 수 없었다. 또 매를 맞을 것 같았다. 애초 버리라고 꾸중 들었는데 방에 몰래 숨겨두었다가 이런 일이 일어난 것도 마음에 걸렸다. 이제라도 내다 버리자 싶어도 멀쩡한 것을 그것도 서쪽에 다섯 개가 있다는 둥 말할 줄 아는 항아리를 버렸다가 큰일을 당하면 큰일이겠다고 생각했다. 버리는 것은 아니고 제자리에 돌려두는 것이라고 생각을 돌려먹고 항아리를 들고 나섰다. 나는 그것을 옆 동네에서 주웠다. 바닥에서 파냈다. 목적이 있어서 그 동네까지 간 것은 아니었다. 사는 게 쓸쓸하고 울적해서 나뭇가지로 벽 따위를 두드리며 무작정 걷다가 거기까지 갔다. 고개를 들고 보니 인적 없이 심란하게 부서진 집들이 즐비한 동네에 홀로 서 있었다. 벽들은 뜯어지거나 터져 있었고 집들은 치열도 고르지 않은 거대한 입에 베어 먹힌 것처럼 들쭉날쭉 부서진 채로 예전에 내부였던 것들을 노출하고 있었다. 뒷다리 한쪽이 기묘하게 짤막한 고양이 한 마리가 내 기척에 놀라 다 부서진 평상 밑으로 들어갔다. 기다려도 나오지 않고 불러도 나오지 않았다. 멸치 같은 게 있었더라면 불러낼 수 있었을지도 모르는데 없어서 아쉽다고 생각하며 반파되었거나 이제 막 부서져가는 집들 틈을 돌아다녔다. 콘크리트 덩어리에서 삐어 나온 철사를 당겨보기도 하고 그걸 구부리려고 매달려보기도 하고 뭔지 모를 파편을 주워서 빈집에 던져보기도 하며 걷다가 어느 집 마당을 들여다보았다. 모서리가 터져서 천장에 붙은 형광등이며 2층 벽에 걸린 달력 같은 것들이 고스란히 드러난 다른 집들보다는 상태가 좋았다. 그 집 마당에 삽 한 자루가 꽂혀 있었다. 아무런 생각 없이 거기로 들어가 삽질했다.

*

얼마나 열심히 팠는지 몰랐다.

삽질해주세요.

누가 내게 당부한 것도 아니었다. 토끼 굴로 떨어진 앨리스라는 여자가 이제 어떻게 되나 보려는 생각으로 나를 마셔요, 라는 음료를 마시고 나를 먹어요, 라는 버섯을 한입 먹어보는 것과는 다르게, 그냥 했다. 말하자면 홀렸다. 불에 홀리는 것처럼 구덩이에 홀렸다. 불과 구덩이엔 그런 점이 있었다. 묘하게 사람을 잡았다. 불과 구덩이에 관한 특별한 지식이 없던 어린 시절에도 성냥을 쥐여주면 긋고 삽을 쥐여주면 팠다. 불을 피운다, 땅을 판다, 생각하며 피우고 파는 것이 아니고 별다른 생각도 없이 성냥을 긋고 불을 바라보는 것이며 흙을 파서 만들어낸 구멍을 물끄러미 들여다보는 것이다. 그런 맥락으로 말이다.

삽이 꽂혀 있었으므로 삽질했다. 파내고 파내다 항아리를 발견했다.

사연이 그러했다.

그러한 사연으로 항아리를 발견한 곳에 돌아와보니 전전날과는 동네 모습이 크게 달랐다. 집들은 모두 사라지고 땅은 평평하고 단단하게 다져져 있었다. 포클레인 두 대가 큼직한 주먹을 바닥에 내려두고 쉬는 듯한 모습으로 구석에 서 있었다. 항아리를 들고 그 땅을 한 바퀴 돌았다. 바람이 모래 먼지를 이리저리 몰아대고 있었다. 그 바람을 맞고 뺨이 따끔따끔했다. 항아리를 쥔 손에 땀이 뱄다. 이래서야 이 물건이 있던 자리가 어디였는지를 알 수 없고 어디를 택해 묻어둔다고 해도 거기가 제자리인지도 당연히 알 수 없었다. 그렇다고 아무 데나 놓아둔다면 변명의 여지도 없이 버리는 것이 된다고 생각하니 말도 못하게 심란했다. 어머니 말마따나 뭐라도 붙었다면 이미 붙은 것인데 이런 방식으로 붙은 것을 떼어내려고 했다가 뭔가 더 크고 무시무시한 것이 붙으면 어쩌겠느냐는 생각을 하며 서 있다가 집으로 돌아왔다.

항아리는 도로 방에 두었다.

*

항아리는 내내 방에 있었다.

서쪽에 다섯 개가 있다고 자주 말했다. 말이 들려올 뿐 다른 일은 없었으므로 서쪽에 다섯 개가 있다고 말하는 항아리가 있는 방에서도 나는 잘 잤다. 항아리는 깊이 숨겨두었다. 밤에 뭘 그렇게 중얼거리냐. 한밤에 물 마시러 가던 어머니나 아버지가 내 방을 들여다보며 그렇게 묻고 가는 일이 생긴 뒤로는 더 깊이 숨겨두었다. 더 두꺼운 이불 주름에 숨기거나 책상 밑으로 더 깊숙이 밀어두거나 선반에 쌓아둔 잡동사니 뒤편에 숨겼다. 어느 날 옷장 구석으로 옮겨두려고 항아리를 꺼냈다가 전에 보지 못한 주름 두 개를 발견했다. 손가락 두 마디 정도의 간격을 두고 가로로 나란하게 잡힌 가느다란 주름이었다. 이런 게 있었나, 생각하고는 말았다. 무릎 담요로 항아리를 덮어서 한동안 옷장 구석에 놓아두었다. 옷장 속에서 항아리는 별로 말하지 않았다. 닷새나 일주일에 한 차례 정도 서쪽에 다섯 개가 있어, 라고 말했다. 옷장 속이라서 그 소리는 다른 때보다 맥없고 답답하게 들려왔다. 그건 또 그것대로 신경쓰이는 일이었다. 어쩌다 들춰보면 가느다란 주름 같은 것이 전보다도 그전보다도 훨씬 깊어져 있었다.

그게 꼭 눈꺼풀 같았다.

이 항아리라는 것이 두개골처럼 둥근 모양이고 보니 그 위치에 가로로 길쭉한 두 줄 주름이란 영락없는 사람의 감은 눈처럼 보였다. 나는 항아리를 꺼내두고 어떻게 해야 할지 몰랐다. 이 눈이 점점 더 깊어져 어느 날 열리기라도 하면 어떡할 거냐고 생각했다. 치워버리고 싶었다. 그저 말하는 것뿐이라면 그럭저럭 괜찮았지만 눈마저 열린 항아리라면 사정이 달랐다. 치워버리자고 마음먹었다. 식구들에게도 보이지 않고 내게도 보이지 않을 장소를 고민했다. 머리 위가 좋았다. 나와 내 가족이 사는 집은 시장 막다른 곳에 있는 단층 건물이었다. 시장을 향한 방향으로는 아버지의 두부 가게가 있었고 두부 가게와는 벽 하나를 사이에 두고 우리 가족이 먹고 자며 살았다. 현관에서 오른쪽으로 모퉁이를 돌면 옥상으로 올라가는 철제 계단이 이어져 있었다. 눈과 비를 맞고 삭아서 발을 디디면 컹컹 소리를 내는 낡은 계단이었다. 항아리를 들고 그 계단을 올라갔다. 잡동사니들이 젖은 먼지를 뒤집어쓰고 놓여 있었다. 나중에 쓰려는 생각으로 누군가 올려두었으나 좀처럼 쓸 일도 없어 까맣게 잊혀진 물건들 틈에 항아리를 놓아두었다. 담요로 말고 비닐 가방에 넣어서 잘 보이지 않는 구석에 잘 놓아두었다. 방으로 돌아오니 한결 좋았다. 서쪽에 다섯 개가 있다고 말하는 항아리가 내 머리 위에 있거나 말거나 일단 들리지 않고 보이지 않았으므로 나는 잘 잤다.

*

겨울이었다.

한밤에 독 터지는 소리를 듣고 놀라서 일어났다. 눈이 내리고 있었다. 전날에도 그 전날에도 눈은 내렸다. 낮이고 밤이고 내려서 조금만 비탈진 곳에서도 차들이 지그재그로 흘러내리고 사람들은 푹푹 넘어졌다. 치우지도 못하고 길가로 밀어둔 눈이 둑처럼 쌓였는데도 아직도 모자라서 아직 아직, 하듯 큼직한 눈송이가 떨어지던 겨울이었다.

눈에선 불결한 냄새가 났다.

아버지는 내게 눈을 머리에 맞고 다니지 말라고 경고했다. 그는 두 번째 손가락을 똑바로 펴서 머리 위를 가리켜보였다. 저 위에 뭔가가 있어서 눈이 그걸 품고 내린다는 말이었다. 그 독한 눈을 맞고 머리가 벗겨지거나 장차 못생긴 아이를 가지게 되어도 자기는 모른다고 아버지는 말했다. 알겠다고 대답하고 나는 눈을 만지고 다녔다. 갓 내린 눈은 별다른 찰기도 없이 손바닥에서 부서졌다. 눈이라기보다는 가늘게 빻은 소금을 만지는 듯했다. 종일 눈을 만지고 맞고 돌아온 날엔 피곤하고 배가 고팠다. 반찬에 밥을 맛있게 먹고 일찍 잠들었다. 그런 밤이었다.

분명히 들었다.

독 터지는 소리 같은 것은 태어나 들어본 적이 없어도 단번에 알았다. 두껍고 단단하고 속이 온통 빈 것이 터지는 소리였으니 틀림없는 그 소리였다. 자다 말고 툭 떨어진 것처럼 놀라서 천장을 올려다보았다. 귀가 뜨겁고 손가락 마디와 입속이 다 두근거렸다. 계절 전에 옥상에 올려두었던 항아리가 분명하게 떠올랐다. 이불을 밀어내고 마루로 나갔다. 안방을 슬쩍 들여다보니 부모님은 잠들어 있었다. 워낙 크게 들려와서 부모님도 그 소리를 듣고 깼을 거라고 생각했는데 시장이 곁이고 밤에도 들려오는 것이 많은 동네라 별다른 반응 없이 자는 듯했다. 홑옷 차림으로 마당으로 나가는 문을 열었다. 차갑고 고요했다. 밤이 이상하게 밝아 올려다보니 달이 둥글고 컸다. 달빛을 받고 곳곳의 눈

무더기가 빛났다. 눈은 그쳐 있었다.

*

발 디딜 곳이 사라진 철제 계단에서 눈을 쓸어내며 옥상으로 올라갔다. 잡동사니들은 모두 눈에 잠겨 제대로 보이는 것이 없었다. 두터운 눈으로 덮여 모서리들이 사라지고 눈 바닥에서 솟다 만 유령들처럼 완만한 둔덕을 이루고 있을 뿐이었다. 정강이로 눈을 쓸며 다가가서 눈을 팠다. 맨발에 슬리퍼만 신었기 때문에 발은 진작 젖었고 곧 무릎 위쪽도 젖었다. 항아리를 둔 곳이 잘 짐작 되지 않았다. 눈을 허물어내고 만들어낸 틈으로 보이는 잡동사니들은 이전에 봤을 때보다 더 더러워보였다. 그 틈을 헤집다가 항아리 꾸러미를 끄집어냈다. 터져서 조각으로 흩어졌다면 딱히 형태가 없을 텐데 이건 아직 둥글었다. 어쩌면 터진 것은 아니고 금이 갔는지도 몰랐다. 눈에 곱은 손으로 겉을 만져보아서는 잘 알 수 없었다. 덜덜 떨며 방으로 돌아와 꾸러미를 펼쳤다.

항아리는 멀쩡했다.

멀쩡해보이지는 않는 얼굴의 형태를 이루고 멀쩡했다. 겨울 동안 툭 불거진 눈꺼풀을 갖추고 일그러진 콧구멍이 뚫린 납작한 코를 갖추고 작게 벌어진 입도 갖추어서 대강이나마 얼굴을 이루고 있었다. 나는 몸에 힘이 풀려 항아리로부터 물러나 앉았다. 가슴 앞에 무릎을 세우고 항아리를 바라보았다. 전에 저런 얼굴을 본 적이 있었다. 예전에 사촌누이들을 따라 어떤 전시회에 다녀온 적이 있었다. 뭘 보러 가는지도 모르고 가보니 피부를 제거해서 근육과 뼈를 드러낸 시체들을 전시한 전시회였다. 나를 거기까지 데리고 간 사촌누이들은 너무 어린 아이는

2층 관람을 할 수 없으므로 너는 토끼를 보고 있으라며 나를 1층에 남겨두고 자기들끼리 2층으로 올라갔다. 나는 토끼를 들여다보았다. 털도 살도 뼈도 없는 토끼였다. 잎맥처럼 퍼져나간 혈관으로만 기묘하게 토끼의 모습을 갖춘 그 빨간 토끼는 유리 상자 속에서 앞발을 들고 귀를 종긋 세우고 있었다. 1층을 돌아보고 다시 토끼 앞으로 돌아왔을 때 2층에 올라갔던 누이들이 얼떨떨한 모습으로 계단을 내려왔다. 돌아오는 길엔 만두를 먹었다. 가장 어린 누이는 만두집을 나서자마자 먹은 만두를 토했다. 나는 그 얄궂은 전시회에서 본 어떤 얼굴들을 생각하느라고 메스꺼울 틈이 없었다. 토끼에서 멀지 않은 곳에 기이한 아기들이 전시되어 있었다. 이마가 너무 불룩하거나 머리 자체가 너무 불룩하거나 장이 배 밖으로 동글동글하게 노출된 아기들이 탯줄 달린 채로 노르스름한 용액 속에 잠겨 있었다. 태어나지도 못한 아기들이 무언가에 시달리느라고 늙은이들의 표정을 하고 있었다. 고통스러워 보였다.

이건 그거와 닮았다.

그렇게 생각하니 괴로웠다.

겨울 내내 다섯 개가 있다고 혼자 말하고 있었을까.

나는 항아리를 담요로 덮어 발치에 놓아두었다.

*

그 밤에 항아리는 말했다.

서쪽에 다섯 개가 있어.

*

알겠어, 라고 생각했다. 가자 가서 보자 서쪽에 뭐가 다섯 개나 있다는 건지 어디 보자 가보자, 하고 이튿날 항아리를 옆구리에 끼고 방을 나섰다. 마루에서 파를 까며 드라마를 보고 있던 어머니가 항아리를 든 나를 보고 말했다.

그게 뭐냐.

항아리요.

아니 그게 뭐냐.

항아리요.

남의 집 항아리가 왜 내 집에 있냐.

나는 어머니에게 더는 틈을 주지 않고 서둘러 집을 나섰다. 골목엔 여전히 눈이 쌓여 있었으나 시장이며 큰길엔 간밤까지의 눈이 치워져 있었다. 검게 물든 눈을 실은 트럭 두 대가 갈림길에서 방향을 제대로 틀지 못해 미적거리고 있었다. 트럭에 막혀 갈 길을 가지 못하고 있는 차들이 짜증스럽다는 듯 경적을 울렸다. 눈을 퍼낸 길은 전보다 더 산만하게 젖어 있었다. 나는 갈림길에서 공용 주차장 쪽으로 난 비탈을 올려다보았다. 막상 집을 나섰으나 서쪽이란 어딘지 잘 알 수 없었다. 서쪽을 물어보려고 아버지의 두부 가게에 들렀다. 아버지는 두유를 삶고 있었다. 두유 삶을 때 입는 앞치마를 두르고 커다란 나무 주걱으로 뜨거운 두유를 젓고 있었다. 솥에서 올라오는 김을 쐬고 있는 아버지의 얼굴이 팽창하는 듯 보였다. 아버지, 하고 부르자 아버지는 오냐, 하고 대답했다.

서쪽이 어디에요.

서쪽은 왜.

가보려고요.

서쪽에 뭐가 있는데.

모르겠어요.

헛짓 하지 말고 숙제나 해라.

뭐라고요?

숙제 말이다. 숙제 없냐.

아버지는 모른다. 내 마음도 모르고 항아리의 사정도 모르면서 숙제나 독촉한다. 자존심이 상해 얼굴을 찌푸리고 두부 가게를 나왔다. 터벅터벅 걷다가 시장 반대편 끝에 다다라서 나침반을 떠올리고 문구점으로 들어갔다. 문구점을 지키는 노인이 딱딱한 고무판을 덧댄 계산대 뒤편에 앉아 있다가 나침반을 내주었다. 나는 그가 분첩만 한 마분지 상자를 꺼내 마른 걸레로 먼지를 닦고 상자를 열어서 안의 것을 꺼낸 뒤 상자는 버리고 이번엔 안의 것을 닦아 계산대 너머로 내미는 것을 바라보았다. 나침반을 받아들었다. 바늘이 너무 가벼워보였다. 중심 부분은 녹슨 듯했다. 제대로 될까요? 라고 물어도 문방구 노인은 아무 대답 없이 낡은 필기구 너머로 내 얼굴을 바라볼 따름이었다. 문방구를 나서서 나침반을 몇 번 흔들어보았다. 바늘의 빨간 쪽이 매번 같은 방향으로 돌아오는 것을 확인하고 나니 한결 기분이 나아졌다. 나는 학교에서 배운 대로 S가 남쪽이고 N이 북쪽이니 왼쪽을 서쪽으로 오른쪽은 동쪽으로 파악했다. 서쪽으로 움직였다.

*

서쪽으로 곧장 이동해가는 것은 쉽지 않았다. 도로로 길이 끊기거나 건물에 막히는 등 직진이 되는 경우가 별로 없어 빈번하게 우회했다. 도로 가장자리에서 별 수 없이 남쪽으로 내려갔다가 횡단보도를 건너서 건물 외벽을 따라 남서 방향으로 둥글게 돌았다가 서쪽으로 약간 직진해 간 곳에서 또다시 도로를 만나 남동 방향으로 몇 미터 내려간 뒤에 서쪽으로, 이런 방식으로 조금씩 나아갔다. 나침반을 손에 쥐고 사람들 틈에서 걸었다. 항아리는 양쪽 옆구리에 번갈아가며 끼고 있다가 두 팔이 아플 때쯤 머리에 얹었다. 그 편이 안정감 있게 무게를 버티는 데 좋았다.

기묘한 것을 머리에 이고 걷는데도 유심히 보는 사람은 드물었다. 대개는 항아리쯤 익숙하게 보아온 것처럼 곁을 지나갔다. 그나저나 언제까지 걸어야 하는 걸까. 항아리가 말한 서쪽이란 어디쯤일까. 걸어서 오늘 안에 당도할 수 있는 거리일까. 걷는 것엔 자신이 있었다. 자신이랄 것도 없이 매일 하는 동작이자 놀이이므로 걷다가 지칠 수도 있다는 점은 생각해보지 않았는데 머리에 항아리를 인 채로 끝을 짐작할 수 없이 걷다 보니 점차로 생각이 많아지고 피곤하고 배고팠다. 역에 다다라서 조그만 우동 가게를 발견하고 들어갔다. 벽을 따라 좁고 긴 나무 탁자를 박아서 손님들이 벽을 바라보며 우동을 먹도록 해둔 가게였다. 국물과 간장 냄새가 진했다. 두건을 쓰고 앞치마를 두른 건장해 보이는 노인이 기운차게 우동을 말고 있다가 어서 오십시오, 라고 말했다. 벽쪽으로는 자리가 없었으므로 부엌을 마주 보는 자리에 앉아서 탁자에 항아리를 내려두었다. 메뉴에 적힌 음식 값을 찬찬히 살펴보고 기본 우동과 주먹밥을 주문했다. 우동 가게 노인이 내 몫의 우동을 말며 항아리를 흘끔 보았다. 기름을 묻혀 반질반질해진 손으로 솥에서 밥을 떠내 뭉치며 다시 한 번 보았다. 나는 우동과 주먹밥을 받아 천천히 먹었다. 가게 안은 조용했다. 사람이 대여섯 있어도 혼자 우동을 먹는 사람들이라 그릇을 달각대며 음식을 먹는 소리라거나 솥에서 김이 오르는 소리 말고는 달리 들려오는 것도 없었다. 구석 자리에서 가방을 끌어안고 있던 남자가 우동을 다 먹고 일어났다. 그 뒤로 벽 쪽에 앉았던 손님들이 차례로 빠져나가 가게가 더욱 한산해졌다. 우동 가게 노인이 탁자 저편에서 무언가를 탁탁 썰고 행주로 손을 닦은 뒤 내게 말했다. 그런데 꼬마야.

*

너 가진 게 뭐냐. 탁자에 뭘 얹어둔 거냐.

항아리요.

네 거냐?

주웠어요, 라고 대답하자 노인은 얼굴을 찌푸렸다. 길에서 항아리 같은 걸 주워선 안 되지, 라면서 여전히 찌푸린 얼굴로 항아리와 나를 번갈아 보았다. 우동 가게 문이 열리고 양복을 입은 남자가 들어와서 소고기 주먹밥 다섯 개 포장을 주문했다. 노인은 활기찬 얼굴로 돌아가 분주하게 움직였다. 자주 들르는 손님인 듯 오늘은 안색이 좋지 않아 보인다느니 감사 기간이라 죽을 맛이라느니, 말을 건네거나 받으면서 주먹밥 포장을 마친 뒤 친근하고도 깍듯하게 손님을 보내고 나서 내 쪽으로 몸을 돌렸다.

꼬마야.

네.

그 항아리, 끔찍하게도 생겼구나. 너 그런 몰골의 항아리 같은 것만 유심히 보고 있다가는 뒤처진다. 사람이 매사 나쁜 쪽으로만 생각하게 되고 못쓰게 된다. 못쓰는 사람이라는 게 어떤지 너 아냐. 변변한 직장도 없어 돈도 못 벌고 비웃음당하고 사람 구실 못해 친척들에겐 무시당한다. 너 그런 어른 되고 싶으냐. 항아리 같은 것을 따지면서 그렇게 살고 싶으냐. 그런 것 말고도 좋은 게 얼마나 많은 세상이냐. 내가 너만한 나이였을 때는 온갖 난리에 살기가 어려웠어도 지금은 말이다, 터널도 파고 지하철도 뚫고 고속도로도 만들어서 이 나라 벌써 선진국 아니냐. 이 좋은 곳에서 좋은 것만 보고 살아도 인생이 모자라거늘 하물며 꼬마가 말이다, 그런 것을 가지고 다니는 것이 아니다. 어디 내버려라.

버릴 데가 없어요.

버릴 데가 왜 없어. 버리자고 마음먹고 버리면 거기가 버릴 데 되는 거지. 여기서 나가는 대로 아무 데나 버리고 꼬마는 집에 가라 집에 가.

이런 이야기를 해두고 노인은 탁자 아래쪽에서 다듬은 파를 한 묶음 올려 썰기 시작했다. 신선한 파 냄새를 풍기며 탁탁탁 파를 썰다가 이따금 도마에서 뭔가를 집어 카운터에 올려두었는데 그게 아무리 봐도 항아리였다. 어른 손으로 한 손에 쥘 수 있을 만한 크기에 반들반들한 검정색을 띠고 한쪽으로 조금 주저앉은 듯한 모양을 하고 있었다. 눈을 깜박이며 지켜보는 동안에 두 개를 더 올려 순식간에 셋이 되었다. 노인은 모양도 크기도 조금씩 다른 항아리 셋을 가지런히 늘어놓고 파를 썰고 있다가 손님이 들어서자 그 쪽으로 몸을 돌리며 어서 오십시오, 라고 기운차게 말했다.

*

우동 가게로부터 몇 블록 떨어진 곳에서 다시 나침반을 들여다보았다. 바늘의 빨간 쪽이 흔들거리며 맥없이 가리키는 방향에서 왼쪽으로, 서쪽을 향해 움직였다. 해질 무렵 아파트 단지를 가로질렀다. 눈을 걷어내고 남은 물기가 얇게 얼어붙어 바닥이 미끄러웠다. 그냥 걸어도 조심스러운 길을 항아리를 인 채로 걸으려니 더욱 걸음이 짧아졌다. 종종 걷다가 모퉁이에서 가칠가칠한 흙을 밟았다. 바닥에 깔린 벽돌을 파내고 새로운 벽돌을 까는 중이었다. 바닥에서 들어낸 벽돌 무더기와 이제부터 바닥에 박을 벽돌 무더기들 틈에서 연두색 작업복을 입은 남자들이 일하고 있었다. 겨울이나 봄이 되면 내가 사는 동네에서도 흔하게 볼 수 있는 광경이었다. 그 흔한 광경 속에 얼핏 기묘한 것이 있어 유심히 보았다. 인부들은 모두 딱정벌레의 등딱지처럼 검고 반짝거리는 반구형의 챙 없는 모자를 쓰고 있었다. 여러 번 접은 소매와 바짓단엔 눈 녹은 물과 흙이 엉겨 있었다. 대부분은 흙을 파내 우묵하게 꺼진 바닥에서 삽으로 흙을 다지고 있었다. 그들이 만들어둔 구덩이 근처에 자루가 몇 개 쌓여 있고 인부 한 명이 그 위에 걸터앉아 있었는데 그의 엉덩이 밑에서 자루 주둥이가 벌어져 안에 든 것 중 일부가 바깥으로 굴러 나와 있었다.

항아리였다.

얼핏 봐서는 항아리라고도 할 수 없을 정도로 조그만 항아리였다.

구덩이 바깥에서 작업 과정을 들여다보고 있던 인부가 됐다, 라고 외치자 자루에 앉아 있던 인부가 벌떡 일어났다. 그는 구덩이 가장자리까지 자루를 질질 끌고 가서 자루 주둥이를 벌려 안에 든 것을 쏟아냈다. 내 머리에 얹은 것보다 크거나 작은 항아리들이 우르르 구덩이 속으로 떨어졌다. 나머지 인부들이 그 위에 흙을 붓고 삽으로 다졌다. 그런 방법으로 한 겹이 완성된 뒤엔 같은 작업이 반복되었다. 한 겹 한 겹 항아리를 붓고 흙을 붓고 삽으로 다져서, 어느새 오늘의 마지막 옹기들이다, 하며 마지막 자루를 처분하고 있었다. 나는 도로 가장자리에 서 있다가 아파트 단지를 순환하는 버스를 피해 한쪽으로 섰다. 구덩이가 사라져 마침내 구덩이에서 빠져나온 인부들 중 하나가 피곤한 듯 삽에 기대고 이쪽을 보았다.

뭘 보냐.

그가 나를 보고 말했다.

뭘 보냐 꼬마.

서둘러 그 자리를 뜨려는데 잠깐, 하며 그가 삽을 끌고 다가왔다.

너 옹기를 가지고 있구나. 이리 내라.

내 건데요.

어디 보자.

그가 내미는 손에 잡히지 않으려고 뒤로 물러났다. 남자는 한숨을 내쉬고 보도에 깔린 벽돌 틈에 삽을 박더니 삽에 몸을 기대고 이쪽을 유심히 보았다.

너 그거 안 묻을 거냐.

안 묻을 건데요.

도저히?

네.

아무래도?

네.

야 너 그거구나.

그거요?

너 같은 꼬맹이를 뭐라고 하는지 아냐.

남자는 삽을 바닥에서 뽑아내 그걸 끌며 천천히 내 주변을 돌았다.

어쨌든 옹기는 맡기고 꼬맹인 가라. 우리가 묻어주마. 우린 이 일을 어제도 했고 오늘도 했으니 내일도 할 거다. 전문가들이란 말이다. 지금이라면 아직 묻을 수 있다. 자리가 있다. 언제나 있다. 어떻게 있느냐. 지반이 가라앉는다. 옹기란 무겁잖아. 반년쯤 지나면 이전에 묻은 옹기가 가라앉아 자리가 난다. 덕분에 우린 계속 묻는다. 어제도 묻고 오늘도 묻고 내일도 묻고. 그렇게 묻어서 뭐 난리난 적 있냐. 이렇게 묻고도 세상은 멀쩡하다. 당장 어떻게 되는 일 없다.

어떠냐, 하며 그가 뒤쪽에서 내 어깨를 잡았다.

이제 그거 묻을까.

*

나는 달아났다.

그로부터 한참 멀어졌어도 달렸다. 잘각잘각 항아리가 울리고 주머니에 든 동전이 울리고 나침반이 울렸다. 항아리란 어디에나 있다. 내가 주운 것이 최초는 아니고 최후도 아니다. 그런 것들로 이루어진 거대한 공동이 이 땅 밑에 있다. 얼마든지 있다. 그런 생각들로 머릿속엔 펑펑 구멍이 뚫리는 듯했다. 덤프트럭이 바짝 내 곁을 지나가자 지면이 흔들렸다. 깜짝 놀라 발을 멈췄다. 사방을 둘러보고 날이 완전히 저물었다는 걸 깨달았다. 숨을 급하게 쉬어서 어깨가 뻐근했다. 차분해질 때까지 기다렸다가 다시 걸음을 옮겼다.

기온이 확실하게 내려가고 있었다. 노출된 얼굴이며 목이 시렸다. 항아리를 쥔 손은 터질 것처럼 아렸다가 금세 감각을 잃었다. 입이 얼어서 입김도 별로 나오지 않았다. 나침반은 주머니에 두고 신경 쓰지 않았다. 여기쯤 오고 보니 가는 방향에 대한 확신이 있었다. 이쪽이다.

멀지 않다.

길은 조금씩 오르막이었다. 이런 비탈에 어떻게 지었을까 싶은 아파트와 빌라 사이로 난 길을 걸어서 인적이 드문 언덕을 올랐다. 아스팔트를 바른 길이 끊기고 가로등도 뜸해졌다. 눈이 단단하게 남은 모퉁이를 자박자박 걸어 그 길을 마저 오르니 절벽이었다. 더는 갈 곳이 없었다. 끄트머리에서 바닥과 거의 직각을 이루고 있는 부자연스러운 절벽 면을 굽어보았다. 산의 절반을 반듯하게 깎아내 밤 속에서도 주홍색 절단면을 분간할 수 있었다. 아래쪽으로 내가 올라온 길이 보였다. 절벽 저편으로 도시가 펼쳐져 있었다. 파랗고 노랗고 분홍이고 흰 불빛들이 방금 깨진 유리처럼 빛났다. 아름답고 차갑고 무관해 보였다. 비교적 마른자리를 골라 절벽 끝에 앉았다. 항아리는 곁에 내리고 도시를 향해 얼굴을 돌려두었다. 들려오는 소리에 귀를 기울였다. 상당한 시간이 흘러도 항아리는 서쪽에 다섯 개가 있다고 말하지 않았다.

여기가 거기인 것이다.

이미 당도했으므로 더는 서쪽이라고 말할 필요가 없는 것이다.

그렇지 않냐.

그렇게 물어도 물질인 척, 항아리는 말이 없었다.

*

멀리서 발사한 총성처럼 독 터지는 소리가 들려왔다.

금방 다음 것이 들려왔다.

별빛보다도 눈부신 불빛들이 삐걱거리며 주저앉고 있었다.

〔『현대문학』 2010년 6월호〕

이달의 소설

2010년 10월

이 홍 ● •• 나의 메인스타디움

이 홍 1978년 서울에서 태어났다. 2007년 오늘의 작가상을 수상하며 문단에 나왔으며, 장편소설 『걸프렌즈』 『성탄피크닉』이 있다.

선정의 말

한국적 모더니티의 파행성을 지적하고, 소위 '3S' 산업과 86아시안게임이 한국의 경제에 어떤 영향을 미쳤는지를 설명하는 것은 경제학자나 사회학자의 몫이다. 그러나 한 개인이 그 시대를 어떻게 살았고, 그 시대는 또 그 주체에게 어떤 흔적을 남겼는지, 그 내면 풍경을 그려 보여주는 것은 소설가의 몫이다. 「나의 메인스타디움」은 그런 의미에서 작가 이홍이 그린 1986년 즈음 한국 모더니티의 내면 풍경이다. 그리고 그 풍경은 어설픈 영어와, 정치화된 스포츠와, 노랑머리 캔디와, 백인의 피부색을 닮은 우유와, 미국식 반장 선거와, 보람차고 정의로운 사회에 대한 입에 발린 구호들로 가득 차 있다. 그러니까 이홍에 따르면 1980년대 한국, 특히 아시안게임이 벌어지던 1986년 가을은 일종의 블랙코미디가 실연되던 거대한 무대였다. 그러나 이 코미디는 작가의 차갑고 냉소적인 문장들만큼이나 섬뜩하고 비극적이다. 허영에 들뜬 아홉 살 소녀에게 그 시대가 남겼을 커다란 트라우마 때문만은 아니다. 키를 부풀리기 위해 뒤꿈치를 3센티미터쯤 들고 행진하는 아홉 살 소녀처럼 위태로웠던 저 시대는 이후로 우리에게 무엇을 예비했던가? 작가는 소설 마지막 문장을 이렇게 과거형으로 쓴다. "가시처럼 날카로운 플래시와 핏빛 트랙을 지나지 않고선 이곳을 벗어날 수 없었다." 이후로 한국 사회의 구성원들이 가시와 피의 고난을 겪은 것이 맞다면, 그 고난은 저 날들에 예비되었다는 것이 이홍의 전언이다. _**김형중(문학평론가)**

인터뷰

백지은_

이 소설은 86·88 특수가 한창이던 때에 1980년대 세태를 아주 잘 보여주고 있기도 하지만, 무엇보다도 그 세대를 보여주는 소설이란 생각이 들어요. 그러니까 1970년대생이고, 1980년대에 초등학교가 아닌 국민학교를 다녔고, 지금 현재 30대가 되어 있는 세대의 커밍아웃 같은 소설이었어요.

이홍_

제가 1970년대생이기는 하지만, 의도하진 않았는데 저 자신도 모르게 그 이야기를 쓰고 있더라고요. 그래서 이런 인간형들이 어떤 유년기를 거쳤을까 생각하게 됐어요. 또 1980년대 후반의 사회적인 분위기와 여러 배경들이 메인스타디움이라는 은유로 표현되었고, 저 개인도 1980년대를 거쳐왔지만 그렇게 급속히 성장한 사회적 분위기가 우리 세대와 많이 닮아 있다는 생각을 해요.
메인스타디움이라는 것 자체는 1980년대 후반의 시대적 상징성도 가지고 있지만, 우리나라에 도입된 자본주의의 출발점 같은 것이겠지요. 물론 그 이전부터 시작됐지만 아시안게임, 올림픽 같은 국제 행사들이 도입되면서 메인스타디움이라는 건축물, 시설물을 통해 가시화되었다고 봐요. 그래서 소설 속의 아이가 이 메인스타디움에 진입하고 싶은 욕망과 또 거기서 달아나고 싶은 욕망의 갈등을 겪으면서 결국 이 거대한 시스템, 자본주의의 구조 안에서 벗어나기가 얼마나 힘든가, 그런 것들을 깨닫게 되는 결말로 하고 싶었어요. 역설적인 의미에서 나의 메인스타디움이지만 또 한편으로는 메인스타디움이 나를 소유하고 있는 것일 수도 있죠.

백지은 씨도 저처럼 1980년대에 성장기를 거치셨잖아요. 직간접적으로 아시안게임이나 올림픽 같은 관제 축제를 경험하셨을 텐데 그 속에서 개인으로서 어떤 느낌을 가지고 계셨는지 궁금해요.

백지은_

화려한 축제 분위기였다는 건 저 역시 생생하게 기억하는데, 나의 것은 아니었다는 느낌 정도예요. 아마 저 같은 보통 사람들이 그 당시를 추억할 때 떠올릴 그런 느낌일 것 같아요. 나의 것은 아니지만 무언가가 화려하게 벌어지고 있고 다들 즐기라는, 즐겨야만 한다는 일종의 명령이 있었던 것 같고. 집안 분위기와 무관하게, 학교에 가면 훨씬 더 강하게 만연해 있었던 풍조 같은 것들을 겪어왔던 거죠.

그런 급격한 변화들이 저를 쥐고 흔드는 것 같은 느낌이 들었어요.
모든 것들이 갑자기,
내가 친숙하게 느꼈던 환경들이 일제히 무너지고 재건축되고
또 변하는 거죠.
혼란스러웠던 것 같아요.
여기에서는 아이의 욕망을 집약적으로 보여주긴 했지만,
개인적으로는 그런 것들이 즐거운 게 아니라
무엇을 위해 이렇게 모든 것이 백지에
새로 써넣기로 작정한 것처럼 변해야 하는가,
하는 시기를 거쳤던 것 같아요.

이홍_

축제가 폭력성을 가지고 있잖아요. 그렇기 때문에 어떤 사람들에게는 상처가 될 수도 있고요.

백지은_

어렸을 때 학교에서 체육관 같은 곳에 강제로 동원되어 가잖아요. 거기에 가고 싶었는데 표가 모자란 적이 있었어요. 그나마도 어떤 아이들은 갈 수 있고 어떤 반은 가는데 어떤 반은 가지 못하고, 그 와중에 소외되었던 느낌 같은 건 남아 있는데 변화가 너무 빠르게 진행되고 있어서 두려움을 느꼈다거나 무서워한다거나 예민함 없이 그 시절을 보내왔던 것 같아요.

이홍_

저는 그런 급격한 변화들이 저를 쥐고 흔드는 것 같은 느낌이 들었어요. 모든 것들이 갑자기, 내가 친숙하게 느꼈던 환경들이 일제히 무너지고 재건축되고 또 변하는 거죠. 혼란스러웠던 것 같아요. 여기에서는 아이의 욕망을 집약적으로 보여주긴 했지만, 개인적으로는 그런 것들이 즐거운 게 아니라 무엇을 위해 이렇게 모든 것이 백지에 새로 써넣기로 작정한 것처럼 변해야 하는가, 하는 시기를 거쳤던

것 같아요.

또 작품을 다 쓰고 나서, 그리고 발표한 후에도 아쉬움이 남았고, 더 좋은 소설이라기보다는 좀더 제게 간절함이 닿는 그런 소설로 고쳐보고 싶다는 생각을 해요.

백지은_

이 소설을 재미있게 읽었던 이유는, 작가의 무언가가 걸려 있다는 느낌이 들었거든요. 자전소설 같은 느낌을 주기도 하는데, 그게 개인의 체험일 수도 있겠지만 생생했던 감각, 진짜 느꼈던 감각 같은 게 걸려 있지 않으면 이렇게 쓰기 어렵겠다는 생각도 들었어요. 그래서 아마 이 소설이 더 좋았던 것 같습니다. †

인터뷰, 영상으로 보기

작 가 노 트

메인스타디움의 트랙을 벗어나고 싶다.

가능할 거라고, 그럴 수 있다고 믿어왔다.

쉽지 않다.

이 홍

나의 메인스타디움

장미 모종의 여린 뿌리들이 깊은 땅 밑에서 마녀의 머리카락처럼 구불구불 자라는 동안 아이는 아홉 살이 되었다. 아이의 세번째 탄생일을 기념하여 시멘트 담장 아래 심어놓은 장미는 그해에도 피처럼 붉은 빛으로 만개했고 가시들은 더없이 날카롭게 솟아올랐다. 장미로 에워싸인 정원에 덩그마니 앉아 있던 아이는 기역 자로 꺾어 올린 무릎에 수첩을 올려두었다. 스프링 달린 수첩에 적힌 두 개의 문장은 카세트 스피커에 귀를 바짝 붙이고 암기한 이국의 언어를 한글로 옮겨둔 것이었다. 짧은 두 개의 문장은 자신을 소개하고 서울에 온 낯선 외국인에게 환영하는 마음을 전달할 유일한 방법이었다. 혀 밑에 고인 말간 침을 습— 삼키고 아이는 글자를 따라 읽었다. 이국의 언어를 내뱉고 나면 피가 고인 듯 입천장이 비릿해지고 가시가 박힌 것처럼 혀뿌리가 깔깔해졌다. 수십 번이나 발음해도 이질적인 언어는 혀에 착 감기지 않고 엉켜버렸다. 스스로의 발음에 확신이 서지 않았던 아이는 자리에서 일어섰다. 떨어져내린 장미 꽃잎들이 바람에 날려 정원 가득 펼쳐져 있었다. 장미 꽃잎이 짓이겨질까 봐 발돋움을 하고 부엌으로 겅중겅중 뛰어가 냉장고 문을 열어젖혔다. 튜브형 오뚜기 마요네즈를 집어 들고 정원으로 나와서 입안에 마요네즈를 가득 짜 넣었다. 쓴 약을 먹을 때처럼 숨을 참고 느끼한 덩어리를 단숨에 꿀꺽 삼켰다. 하늘을 향해 둥글게 벌린 목구멍으로 저 멀리 창공을 지나던 날파리만 한 비행기가 날아든 듯했다. 내장을 타고 착륙한 비행기의 문이 스르륵 열리고, 바글거리는 외국인들이 웃으며 손을 흔들어주었다. 자신감이 차오른 아이는 큰 소리로 외쳐보았다. 마요네즈 박 선. 웰컴 투 코리아!

86명의 학생들이 빼곡하게 들어찬 교실에서 아이는 손을 번쩍 들었다. 국민학교 2학년 2학기 임원 선거가 실시되고 있는 2교시였다. 키 순서에 따라 뒷자리에 앉아 있던 아이는, 앞에서 흔들거리는 수많은 손에 자신의 손이 가려질까 봐 의자에 붙인 엉덩이를 아주 조금 들어올렸다. 손을 든 학생은 무려 20명이었다. 스무 개의 이름들이 모두 칠판에 적혔다. 맨 앞자리부터 조악한 질감의 회색 쪽지가 책상에서 책상으로 전해지면서 교실 안에는 정적이 흘렀다. 빨간 학교 직인이 찍힌 쪽지에는 칠판에 적힌 스무 개의 이름들 중에서 단 한 개의 이름만 기입할 수 있었다. 물론 자신의 이름을 적어도 무방했다. 아이는 자신의 성을 반쯤 적다가 성이 같은 다른 아이의 이름을 휘갈겼다. 하필 그 순간에 짝이 제 쪽지를 힐끔 엿본 탓이었다. 두 번 접힌 쪽지는 각 줄 맨 뒷자리에 앉은 아이들이 걷어갔다. 곧바로 투표함이 열렸고 칠판 하단에 적힌 아이의 이름 옆에는 '正' 자에서 한 획이 빈 채로 갸우뚱하게 서 있었다.

두 눈을 꾹 감고 있는 동안 마지막 쪽지가 펼쳐졌다. 이윽고 아이의 이름 옆으로 '正' 자가 완성되었고, 그해 가을, 민주적인 방식으로 아이는 2학기 여자 부반장으로 선출되었다.

임원 선거를 마치고 난 쉬는 시간에 초록색 플라스틱 우유 박스가 교실로 배달되었다. 우유 급식 신청서에 아이의 엄마가 도장을 찍어서 보냈고, 2교시가 끝나는 쉬는 시간마다 아이는 우유를 받았다. 이 나라 어린이들의 평균 신장을 올리자는 명목으로 '흰 우유 먹기'가 붐이었다. 학교에선 한 달치 우유 급식비를 낼 수 있는 학생이라면 누구나 흰 우유를 먹어야 했다. 쉬는 시간에 흰 우유를 받아 먹는 아이들은 서양인들처럼 키가 커지고 피부색이 하얘진다고 믿었다. 우유를 받지 못한 아이들은 부러운 눈길로 주위를 둘러보거나 주뼛거리며 화장실에 갔다. 아이는 교탁 앞으로 나가서 우유를 받아와 가방에 집어넣었다. 흰 우유를 먹는 건 언제나 아이에게 고역이었다. 대중목욕탕이나 슈퍼마켓에서라면 색소가 첨가된 딸기우유나 초코우유나 커피우유를 골랐겠으나 학교에선 그럴 수 없었고, 다른 친구에게 줄 수도 있겠지만 그러면 자신이 흰 우유를 먹지 못한다는 사실이 들통날 수 있었다. 아이는 하굣길에 사람들의 눈을 피해서 우유를 버리곤 했다.

종례 종이 울리고 아이는 새로 선출된 반장과 남자 부반장과 함께 교무실로 내려갔다. 담임선생님들 책상 앞으로 각 반의 2학기 임원들이 불려와 있었다. 때마침 교감선생님이 커다란 상자를 들고 교무실로 들어왔다. 몇몇 선생님이 웅성거리며 교감선생님 자리로 몰려갔다. 아이는 발돋움을 하고 선생님들의 어깨를 넘겨다보았다. 교감선생님이 상자를 풀더니 두 손을 들어올렸다. 교감선생님의 두 손엔 창문에 달린 모기장과 흡사한 푸른 천에 금박 수가 화려하게 놓인 옷이 들려 있었다.

한복도 아니고, 일상복과 전혀 다른 종류였지만 뭐라고 설명하기는 어려웠다. 아무튼 한눈에 쏙 들어오는 아름다운 옷이었다.

"엄마, 나 2학기 부반장 됐어!"

집으로 돌아간 아이가 내뱉은 첫마디였다. 현관 앞까지 나온 엄마는 기세등등해진 아이의 정수리를 쓰다듬어주며 약간 아쉽다는 표정을 지어보였다. 기왕 하는 거 반장이었으면 더 좋았을 텐데. 아이는 제 방으로 쏙 들어가서 책가방을 벗어던졌다. 학습지 선생님이 숙제로 내준 구구단 문제지가 일주일 치나 밀려 있었다. 학교 숙제인 그림일기도 써야 했다. 화장실로 가서 주홍색 다이얼 비누로 깨끗이 손을 씻고 변기 앞 타일 벽에 붙어 있는 종이를 훽 뜯어서 제 방으로 가져갔다. 코팅된 종이엔 구구단 2단부터 9단까지의 답이 모두 적혀 있었다.

일주일 치 구구단의 답을 써낸 아이는 그림일기장을 펼쳐놓고 무얼 그릴까 고민하면서 뭉툭해진 연필심을 자동 연필깎이에 밀어 넣었다. 유치원에 다닐 적부터 일주일에 한 번, 미술학원에 다녔으나 그림엔 영 소질이 없는 아이였다. 뱀이나 닭을 그려도 죄다 둥그런 빈대떡처럼 그려졌고 심지어 개미를 그려놓아도 코끼리처럼 뚱뚱해 보였다. 연필심이 가시처럼 뾰족해지는 동안 아이의 머릿속으로 난데없이 교무실에서 곁눈질한 옷이 떠올랐다. 금박으로 수놓인 푸른 옷. 그러나 아이가 판단하기에 그건 오늘의 일과와 특별한 관계가 없었고, 일기란 그날 있었던 일을 정직하게 써내기로 약속한 것이었다. 옷을 그린 다음엔 뭐라고 쓴단 말인가. 그냥 그런 옷을 보았다고? 그게 무슨 옷인지 궁금했다고? 아이는 포니테일로 묶은 긴 머리카락을 흔들며 일기장에 스케치를 시작했다. 교탁 위에 놓인 투표함을 그린 후에 색연필로 꼼꼼하게 칠했다.

그런데도 투표함처럼 보이지 않아서 검은 색연필로 '투표함'이라고 적었다. 그리고 짐짓 비장한 표정으로 그림 하단의 네모 칸들을 채워나갔다.

나는 정직하고 올바른 부반장이 될 것이다.

날이 기울고 아이는 텔레비전 앞으로 달려갔다. 화면에는 새로 짓고 있는 각종 운동경기시설 건축물들이 파노라마로 지나갔다. 빠른 속도로 완공되어가는 시멘트빛 경기장들을 보고 있자니 콧날이 시큰해졌다. 어떤 날엔 글러브로 샌드백을 쳐대는 권투선수가, 어떤 날엔 트랙을 달리는 육상선수가 나왔고, 또 어떤 날엔 고무처럼 자유자재로 몸을 굽혔다 펴는 체조선수가 저녁 밥상 앞에서 새처럼 날아다녔다. 종목을 달리한 국가대표 선수들이 등장해서 구슬땀을 내비칠 적마다 애국가가 잔잔하게 깔렸고 그때마다 아이는 애국조회 시간에 그랬던 것처럼 숟가락을 내려놓고 제 손바닥을 가슴께로 갖다 댔다.

텔레비전 화면은 거리 인터뷰로 이어졌다. 마이크 앞에 선 시민들은 기쁨을 감추지 못한 고양된 목소리로 말했다. 우리나라에서 국제적인 큰 행사를 치르게 된 게 무척 자랑스럽습니다! 경사죠, 경사! 인터뷰를 마친 리포터는 이렇듯 대대적이고 국제적인 행사를 맞아서 거리 청결에 힘써야 한다고 마지막 멘트를 읊었다.

"쳇, 눈 가리기지 뭐."

엄마가 밥상 위에 팔팔 끓어오르는 생태찌개 냄비를 내려놓다가 시큰둥하게 말했다. 유치원생인 여동생이 호기심 어린 목소리로 물었다. 왜 눈을 가려? 누가 숨바꼭질 하는 거야? 아빠가 엄마에게 눈을 부라리며 쓸데없는 소리 말라고 호통을 쳤다. 엄마가 그게 왜 쓸데없는 소리냐고 따지고 들었다. 늘 이런 식이었다. 프로야구 시즌이면 아빠는 열렬한 OB팬이었고, 엄마는 선동렬이 투수로 있는 해태를 응원했다. 선거철이 다가오면 아빠는 무조건 1번을 외쳤고, 엄마는 무조건 3번을 찍겠다고 했다. 그러다 아빠와 엄마의 사소한 말다툼은 격렬한 싸움이 되었다. 프로야구 시즌이나 선거철마다 아빠 엄마의 싸움이 잦아져서 아이는 프로야구나 선거가 좋아질 수 없었다.

평소보다 이른 아침에 깨어난 아이는 다른 때보다 공들여 오래도록 이를 닦았다. 담임선생님이 무슨 인터뷰라고는 말해주지 않았지만 오늘 2교시에 임원을 맡은 2학년 여학생들을 대상으로 교장실에서 인터뷰를 할 거라고 했다. 교무실에 모여 있던 2학기 임원들은 그게 교감선생님이 들어 보인 푸른색 옷과 관련된 인터뷰일 거라고 추측했지만 확실한 건 아니었다.

옷장과 서랍장에 들어 있는 옷을 몽땅 방바닥으로 꺼내 펼쳤다. 하얀 반달 칼라가 달린 연보라색 김민제 원피스와 검정색 벨벳 천에 하얀 프릴이 달린 원아동복 원피스를 두고 갈팡질팡하다가, 옷더미 밑에서 비죽 튀어나온 블라우스를 끄집어냈다. 목 밑까지 바짝 단추를 잠그게끔 되어 있는 단정한 하얀 블라우스는 언젠가 이모네 집에 놀러갔을 때 외사촌 언니가 외교관 면접을 보러 간다며 입었던 것과 비슷한 디자인이었다.

학교 갈 채비를 마치고 안방으로 들어가서 옻칠된 화장대 서랍장을 열었다. 그곳엔 늘 비상금으로 만 원짜리 몇 장이 포개져 있었다. 아이는 만 원짜리 한 장을 빼내어 호주머니에 찔러 넣었다. 학교 가는 길에 '헤어센스' 간판이 붙은 미장원 문을 열었다. 문에 달린 종이 쨍그랑 울리고서야 뒷방에서 미용사가 눈곱을 떼면서 나왔다. 기다란 전신거울 앞 의자에 앉자마자 잠이 덜 깬 미용사가 엄마는? 하고 물어왔다. 당당하게 주머니에서 만 원짜리를 꺼내보였다. 부스스한 머리모양의 미용사에게 신뢰가 가진 않았지만 어쨌든 이 동네에서 아는 미장원은 이곳뿐이었다.

"머리를 자르고 싶니?"

"아니요. 오늘 중요한 날이니까 예쁘게 해주셔야 해요."

미용사가 고데기를 기계에 넣고 예열했다. 뜨겁게 달궈진 고데기를 가위처럼 벌려 잡고 철컥거린 다음 코 가까이 대어보았다. 아이의 긴 머리카락 위로 아지랑이 같은 김이 피어올랐다. 거울 속 아이의 머리카락들이 구불구불해졌다. 미용사는 아이의 정수리에 곧게 가르마를 타서 양 갈래로 나눈 다음, 머리에 노란 고무줄을 묶어주었다. 심하게 조여 묶은 탓에 눈이 관자놀이 쪽으로 쓸려 올라갔다. 아이는 신경질적으로 도리질쳤다.

"왜? 요즘 유행하는 캔디 머린데."

"전 캔디 머리 싫어요. 그건 애들이나 하는 거잖아요."

"얘는 참, 너도 애잖니. 그럼 어떤 머리를 하고 싶은 건데?"

"이라이자처럼 늘어뜨려주세요."

1교시가 끝나고서야 아이는 교실에 도착했다. 담임선생님이 왜 지각했느냐고 물으면 뭐라고 대답할지 고민됐으나 그런 일은 일어나지 않았다. 담임선생님은 다른 반 선생님들과 복도에 모여서 뭔가 상의하느라 바빴고, 각 반의 임원을 맡은 여학생들이 복도로 불려나가고 있었다. 교실 밖으로 불려나간 여학생들은 선생님들 지시에 따라 벽 쪽으로 줄을 섰다. 당연히 그 줄에 서게 될 줄 알았던 아이는 복도로 걸어 나가다가 걸음을 멈추고 제자리로 돌아가 앉았다. 줄을 선 아이들이 모두

반장들이었기 때문이다.

7명의 반장 여학생들이 전원 탈락된 까닭에 3교시엔 각 반의 여자 부반장들이 교장실로 소집되었다. 대리석들이 진열된 대형 장식장 앞에서 아이는 반 순서대로 줄의 맨 끝에 섰다. 아이는 앞 반 여자 부반장에게 속삭여 물었다.

"여기에 왜 온 건지 아니?"

"아니, 나도 잘 몰라. 근데 되게 중요한 일인가 봐."

교장선생님은 정년 퇴임을 코앞에 둔 할머니였다. 짧은 파마머리는 눈이 쌓인 것처럼 백발이었고 몸집은 왜소했지만 목소리만큼은 기운이 넘쳤다. 소파에 앉은 교장선생님이 일렬로 선 아이들을 하나하나 뜯어보더니 말문을 열었다.

"자, 여러분. 이곳에 모인 이유는 자랑스러운 86아시안게임 개막식에 참가할 학생을 뽑기 위해서예요. 아랍에미리트 대사관에서 우리 학교로 전통 의상을 보내왔어요. 여러분 중에서 아시안게임 개막식에 참가할 영예의 여학생 두 명을 뽑을 겁니다."

2학년 1반의 여자 부반장부터 차례로 교장선생님과 짧은 질의응답 시간을 가졌다. 교장선생님의 질문은 아홉 살 아이들을 내려다보는 어른들이 늘상 던지는 평범한 질문과 다를 게 없었다. 가족 관계, 취미 활동, 장래 희망, 존경하는 인물에 관해서였다. 인터뷰가 끝나면 노래 한 곡씩을 부르라고 했다. 대부분은 교과서에 수록된 동요를 불렀다. 그중 한명이 이선희의 「J에게」를 불렀다가 교장선생님의 눈살을 찡그리게 만들었다.

아이는 실내화를 오므려 붙이고 차렷 자세를 유지하며 앞서 인터뷰를 진행하는 아이들의 대답을 귀담아들었다. 바로 앞 반 여자 부반장의 문답이 시작되었다. 앞 반 여자 부반장은 아버지와 어머니와 두 살 위의 오빠가 있다고 했고, 취미는 책읽기, 장래 희망은 선생님이라고 했다. 무난한 대답이 아닐 수 없었다. 곁눈질로 살펴본 교장선생님의 얼굴은 대낮의 식곤증이 밀려오는 듯 졸린 표정이었다.

"그럼 가장 존경하는 인물은 누구죠?"

앞 반의 여자 부반장이 대답하는 순간 졸음이 가득했던 교장선생님의 눈동자가 번뜩였다. 장식장에 진열돼 있던 대리석이 아이의 정수리로 쿵 떨어진 듯했다. 캄캄해진 머릿속으로 교과서에 실린 그 사진이 떠올랐다. 훌러덩 벗겨진 이마를 수없이 문지른 것처럼 빛나던 대머리. 교장선생님의 눈도 그렇게 반짝반짝 빛나고 있었다. 누구라고요? 교장선생님이 되물었다. 전두환 대통령 각하이십니다! 앞 반 여자 부반장이 다부지게 내뱉은 대답이 환청처럼 아이의 귓속을 맴돌았다.

그보다 더 좋은 대답은 없을 듯했다. 교과서에 사진이 수록된 인물들 중에서 현직 대통령보다 더 크게 얼굴이 나온 사람은 없었으니 그러했다. 앞 반 여자 부반장 또한 자신이 교장선생님에게 점수를 땄다는 걸 알아차린 모양이었다. 두 손을 가슴까지 높이 모아붙이고 활기차게 노래를 불렀다. 텔레비전에 내가 나왔으면 정말 좋겠네. 정말 좋겠네. 춤추고 노래하는 예쁜 내 얼굴. 텔레비전에 내가 나왔으면 정말 좋겠네. 정말 좋겠네.

아이의 순서가 되었다. 교장선생님은 먼저 가족 관계를 물었다. 아이는 할아버지, 아버지, 어머니, 여동생과 함께 '행복하게' 살고 있다고 대답했다. 취미로는 떠오르는 게 없어서 여동생의 숙제를 도와줄 때 가장 '보람을 느낀다'고 했다. 장래 희망으로는 기자가 되고 싶다고 했다. 교장선생님이 다소 의아해하며 기자가 무슨 일을 하는지 아느냐, 왜 기자가 되고 싶으냐 물었고, 아이는 기다렸다는 듯 지금도 모 소년일간지의 비둘기 기자로 활동하고 있다고 대답했다.

마지막으로 아이가 가장 걱정하던 질문이 나왔다. 존경하는 인물은 누구죠? 앞선 학생들이 위인전에 나오는 에이브러햄 링컨, 에디슨, 헬렌 켈러, 나이팅게일을 존경한다고 이미 말해버렸기에 알고 있는 다른 위인이 거의 없는 데다가 앞 반 여자 부반장보다 더 좋은 대답이 생각나지 않아서 오래 뜸을 들였다. 차오른 숨을 내뱉지 못해서 아이의 목밑을 짓누르는 단추가 떨어져나갈 듯했다. 하얀 블라우스 칼라에 땀이 배었다. 교장선생님은 앞 반 여자 부반장에게 각별한 눈길을 보내고 있었다. 아이는 교장선생님의 하얗게 센 머리카락과 주름진 얼굴을 한참 바라보았다.

"저는 이 세상에서 저희 할아버지를 가장 존경합니다."

가족 중 누군가를 존경한다는 대답은 처음이었다. 앞 반 여자 부반장을 바라보던 교장선생님의 시선이 아이에게 부드럽게 옮겨왔다.

"왜죠?"

"저는 할아버지의 새하얀 머리카락을 볼 때마다 그동안 할아버지께서 얼마나 고생하셨을까 생각합니다. 할아버지의 하얀 머리카락들이 우리 가족에게 행복을 선물해주었다고 생각합니다. 저는 늘 할아버지의 하얀 머리카락에게 감사합니다."

정신없이 내뱉어놓고는 뭔가 어색해서 뺨이 홧홧 달아올랐다. 하지만 인터뷰를 마치고 교장실 밖으로 나가서 대기 중이던 아이는 5분도 채 지나지 않아 환히 웃을 수 있었다. 며칠 후면 금박이 수놓인 아랍에미리트 전통 의상을 입고 국제적 행사에 참여하는 영예를 누리게 될 것이었다. 바야흐로 일평생 고생해서 머리가 하얗게 센 소시민의 이야기가 교과서에 대문짝만 하게 실린 빛나는 대머리의 권위와 동등한 대우를 받게 된 것이었다.

아이가 집으로 돌아왔을 때 아빠와 엄마는 또 한바탕 싸우는 중이었고 버릇처럼 이혼을 들먹였다. 이번엔 프로야구나 선거 때문이 아니었다. 그보다 더 하찮은 '눈 가리기' 때문에 또다시 이혼을 입에 담는 아빠와 엄마를 이해할 수 없었다. 하지만 흔한 일이었기에 아빠와 엄마가 불쑥 방으로 들어와서 둘 중 누구와 살고 싶으냐고 난감한 질문을 던지지 않았더라면 아이는 잠자코 앉아 그림일기를 쓰려고 했다. 자신의 대답을 기다리는 아빠 엄마에게 하는 수 없이 말했다. 나 86아시안게임 개막식에 참가하게 됐어. 아빠가 아이를 번쩍 안아 올리더니 당장 개막식 입장권을 구입하겠다고 호기롭게 외쳤다. 아이의 등을 부둥켜안은 엄마도 개막식에 가져갈 카메라와 중계방송을 녹화할 비디오를 새로 들여놓겠다고 수선을 떨었다. 걸핏하면 이혼하자고 했다가 번번이 취소해왔던 아빠 엄마였지만, 지금처럼 아이의 능력으로 그들의 싸움을 단숨에 끝낸 적은 없었다. 86아시안게임 개막식 참가는 아이에게 자신이 뭔가 해낸 것 같은 최초의 성취감을 안겨주었다.

쉬는 시간마다 교실 안은 소란스러웠다. 반 친구들은 짬짬이 국가대표 운동선수를 흉내 내느라 분주했다. 교실 뒤에서 여자애들은 연필에 기다란 리본을 묶어 마치 지난번에 아이가 미장원에 들러서 한 머리 모양처럼 구불구불하게 만들어 흔들었고, 남자애들은 운동장으로 나가서 축구 시합을 했고, 수업이 끝나면 다들 섞여서 100미터 달리기나 릴레이경주를 벌였다. 학교 안은 미니 태릉선수촌이었다. 그러나 아이는 리본체조 흉내나 달리기 시합 따위에 참여하지 않았다. 아이는 그 앞을 지날 때마다 절로 어깨가 펴지고 톡톡 끊기는 도도한 어조로 말하는 버릇이 생겼다.

아이는 함께 아시안게임 개막식에 참가할 앞 반 여자 부반장과 어울리기 시작했다. 앞 반 여자 부반장은 창백하리만치 하얀 피부에 머리카락과 눈동자에 노란빛이 은은하게 감돌았다. 코는 아이의 코보다 두 배는 높아보였다. 입술은 방금 체리를 깨문 것처럼 언제나 새빨갰다. 다른 친구들이 앞 반 여자 부반장을 보고 누구냐고 물으면 아이는 조금도 주저하지 않고 자신의 단짝이라고 소개했다. 쉬는 시간 종이 울리면 그 애가 있는 10반으로 조르르 달려갔다. 아이가 찾아가지 않으면 그쪽에서 찾아왔다. 둘이서 꼭 붙어 다녔다. 집으로 가는 방향이 전혀 다른데도 한 사람이 끝날 때까지 기다렸다가 손을 꼭 붙잡고 흔들며 보란 듯 운동장을 걸어 나갔다.

아시안게임 개막식을 2주일 앞두고 아이와 아이의 단짝 친구가 교무실로 불려갔다. 또 한 벌의 아랍에미리트 전통 의상이 도착해 있었다. 먼저 도착한 것과 마찬가지로 금박 수가 놓여 있었는데 이번엔 검은색이었다.

"어머, 이건 왜 이렇게 작아."

"대사관에서 싸이즈가 다른 것을 보낼 거라고 얘기했었나요?"

"금시초문인데."

상자 안에서 꺼낸 검은색 전통 의상을 내려다보던 선생님들은 적잖이 난감한 듯 보였다. 아이의 눈에도 검은 옷은 1학년 중에서도 맨 앞줄에 서는 꼬마나 입을 수 있을 정도로 치맛자락이 짧아보였다. 푸른 옷은 아직 아무도 입어보지 못했을 때였다. 크기가 다른 두 벌의 옷 주위로 모여든 선생님들이 아이와 단짝 친구에게 키를 재보라고 했다. 둘은 선생님들의 지시에 따라 등을 돌리고 서야 했다.

"거의 비슷한데요."

그 순간 10반 선생님이 눈을 치켜떴다. 자고로 옷이란 입어봐야 누구 것인지 알 수 있죠. 10반 선생님이 단짝 친구의 품에 푸른 옷을 떡하니 안겨주었다.

화장실에서 푸른색 옷으로 갈아입고 나온 그 애는 눈부셨다. 마치 처음부터 그 애를 위해 제작된 옷인 듯했다. 선명한 푸른 옷 위로 하얀 얼굴과 빨간 입술이 도드라졌다. 아이뿐 아니라 선생님들도 감탄의 눈빛을 보냈다. 교무실 안에는 이내 정적이 흘렀다. 아이의 등덜미로 식은땀 한 줄기가 흘러내리는데 아이의 담임선생님이 대뜸 언성을 높였다.

"저거 봐요. 치맛자락이 바닥에 끌리잖아요."

아이는 그 애와 나란히 화장실로 걸어 들어갔다. 화장실 거울에 비친 아이와 그 애는 선생님들 말마따나 정말로 키가 비슷했다. 서로 다른 칸막이 안으로 들어가서 문을 걸어 잠그기까지 둘은 한 마디도 나누지 않았다. 그 애가 부스럭거리며 옷을 갈아입는 동안 아이는 변기 위에 앉아서 푸른 옷을 기다렸다. 그 애가 입었을 때 치맛자락이 끌렸다면 자기가 입어도 끌릴지 모른다. 그러면 교장실에서 인터뷰를 다시 할 수도 있다. 이번엔 학급부장을 맡은 여학생들이 불려갈 것이고, 키 큰 여학생이 뽑힐 것이다. 그동안 흰 우유를 먹지 않은 게 후회스러웠다. 또래 중에서는 큰 편에 속해서 키 때문에 아쉬운 적은 없었으나 흰 우유를 먹었다면 족히 몇 센티미터는 더 자랐을 것이다. 그러면 치맛자락도 끌리지 않았을 것이다. 눈가가 뜨겁게 젖었다. 멍하니 두루마리 휴지를 죽죽 끌어당겼다. 뜯어낸 휴지를 구겨서 젖은 눈가를 닦아냈다.

휴지뭉치가 젖어드는 걸 내려다보면서 실내화에서 발을 빼냈다. 아이는 실내화 바닥의 뒤꿈치가 닿는 부위에 망설임 없이 젖은 휴지 뭉치를 쑤셔 넣었다.

아이는 흰 우유를 버리지 않고 마시기 시작했다. 여전히 우유 맛은 역겨웠고, 마시고 나면 장이 뒤틀려서 화장실에 들락거려야 하는 번거로움이 따랐으나 꾹 참았다. 등하굣길에 하루가 다르게 변모하는 동네를 걷다가 아이는 문득 길을 잃어버릴 것 같은 두려움에 휩싸였다. 도처에서 아시안게임과 관련된 크고 작은 행사들이 개최되었고 연일 축제 분위기였다. 도로변엔 '축! 86아시안게임' 플래카드가 힘차게 나부꼈다. 집값이 상승하고 덩달아 물가도 뛰었다는 뉴스가 속속 보도되었다. 슈퍼에서 파는 과자나 음료수엔 죄다 아시안게임 마크가 붙어 있었다. 집 근처에 대규모의 선수촌 아파트가 완공되었다. 경기 일정 동안 외국인 선수들이 지낼 아파트였다. 거리에 쓰레기를 버리는 몰상식한 사람들이 줄었다. 집과 학교를 오가는 길은 여느 때보다 깨끗했다. 아이가 가족들과 배드민턴을 치거나 바람을 쐬러 놀러나갔던 석촌호수 주변의 주홍색 천막을 두른 포장마차들이 모두 사라졌다. 그러나 아이는 식구들과 나란히 앉아 뜨끈한 가락국수를 맛볼 수 없게 된 점 따위는 조금도 아쉽지 않았다.

외국인을 만나면 어떻게 대화를 나눌까?

아직 영어를 배운 적 없는 아이에게 외국인과의 소통은 최대 고민거리였다. 아이가 아는 영어라곤 알파벳과 'about'뿐이었다. 중학교에 올라간 외사촌 언니에게서 물려받은 그림영어사전의 첫 장에 적힌 단어가 'about'이었기 때문이었다. 아이는 영어를 할 줄 몰랐으나 영어로 외국인과 대화가 가능하다는 것은 알았다. 그래서 'about' 다음 장에 적힌 'apple'을 외우기 시작했다. 등하굣길에 애플, 애플, 애플, 앵무새처럼 반복해서 발음하며 익히는 데 사흘이 걸렸다. 개막식까지는 고작 열흘 남았고 애플만으론 턱없이 부족했다. 퇴근하고 집으로 돌아온 할아버지를 붙잡고 '나는 선이다, 한국에 온 것을 환영한다'를 영어로 말하는 법을 가르쳐달라고 졸랐다. 한글 맞춤법조차 제대로 알지 못했던 할아버지는 소처럼 두 눈을 끔뻑이며 당혹감을 감추지 못했다.

이튿날 저녁, 할아버지가 아이에게 금빛 포장지로 싸인 네모난 것을 건네며 집에 오는 길에 광화문 대형서점에 들러서 사온 선물이라고 했다. 재빨리 포장지를 뜯었다. 공책 반절 크기의 영어책에 카세트테이프가 부록으로 들어 있었다. 서둘러 책과 테이프를 들고 제 방으로 달려갔다. 카세트에 테이프를 꽂고 책을 펼쳐보니 영어문장 아래에 한글로 표기된 영어발음과 한국어로 해석된 문장이 적혀 있었다. 아이는 재생버튼을 누르고 스피커에 가만히 귀를 가져다댔다. 마요네즈 마이클! 책에는 분명 마이 네임 이즈 마이클,이라고 적혀 있었는데 카세트 스피커를 통해 듣기론 마이 네임 이즈,보다는 마요네즈에 가까웠다. 한국어로 표기된 영어 발음을 영 믿을 수 없던 아이는 잠시 망설이다가 수첩에 마요네즈라고 적었다. 마이클에서 마이클을 빼고 제 이름, 박 선을 마요네즈 뒤에 이어 붙였다. 그리고 웰컴 투 코리아를 옮겨 적자 모든 게 완벽했다.

엄마가 쓰러져 인근병원 응급실로 실려간 것은 그 무렵이었다. 엄마는 곧 고려대학병원으로 옮겨갔다. 재작년에도 엄마는 국내에서 밝혀지지 않은 신종 바이러스가 신장에 퍼져서 장기 입원을 했던 적이 있었다. 정확한 병명을 알아내기 위해선 의술이 더 발달한 미국으로 가야 한다고 담당 의사가 권유했지만 엄마는 알 수 없는 병에 시달리는 것보다도 하늘 높이 떠오르는 비행기를 타고 홀로 먼 나라에 가는 걸 훨씬 두려워했다.

병문안을 가기 위해서 할아버지와 여동생과 택시를 타고 병원으로 향했다. 택시는 잠실을 지나고 있었다. 아이가 차창 밖으로 집게손가락을 쳐들었다.

"할아버지 저거예요!"

"뭐가 말이냐?"

차창에 붙인 아이의 집게손가락이 툭 떨어졌다. 하려던 말이 터져 나오지 못하고 목구멍 속으로 쑥 미끄러져내렸다. 메인스타디움 앞에는 장미 꽃잎처럼 빨간 머리띠를 두른 대학생들이 플래카드를 들고 몰려나와 있었다. 플래카드 위에 '아시안게임 개최를 취소하라!'는 글자가 박혀 있었다. 근거리의 도로변엔 경찰 버스가 몇 대 서 있었고 버스에서 내린 전경들이 방패를 들고 신속하게 일렬횡대를 이루었다. 분위기가 삼엄했다. 중년의 택시 운전사는 왜 아시안게임 반대 시위를 하는지 모르겠다며 혀를 찼다. 아이도 자랑스럽게 여겨야 할 아시안게임 개최를 반대하는 대학생들을 도무지 이해할 수 없었다. 전경들의 진압이 시작됐다. 차창에 찍힌 아이의 조그만 지문 너머로 핏방울 같은 장미 꽃잎이 맥없이 길바닥으로 곤두박질쳤다.

병실에 도착하자 엄마는 침상에 맥없이 누워 있었다. 며칠 새 여위고 누렇게 뜬 얼굴이었다. 팔이나 손등의 혈관이 미약해 링거 바늘을 발등에 꽂고 있었다. 가습기 주둥이에서 흘러나온 수증기가 엄마의 얼굴 위로 희붐하게 쏟아졌다. 입원실로 들어간 아이는 먼저 냉장고 문을 열고 오렌지색색 캔 뚜껑을 땄다. 오렌지 알갱이를 씹으며 아이는 걱정을 늘어놓았다. 이대로라면 엄마가 개막식 구경을 오는 건 어려웠다. 자신이 아랍에미리트 전통 의상을 입은 걸 볼 수 없었다. 엄마가 처연한 낯빛으로 미소 지었다.

"텔레비전이 있으니까 걱정 마. 저걸로 꼭 볼게."

아이는 잠실 메인스타디움 앞을 지나다 본 대학생들이 생각나 엄마에게 그 이야기를 전해주었다. 엄마는 깊은 한숨을 내쉬며 이번엔 안타까운 시선으로 아이를 바라보았다. 수증기가 고인 탓인지 가물가물한 눈꺼풀 속 엄마의 눈이 조금 젖어 있었다. 아이는 가습기 주둥이를 엄마의 얼굴 반대편으로 돌렸다.

저녁 어스름이 되어 아빠가 아이와 동생을 데리러 왔다. 며칠간 코빼기도 구경하지 못했던 아빠의 넓적한 얼굴은 훤해 보였다. 야외 주차장으로 나가자 아빠가 원래 타고 다니던 소나타가 그랜저로 바뀌어 있었다. 우와! 아이와 동생이 탄성을 질렀다. 이제 우리나라에서 아시안게임도 하고 올림픽도 한다는데, 좀팽이처럼 구닥다리 차를 타고 다닐 순 없어서, 이 아빠가 너희를 위해 근사한 차를 쫙 뽑아왔다. 어때, 마음에 들지? 차 안엔 엘비스 프레슬리의 노래가 울렸다. 아이와 동생이 깔깔대며 박수를 치는 동안 아빠의 새 차는 잠실 메인스타디움 앞의 드넓고 황량한 8차선 도로를 질주했다. 아이가 태어나고 자란 서울이, 아이의 작고 여린 어깨 옆으로 빠르게, 너무나 빠르게 스쳐지나가고 있었다.

낯선 언어를 외우느라 정신없는 나날을 보내던 어느 날 등굣길이었다. 마요네즈 박 선, 뇌까리는데, 시큼하고 고릿하고 역겨운 냄새가 풍겨 팔을 들고 겨드랑이 냄새를 맡아보았다. 겨드랑이에서 나는 냄새는 아니었다. 뒤로 턱을 돌리자 냄새는 더 강렬해졌다. 몇 걸음 걷다가 제 실내화주머니 속으로 동그란 콧방울을 들이밀었다. 특유의 고무 냄새와 왁스 냄새가 나긴 했으나 구역질나는 냄새는 결코 아니었다. 몇 걸음 더 걸었을 때 엉덩이 쪽이 축축해져서 뒤돌아보니, 자신이 걸어온 길에 하얀 점액의 흔적이 남아 있었다. 황급히 책가방을 벗어 땅바닥에 내려놓은 아이는 가방을 열자마자 냉큼 코를 비틀어 쥐었다. 교과서와 공책은 흠뻑 젖어 있었다. 책가방 밑에 숨겨둔 우유를 미처 버리지 못했던 게 화근이었다. 버리는 것을 잊고 지나치면 책가방 속에서 우유가 부패해서 팽팽하게 부풀어 오르다가 펑 터지곤 했다. 지독한 냄새를 풍기며 그대로 학교에 갈 순 없었다. 주위를 둘러보다가 전봇대 뒤에 책가방을 던졌다. 몇 걸음 가다가 되돌아가서 손가락 끝으로 책가방 손잡이를 잡고 다른 골목으로 우회했다. 교과서와 공책과 필통엔 아이의 반과 이름이 적혀 있었으므로, 누군가 썩은 우유 냄새를 풍기는 책가방을 발견하게 되면 집이나 학교로 책가방을 들고 찾아올 수 있었다. 아이는 한강으로 이어진 탄천까지 달려가서 책가방을 물속으로 던져버렸다. 그리고 그날 저녁 아이는 언제나처럼 새 책가방과 새 학용품을 받았다.

9월 21일 토요일 아침은 우중충했다. 잿빛 구름이 하늘에 가득했다. 아이는 설빔에 받쳐 입는 하얀 속치마에다 교장선생님과의 인터뷰 때 골랐던 하얀 블라우스를 입고, 어제 종례 이후 담임선생님에게서 받은 푸른색 아랍에미리트 전통 의상을 덧입었다. 욕실로 가선 학교 화장실에서처럼 두루마리 화장지를 죽죽 잡아당겼다. 그런데 이번엔 기다려도 눈물이 나오지 않아서 어쩔 수 없이 세면대 수도꼭지를 비틀었다. 오목하게 모은 손바닥 안에 흘러내리는 물을 담았다. 눈물처럼 물 몇

방울을 떨어뜨려서 휴지 뭉치를 적시고 실내화 바닥 뒤꿈치 쪽에 쑤셔 넣었다. 미장원에 들러서는 구불구불하게 늘어지는 웨이브 머리를 하고 양쪽으로 헤어핀을 찔렀다. 학교에 도착한 아이는 교실에 들르지 않고 곧장 교무실로 가서 검은색 전통 의상을 입은 1학년 여자아이와 인사를 나누었다. 키가 아이보다 한 뼘 정도 작은 이 1학년 아이와는 처음 만나는 것이었다. 면접을 보지 않고 별도로 선발된 이 1학년 아이는 산수 선생님의 딸이었다. 두 아이는 교무실을 한 바퀴 돌며 선생님들의 격려를 받고서야 체육 선생님의 차를 타고 잠실로 향했다.

메인스타디움은 멀리서 지나가며 보았을 때보다 훨씬 거대했다. 정문에서 체육 선생님은 행사에서 통역을 맡아줄 청년을 두 아이에게 소개해주었다. 그는 외국어대 3학년에 다니는 학생이라고 했다. 엄마의 병문안을 가던 날 메인스타디움 앞에서 아시안게임 개최 반대 시위를 하던 대학생들이 떠올라 아이는 그가 대학생이라는 사실이 마뜩치 않았다. 아이와 1학년 여자아이를 통역 대학생에게 인계해주고 학교로 되돌아가던 체육 선생님은 개막식을 마칠 시간쯤에 다시 데리러 올 거라고 했다. 통역 대학생은 벙싯거리며 인사를 건넸다. 아이는 통역 대학생이 멘 갈색 크로스백에서 시선을 뗄 수 없었다. 크로스백 안엔 아시안게임 개막식을 엉망으로 만들 그 무언가가 숨겨져 있을지도 몰라서였다.

그를 따라 메인스타디움 게이트로 입장했다. 사방으로 뚫린 게이트와 완만하게 구부러진 복도와 계단들은 죄다 비슷비슷했다. 게이트와 복도와 계단을 구분하는 기호가 붙어 있긴 했으나 그 숫자와 문자를 몇 시간 만에 외우는 건 불가능했다. 길을 잃기 십상이었다. 불길한 갈색 가방을 멘 통역 대학생의 꽁무니를 졸졸 따라다니는 수밖에 없었다.

1학년 여자아이는 주눅 든 기색이 역력했다. 아이의 등 뒤로 숨어서 오들오들 떨어댔다. 누군가 말 한마디 걸라치면 울음보를 터뜨릴 듯 눈물을 글썽였고, 고래 배 속에 갇힌 피노키오처럼 어깨를 옹송그렸다. 아이는 1학년 여자아이의 귀에 대고 속삭였다. 너 아랍에미리트 선수들이 말 거는데 그렇게 입 꾹 다물고 있으면 큰일 나. 알겠니? 1학년 여자아이가 아이의 옆구리로 파고들었다.

두리번거리던 통역 대학생이 둘에게 남A-112 게이트 앞 계단에 앉아 있으라고 했다. 그는 조금 멀리 떨어진 곳으로 가서 한복을 입은 여대생들과 속닥거렸다. 그 모습이 마치 음모를 꾸미는 것처럼 보였고, 아이는 통역 대학생이 미덥지 않아서 그를 쫓아갔다. 언제까지 계단에 앉아 있어야 해요? 통역 대학생이 미간을 찌푸리더니 여대생에게 잠깐 기다리라고 말하곤 1학년 여자아이가 앉은 계단 쪽으로 걸어왔다. 그는 우물쭈물하더니 손가락을 딱 소리 나게 튕겼다. 스탠드에서 민속무용단이 메이크업을 하고 있는데 거기 가서 메이크업을 받는 게 좋겠다고 했다. 아이는 날 선 목소리로 어린이는 화장을 하면 안 된다고 따지고 들었다. 한복을 차려입은 여대생을 힐끗거리던 그가 기왕 텔레비전에 나가는 거 예쁘게 나가면 좋지 않겠느냐고 너스레를 떨며 둘의 손을 잡아끌었다.

스탠드로 나간 아이와 1학년 여자아이는 화장을 하는 민속무용단 틈에 끼어 앉았다. 둘은 조금 다른 톤으로 화장을 받았다. 1학년 여자아이는 수줍은 성격에 어울리지 않게 하얀 분가루를 두텁게 칠하고 빨간 립스틱까지 발랐고, 여름방학 내내 바닷가의 뜨거운 햇볕에 그을려 가무잡잡해진 아이는 그에 어울린다는 브라운톤 화장을 받았다. 화장을 마치고 들어간 실내는 스태프와 봉사 활동을 나온 대학생들과 각국 선수단까지 도착해서 북적거렸다. 통역 대학생은 그때까지도 한복을 입은 여대생과 속닥거리느라 정신이 없어 보였고, 아이는 1학년 여자아이를 데리고 화장을 받으러 가기 전에 앉아 있던 차가운 돌계단에 다시 앉았다. 계단을 오르내리는 사람들을 피해서 벽 가까이 붙었다. 도무지 뭘 해야 할지 몰라 멍하니 앉아 있던 아이는 통역 대학생의 갈색 크로스백을 흘긋거리며 1학년 여자아이에게 영어로 인사하는 법을 가르쳐 주었다.

"외국 선수들이 말을 걸면, 이렇게 대답하면 돼. 별로 어렵지 않아. 자, 따라해봐. 마요네즈 신지혜. 웰컴 투 코리아. 알겠니?"

1학년 여자아이가 겁에 질린 눈망울로 고개를 끄덕였다. 진한 화장 탓에 1학년 여자아이의 두려움이 더욱 도드라져 보였다. 어서 따라해봐. 마요네즈 신지혜. 웰컴 투 코리아. 응? 1학년 여자아이가 거의 들리지 않을 정도로 소곤대며 아이의 발음을 따라했다. 부끄러움을 많이 타고 내성적이긴 했지만 꽤 명석한 것 같았다. 아이가 일주일 걸려서 겨우 암기한 영어 문장을 1학년 여자아이는 서너 번 발음하더니 신통하게 곧바로 외워서 말할 줄 알았다.

계단을 오르내리는 발길이 많아지자 1학년 여자아이가 집에 가고 싶다며 보챘다. 울먹이는 1학년 여자아이를 보다 못해 공중전화가 있는 곳으로 데려갔다. 옷 속으로 메고 있던 끈 달린 손지갑에서 십 원짜리 동전을 꺼내 투입구에 넣었다. 1학년 여자아이의 집 전화번호를 물어서 전화를 걸어주었다. 집에 가고 싶다고 훌쩍이던 1학년 여자아이는 막상 통화를 하더니 울음을 멈추고 응, 응, 응, 대답만 할 따름이었다. 그러다 수화기를 아이에게 건네주고선 참았던 눈물을 줄줄 흘렸다. 아이는 1학년 여자아이를 다독이면서 가족이 출발했는지 확인하려고 제집으로도 전화를 걸어보았다. 가족들은 오늘 메인스타디움 관중석에서 아이를 지켜보기로 했었다. 그러기 위해서 수소문한 끝에 입장권의 원래 가격보다 세 배나 비싼 암표까지 구한 터였다.

"너희 엄마 수술이 갑자기 오늘 오후로 앞당겨졌지 뭐냐. 그래도 가족 중 한 명은 꼭 가서 너를 지켜볼 테니 잘해내야 한다."

전화를 끊고서 1학년 여자아이를 시무룩하게 내려다보던 아이는 동전 냄새가 밴 손가락으로 1학년 여자아이의 눈가를 닦아주었다. 그때 한 무리의 아랍 선수단이 줄을 지어 지나갔다. 그들이 아랍에미리트 선수단인지 다른 아랍국가 선수단인지 알 수는 없었다. 피부색이 완연하게 다른 그들이 둘을 향해 손을 흔들었다. 그러나 1학년 여자아이는 그들이 앞에서 서성인다는 이유로 화장실에 가지 못하게 되자 안절부절못하며 또다시 눈물을 보였다. 아이는 한복을 입은 여대생과 무언가 적은 쪽지를 비밀스럽게 주고받는 통역 대학생을 내리 째려보다가, 1학년 여자아이를 데리고 서둘러 2층 화장실로 갔다.

변기뚜껑을 내리고 앉은 아이는 실내화 속에서 발을 빼냈다. 실내화 바닥에 쑤셔 넣은 휴지 뭉치가 돌멩이처럼 딱딱하게 굳어서 뒤꿈치가 아팠다. 저릿저릿한 종아리와 발을 주무르는 동안 병상에 누운 엄마의 모습이 떠올랐다. 불현듯 병원에 가봐야겠다는 마음이 솟구쳤다. 엄마는 푸른색 옷을 입은 아이의 모습을 보고 싶어 했었다. 하지만 학교에선 옷이 손상될까 봐 마지막 날까지 내어주지 않았고, 아직 엄마 앞에서 아름다운 푸른색 옷을 입은 자신의 모습을 보여주지 못했다. 엄마는 텔레비전으로도 개막식을 보지 못할 것이다. 화장실에서 나와 원래 있던 1층 계단 밑으로 내려왔을 때 모퉁이에 서 있던 통역 대학생은 보이지 않았다. 그와 함께 있던 한복 입은 여대생도 보이지 않았다.

계단 앞에 우두커니 서 있던 아이는 1학년 아이의 손을 잡고 뛰었다. 사방으로 뚫린 게이트 중에서 어느 것이 들어왔던 게이트였는지 기억나지 않았지만 돌아보면 찾을 수 있을 것도 같았다. 들어왔던 게이트가 있었으니 나가는 게이트도 어딘가에 분명히 있을 것이었다. 1학년 여자아이가 덩달아 뛰면서 어딜 가는 거냐고 물어왔다. 우리 둘 다 여기서 나갈 거야! 1학년 여자아이의 얼굴에 핏기가 돌았다. 아이보다 더 신나 하며 뛰기 시작했다. 게이트 앞에 설 때마다 아이는 바깥을 두리번거렸다. 게이트 밖이나 안이나 죄다 시멘트빛이어서 아까 들어온 게이트가 어디였는지 헷갈렸다. 계속 뛰다 보니 제자리로 돌아와 있었다. 조금 더 뛰다가 아이는 코카콜라 로고가 박힌 음료수 자판기를 발견했다. 이곳에 처음 들어왔을 때 언뜻 보았던 기억이 났다. 그 옆이 출구였다. 서둘러 게이트를 향해 뛰어가던 아이가 갑자기 뜀박질을 멈췄다. 학교로 배달되는 우유 회사 광고판 앞이었다. 화장실 안에서 칸막이 너머로 푸른색 옷을 기다렸던 아득한 시간이 아이의 발목을 붙잡았다. 아이와 1학년 여자아이가 환하게 쏟아지는 우유 광고판 빛 속에 가만히 서서 숨을 몰아쉬는 동안 이제 막 입장하기 시작한 엄청난 숫자의 한국 선수단에 의해 출구가 가로막혔다.

아랍 선수단이 아이와 1학년 여자아이 앞을 지나갔다. 아이가 여름 바닷가 햇볕에 그을린 것보다도 피부색이 더 어두웠다. 그들은 아이와 1학년 여자아이에게 유별난 관심을 보였다. 자신들의 전통 의상을 입어서 반가운 모양이었다. 키가 더 작아서 더 어려 보이는 1학년 여자아이에게 말을 걸었는데, 1학년 여자아이는 그 앞에서 입술을 앙다물어버렸다. 1학년 여자아이가 뒤돌아보며 물었다. 언니, 우리 여기서 언제 나가? 아이는 1학년 여자아이의 귀에 대고 속삭였다. 아까 가르쳐줬잖아.

그대로만 해. 지금은 그걸 해야 돼. 아이는 아랍 선수들 앞으로 1학년 여자아이의 등을 살며시 떠밀었다.

"마요네즈 신지혜. 웰컴 투 코리아."

고개를 숙인 1학년 여자아이가 기어들어가는 목소리로 말했다. 아랍 선수들이 키들키들 웃어댔다. 본능적으로 아이는 뭔가 잘못됐다는 걸 감지했다. 멈칫한 아이가 1학년 여자아이에게서 한발 뒤로 물러섰다. 어리둥절해진 1학년 여자아이가 흘긋 뒤돌아보곤 이번엔 조금 더 큰 소리로 말했다. 마요네즈 신지혜! 온통 웃음바다가 되었다. 1학년 여자아이도 뭔가 잘못됐다는 것을 눈치 채고 그 자리에서 달아나 기둥 뒤로 숨어들었다. 아랍 선수들이 아이에게 사진기를 내보이며 뭐라고 떠들었으나 무슨 말인지 좀체 알아들을 수 없었다. 그렇다고 방금 전 1학년 여자아이가 망신을 당한 영어를 되풀이할 순 없었다. 아랍 선수들 틈에서 어색하게 웃으며 기념사진을 찍던 아이는 특유의 그 냄새를 맡고서 움찔했다. 하지만 아이는 책가방 속에서 상한 우유 냄새를 맡았을 때처럼 코를 잡지는 않았다.

연거푸 몇 장의 사진을 찍은 후에, 아이는 기둥 뒤로 숨은 1학년 여자아이에게 다가갔다. 1학년 여자아이는 이전과 달리 아이를 경계하는 듯했다. 행여 잃어버릴까 봐 멀리 떨어지진 않았지만 아침에 그랬던 것처럼 아이에게 찰싹 달라붙지 않았다. 그제야 갈색 크로스백을 손에 쥔 통역 대학생이 헐떡거리며 달려왔다.

"너희들 도대체 어디 있었던 거야! 얼마나 찾아다녔는지 알아!"

통역 대학생이 버럭 소리를 질렀다. 그 모습을 지켜보던 아랍 선수들이 통역 대학생에게 뭐라고 이야기했다. 통역 대학생은 머리를 긁적이다가, 천장을 올려다보다가, 사타구니를 더듬으며 영어로 어물어물 대답했다. 통역 대학생도 제대로 영어를 할 줄 모른다는 사실을 금세 알아차릴 수 있었다. 아랍 선수들은 접시를 받쳐 든 것처럼 양손을 들어 올리며 어깨를 들썩였다. 그의 말을 당최 알아듣지 못하는 게 분명했다. 아이는 그의 등 뒤로 다가가서 나지막이 중얼거렸다.

"머저리."

소스라치게 놀란 통역 대학생이 들고 있던 크로스백을 떨어뜨렸다. 백 속에 있던 그의 소지품들이 바닥으로 널브러졌다. 아이가 상상했던 무전기나 빨간 머리띠나 화염병 따위는 없었다. 바닥으로 쏟아진 통역 대학생의 소지품은 일회용 카메라, 지갑, 모나미 볼펜, 수첩, 그리고 손바닥보다 작은 포켓 영어사전이었다.

천둥 같은 환호성이 심장을 뒤흔들었다. 아이는 메인스타디움 밖으로 나가는 게이트 안쪽에 서서, 한복을 입은 피켓걸 뒤에 붙어, 아랍에미리트 선수단 앞에서 대기하고 있었다. 방송에서 아랍에미리트가 호명되면 밖으로 나가서 트랙을 돌아야 했다. 오전에 예행연습을 해봤지만 별로 어려운 건 아니었다. 한복을 입은 피켓걸 뒤만 따라가면 되었고, 트랙 위의 하얀 선을 이탈하지만 않으면 그만이었다.

바로 앞 국가인 예멘 선수단이 게이트로 우르르 빠져나가는 걸 보면서 아이는 1학년 여자아이의 손을 잡았다. 입술을 부루퉁하게 내밀고 있던 1학년 여자아이가 아이의 손에서 제 손을 빼냈다. 조금 전 아랍 선수들 앞에서 아이가 일부러 저를 웃음거리로 만든 것이라 오해하는 모양이었다. 이제 곧 게이트 밖으로 나가야 했고, 트랙을 돌 땐 아이와 1학년 여자아이가 손을 잡고 걸어가기로 약속돼 있었다. 다급해진 아이는 1학년 여자아이를 다그쳤다.

"빨리 손잡아. 우리보고 손잡고 걸어나라고 했잖아."

1학년 여자아이는 고집스럽게 등을 돌리고 서 있었다. 발을 동동 구르던 아이의 심장이 쿵 내려앉았다. 두 발을 지탱하고 서 있는 땅바닥이 어쩐지 허전했다. 치맛단 속의 실내화가 헐렁했다. 화장실에서 휴지 뭉치를 빼놓고 다시 넣는다는 걸 깜빡 잊어버리고 말았다. 쑤셔 넣어둔 휴지 뭉치 때문에 원래 싸이즈보다 반 치수쯤 늘어난 실내화는 아이의 발을 폭 감싸주지 않았다. 당장 화장실에 가서 실내화 속에 휴지 뭉치를 넣어야 했으나 시간이 없었다. 군데군데 음료수와 과자 부스러기가 떨어져 지저분해진 바닥에 금박 수가 놓인 푸른색 치맛자락이 끌리고 있었다.

아랍에미리트!

게이트 안에서 바라본 트랙은 붉은 장미 꽃잎을 흩뿌려놓은 듯 핏빛이었다. 휘어지는 트랙을 따라서 그어진 하얀색 선은 또렷했다. 아이가 1학년 여자아이의 손을 억지로 잡아끌었다. 마지못해 손이 잡힌 1학년 여자아이가 손을 빼내려고 손목을 비틀고 손가락을 꼼지락거렸다. 그럴수록 아이의 손아귀로 뜨거운 피가 몰렸다. 앞장선 피켓걸이 하얀색 여덟 폭 치맛단을 출렁이며 게이트 밖으로 걸어 나갔다. 하나하나 모아져 큰 덩어리가 된 함성은 오래오래 굶주린 울음소리처럼 들려왔다. 가족들 중 누가 왔는지 찾아보려고 관중석을 휘 둘러보던 아이의 눈살이 오므라들었다. 플래시 때문에 관중석의 얼굴은 하나도 보이지 않았다. 얼핏 올려다보니 메인스타디움에는 거대한 구멍이 뚫려 있었다. 장미 꽃밭 너머의 새로운 세계를 갈망하며 하— 벌려보았던 아이의 공허한 목구멍처럼 그 구멍은 잿빛 하늘을 향해 나 있었다. 뻥 뚫린 하늘에서 쏟아지는 부슬비가 아이의 이마와 눈가와 뺨을 적셨다. 눈두덩과 뺨에 칠한 불긋한 가루가 빗물에 얼룩져 뭉개지고 흘러내렸다. 차마 고개를 들 수 없었다. 먹장구름이 몰려오고 트랙 빛깔은 점점 더 짙은 붉은빛으로 물들었다. 한 걸음 한 걸음 내디딜 때마다 트랙 위의 하얀색 선이 파란색 치맛자락 쪽으로 달려들었다. 치맛자락은 끌리지 않았으나 걷는 내내 아이의 종아리와 발등이 떨리고 몸의 중심이 흔들렸다. 그대로 하얀색 선을 이탈하지 않기란 결코 쉬운 일이 아니었다. 끝없는 트랙 위에서 아이의 뒤꿈치는 3센티미터쯤 떠 있었다.

가시처럼 날카로운 플래시와 핏빛 트랙을 지나지 않고선 이곳을 벗어날 수 없었다.

〔『창작과비평』 2010년 여름호〕

이달의 소설

2010년 11월

정소현 ● •• 실수하는 인간

정 소 현　1975년 서울에서 태어났다. 2008년 『문화일보』 신춘문예에 당선되어 문단에 나왔다.

선 정 의 말

—

정소현의 「실수하는 인간」은 비평적 글쓰기를 자극하는 작품이다. '너는 실수로 큰 사고를 쳐서 평생 감방에서 지내게 될 거'라는 아버지의 '예언'에 집중하여 이 작품을 소포클레스의 비극 「오이디푸스 왕」과 비교해보고 싶은 마음이 일기도 하고, '실수'라는 말에 집중하여 정신분석학적 견해에 의지해보고 싶은 호기심이 동하기도 한다. 「오이디푸스 왕」에서 오이디푸스는 괴물(스핑크스)을 퇴치한 자이자 스스로 괴물(아버지를 죽이고 어머니와 동침한 패덕한)이 된 자이고, 예언을 회피한 자이자 예언을 완성한 자이다. 「실수하는 인간」의 주인공 김석원의 처지도 오이디푸스와 다를 바 없다. 아버지를 죽인 게 도리어 아버지의 예언을 완성케 했으니 말이다. 현재 그는 아버지의 집에서 벗어났지만 감방과 다를 바 없는 여관방에서 채무자처럼 쩔쩔매며 여주인의 취향에 구속되어 있다. 그렇다면 정소현은 어차피 인간은 '아버지'의 선험적인 예언을 벗어날 수 없는 존재이고 그 예언에서 벗어나려고 발버둥 치면 칠수록 예언을 더 완벽히 완성시키는 존재라는 식의 비관론을 펼치고 있는가? 여기서 우리는 이 작품의 키워드라고 할 수 있는 '실수'에 집중해볼 필요가 있다. 실수는 역설적이게도 존재하지 않는 한 존재한다. 실수는 오로지 인간이 의식하지 못하고 간과할 때만 존재한다. 실수를 토대로 하여 구축된 김석원의 세계는 실수를 인식할 때 일그러지게 된다. 선한 피해자로만 알고 있었던 동생 김석경과의 전화 통화에서 일그러지는 김석원의 표정을 생각해보라. 김석원이 괴로운 것은 실수를 인식했기 때문이고, 그래서 자신이 판단했던 세계의 모습이 사실과 다를 수 있기 때문이다. 그런데 문제는 자신의 실수를 인정하지 않고 계속해서 묻으려 할 때 그렇게도 부정하던 아버지와 다를 바 없이 행동한다는 데 있다. 그가 소설 결말부에 이르러 실수로 죽인 여주인의 사체를 땅에 묻는 장면은 식구들에게 폭력을 행사하던 아버지가 주변 사람들에게는 자상한 사람인 척 연기하던 장면을 떠올리게 한다. 이처럼 정소현은 인간과 세계가 실수에 의해 구축된다는 사실을 보여주고, 나아가 그 사실을 인정하는 것이 인간과 세계가 일관성을 지니지 않는다는 점을 받아들이는 일이기에 괴롭지만, 그 점을 정직하게 수락하지 않고 은폐하려고만 할 때 아버지의 저 무시무시한 폭력을 반복하게 된다는 것을 말하고 있다. 심지어 타자를 자신의 세계 속으로 종속시키는 아버지의 폭력을 반복하는 일은 아버지의 예언을 완성하는 일이기도 하다. 폭력적으로 타자의 존재를 말소시키는 삶은 타자와 관계 맺지 못한 채 자신만의 세계 속에서 홀로 살아가야 하는 수인의 삶과 다를 바 없기 때문이다. 인간이 '아버지'의 예언을 벗어나는 길은 인간과 세계의 일관성이 실수를 기반으로 이루어졌다는 뼈아픈 사실을 인정할 때 가능해진다. 정소현의 비극이 인간의 주체적 가능성을 찾은 자리는 바로 여기에 있다.

_김남혁(문학평론가)

인터뷰

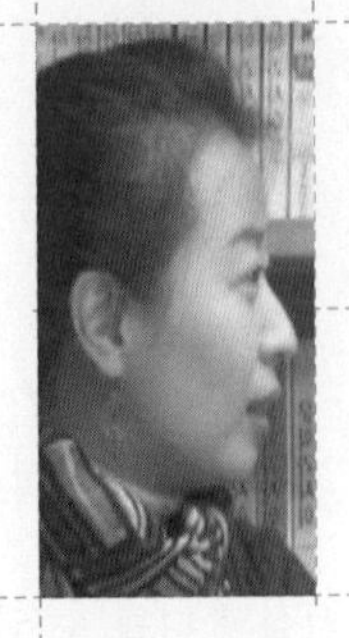

강계숙_
이번 작품은 연쇄살인범에 대한 내용을 다루고 있어요. 지난번에 발표했던 작품과 함께 두 작품 모두 가족 안에서 벌어지는 폭력의 문제를 이야기하고 있는데, 어떤 배경과 맥락에서 작품을 쓰게 되신 건가요?

정소현_
'내가 하지 않은 일'에 대해 지나치게 의식하다 보면 결국엔 내가 그런 사람이 되어버리는 것을 생각하다가 떠올리게 됐어요. 그리고 여관 모티프의 경우 저희 친척이 여관을 하셨는데 어둡고 좋지 않은 여관이었어요. '강도가 들어서 죽을 뻔했다'는 이야기를 하면서 거기에 있는 칼자국을 보여주신 적이 있는데 그 생각이 어느 날 떠오른 거예요. 그것을 배경으로 소설을 한 편 써야겠다고 생각을 했었죠.

강계숙_

작품을 죽 읽으면 이 주인공 남자가 실수 때문에 연쇄 살인범이 되는 과정처럼 보여요. 구조적인 면에서도 대단히 치밀하게 쓰여 있고, 숨은 그림을 찾아가는 재미가 상당히 매력적인 작품이라고 생각했어요. 이야기의 아주 희미한 흔적들을 곳곳에 뿌려놓은 형태라고 할까요?

정소현_

소설을 썼다가, 너무 밋밋하거나 이 이야기가 이렇게 흘러가서는 안 되겠다고 생각할 때 나중에 재조합을 하고는 해요. 마치 프랑켄슈타인을 만드는 것과도 같아서 이야기가 그렇게 복잡하게 보이는 것 같아요. 이야기 자체는, 내러티브는 복잡하지 않은데 구조를 보면 약간 그렇게 보일 때가 있어요.

강계숙_

인간에게는 누구나 내면에 괴물이 도사리고 있고, 그 괴물을 키우는 것이 과연 무엇인가, 라는 문제를 날카롭게 드러내고 있지 않나 싶었어요. 그런 주제들에 민감하고 또 소설화하는 데 집중하고 있는 편이라고 생각했고요.

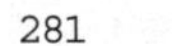

전공이 예술학이라 그런지
아니면 성향이 그런지, 이미지에 관심이 많은 편인데
소설 하나가 풍경화였으면 좋겠어요.
소설을 쓰면서 내가 해야 할 일은 무엇일까,
하는 생각을 하다 보면 어떤 이미지를 극한으로 몰고 가는
그런 작업이 필요하지 않을까 싶기도 합니다.

정소현_

저는 폭력을 당하고 자라지는 않았고, 다른 사람들 역시 눈에 보이는 폭력을 당하지 않고 자랄 수 있어요. 그런데 아이들은, 아이였을 때는 대부분의 것들이 다 폭력이라는 생각이 들어요. 내 의지와는 다르게 어디 맡겨지고 하는 것들 있잖아요. 우리 모두가 상처받았다, 저는 그런 생각이 들더라고요. 대부분, 그렇지 않았을까요? 저는, 우리는 상처받은 것 같아요. 모두, 상처받은 사람들인 것 같아요.

강계숙_

폭력이 선명하게 드러나는 사례들을 작품화하고 계신 것 같아요.

정소현_

소설을 쓰면서 제가 할 수 있는 일은 어떤 주제를 전달하는 건 아닌 것 같아요. 그렇게 하기 위해서 소설을 쓰는 것 같지는 않고요, 제가 가진 이미지나 정서 등을 전하는 것이라는 생각을 해요. 전공이 예술학이라 그런지 아니면 성향이 그런지, 이미지에 관심이 많은 편인데 소설 하나가 풍경화였으면 좋겠어요. 소설을 쓰면서 내가 해야 할 일은 무엇일까, 하는 생각을 하다 보면 어떤 이미지를 극한으로 몰고 가는 그런 작업이 필요하지 않을까 싶기도 합니다. †

인터뷰, 영상으로 보기

작 가 노 트

백일장 전날 밤이면 몸이 아팠다. 체육대회 전날 그랬던 것처럼 잠도 오지 않았다. 100미터를 20초에 달리는 느려터진 몸뚱이에 버금가는 글재주 때문이었다. 어른이 되면 달리거나 글 쓰는 일은 결코 하지 않으리라 다짐했던 내가 어떻게 여기까지 온 것일까. 생각해보면 아주 미세한 어긋남들이 날 이리로 데리고 왔다. 1990년대 말에 불황이 시작되지 않았다면, 1994년 여름이 그토록 끔찍하게 덥지 않았다면, 시립도서관 앞에 있는 고등학교에 배정되지 않았다면, 초등학교 시절 버스 통학을 하지 않았다면, 애초에 태어나지 않았다면, 지금과 사뭇 다른 무언가가 되어 있을지 모르겠다. 어긋남의 방향이 운 좋게 이쪽을 가리킨 것 말고 나와 석원이 다를 게 없다는 것을 안다. 어긋남이 시작되기 전, 강보에 싸여 엄마에게 처음 안겼을 그를 생각하면 가슴이 먹먹하다. 어떤 마음도 온전히 담을 수 없는 내 무딘 손을 한탄하는 매일매일이 백일장 전야다.

● ••

정 소 현

실수하는 인간

—

정야를 죽이고 말았다. 실수였다. 화려하지 않지만 귀엽고 상냥한 녀석이었다. 석원이 화분을 가져왔을 때 꽃처럼 생긴 푸른 잎사귀들은 탱탱하게 물을 머금고 있었다. 손가락 한 마디보다 작은 오동통한 잎사귀를 만지작거리자 그의 힘을 견디지 못하고 쉽게 물크러졌다. 진득하고 투명한 수액이 손가락에 감겨오는 순간 그 작은 것을 또 실수로 상하게 했다는 사실이 수치스러웠다. 다시는 만지지 않으리라 다짐했지만 자신도 모르는 새 남아 있는 잎사귀들을 자꾸만 만지작거렸다. 정야도 얼마 지나지 않아 다른 식물들처럼 잎사귀가 모두 상해 앙상한 가지만 남았다. 그는 식물이 죽을 때마다 죄책감이 들었다. 자신보다 더 나은 주인을 만났다면, 볕이 잘 들고 통풍이 잘 되는 곳에 살았다면 그것들은 죽지 않거나 조금 더 오래 살 수 있었을 것이다. 그러나 실수하는 습관을 버리기 힘들었고, 그곳보다 더 볕이 잘 드는 방으로 옮겨갈 능력도 없었다. 그는 고시원의 창 없는 방보다 더 싼 여인숙의 방 한 칸에서 3년째 장기 투숙 중이었다. 방세를 낼 돈도 다 떨어져 1년여 주인 여자의 일을 도우며 먹고 자는 처지였다.

침대와 옷장만으로도 꽉 차는 작은 방에서 여러 개의 크고 작은 화분을 키웠다. 손이 많이 가지 않는 공기 정화식물이나 다육식물이 대부분이었다. 방에는 작은 창이 하나 있긴 했지만 옆 건물의 벽면과 세 뼘 정도의 거리를 두고 맞닿아 있었다. 건물 사이를 비집고 간신히 들어오는 햇빛을 향해 식물들은 몸을 굽혔다. 그런 몸부림에도 불구하고 그것들은 석원의 손가락에 짓눌리거나 제풀에 시들어 죽었다. 방에는 살아 있는 화분보다 죽은 화분이 더 많았다. 그는 애정을 한동안 쏟아부었던 화분 몇 개를 쓰레기 처리하듯 검은 비닐봉지에 담았다. 아직 완전히 죽지 않은 것도 있었지만 그것을 힘들여 살릴 생각은 없었다. 한동안 정들었던 식물이 흉한 몰골로 병들었을 때는 마음이 아팠으나 금세 악취를 풍기며 썩어갈 것 같아 한시라도 빨리 방에서 꺼내야 한다는 생각만 들었다.

새벽녘 잠이 깬 주인 여자가 카운터로 돌아오자 그는 자기 방에서 화분을 담은 비닐봉지와 꽃삽을 꺼내 들고 운동을 나섰다. 그녀가 비닐봉지에 무엇이 들었느냐고 묻자, 그는 대단한 물건이라도 되는 양 한쪽으로 감추며 대답하지 않았다. 그녀는 매번 대답을 듣지 못하면서도 이런저런 질문을 멈추지 않았고, 그는 별것도 아닌 자기의 사생활을 그대로 알려주지 않았다. 잠도 못 잤는데 무슨 운동이야, 몸도 부실한 사람이. 얼른 들어가서 자. 그녀는 밤새 카운터를 지키며 손님을 받은 후 새벽 운동을 하러 가는 그에게 말했다. 아니에요. 그는 짧게 대답하고 여인숙을 나섰다. 여인숙 일을 도우면서부터 날마다 새벽 운동을 했는데,

그녀 역시 하루도 빼먹지 않고 잔소리를 했다. 그는 잔소리 좀 그만두라 말하고 싶었지만 그녀 밑에서 일을 하고 있는 데다 한 번 대꾸하기 시작하면 말이 길게 이어질까 봐 네, 아니오, 라는 말 이외에는 하지 않았다. 침묵과 인내심은 그의 유일한 미덕이었다.

그는 10분 거리에 있는 뒷산으로 올랐다. 비가 많이 쏟아지는 날을 제외하고는 새벽 운동을 빼먹은 적이 없었다. 밤새 카운터를 지켰는데도 운동을 하지 않으면 쉽게 잠들지 못했다. 새벽 운동을 하러 뒷산에 오르는 사람들은 들들 끓는 에너지로 가득 차 보였다. 그는 산을 향해 빠르게 뛰어가는 초로의 남자들을 보면 세상을 떠난 아버지가 자신을 따라오는 것 같아 섬뜩했다. 그의 아버지는 평생, 매일 4시간을 잤는데, 그 이상 자는 인간을 쓰레기라고 생각했다. 그의 아버지는 매일 새벽 3시간의 등산 코스를 완주하고도 전혀 지치지 않았다. 군살 하나 없는 아버지의 몸은 구릿빛으로 그을려 있었고 잔 근육으로 단단하게 다져져 있었다. 그렇게 건강한 사람도 죽는 것은 한순간이었다. 그의 아버지는 지붕에서 사다리를 타고 내려오다가 거꾸로 추락해 사망했다. 석원이 볼썽사납게 허공에 휘두른 다리에 사다리가 걸리면서 일어난 사고였다. 그의 아버지는 실수투성이의 그가 큰 사고를 쳐서 감방에서 평생 썩게 될 거라고 악담을 퍼붓곤 했는데, 그 사고가 자신의 죽음이리라고는 상상하지 못했을 것이다. 석원은 아버지의 뒷머리에서 콸콸 쏟아지는 피를 보자 겁이 나면서도 이상한 안도감을 느꼈다. 그는 쓰러져 있는 아버지를 향해 조용히 말했다.

"실수예요, 아버지. 잘 아시잖아요."

아버지는 눈을 부릅뜬 채 아무 대답하지 않았다.

그는 그길로 집을 나와 다시 돌아가지 않았다. 그는 자신이 모아놓은 돈을 모두 찾아 이전에 가본 적이 없는 동네의 여인숙으로 숨어들었다. 그는 자수를 해야 할지, 더 깊이 숨어 자신의 죄가 드러나지 않기만을 바라야 할지 두 가지의 선택지 사이에서 잠시 고민하다가 두 발을 뻗고 잠만 잘 잤다. 잠을 충분히 자본 것이 언제였는지 알 수 없었다. 그는 중학생 시절부터 두세 개의 아르바이트를 했다. 새벽에는 신문 배달을 했고 밤에는 편의점 아르바이트를 했다. 방학 때는 입시학원의 칠판을 지우고 청소를 하며 강의를 듣고 길 가는 사람들에게 전단을 나눠주었다. 그의 목표는 얼른 돈을 모아 여동생과 함께 집을 나오는 것이었다. 부모는 그에게 용돈을 주지 않았고, 옷은 고사하고 칫솔 같은 사소한 것마저 사주지 않았다. 그는 밥도 밖에서 사 먹어야 했기에 돈을 쉽게 모을 수 없었다. 그나마 집에서 잠을 잘 수 있으니 목돈이 나가지 않아 다행이었다. 커피와 자양강장제의 힘으로 하루를 버티곤 했던 그는 늘 피곤하고 몽롱했다. 일주일 정도 자고 깨고를 반복하고서야 겨우 의식이 맑아졌다. 그러고 보니 그동안 정상이라고 생각했던 것이 약간 잠이 든 상태였고, 그랬기에 자주 실수를 할 수밖에 없었던 것 같았다. 따지고 보면 모두 아버지 탓이었다. 차비 정도만이라도 주었다면, 밥이라도 집에서 먹을 수 있게 해주었다면 조금 더 잘 수 있었을 테니 실수를 덜 했을 것이다. 아침에 일어나 그가 결심한 것은 가진 돈을 다 쓸 때까지 여인숙에 머물며 앞으로 어떻게 해야 할지 고민해봐야겠다는 것이었다. 그는 실수로 어린 시절부터 보았던 동네 개를 차로 치어 죽였던 때와 비슷한 무게의 죄책감을 느꼈다. 새어머니와 여동생이 아버지를 저세상으로 보내준 누군가를 무척 고마워하고 있으리라는 데 생각이 미치자 마음이 편안해졌다. 그는 그들을 평생 만나지 않겠다고 다짐했다. 여동생을 더 이상 만날 수 없는 것만으로도 죗값을 치르는 것이라고 생각했다. 그들이 자기 부자를 잊고 행복하게 살기를 바랐다.

그는 아버지처럼 에너지로 가득한 사람들과 눈만 마주쳐도 주눅이 들고 뒷덜미로 기운이 쑥 빠져나가는 것 같았으나 한편으로는 '당신들도 어차피 힘없이 죽게 돼 있어' 하는 생각에 피식 웃음이 났다. 그는 산책로를 벗어나 산중턱 호젓한 공터에 구덩이를 파고 비닐봉지를 털어 화분째 묻었다. 죽은 식물을 땅에 묻을 때마다 다시는 이런 짓을 하지 않으리라 결심했지만 묻고 돌아서서 손을 터는 순간 그 다짐을 금세 잊고 똑같은 일을 반복하곤 했다.

주인 여자는 카운터 겸 사무실로 쓰는 방에 아침 밥상을 차려놓고 그를 기다렸다. 식사는 혼자 알아서 하겠다고 말해도 여자는 비실비실한 사람이 밥을 제대로 먹지 않으면 쓰러진다며 괜한 오지랖을 떨었다. 그는 매번 아무 말 없이 먹지 않는 것으로 불필요한 호의를 거절했지만 그녀는 아랑곳하지 않았다. 그녀는 그가 말이 없고 부끄러움을 많이 타는 사람이라 그렇게 행동하는 것이지 자신을 귀찮아한다고는 생각하지 않았다. 함께 먹기가 쑥스러워서, 밥을 차리게 하는 것이 미안해서, 속이 좋지 않아서, 얼른 잠자리에 들기 위해서 사양하는 거라고 자기 편한 대로 그의 행동을 해석하고 이해했다. 언젠가는 그가 자신과 함께 앉아 식사를 하게 될 거라고 믿었다.

그는 타인과 밥상에 앉아 밥 먹는 것이 불편했고 지나친 친절이 부담스러웠다. 무엇보다 방에서 풍기는 음식 냄새를 포함한 구질구질한 생활의 악취가 역겨웠다. 냄새는 방을 쉽게 빠져나가지 못하고 옷과 침구에 스며들었다. 여인숙의 부엌 옆에 딸린 방 하나를 차지하고 사는 여자의 몸에는 늘 퀴퀴한 냄새가 배어 있었는데 여자는 잘 모르는 것 같았다. 그는 여자처럼 자신의 몸에서 풍기는 악취를 알아채지 못하게 될까 두려웠다. 그는 밥에 손을 대지 않고 삶은 닭가슴살과 두부, 토마토를 함께 갈아 마셨다. 먹는 행위 자체는 싫었으나 몸이 약한 그로서는 굶을 수 없는 노릇이었다. 비릿한 냄새가 목구멍을 타고 올라왔지만 단백질로 된 그 음식이 자신을 건강하게 해줄 거라는 생각으로 꾸역꾸역 삼켰다. 그리고 잠이 쏟아지기 전에 아무 문장이라도 한 줄 써보려고 노트북을 켰다.

그가 여인숙에 들어와 처음이자 마지막으로 장만한 물건이 중고 노트북이다. 그는 밤낮없이 노트북 앞에 쭈그리고 앉아 아버지의 사망에 관한 기사가 올라오는지 지켜보았다. 먹고 씻는 일은 가끔 생각나면 한 번씩 했고 아무 때나 자고 깼다. 그의 끝없는 수면 또는 끝없는 불면은 며칠을 하루처럼 연결시켰다. 그렇게 살다 보면 시간이 느릿하게 흘러가는 것 같았지만 정신을 차리고 보면 일주일이, 한 달이 한달음에 지나가 있었다. 오랜 시간이 흘렀음에도 아버지의 죽음에 대한 기사는 나오지 않았다. 아마 사고사로 처리된 것 같았다. 그는 약간 긴장을 풀고 실수로 점철된 자기 인생과 그로 인해 목숨을 잃게 된 아버지의 이야기를 써보려고 했다. 그 글을 완성할 때쯤이면 마음도 정리되어 앞으로 나갈 길을 결정할 수 있으리라 생각했다. 그러나 방세를 낼 돈이 모두 떨어질 때까지도 글을 완성하지 못했다. 글을 완성하는 것이 마음을 정리하는 것보다 더 어려울 듯했다.

그는 2년이 넘도록 같은 문장을 반복해 써내려갔다. '아버지를 죽였다. 실수였다, 아니다 실수가 아니었다, 아니다 실수였다……' 문장을 쓰다 보면 자신이 저지른 일이 실제로 일어난 일이 아니라 문장으로만 존재하는 일인 것처럼 느껴졌다. 그는 그 뒤에 쓸 문장을 생각해보왔지만 어떻게 써야 앞의 문장이 주는 충격을 덜어낼 수 있을지 알 수 없었다. 날마다 규칙적으로 글을 쓰려고 노력했지만 좀처럼 진도가 나가지 않았다. 그는 인터넷 포털 사이트에 접속해 시시각각 업데이트 되는 기사들을 읽었다. 그는 이제 아버지의 사망에 관한 기사가 아니라 자신이 저지른 일과 뒤섞어 이야기를 만들 만한 기사를 찾았다.

그는 포털 사이트의 오늘의 뉴스에 걸려 있는 한 남자의 사진을 클릭했다. 얼마 전 일어난 살인 사건 용의자의 현상 수배 기사와 용의자의 몽타주가 실려 있었다. 아주 낯익은 얼굴이었다. 용의자는 갸름하고 선이 가는 얼굴에 코가 높고 눈이 크고 깊은 소년 같은 얼굴이었다. 175센티미터 정도의 키에 마른 체격의 남자는 42세 서 모 여인을 살해하고 사체를 유기한 용의자이며 서북부에서 일어난 연쇄살인 사건의 용의자와 동일인일 가능성도 높다고 했다. 그는 매스컴에서 이런 사건을 수도 없이 접했기에 새롭거나 충격적이지도 않았다. 용의자의 이름은 김석원, 나이는 25세였다. 용의자가 자신과 나이와 이름이 같고 신체 조건까지 비슷하다는 사실이 신기했다. 그는 자신의 이름을 인터넷 검색창에 쳐보았다. 그러자 살인 사건에 대한 수많은 기사가 검색되었다. 신문사는 달랐지만 내용은 비슷했다. 서울 근교의 아파트 공사가 한창인 야산에서 여성의 잘려진 오른쪽 하박과 지문이 훼손된 왼손이 심하게 부패된 채 발견되었는데 DNA 검사 결과 사체의 신원은 서 모 여인으로 밝혀졌다. 신체의 나머지 부분은 아직 발견되지 않은 상태다. 서 모 여인의 딸은 배다른 오빠인 김석원을 용의자로 지목했다. 아직 범인으로 밝혀진 것도 아닌데 용의자에 대한 여러 가지 상세한 정보가 모두 공개되었다. 용의자는 D시에서 태어나 아버지와 의붓어머니인 피해자 서 모씨에게 학대당했다. 그는 군대에서 천식이 발병해 의가사 제대한 뒤 현재 가족과 연락이 두절되고 행방이 묘연하며 주민등록이 말소되었다. 경찰은 보복 살인이라고 보았다. 그리고 작년부터 계속된 서북부 연쇄살인과 사체 유기 방식이 유사하다는 점도 밝혔다.

그는 용의자를 설명하는 정보들이 자신을 정면으로 가리키고 있음을 깨달았다. 자신의 고향인 D시, 새어머니와 배다른 여동생, 42세의 서 모 여인. 이렇게 삶이 완전히 일치하는 동명이인이 있을 리 없었다. 몽타주는 아버지의 젊은 시절 사진과 많이 닮아 있었다. 냉혹해 보이는 얇은 입술과 유리알을 끼워놓은 듯 아무 감정도 내비치지 않는 눈이 유난히 많이 닮았다. 아버지는 말끔하게 잘생겼고 남에게 친절했다. 아버지와 단둘이 살던 시절, 그가 유치원 꼬마였을 때, 아버지는 그가 집 안을 어지르고 밥도 제대로 하지 못한다며 심하게 매질했다. 그는 혼나지 않으려고 청소와 식사 준비를 열심히 했지만 초등학교도 안 들어간 꼬마가 한 일이 아버지의 마음에 들 리가 없었다. 그는 아버지가 들어오는 소리만 들어도 숨을 쉴 수가 없을 정도로 떨렸다. 아버지의 폭력의 강도는 점점 세져서 그를 집어 던지기도 했고 바닥에 넘어진 그를 발로 찼다. 말리는 사람이 없었기에 그는 끝까지 맞을 수밖에 없었다. 그의 몸에는 멍이 가시지 않았는데 아버지는 사람들에게 애가 덜렁대서 떨어지고 넘어져 큰일이라고 걱정하는 척했다. 아버지를 아는 사람들은 그가 자식을 때릴 거라고는 상상도 하지 못했다. 그는 친엄마에 대해 들은 적이 없었지만 어렴풋이 아버지의 폭력 때문에 도망갔거나 죽고 말았을 거라고 생각했다. 그는 엄마나 아주 힘센 친척이 나타나 자신을 구하는 꿈을 꾸곤 했다. 그러나 불행하게도 그에게는 아버지가 유일한 보호자였다. 그는 나이를 먹을수록 아버지를 많이 닮아갔다. 이십대 중반인 그의 얼굴에서 미소년 같은 느낌은 이미 사라졌지만 이목구비는 완전히 아버지와 판박이였다. 그는 아버지가 거울 속에 들어앉아 자신을 그 유리알 같은 눈으로 응시하고 있는 것 같아 거울을 보는 것도 끔찍했다. 그는 몽타주의 얼굴이 자기보다 많이 앳돼 보였지만 자신의 얼굴이라는 것을 알았다. 집에 그의 사진이 없었기에 자신과 가장 닮아 보이는 아버지의 젊은 시절 사진을 참고해 몽타주를 그린 것 같았다.

그는 새어머니와 여동생이 아주 행복하지는 않아도 그럭저럭 잘 지내고 있을 거라고 생각했다. 그런데 그런 변을 당했다니 믿을 수가 없었다. 더군다나 동생이 엄마를 죽인 사람이 자신이라고 오해하고 있다고 생각하니 미칠 노릇이었다. 젊고 예뻤던 새어머니를 처음 보았던 어린 시절이 마치 어제처럼 생생하게 떠올랐다. 그때로 다시 돌아갈 수 없다는 것이 슬퍼서 눈물을 흘렸지만 그것도 잠시였다. 그는 두려움에 몸이 차갑게 식어가는 것을 느꼈다. 자기도 모르게 손이 떨려 키보드를 제대로 누를 수가 없었다. 새어머니는 누구에게 살해당했는지, 동생이 어째서 자신을 용의자로 지목했는지, 앞으로 자신에게 어떤 일들이 일어날지 도무지 알 수 없어 불안했다. 그것은 아버지를 실수로 죽게 한 것과는 비교도 안 되는 일이었다. 그는 어떻게 해야 할지 알 수 없었다. 여인숙에 처음 왔던 날로 돌아간 것 같았다. 자수를 해야 할지, 조용히 숨어 있어야 할지 하는 큰 고민에 다시 빠져들었다. 누명을 벗기 위해 자초지종을 설명하고 알리바이를 증명하려 하다 보면 분명 아버지에 관한 사실이 드러날 것이다. 그는 그 일에 대해서 죗값을 치르고 싶은 마음이 사라졌기에 순순히 경찰서로 출두할 수는 없었다.

그는 머리가 복잡해져 복도와 손님이 들었던 객실을 청소하고 공용 목욕탕과 화장실을 세제와 락스로 청소했다. 그러고도 잠이 오지 않아 이불 빨래를 해 옥상에 널었다. 매일 같은 시간에 움직였던 그가 잠도 자지 않고 유난스럽게 청소를 하자 주인 여자는 마음이 불안했다. 아주 작은 변화에 지나지 않았지만 혹시 그가 떠나려고 하는 것이 아닐까 조마조마했다. 2년 가까이 방에서 나오지 않던 그가 슬그머니 밖으로 나와 여인숙의 잡일들을 돕기 시작했을 때에도 그녀는 그가 떠날지도 모른다고 생각했다. 그때만 해도 그를 꿈도 희망도 없어 보이는 한심한 놈이라고만 생각했기에 떠나든 말든 별 상관하지 않았다. 그는 삐걱거리는 문짝의 경첩에 기름칠을 하거나 자주 막히는 변기를 뚫었고, 취객과의 실랑이를 나서서 해결했으며 밤잠이 부족한 그녀 대신 새벽에 카운터를 지켰다. 그녀에게는 그런 일을 도와줄 남편도 자식도 없었다. 게다가 장사도 잘 되지 않아 사람을 쓰기 벅찼기에 그가 큰 도움이 되었다. 그는 그 달 처음으로 방세를 내지 못했다. 그는 돈이 없어 더 이상 그곳에 살 수 없다며, 그동안 잘 있었기에 나가기 전에 조금 돕고 싶었다고 했다. 그녀는 그가 듬직하게 느껴졌고, 자기 곁에서 계속 일해주기를 원했다. 월급을 줄 형편이 안 되는 그녀는 숙박비를 면제해주는 조건으로 함께 일하자고 했다. 그녀는 자신이 붙들었다고 생각했지만 그것은 그곳에 남고자 한 그가 계획한 일이었다. 그는 그곳을 나가 살아갈 자신이 없었다.

그는 투숙객이었을 때와 마찬가지로 거의 말을 하지 않았다. 그녀는 그가 어떤 사람인지, 어떤 생각을 하고 있는지 궁금했다. 가까워지고자 이 말 저 말 걸어봤지만 그는 제 일만 할 뿐 일상적인 대화조차 잘 하지 않았다. 그는 속을 알 수 없는 표정을 하고 말을 가만히 듣고만 있었다. 늘 혼자 밥을 먹고 일을 했던 그녀는 함께 일을 하고 말을 들어주는 상대, 비록 다른 방이지만 한 지붕 아래 함께 살아가는 사람이 있다는 것만으로도 기뻤다. 그가 오래 이곳에 머물러주길 바랐다. 그도 자신처럼 외로운 사람인 것 같아 조금만 노력하면 자신을 좋아해줄 거라 생각했다. 젊지 않다는 것이 사람을 좋아하는 데 장벽이 된다고 생각하지 않았다.

저녁이 되자 지구대의 유 순경이 현상 수배 전단을 들고 왔다. 유 순경은 여느 때처럼 여인숙에 별일이 없는지 확인하고 긴급 상황에는 비상벨을 누르라고 하며 주인 여자가 주는 담뱃값을 챙겼다. 책상 밑 벽에 달린 비상벨은 지구대와 직통으로 연결된 것인데 10여 년 전 여인숙에 강도가 들었을 때 경찰서에서 달아준 것이었다. 다행히 그 뒤로 벨을 누를 만한 사건은 없었다. 여인숙을 10년 넘게 운영하면서 그런 일을 당한 것은 그때 한 번뿐이었는데 돈만 빼앗겼을 뿐 더 험한 꼴을 당하지 않았으니 운이 좋은 거라고 생각했다. 그녀는 앞으로도 나쁜 일은 일어나지 않을 것 같았다. 게다가 이제는 석원이 있으니 큰 걱정은 하지 않아도 된다고 생각했다. 둘이 아무 관계도 아니지만 그가 방 하나를 차지하고 곁에 있다는 것 자체가 든든했다. 오랫동안 외롭게 지내서인지 그에게 더 의지하게 되는 것 같았다. 그녀는 스무 살에 만난 남편의 외도로 1년도 안 돼 헤어지고 부모와도 인연을 끊었다. 유일하게 의지했던 언니가 그녀의 전 재산인 월세 보증금을 몰래 빼들고 달아나자 그녀는 삶의 의욕을 잃었다. 노숙자들과 함께 쪽방과 여인숙을 전전하던 그녀를 여인숙 주인 남자가 구제했다. 스물일곱 살이나 많은 주인 남자는 그녀와 다섯 해를 함께 살았다. 키가 너무 작아 결혼을 못했다는 주인 남자는 박색인 그녀를 보물처럼 아꼈다. 그녀는 늙고 못난 남자를 썩 좋아하지 않아 툴툴거리며 곧 떠날 것처럼 행동하곤 했다. 그가 간경화로 세상을 떠난 뒤에야 커다란 울타리를 잃었음을 깨닫고 어떤 남자도 만나지 않겠다고 다짐했다. 그녀는 그 뒤로 남자뿐 아니라 어떤 사람과도 가까이하지 않았다.

그녀는 현관문의 안쪽에 전단을 붙이다가 여러 명 중 눈에 띄게 말끔한 얼굴에 눈이 갔다. 석원과 닮았다고 생각하던 중 몽타주 밑에 적힌 사건 내용과 김석원이라는 이름을 보자 가슴이 철렁 내려앉았다. 그녀는 전단을 붙이지 않고 사무실로 들고 들어가 자세히 들여다보았다. 그보다 조금 어리고 차가운 느낌이었지만 이목구비를 보면 그가 맞는 것도 같았다. 그러나 이름을 써놓지 않았다면 그가 아닐까 의심조차 하지 않았을 것이다. 그녀는 나름대로 험하게 살아왔기에 범죄를 저지를 수 있는 인간과 그렇지 않은 인간은 구분할 수 있다고 장담했다. 적어도 그는 그럴 사람이 아니라고 생각했다. 저녁 교대를 하러 나온 석원은 그녀 앞에 놓인 현상 수배 전단에 실린 자신의 몽타주를 보고 그 자리에 멈춰 섰다. 그녀가 자신을 알아보았는지 눈치를 살폈다. 그녀는 그가 눈에 띄게 초조해하고 있다는 것을 눈치 챘다. 그의 앞에 전단을 슬그머니 내밀었다. 석원은 자기가 한 일이 아니라고, 억울하다고, 무슨 착오가 있는 게 분명하다고 말하고 싶었지만 가만히 있는 상대에게 변명을 하는 것이 더 이상한 일인 데다 갑작스레 말을 많이 하면 믿어줄 것 같지도 않아 입을 떼지 못했다. 그녀는 전단의 몽타주를 가리키며 속이 없는 사람처럼 가볍게 물었다.

"이거 김 군 맞아? 무슨 일인 거야?"

한껏 경직돼 있던 그는 단도직입적으로 물어봐준 것이 차라리 고마웠다.

"아니, 저는 모르는 일이에요. 믿어주세요. 경찰이 믿어줄지도 모르겠고, 아, 정말이지, 정말, 어떻게 할지 생각 중이에요. 금방 나갈 테니까 제발 신고하지 마세요."

그녀는 그가 그렇게 빠르고 길게 말하는 것을 처음 보았다. 그가 느끼는 초조함과 두려움이 그대로 전해져 와 둘 사이의 거리가 매우 가까워진 것처럼 느껴졌다. 그녀는 평소와 다른 그를 보자 마음이 들떴다. 그녀는 그가 오해받고 있는 게 분명하다고 생각했다. 그는 새벽 운동을 1시간 정도 다녀오는 것 말고는 외출을 하지 않았고, 명절에도 이곳에 남아 있었다. 핸드폰도 없었고 여인숙의 전화도 쓰지 않았으며 그를 찾아오는 사람도 없었다. 사체가 유기된 S구나 연쇄살인이 일어난 서북부 지역까지는 왕복 2시간 이상 걸리는데 그곳에서 일을 저지르는 것은 불가능한 일이었다. 그런 명백한 증거가 없다 하더라도 그녀는 그를 믿었을 것이다. 그는 싹싹하지는 않았지만 유순하고 성실한 사람이었다. 누군가를 죽일 만큼 독한 사람도 아니었다. 큰소리를 내거나 부정적인 말 한마디를 한 적이 없었다.

"경찰서에 같이 가줄게. 김 군이 여기서 나간 적이 없다고 하면 되는 거 아니야?"

그녀가 믿는다는 것을 적극적으로 드러내자 그는 안심했으나 경찰서에 가고 싶은 마음은 없었기에 아무 대답하지 못했다. 그녀는 겁에 질려 있는 그가 귀여웠다.

"그래 알았어. 그냥 못 본 걸로 할게."

그녀는 전단을 구겨서 쓰레기통에 버리고 한 손으로 그의 손을 감쌌다. 까슬까슬한 손바닥이 그의 손등에 와 닿았다. 평소 같았으면 손을 뿌리쳤을 텐데 그는 그렇게 하지 못했다. 늘 시들시들했던 주인 여자의 얼굴에 반짝 생기가 돌았다. 그는 그녀가 정말 자기를 믿는지 아니면 다른 꿍꿍이가 있는지 알 수 없었다. 신고를 하면 적지 않은 돈이 생길 텐데 넉넉지도 않은 처지에 그 유혹을 떨칠 수 있을지 그것도 의문이었지만 일단 믿어준다니 고마웠다. 그에게는 믿고 의지할 친구 하나 없었고, 돌아갈 집도 없었기에 그곳을 나간다고 해도 별다른 해결책이 없었다. 여인숙이 그나마 가장 안전한 곳이었다.

그는 하루에도 몇 번씩 인터넷 기사를 검색했다. 자신을 용의자로 지목한 것이 실수였을지도 모른다고 생각했다. 그러나 정정 기사는 나오지 않았고, 용의자의 행방이 묘연하다는 짤막한 기사가 추가로 검색되었다. 하룻밤에도 그의 마음은 여러 번 바뀌었다. 자신이 한 일이 아니니 경찰서에 떳떳하게 가야겠다는 생각과 지금처럼 여인숙에 숨어 살아가면 아무도 자신을 못 찾아낼 거라는 생각이 계속 교차했다. 혼자 남아 자신이 엄마를 살해했다고 오해하고 있을 여동생을 생각하면 무고함을 증명해야 하겠지만 아직은 어떻게 해야 할지 갈피를 잡을 수 없었다.

그의 생활은 완전히 무너졌다. 더 이상 새벽 운동을 갈 수 없었고, 낮 동안 방 밖으로 나올 수 없었다. 아무것도 할 일이 없었기에 글을 써보려 했다. '엄마가 죽었다.' 단 한 문장을 쓰고 나니 걷잡을 수 없이 슬퍼져 더 이상 쓸 수 없었다. 그는 아직 버리지 못한 죽은 식물들처럼 자신도 퀴퀴한 냄새를 피우며 썩어가는 것 같았다. 쉬어가는 손님이나 순찰 나온 경찰이 자신을 볼까 낮 동안 청소도 하지 않았고, 건물 밑으로 지나가던 행인이 우연히 자신을 보게 될까 옥상에 이불도 널지 않았다. 그가 하던 일은 고스란히 주인 여자의 몫이 되었다. 그녀는 오랫동안 혼자 해왔던 일이라 괜찮다고 하면서도 자주 짜증을 냈다.

그는 아무 일 안하면서 먹고 자는 것이 미안해 적어도 밤 시간에는 카운터를 지켰다. 여인숙 일로 인해 그녀가 더 힘들어진다면 자신을 그대로 두지 않을 것 같아 걱정스러웠다. 그는 자기가 하지 않은 일로 인해 남의 눈치나 봐야 하는 사실에 너무 화가 났다. 도어벨이 울리고 손님이 들어오는 기척이라도 느껴지면 그는 긴장했다. 최대한 고개를 숙이고 앉아 돈을 받고 일회용 칫솔과 요구르트를 내밀었다. 손님이 별로 없는 데다가 밤 시간에는 취객이 대부분이라 유리창 너머에 앉아 있는 그의 얼굴을 유심히 쳐다보는 사람은 없었다.

그는 여자의 권유로 수염을 길렀다. 면도하고 반나절만 지나도 까슬까슬하게 올라오곤 하는 수염에 손을 대지 않으니 며칠 만에 하관이 수염으로 뒤덮였다. 그는 거울 속의 얼굴을 몽타주 사진과 비교해 보았다. 아버지와 똑같이 생긴 눈은 숨길 수가 없었지만 얼핏 보면 전혀 다른 사람 같았다. 날카로운 턱 선과 홀쭉한 뺨이 수염에 뒤덮이고 나니 나이보다 열 살 정도 많은 수더분한 노총각처럼 보였다. 그녀는 그런 그의 모습이 마음에 들었다. 자신과의 나이 차가 많이 좁혀져 어떻게 보면 동년배로 보이는 듯했다. 자신이 조금만 외양을 가꾸면 둘이 잘 어울리는 한 쌍이 될 수 있을지 모른다고 생각했다. 그녀는 그에게 발목이 좁고 밑위길이가 긴 폴리에스테르 정장 바지와 체크무늬 셔츠 같은 나이 들어 보이는 옷을 몇 벌 사다주었다. 그는 패션에 관심 없는 중년 남성이나 입을 법한 옷을 입고 싶지 않았다. 아무 말 없이 옷에 손대지 않는 그에게 그녀는 크게 화를 냈다.

"정신 못 차렸네. 지금 멋 부릴 때야? 다른 사람이 알아보지 못하게 입으라는 거야. 언제까지 여기 있을 수 있을 것 같아?"

그는 그녀가 쫓아내려나 싶어 아찔했다. 그는 어떻게 대답해야 할지 몰라 입을 다물고 있었다. 그러자 그녀는 점점 더 화가 나서 말수가 적은 그의 태도를 지적하며 자기를 무시한다고 소리를 질러댔다. 그렇게 음침하게 행동하니 용의자로 찍혀도 싸다고 막말했다. 그녀가 그런 식으로 행동한 것은 처음이었다. 그는 채무자가 된 기분이었다. 그녀가 자신의 약점을 쥐고 있지 않았다면 이런 식으로 함부로 대하지 않았을 거라고 생각하니 씁쓸했다. 그래도 자신이 약자이므로 견디는 수밖에 없었다. 그는 사과하고 그녀가 사다준 옷을 주섬주섬 챙겨 입었다. 그 옷을 입은 자신의 모습을 보니 다른 사람이 된 것 같아 기분이 영 이상했다. 그녀는 아무도 그를 알아보지 못할 거라며 만족스러워했다. 그녀는 낡은 옷들을 모두 버려야 재수 없는 일들이 풀린다며 그가 입었던 옷을 쓰레기통에 넣었다. 그는 그녀가 자신의 인생에 발을 밀어 넣은 것 같아 불쾌했지만 어쩔 수 없는 일이었다.

그 후 그녀는 눈에 띄게 질문이 많아졌다. 그동안 그에게 묻지 못한 것을 쉴 새 없이 물었다. 그는 그녀에게 실수로 아버지의 죽음까지 말해버리게 된다면 끝장이라고 생각했다. 말을 시작하면 어떻게 튀어나올지 몰랐기에 최대한 침묵을 지키려 했다. 그녀는 그가 대답하지 않으면 미친 사람처럼 소리를 질렀다.

"입을 다물고 있으면 의심할 수밖에 없어. 김 군을 믿고 싶어서 묻는 거야. 모르겠어? 나를 못 믿어서 그런가?"

그녀는 그에 대해 속속들이 알고 싶었지만 그는 자신에 대해 조금도 말하고 싶지 않았다. 그러나 그는 더 이상 침묵할 수 없는 입장이 되었다.

"새엄마랑은 사이가 안 좋았나 봐. 많이 맞았던 거야?"

"아니에요. 말도 안 되는 보도예요. 새엄마라고 다 구박하는 건 아니에요."

그는 어쩔 수 없이 그녀의 기분이 상하지 않도록, 자신을 의심하지 않게 하기 위해 적당히 대답했다.

새어머니가 학대하지 않았다는 것은 거짓이었다. 그녀는 엄마가 없는 그를 불쌍히 여겼던 유치원 선생님이었다. 그녀는 그가 초등학교 1학년 때 띠동갑인 그의 아버지와 결혼했다. 그녀는 다른 사람들이 그랬듯 아버지를 선량하고 친절한 사람이라고 착각했다. 아버지는 한동안 새어머니와 그에게 친절했고, 새어머니는 엄마 없이 자란 그에게 듬뿍 사랑을 주었다. 아버지가 더 이상 그를 때리지 않았기에 착한 새어머니가 아버지를 변화시켰다고 착각했다. 그는 너무 행복했지만 그 시간이 곧 끝나게 될까 늘 불안했다. 그의 걱정처럼 그 시기는 새어머니의 출산으로 금세 끝나버렸다. 새어머니가 아기를 키우느라 유치원을 그만두고 전업주부가 되자 아버지는 제 모습을 드러냈다. 모기장에 먼지가 끼어 있다거나 가스레인지를 제대로 닦지 않았다는 등 사소한 집안일을 트집 잡아 내 돈을 먹고 사는 벌레 같은 년이라는 폭언을 퍼붓기 시작했다. 아버지는 새어머니에게 식비도 되지 않는 돈을 주면서 자신이 왜 너희 같은 것들을 먹여 살리느라 고생하는지 모르겠다며 화를 내곤 했고, 그것은 늘 폭력으로 이어졌다.

우울증에 시달리게 된 새어머니는 그를 학대하기 시작했다. 새어머니는 그에게 밥을 주지 않았다. 군것질도 잘 하지 않는 그에게 식탐이 있어 버릇을 고쳐야 한다며 식사 시간에 마당으로 쫓아내고 문을 잠갔다. 아버지는 그가 집 안을 들여다보지 못하도록 소리를 꽥꽥 질러댔다. 그는 아버지와 눈이 마주치지 않도록 실내와 등을 돌리고 서서 아버지가 아끼는 분재나 식물의 잎사귀를 손톱으로 똑똑 땄다. 아버지의 화분을 상하게 하든 그렇지 않든 어차피 맞았기에 그는 아버지를 기분

나쁘게 하는 쪽을 택했다. 새어머니는 자기가 낳은 딸도 학대했다. 돌이 갓 지난 아기를 함부로 때려 뺨이 퉁퉁 부었고 팔도 부러졌다. 아버지나 다른 사람들에게는 그가 실수로 동생을 다치게 했다고 했다. 아버지가 새어머니를 때리기 시작하면 그는 동생을 데리고 밖으로 나갔다가 밤이 깊어지면 들어오곤 했다. 동생이 어린 시절을 기억하지 않기를 바랐다. 그는 하루하루가 끔찍했지만 동생도 자신과 똑같이 학대당한다는 것에 위안을 받았다. 그는 자라서도 아버지에게 대항하지 못했다. 아버지는 너무 크고 강했다. 동생과 새어머니가 맞을 때 그는 한 번도 말리지 못했고 방에 틀어박혀서 자신에게 불똥이 튀지 않기만을 바랐다. 그는 새어머니를 쉽게 용서할 수는 없었지만 미워할 수도 없었다. 남자를 잘못 만나 평생 지옥에서 살다 끔찍한 꼴로 인생을 마감한 그녀에게 연민을 느꼈다. 새어머니를 떠올리자 눈물이 핑 돌았다. 주인 여자는 그의 눈에서 떨어진 눈물을 보았다. 그녀는 그가 한없이 약해 보였다.

"나를 엄마처럼 생각해도 괜찮아."

그녀는 그를 품에 끌어안았다. 누군가 자신을 오래오래 포근하게 감싸 안아 주기를 바랐으나 그가 상상했던 것과는 달랐다. 그녀의 몸은 지나치게 뜨거웠고 눅진했다. 그의 엄마가 안아주었다면 이런 느낌은 아니었을 것이다. 그녀의 몸에 살이 닿는 것이 싫었지만 밀어내지는 못했다.

그는 그녀가 권하는 것들을 거절하지 못했다. 그녀는 그를 위해 밥을 짓고 반찬을 만들었다. 그가 예전처럼 아무 말 없이 먹지 않으면 그의 눈앞에서 음식들을 쓰레기통에 부어버렸다. 그는 그녀의 방에서 함께 밥을 먹었다. 그녀는 마치 엄마라도 되는 것처럼 생선을 발라주고, 반찬을 얹어주었다. 음식 냄새로 가득 찬 좁은 방에서 숨 쉬기조차 힘들었지만 얌전히 앉아 착한 아이처럼 밥을 먹었다. 엄마는 예뻤어? 음식은 잘했어? 키는 컸어? 하며 쓸데없이 물어대는 그녀에게 그는 거짓으로 대답했다. 그는 새어머니를 세상에 존재하기도 힘든 완벽한 어머니인 것처럼 이야기했다. 그녀는 고분고분 말을 잘 듣고 대답을 잘하는 남자에게 애정인지 모성애인지 알 수 없는 감정을 느꼈다. 세상에 있지도 않은 그의 새어머니에게 왠지 모를 열패감을 느꼈으나 그래도 그와 함께 사는 것은 자신이라고 위안했다.

그는 이제 주인 여자의 악취를 맡을 수도 없을 정도로 익숙해졌고 그녀와 밥을 먹든 뭐를 하든 상관없었지만, 그 존재 자체를 견딜 수가 없었다. 그는 경찰서로 출두해 진실을 말해야겠다고 결심했다. 진실을 밝히는 것이 어려운 일이겠지만 그대로 있다 보면 여자에게 인생을 송두리째 빼앗길 것 같았다. 아버지를 죽게 한 사실이 밝혀져도 어쩔 수 없다고 생각하니 결심하기가 쉬웠다. 그는 그녀에게 경찰에 가서 자신이 여인숙에 계속 머물렀다는 알리바이를 증언해달라고 부탁했다. 그녀는 그가 떠날까 걱정이었다. 그가 견디지 못하는 그 시간은 그녀에게 소중한 시간이었기에 결코 잃고 싶지 않았다. 그녀는 증언을 해봐야 소용없을 거라며 처지를 잘 생각해보라고 했다. 이유 없이 가족과 연락을 끊고 혼자 몇 년을 여인숙에서 지냈던 것, 직업도 친구도 없이 방에 틀어박혀 웹서핑만 하는 것은 그를 범죄자라고 몰아붙일 빌미가 될지도 몰랐다. 경찰이 보기엔 새벽 운동을 날마다 열심히 하는 것조차 수상해 보일 것이 분명했다. 그의 생활은 어제와 오늘이 다르지 않았고 성실하게 자신의 일을 해냈지만 그것을 아는 것은 그 자신뿐, 증명할 길이 없었다. 경찰이 용의자로 낙인찍힌 그의 말에 귀 기울일 리도, 믿어줄 리도 없었다. 게다가 그와 몇 년을 지낸 여인숙 주인의 말은 신빙성이 없다고 생각할 확률이 높았다. 그녀는 자신과 여인숙에서 은둔하며 지내면 된다고 그를 설득했다. 그는 계속 같은 문장을 반복해서 쓰며 다음 문장을 이어나가지 못했던 것과 마찬가지로 같은 자리를 뱅뱅 돌며 앞으로 단 한 발자국도 나가지 못하고 있었다.

그는 누가 믿어주지 않아도 동생에게만은 자신이 엄마를 죽인 게 아님을 알리고 싶었다. 여인숙에 손님이 들지 않았던 새벽을 틈타 주인 여자가 자는 것을 확인하고는 밖으로 나갔다. 수염을 기른 채 여자가 사다준 옷을 입고 걸으니 누구도 자신을 못 알아볼 것 같았다. 해가 겨우 뜰 무렵이었기에 도로와 버스에는 사람이 많지 않았고 아무도 그를 신경 쓰지 않았다. 그는 1시간 남짓 버스를 타고 여인숙이 있는 동네에서 멀리 떨어진 곳으로 갔다. 어렵게 공중전화를 찾아 집으로 전화를 걸었다. 어쩌면 그 흉한 일들이 일어난 집에 더 이상 동생이 살지 않을지도 몰랐지만 그가 아는 것은 집 전화뿐이었다. 전화벨이 한참 울리고서야 누군가 전화를 받았다. 올해 열아홉 살인 여동생의 목소리는 여전히 아이처럼 앳됐다. 변하지 않은 목소리를 듣자 너무 반가워 동생의 이름을 불렀다.

"석경아."

전화기 너머에서 잠시 침묵이 흘렀다. 그는 전화가 끊기지 않았다는 것을 확인하고 다시 이름을 부르자 조용하지만 날카로운 음성이 들려왔다.

"뭐냐? 이제 와서 겁도 없이 전화질이야? 넌 꼭 잡힐 거야."

그는 그녀의 거친 말투에 깜짝 놀라 어쩔 줄을 몰랐다. 귀엽고 다정했던 아이가 이토록 변한 데는 자신도 책임이 있는 것 같아 마음이 아팠다.

"석경아, 많이 힘들었지? 미안해. 그동안 연락 못해서. 네가 잘 살고 있을 줄 알았어. 그런데 엄마는 내가 그런 거 아니야. 왜 나를 봤다고 했는지 모르겠는데, 난 아버지 죽고 집에 간 적이 없어. 다른 사람은 몰라도 너는 날 믿어야 돼."

"아빠 죽은 줄은 알고 있네? 연락도 안 되더니."

"사실, 나 때문에 아버지가 돌아가셨어. 그래서 집에 못 간 거야."

석경은 어처구니없다는 듯 헛웃음을 웃었다.

"웃기고 있네. 아빠가 어떻게 죽었는데?"

그는 석경에게 자신의 죄를 고백하기로 했다. 진실을 이야기하지 않으면 그의 무고함을 전혀 믿어줄 것 같지 않았다.

"나, 제대하고 집에 간 날 사다리를 잘못 차서 떨어졌어."

"잘못 차긴 했네. 아빤 살아 있었으니까."

학교에서 돌아온 석경은 아버지가 머리에 피를 흘리고 쓰러져 있는 것을 발견했다. 아버지가 바닥에 떨어진 핸드폰을 집으려 안간힘을 쓰고 있었는데 그녀는 얼른 핸드폰을 마당 구석으로 차버렸다. 그녀는 아버지가 숨이 끊어질 때까지 눈을 똑바로 뜨고 지켜보고 있었다. 석경의 이야기를 들은 그는 혼란스러웠다.

"병신아, 놀라서 도망갔냐? 비겁한 새끼. 네가 도망가고 나는 엄마한테 죽을 뻔했어. 엄마가 안 죽었으면 내가 먼저 죽었을 거야."

그는 더 이상 말을 잇지 못했다.

"미안해. 나 누명 벗고 찾아갈게. 믿어줘. 엄마는 내가……"

"지랄하네. 누명이 벗겨질 것 같냐? 너도 뒈져. 너 같은 건 필요 없으니까."

그는 온몸에 소름이 돋았다. 오랫동안 보지 못한 석경이의 얼굴은 어떻게 변했을지 상상해보았다. 새어머니를 닮았으면 좋으련만 분명히 아버지와 판박이일 것이다. 석경이도 자신처럼 망가졌다고 생각하니 끔찍했다. 그는 동생과 함께 죽고 싶었다.

여인숙 인근 야산에서 검은 비닐봉지에 든 사체의 일부가 또 발견되었다. 불과 하루 이틀 전에 살해된 것으로 보였다. 그것이 발견된 장소는 그가 새벽 운동을 가곤 하는 뒷산이었다. 주인 여자는 아주 가까운 곳에서 그런 일이 일어날 수 있다는 사실에 몸을 떨었다. 자신이 뉴스의 주인공이 될지도 모른다고 생각하자 이상한 전율이 일었다. 그녀는 문득 그가 새벽 운동 갈 때 가끔 뒤춤에 감춰 들고 나갔던 검은 비닐봉지들을 떠올렸다. 그녀가 아무리 물어도 그가 대답을 해주지 않았기에 그것이 무엇인지 알 수 없었기에 그저 쓰레기라고 추측할 뿐이었다. 그녀는 이틀 전 그가 외출했을지 모른다고 생각했다. 그날 새벽 그녀는 방문 닫는 소리에 잠에서 깼다. 잠시 후 나가 보니 그는 사무실에 없었다. 현관 방울 소리가 들리지 않았기에 그가 화장실에 있으리라 생각하고 잠이 다시 들었다. 그녀는 몇 시간 후 다시 방울 소리를 들었다. 그녀는 그동안 그를 조금도 의심하지 않았다. 자기가 자는 새벽 시간에 그가 당연히 사무실에 앉아 손님을 받을 것이라고 생각해왔다. 낮 동안에 외출하지 않는 사람이었기에 당연히 새벽에도 자리를 비우지 않을 것이라고 단정했던 것이다. 그녀는 그가 의심스러웠다. 밤 시간 그와 교대한 뒤에도 밖이 신경 쓰였다. 새벽까지도 신경을 곤두세우고 바깥의 소리에 귀를 기울였다. 현관의 방울 소리가 들릴 때마다 그가 나가는 게 아닌가 해서 문을 빼끔히 열고 내다보곤 했지만 그는 꼼짝 않고 사무실에 있었다.

현관이 요란하게 흔들리더니 이십대 초반으로 보이는 젊은 여자가 들어왔다. 여인숙에 흔치 않은 젊은 여자 손님이었다. 술에 만취한 그녀는 현관 안으로 다 들어오기도 전에 자리에 주저앉았다. 아무리 흔들어도 여자는 아무 반응 없이 축 늘어져 있었다. 그는 여자를 부축해 빈 방으로 옮겼다. 그는 여자를 침대에 눕히다가 발을 헛디뎌 여자 위로 넘어졌다. 자신을 누르는 묵직한 힘을 느끼고 잠에서 깬 여자가 소리를 지르기 시작했다. 그는 비명을 누군가 듣게 될까 두려워 입을 틀어막았다. 그러자 여자는 더 크게 소리를 지르며 발버둥 쳤다. 까무룩 잠들었던 주인 여자가 그 소리에 놀라 뛰쳐나왔다. 그녀는 구석 방의 침대에 누워 있는 여자와 그 여자 위에 몸을 포갠 채로 여자의 입을 한 손으로 틀어막고 있는 그를 발견했다.

"제발 조용히 해주세요. 제발, 제발……"

그는 여자의 비명보다 더 크게 소리 지르고 있었다. 주인 여자는 너무 놀라 어떻게 해야 할지 몰라 우왕좌왕하다가 그를 여자에게서 가까스로 떼어놓았다. 그는 여자에게서 떨어져 나와 바닥에 주저앉았다. 술이 취해 몸을 제대로 가누지 못하는 여자는 누운 채 비명을 질렀다. 그는 주인 여자와 손님을 향해 정신없이 외쳐댔다.

"실수로 넘어진 거예요. 정말 실수에요, 실수. 소리 지르지 마시고, 진정하세요."

그는 여자를 진정시키려고 했지만 여자는 좀처럼 비명을 멈추지 않았다. 주인 여자는 여자를 부축해 밖으로 데리고 나갔다. 그는 방에 남아 잠시 멍하게 앉아 자신이 한 실수가 어떤 것인지 생각해보았다. 그리고 손님이 신고를 하게 될 경우 초래될 결과를 생각해 보니 아찔했다. 그가 밖으로 부리나케 나가자 밖으로 나갔던 주인 여자가 혼자 들어왔다. 현관을 열어보니 몸을 제대로 못 가누던 여자는 이미 떠나고 없었다.

"신고하면 어떡하려고 그냥 내보냈어요?"

"그럼 쫓아가보면 되잖아?"

여자가 말했다. 그는 그녀의 목소리가 싸늘해진 것을 느꼈다. 그가 현관을 열자 그녀는 사무실로 들어가 책상 밑으로 손을 넣어 비상벨을 더듬었다. 그는 밖으로 나가지 않고 재빨리 그녀를 따라 사무실로 들어갔다. 그는 그녀의 손가락이 비상벨에 닿기 전에 팔을 꺾어 바닥으로 쓰러뜨렸다. 바닥에 납작 엎드린 그녀는 일어나보려고 버둥거렸지만 그의 힘을 이기지 못했다. 그는 그녀를 똑바로 눕힌 뒤 움직이지 못하도록 양다리로 그녀의 몸을 힘껏 눌렀다. 그의 가랑이 사이에서 그녀는 발버둥치기 시작했다. 그는 그녀의 팔을 양쪽으로 벌려 누른 채 이마에 키스했다. 그녀는 순식간에 온몸에 힘이 빠져나가는 것 같았다. 그는 그녀의 입술에 자신의 입술을 가져갔다. 그의 입술이 와 닿자 그녀는 몸을 덜덜 떨면서 탐욕스럽게 그의 입술과 혀를 빨았다. 그는 문득 이 상황이 불쾌해져 그녀에게서 몸을 뗐다.

"아줌마가 원했던 게 겨우 이건 아니지요?"

주인 여자는 눈을 감은 채로 자신이 원하는 것이 무엇이었는지 생각해보았으나 알 수 없었다. 그는 그녀의 목을 두 손으로 감싸 쥐고 입에 고인 진득한 침을 얼굴에 뱉었다. 목에 와 닿는 축축하고 차가운 감촉에 흠칫 놀라 눈을 뜬 그녀와 눈이 마주치자 그가 웃었다. 그녀는 그 웃음을 보고 안도의 미소를 지었다. 그러나 그는 여자의 목에서 손을 떼지 않았다. 엄지손가락으로 목젖을 힘껏 누르고 나머지 손가락에 힘을 주며 목을 쥐어짰다. 이제 그만해야지, 생각했지만 손에는 점점 큰 힘이 들어갔다.

"야, 이, 개, 새, 사, 려……"

그녀는 분절된 소리를 내뱉으며 자기 목을 감고 있는 손을 사정없이 할퀴어댔다. 그는 그녀의 목에서 손을 떼지 않았다. 그녀의 팔다리는 허공에서 몇 번 허우적대다가 곧 바닥으로 툭 떨어졌다. 그녀는 실핏줄이 불거진 눈을 부릅뜨고 입을 크게 벌린 채 죽었다. 그의 손은 누구의 것인지 알 수 없는 침과 땀으로 흠뻑 젖어 있었다. 그는 손바닥 냄새를 킁킁 맡았다. 시큼한 냄새에 구역질이 났다. 그는 바지춤에 손바닥을 계속 문질렀다. 그녀가 누운 방바닥에서 지린내가 물씬 풍겨오자 그는 정신이 번쩍 들었다. 방에서 뛰어나가 여인숙의 문을 잠그고 카운터에 멍하니 앉아 있었다. 모든 게 꿈 같았다. 그러나 손바닥, 가랑이 밑에서 버둥거리던 그녀의 감촉이 생생하게 남아 있었다. 죽일 생각은 없었고 그저 겁을 주려던 것인데 큰 실수를 해버렸다. 그는 자신이 얼마나 많은 실수를 하며 살았는지 기억해보려 했지만 무엇이 실수였고 무엇이 고의였는지 알 수가 없었다. 정확한 것은 태어난 것이 실수라는 것이다. 아버지는 그가 콘돔이 찢어져 실수로 태어난 놈, 내 인생의 오점이라고 말하곤 했다. 실수로 큰 사고를 쳐서 평생 감방에서 지내게 될 거라는 아버지의 말이 단순한 저주나 악담이 아닌 예언이었다는 것을 깨달았다. 그 실수가 아버지를 다치게 한 것 따위가 아니라 이렇게 엄청난 일이라는 것을 그제야 알았다. 그는 아버지의 유언을 지키듯 평생 감방에서 살고 싶지 않았다.

그는 이제 더 이상 실수는 하지 않겠다고 다짐했다. 여자의 사체를 욕실로 옮겼다. 사체를 잘 숨기기만 하면 자신의 범행이 쉽게 드러나지는 않을 거라고 생각했다. 그녀가 친하게 왕래하는 사람이 거의 없었기에 당분간 아무도 그녀의 실종을 눈치 채지 못할 것이다. 그는 인터넷 뉴스 기사에서 보았던 범죄의 기록들과 해부학 관련 사이트의 글을 참고해 사체를 어떻게 분해할지 계획했다. 그는 부엌칼을 꺼내 칼갈이에 여러 번 문질렀다. 아무리 갈아도 만족스러울 정도로 날카로워지지 않았다. 그는 무딘 칼로 오래전부터 해왔던 일인 것처럼 침착하게 여자의 몸을 분해했다. 하수구와 변기로 흘려보낼 것들은 보내고 나머지 살덩어리들과 뼛조각들을 적당한 크기로 분해해 방에 놓인 썩어가는 식물이 담긴 화분의 흙 속에 나눠 담았다. 그녀가 흙으로 돌아가기까지 생각보다 오랜 시간이 걸렸다. 그가 가진 화분에 모두 담기에 그녀는 덩치가 너무 컸다. 그는 비닐봉지에 화분 몇 개와 꽃삽을 넣어 들고 해 뜨기 전 뒷산으로 올랐다. 그는 걸음을 늦추고 그가 늘 화분들을 파묻던 산중턱으로 가는 샛길로 들어섰다. 그는 몇 개의 구멍을 깊이 파 화분 하나하나를 정성스럽게 묻고 돌아왔다. 그가 지금껏 가장 신경 써서 묻은 화분들이었다. 그녀를 모두 파묻는 데는 나흘이 걸렸다. 땅을 너무 얕게 파서 묻거나 비닐봉지와 함께 묻어 금세 눈에 띄게 되는 실수를 하지 않도록 조심했다.

세월이 흐르면 산 중턱 여기저기에 묻어놓은 화분들이 모습을 드러낼 것이다. 그 속에서 죽은 가지에 싹이 트고, 새 잎이 돋아날지 모른다. 또 홍제동 김 여인의 다리가 자라고, 신촌 백 여인의 머리카락이 싹트고, 여인숙 주인 여자의 손가락에 꽃이 피고, 새어머니의 어깨에 열매가 맺힐지도 모른다. 그러나 그것은 그가 한 일이 아니라 비슷한 시간에 일어난 우연한 일들일 뿐이다. 그는 그렇게 끔찍한 일을 할 만큼 대범한 사람도 아니고, 뉴스의 주인공 감도 아니다. 그의 삶이 언제나

간과되어온 것처럼 이 일 또한 들키지 않고 그냥 넘어가버릴 확률이 높다고 그는 확신했다. '그에겐 두려울 것이 없었다.' 그는 이제야 다음 문장을 생각해냈다.

〔『한국문학』 2010년 가을호〕

이달의 소설

2010년 12월

최은미 ● •• 눈을 감고 기다리렴

최 은 미 1978년 강원 인제에서 태어났다. 2008년 『현대문학』 신인상을 수상하며 문단에 나왔다.

—

우주인인지, 꿈의 정령인지, 죽은 자의 넋인지, 무엇인지는 모르겠다. 중력이 지배하는 이 행성에 내려앉지 못하고 떠도는 그것들이 부른다. 언제까지 이 구질구질한 3차원 행성에서 중력에 질질 끌려 다니며 살 거냐고, 지금 여기는 꿈속이라고, 어서 저리로 건너가자고. "강물이 반짝거리잖아. 저기만 건너면 기막힌 마을이 있어." 그럴 때면 익숙하기만 했던 이 세상이, 공기처럼 누려온 평범한 이 생활이, 문득 가장 생소하고 섬뜩해진다. 마치 "알고 싶지 않은 것도 알게 되고, 알아서는 안 되는 것도 알게" 된 것처럼, 당황스럽고 힘들어진다. 이런 것은 꼭 "영적인 촉이 좋은 사람"의 경우만은 아니다. 누구나 한 번쯤은 마치 "저항할 수 없는 거대한 졸음"에 점령당한 것처럼, "밀가루 풀처럼 하얗게 풀어지면서 몸을 친친 감아버리는" 그 우주적 기운에 온몸을 맡겨버려야만 했던 순간을 경험한다. 그것은 이 세계 바깥에서 불어온 바람이 아니라 우리가 들어왔고 다시 나갈 이곳의 "문"에서 새어 나온 빛이기 때문이다. 그런 것이 진짜 있느냐 없느냐 하는 것은 "좋고 싫고의 문제"가 아니다. "그것은 그냥 드리워져 있"다.

최은미의 소설이 이런 빛에 대해 이야기한다. 이것은 "쌍둥이 자매를 잡아먹고 살아남은 독한 것"의 이야기만이 아니다. 기면증이라는 희귀한 병증의 이야기만도 아니다. 차라리 이곳과 저곳의 사이에 난 "차원의 문"을 저절로 엿보게 되는 꿈의 불가항력에 관한 이야기다. 그 서러움에 관한 이야기다. 엄마 배 속이 우리 호흡의 기원이라면 지금 우리가 숨 쉬는 이곳의 무거운 공기는 평범한 현실이 아니라 애달픈 꿈속임을, 이렇게도 아삼아삼하게 보여주는 이야기를 전에는 보지 못했다. 나른한 자장가 소리에 몸을 맡긴 채 "허공에서 반짝하고 사라지는 빛 하나를 목격"한 것 같은 느낌.

_백지은(문학평론가)

인터뷰

김남혁_

「눈을 감고 기다리렴」이라는 이 소설로 작가가 말하고자 했던 것들이 무엇이었는지에 대해서 묻고 싶습니다.

최은미_

소설을 쓰다 보면 어떤 사람의 현재를 이루는 여러 요소들에 대해 생각하게 되잖아요. 그 사람의 현재 모습에 영향을 주는 과거의 많은 시간들이 있을 것이고요. 과거의 시간들 중에서 배 속에서의 사건 사고에 초점을 맞춰보고 싶었어요. 배 속에서의 체험이 그 사람의 인생이나 무의식, 심신의 건강 등에 결정적인 영향을 줄 수도 있다는 가정에서 출발했습니다.

김남혁_

소설 제목에 드러나 있듯 자장가가 중요한 작용을 하고 있는데, 우는 아기를 달래서 재우려고 하는 기능적이고도 의미적인 측면이 하나로 수렴되지 않는다는 느낌이 들었어요. 가령 "아가 아가, 울지 마라, 덧문 닫고 기다리렴, 이불 밑에, 기다리렴, 눈을 감고, 기다리렴"과 같은 구절은 다소 불필요한 군더더기일 것 같은데, 이런 것들이 자장가에 활용된다는 게 흥미로웠거든요.

최은미_

그 구절에 많은 의미를 담고 싶었어요. 소설 전반에 그 의미가 다양한 뉘앙스를 가지고 안개처럼 자욱히 깔려 있기를 바라는 마음에서 썼고요. 일단 제가 중점을 두려고 했던 의미는 '견디라'는 거였어요. 자궁 안의 상황을 보면 지금 네 앞에 사체가 있다, 너는 그 사체를 보는 것도, 그 사체와 같이 있는 것도 고통스럽고 싫다, 그렇지만 방법이 없다, 그냥 눈을 감고 기다리는 것밖에는. 견뎌라. 그런 의미에 가깝게 써보고 싶었어요. 생명이 생겨나는 자궁 속이지만 여기서는 죽음을 같이 겪은 거잖아요. 삶이나 죽음 같은 문제는 인간이 영원히 풀 수 없는 문제이고요. 죽어야 하는 것, 죽음을 볼 수밖에 없는 것, 죽음을 싫어해야 하는 것 등이 모든 고통의 근원이 아닐까 생각해요. 그런 조건들을 벗어날 수 있는 건 종교적인 수도의 경지가 아닌 이상 눈을 감고 기다리는 것밖에는 방법이 없지 않을까, 하는 생각이 들었고요.

죽어야 하는 것, 죽음을 볼 수밖에 없는 것,
죽음을 싫어해야 하는 것 등이 모든 고통의 근원이 아닐까 생각해요.
그런 조건들을 벗어날 수 있는 건
종교적인 수도의 경지가 아닌 이상
눈을 감고 기다리는 것밖에는 방법이 없지 않을까,
하는 생각이 들었고요.

김남혁_
주인공의 이마 사이에는 상처 자국이 있습니다. 이 상처 속으로 아주 징그러운 이야기와 잠이 들어온다고 하고요. 어떻게 보면 이 잠과 여러 이야기들, 그러니까 태어나기 이전의 이야기와 죽음에 관한 이야기 등이 주인공으로 하여금 현실과 꿈을 구분하지 못하게 하고 일상적인 삶을 살아가지 못하게 합니다. 그리고 인물 주변에는 요람과 신희, 그리고 엄마와 할머니가 있어요. 이 네 명의 위치를 어떻게 설정할 수 있을까요.

최은미_
여러 인물 중에서 가장 중점을 두었던 것은 엄마와의 관계였어요. 엄마는 말 한마디로 애를 죽일 수도 살릴 수도 있는, 이중적이면서도 절대적인 존재였어요. 어떻게 보면 모체의 지배를 계속 받고 있는 거죠. 엄마가 불러주는 자장가를 듣고 살아야 했고, 그 자장가의 지배를 받으면서 계속 자는 거잖아요. 졸음에 빠지는 병에 걸리는 거고요. 모체, 그리고 중력처럼 끌어당기는 행성, 3차원적인 세계, 그런 것들을 모체를 통해 표현해보고 싶었고요. 한편 할머니는 오래 사셨고 이 상황을 이해하고 있는 분이에요. 은영이를 어루만져주기도 하고, 이마의 상처가 어떤 맥락에서 생겼는지 알고 계시고요. 그리고 미간의 자극 때문에 시집가서 아들 딸 낳고 평범하게 잘 사는 삶을 방해하는 사악한 무리들의 유혹을 받을 거란 걸 알고 계세요. 그렇지만 할머니도 결국 미간을 막아놓죠. 엄마가 그랬던 것처럼요. †

인터뷰, 영상으로 보기

작가노트

누군가는 그 자장가가 무섭다고 했지만 나는 그 자장가를 들으면 슬펐다. 볕에 넋을 놓은 한 여자가 자장가를 중얼거리면서 품속의 아기를 내리누른다. 아기는 버둥거리면서 온몸으로 말한다. 엄마, 미안해. 내가 잘못했어. 자장가의 주술에 걸리는 첫 순간이다.

나는 주술에 걸린 그들이 길을 떠나기를 바란다. 그들은 종교에 귀의할 수도 있고 사이비 집단에 휘말려 심신을 탕진할 수도 있고 온갖 수련법을 찾아 지구를 헤매다가 길에서 늙어 객사할 수도 있을 것이다. 그래도 깨어 있을 수만 있다면, 모체가 걸어놓은 자장가라는 주술에서 풀려나 졸지 않고 깨어 있을 수만 있다면 나는 그들이 어떤 길이라도 만들었으면 좋겠다. 그리고 그 길 위에서 주검과 죄책감을 맞닥뜨릴 때마다 그 두려운 순간이 지나가기를, 울지 말고, 눈을 감고, 기다릴 수 있었으면 좋겠다.

● ••

최 은 미

눈을 감고 기다리렴

1

장마철이었으니 그날 저녁도 비가 내렸을 것이다.

스물세 살의 임신부는 우산을 받쳐 들고 퇴근하는 남편을 기다리다가 반값으로 정리 중이던 생선차로 달려가 뱃고등어 한 손을 샀다. 어쩌면 비는 멎고 해가 지고 있었을지도 모르는 시간, 비린 봉지를 들고 돌아서던 임신부는 허공에서 반짝하고 사라지는 빛 하나를 목격했다. 광활한 하늘에 시선을 빼앗긴 임신부의 발목으로 또르륵, 물방울 하나가 흘러내렸다. 눈 풀린 생선과 하늘을 뒤덮은 물비린내. 떠나버린 생선차와 고요한 담벼락.

내 짐작 속 정황들이다. 그날의 바깥 풍경은 이랬을 것이라고, 나는 오랫동안 뱃고등어와 비 내리는 골목과 흙탕물이 튄 엄마의 흰 양말을 상상해왔다. 이 속에서 분명한 것은 없다. 생선 차는 과일 차일 수도 있고 임신부는 남편이 아니라 노을을 기다리고 있었을 수도 있다. 비린내나 뱃고등어 같은 복선은 처음부터 없었는지도 모른다.

2

초등학교 때 선생님이 묻는다. 은영아, 졸리니? 나는 대답한다. 선생님, 엄마 목소리가 들려요. 중학교 때 선생님이 묻는다. 은영아, 너 왜 자꾸 조니? 나는 대답한다. 선생님, 엄마가 자장가를 불러줘요. 고등학교 때 선생님이 묻는다. 은영아, 잠이 오니? 나는 스테이플러 철심을 뽑는 리무버를 주머니에 넣고 아무 말 없이 교실 뒤로 나간다.

3

졸음은 눈썹과 눈썹 사이로 왔다. 할머니는 내 이마에 굴이 있기 때문이라고 했다. 굴이 있어서 그 안으로 햇빛도 들어오고 잠도 들어오는 거란다. 아침에 신발을 신다가 끄덕끄덕 졸고 있으면 할머니는 손으로 내 이마부터 쓸어내리며 잠이야 가라, 어여 나가라, 주문을 읊었다.

퇴근길에 청주를 샀다. 할머니 기일이었다. 횡단보도 앞에서 신호가 바뀌기를 기다리던 중이었다. 이마트 장바구니를 든 중년 여자가 다가왔다. 상단전이 열리셨군요. 여자는 내 귀 뒤로 그림자처럼 다가섰다. 분노를 비우십시오. 횡단보도를 건너서 10분만 걸어가면 집이었다. 지금쯤 그 집에선 병풍이 내려지고 탕국이 끓고 있을 것이었다. 상단전이 열리면 알고 싶지 않은 것도 알게 되고, 알아서는 안 되는 것도 알게 됩니다. 힘드시겠어요.

여자는 신호가 바뀌기 전에 말을 마친 뒤 종이 한 장을 건네주고 사라졌다. 전단지에는 수련 센터의 전화번호가 적힌 명함이 붙어 있었다. 미간에 있는 자국이 눈에 띌 만한 것은 아니었다. 어린 시절을 험하게 보낸 아이라면 하나쯤 있을 법한, 모서리에 찍힌 것 같기도 하고 불에 덴 것 같기도 한 작은 홈일 뿐이었다. 할머니 말로는 태어날 때부터 있었다고 했다. 나는 뒤로 넘어져도 이마부터 깨졌기 때문에 자국은 나을 만하면 다시 덧나 아메바처럼 꿈틀거렸다. 그때마다 할머니나 엄마는 반창고나 밴드로 미간을 막아놓았다. 1년에 한두 번은 일부 사람들이 미간의 자국에 관심을 가지고 접근을 했다. 그러나 그들의 관심과는 다르게 그곳으로 들어오는 건 잠뿐이었다.

내게는 태어나 지금까지 단 두 번 경험했던 기이한 졸음의 순간이 있다. 그 두 번의 졸음이 내 인생을 바꾸었다고까진 생각하지 않는다. 매일 졸고 있으면서도 정말 존 것은 두 번밖에 되지 않는다고 여길 만큼, 그 두 번이 아주 이상했다는 것만 안다.

참쑥이 올라오는 초여름, 마당에 혼자 앉아 있는 것은 세 살짜리 여자아이다. 뜰에는 마른 흙먼지가 일고 개미들이 잔돌 사이로 몇 시간째 줄을 이었다. 댓돌 위에 앉아 개미들의 행렬을 보던 아이는 참을 수 없이 졸음이 왔다. 시장에 간 엄마는 오지 않고, 아빠가 올 시간은 아직 멀고, 뒷마당에서 상추 따던 할머니는 기척이 없고. 아이는 찐고구마를 쥐고 앉아 개미가 발등을 타고 오르는 것도 모른 채 깜박깜박 졸고 있었다.

졸면서도 아이는, 자신이 이렇게 졸린 것은 노랫소리 때문이라는 생각을 했다. 어디선가 꼭 들어본 적이 있는 노래. 들을수록 허벅지가 서늘해지며 오줌이 마려워지는 노래. 뒷문에선 딸랑딸랑 느린 바람이 불고, 허공에 넋을 놓은 누군가가 배를 쓸어주며 부르는 것 같은 노래.

자장 자장, 우리 애기, 우리 애기, 잘도 잔다, 단젖 먹고, 엄마 품에, 엄마 품에, 단잠 자라. 발등에 아른대는 햇살을 향해 머리가 점점 고꾸라지는데도 아가 아가, 울지 마라, 덧문 닫고, 기다리렴, 이불 밑에, 기다리렴, 눈을 감고, 기다리렴. 넋 나간 목소리가 끝도 없이 이어졌다. 눈썹과 눈썹 사이로 실 같은 연기가 간질간질 모여들었다. 나른함이 포대기처럼 몸을 감쌌다. 그것은 싫지 않은 느낌이었지만 팔다리가 묶인 채로 간질여지는 것처럼 아이는 조금은 고통스러운 시간을 지나고 있었다. 얼마나 지났을까. 대문 옆의 이팝나무 꽃이 이쪽으로 하얗게 쏟아지는구나 싶은 순간 전신줄 위에 걸려 흔들대는 누군가의 몸체가 보였고 곧이어 '어머니!' 소리와 함께 엄마가 아이의 등을 내리쳤다. 뒤뜰에서 할머니가 뛰어나왔다.

개미가 무릎을 타고 올라와 눈 밑까지 물고 있었다고, 그런데도 나는 동공이 풀린 채 입을 벌리고 앉아 전신주만 쳐다보고 있었다고 할머니는 얘기했었다. 목소리를 전혀 못 내던 내가 말을 하기 시작한 건 그날부터였다. 그날에 대해서 역시 또렷이 그릴 수 있는 것은 없다. 이팝나무를 받치고 있던 대문이 무슨 색이었는지, 개미가 몇 마리나 올라왔다 내려갔는지, 엄마의 장바구니에서 으깨진 것이 두부였는지 복숭아였는지. 다만 우리 아가 울지 마라를 반복하며 단조롭게 퍼져가던 목소리와 전신줄 위에 걸려 있던 형체만은 선명했다.

꼭 참외만 했는데 쪼글쪼글했고 눈이 아주 컸다. 허리가 직각으로 꺾인 채 전신줄에 빨래처럼 걸려 있었고 피 쏠리는 얼굴을 들어 나를 보고 있었다. 어쩌면 사람들은 이런 것을 가위눌렸다고 하는지도 몰랐다. 형체는 분명히 나를 보고 있는데 자장가 때문에, 밀가루 풀처럼 하얗게 풀어지면서 몸을 친친 감아버리는 자장가 때문에 나는 손가락 하나도 움직일 수가 없었다. 그것은 도저히 저항할 수 없는 거대한 졸음이었다.

노래를 다시 들은 건 그로부터 12년이 지난 뒤였다. 그날 나는 식은 찌개를 데워 먹은 다음 학원을 가려고 운동화를 꺾어 신고 있었다. 현관을 막 나서려는 나를 턱짓으로 가리키며 오랜만에 다니러 왔다는 먼 고모 사촌인지 사촌 고모인지 하는 처음 보는 사람이 말했다.

"야가 가야?"

학원까지 가는 동안에도 계속 붙어 있던 이물스런 시선 속에서 나는 나만을 비낀 채 집안을 떠돌고 있던 풍문의 냄새를 맡았다. 그것은 너무도 어렴풋했지만 장롱과 벽 사이, 낡은 액자 뒷면, 장판 밑 같은 집안의 틈새에 오랫동안 묵혀져왔던 어떤 사건 같은 것이었다.

칠판 위의 방정식이 제곱인지 세제곱인지 구분이 가지 않았고 그건 졸리기 때문이라는 생각이 들었다. 뭉게구름 같은 졸음이 미간을 덮쳐오고 있었다. 학원 건물의 알루미늄 창 너머로 밑층의 편의점에서 내놓은 야채 호빵 냄새와 옆 건물의 꽁치 굽는 냄새가 함께 올라왔다. 선생님의 목소리와 골목의 소음과 아이들의 웅성거림이 딱풀처럼 엉기고 있었다. 주위의 모든 사물이 마침내 끈끈하게 고정된 순간, 물속으로 가라앉는 것처럼 귀가 먹먹해지며 목소리가 들려왔다. 자장 자장, 우리 애기, 우리 애기, 잘도 잔다, 단젖 먹고, 엄마 품에, 엄마 품에, 단잠 자라.

언젠가 아주 오래전에, 어디선가 꼭 들어본 적이 있는 노래. 머리가 책상으로 고꾸라지다 튀어 오른 순간 눈앞이 환해졌고 아가 아가,

울지 마라, 덧문 닫고, 기다리렴, 이불 밑에, 기다리렴, 눈을 감고, 기다리렴. 참외만 한 형체가 시야에 들어왔다.

12년 만에 보는 것이었지만 나는 형체를 금방 알아보았다. 형체는 학원 밖 전신줄에 몸을 접고 매달려 이번에도 피 쏠리는 얼굴을 들고 팔을 내저었다. 여전히 눈이 컸다. 온몸이 석회색이었는데 만지면 딱딱할 것 같았다.

"야, 이은영. 미쳤어?"

내 이마를 막으며 일어선 것은 신희였다. 나는 여전히 물속에 가라앉은 채로 선생님과 아이들이 나를 돌아보는 것을 보았다. 몇몇은 비명을 지르며, 몇몇은 입을 틀어막으며 나와 참외 아이를 들여다보고 있었다. 이마에선 피가 흘러내렸고 내 손엔 리무버가 들려 있었다.

학원에서 신희에게 업혀 나온 뒤 나는 미간에 반창고를 붙이고 꼬박 열흘을 누워 잤다. 무겁고 긴 잠이었다. 몸을 뒤챌 때마다 누군가 헤엄을 치며 웃는 것이 보였다. 표정도 냄새도 익숙했다. 이상한 것은 그것이 꿈과는 전혀 다른 느낌이라는 것이었다. 꿈이 아니라고 100프로 장담할 수 있었다. 누워 있던 열흘 동안, 어떤 경로를 통해서인지는 몰라도 나는 내가 오래전 일을 기억해냈다는 걸 알았다. 먼 친척의 말에 걸레를 접으며 몸을 돌리던 엄마의 등허리, 눈썹 사이로 몰려오던 졸음 같은 자장가, 손을 내젓던 참외 형체. 나는 형체를 뭐라고 부를지 몰라 일단 이름 한쪽을 떼어주었다. 그러니까 내가 기억해낸 건 나와 영이가 등장하는 오래전의 어떤 이야기 정도가 될 것이다. 두번째 졸음으로 다시 미간이 뚫리고 그 안으로 잠과 이야기가 들어왔다. 그리고 나는 발병했다.

"얼굴이 피투성이가 돼서는, 이게 무슨 일이냐. 아직도 못 간 거야.

아직도 못 건넌 거야."

문밖에서 들려오는 할머니 목소리였다. 머리맡 언저리에서 엄마의 기척이 느껴졌다. 한 번도 포근하게 감긴 적 없이 매몰차게 미끄러져가던 엄마의 냄새였다. 이마의 반창고에서는 자꾸만 피가 배어 나왔고 몸을 뒤척일 때마다 이불 속에서 살이 상하는 것 같은 들척지근한 비린내가 났다. 나는 이불 밑에서, 눈을 감고, 오래오래 기다렸다. 엄마가 그 방을 나갈 때까지.

4

올해는 고모들도 사촌들도 오지 못한다고 했다. 남동생 둘은 전방과 이웃나라 학교로 떠나 있었다. 상 끝에 앉아 소리 없이 음복을 하고 있는 것은 부모와 나 셋뿐이다. 영정 사진 속의 할머니는 새치름하면서도 눈가에 사근사근한 웃음기가 가득했다. 집에서 제일 생기 있는 얼굴은 여전히 할머니였다.

'밤 먹고 싶다.' 30분마다 문자를 보내고 있는 건 요람이었다. '내 방으로 이사 와.' 엄마가 산적을 썰어 아빠 앞에 내려놓는 것이 보였다. 마주 앉은 부부의 모습은 심심하고도 편안해 보였다. 대놓고 살뜰하진 않았어도 자식들 불안할 만큼 큰소리로 투닥거린 적도 없는 부부였다. 그 생활이 담긴 듯 엄마는 슬하에 2남 1녀를 둔 단정한 부인으로 나이 들어가고 있었다. 개미를 다 떼어내고 목욕통에 들어갔다 나온 그날 저녁, 앞치마 꼬리에 매달리는 세 살배기의 손등을 내리치던 표정도 그대로였다.

장마철이었지만 비는 소강 상태였다. 엄마는 하고 싶은 말이 있지만 말하기를 체념한 얼굴로 다시 조기를 발라 건넸다. 엄마가 하려다 말 얘기란 신희 얘기밖에 없었다. 신희가 직장을 옮겼다더구나, 신희네가 아예 이사를 했다더구나, 신희가 다리가 부러졌다더구나. 이번에도 신희는 어떤 소식을 전해왔을 것이다. '이사 언제 올 건데?' 다시 요람이었다.

카페에 노트 사진을 올린 건 한 고등학생의 글 때문이었다. 팀장들이 모두 워크숍을 떠난 오후였다. 글은 내일이라도 세상을 끝낼 것처럼 비탄에 잠겨 있었다. 모든 수업 시간마다 무조건 5분 안에 잠에 빠집니다. 책 한 장도 제정신으로 못 넘기는 삶, 저에겐 아무 가치도 없습니다. 커터 칼로 목이라도 긋고 싶은 심정입니다. 카페는 잠의 지배를 받는 사람들이 모인 곳이었다. 하루에도 수십 건의 증상 호소와 극복 노하우와 실패담이 오르내렸다. 위로를 건네고 싶은 마음밖에는 없었다. 나는 고등학교 때의 노트 필기 사진을 올렸다. 빗금만 죽죽 그어진 노트였다.

두번째 졸음 이후 증상은 눈에 띄게 악화됐다. 혼자서 꼬집고 찌르며 정신을 차리고 수업을 들었다고 생각해도 수업이 끝나면 글씨는 지글지글 풀어져 알 수 없는 기호나 빗금이 되어 있었다. 비어 있던 칠판이 깜빡 하는 잠깐 사이에 글씨로 가득 채워져 있기도 했다. 그게 매 수업 시간마다 반복됐다. 조는 순간에는 몰라도 정신을 차린 뒤 눈앞에 펼쳐진 흔적이 내가 졸았다는 걸 입증해줬고, 그 처참한 광경을 보고 나면 나는 진심으로 그 자리에서 죽고 싶었다. 졸고 났을 때의 자기 비하가 엄청난 강도로 모든 걸 압도했기 때문에 쉽게 졸릴 수 있는 상황은 일단 피해야 했다. 나는 텔레비전 앞에도 컴퓨터 앞에도 앉지 않았다. 영화도 보지 않았고 책도 읽지 않았다. 대화에서 제외되는 게 싫어 친구도 만들지 않았다. 그러나 증상은 졸음만으로 그치지 않았다. 어쩌다 웃기라도 하면 얼굴 근육이 제멋대로 일그러지면서 몸에 힘이 빠졌다. 팔짱을 끼고 있을 땐 팔이 풀렸고 컵을 들고 있을 땐 컵을 떨어뜨렸다. 뇌는 깨어 있는데 몸의 근육이 잠에 빠지기 때문에 생기는 발작 증상이었다. 잠은 그렇게 온몸의 세포 하나하나까지 장악했다. 조는 것보다 얼굴에 경련이 일어나면서 주저앉는 게 더 굴욕적이었기 때문에 나는 웃음소리가 날 수 있는 어떤 자리에도 가지 않았다. 주말 저녁에 식구들과 둘러앉아 개그 프로그램을 보는 일은 있을 수 없었다. 밥을 먹다가도 무슨 일이 일어날지 알 수 없어 밥은 늘 선 채로 후루룩거리거나 혼자 먹었다. 가위에 심하게 눌리면서 자장가와 참외 형체가 나타나는 날이 많아졌고 수면마비 상태에서 나도 모르게 리무버로 미간을 찍는 날도 늘어났다.

나는 졸지 않으면 늘 찌푸리고 있었고, 잊을 만하면 이마에 반창고를 붙이고 다녔다. 신희가 수업 내용을 녹음해가며 팔뚝 전체가 멍이 들도록 꼬집어주지 않았다면, 세상과의 통로가 막힌 자리에 앉아 흥행 영화와 필수 도서를 요점정리해주지 않았다면, 나는 일찌감치 자퇴를 하고 방이나 병원에 틀어박혀야 했을 것이다. 빗금 노트는 그 끔찍한 시간들을 압축하고 있는 증거물 같은 것이었다.

노트 사진을 올리자마자 요람이라는 아이디가 쪽지를 보내왔다. 자신이 노트의 빗금을 해독할 수 있다고 했다. 이번 주에 정모가 있으니 꼭 나오라고 했고 안 나오면 자신이 찾아오겠다고 했다. 내가 쪽지를 계속 무시하자 요람은 장문의 메일을 보냈다.

'님은 노트 필기를 하던 중 세타파 상태에서 우주에 돌아다니는 파장 하나와 교신이 되었습니다. 졸 때 나오는 뇌파가 세타파거든요. 대화라기보다는 일방적인 메시지에 가까운 듯한데, 아무튼 그 내용을 노트에 적은 것입니다. 음…… 제 생각엔 그걸 필기할 당시 님의 실제 주파수는 세타파보다는 조금 높은 헤르츠였을 것 같군요. 스캔 뜬 사진만으로는 정확히 알 수 없지만 뭐랄까, 조금 당황스럽습니다. 님이 쓴 것은 어디서도 잡힌 적이 없는 전혀 새로운 정보라고 할까요. 님 스스로도 당황스러운 삶을 살아오지 않으셨나요? 그게 무슨 내용인지 궁금하지 않으신가요? 일단 저랑 만나시지요?'

요람은 끈질겼다. 메일도 계속 무시하자 요람은 내 블로그에 들른 직장 동료를 통해 내 직장 위치를 알아냈다.

요람은 삭발을 했다가 머리를 기르기 시작한 것처럼 머리카락이 밤톨같이 비죽거렸고 어설픈 요기 분위기가 나는 옷을 걸치고 있었다. 악건성인 것처럼 얼굴 전체에 하얀 각질이 일어나 있었는데 얼핏 보면 심한 아토피 같기도 했다. 눈엔 장난기 비슷한 게 이글거렸고 짐작한 것처럼 무례한 편이었다. 그냥 봐서는 카페 내에서 잠의 신으로 필력을 날리고 있는 요람과 동일인이라는 것이 믿기지 않았다. 나는 이 새로운 등장인물을 미간을 찌푸린 채 쳐다보았다. 신희 이래로 비슷한 또래의 동성은 일단 경계하고 보는 편이었지만 정신을 차리고 보니 결국, 나는 요람을 따라가고 있었다.

요람이 방처럼 기거하고 있는 사무실은 시내 한가운데의 건물 맨 위층에 있었다. 위로 갈수록 좁아지는 건물이라 요람의 사무실로 올라가자 첨탑 꼭대기에 와 있는 기분이 들었다. 벽 한 면 전체가 밤하늘이었고 한쪽에는 빛과 광명이 쏟아지는 포스터가 붙어 있었다. 밤하늘 사진에 몇 개의 빛들이 흩어져 있었는데 요람은 빛들을 가리키며 이쪽이 플레이아데스성단, 이쪽이 히아데스성단, 이쪽은 오리온자리라고 설명했다. 요람은 거기서 모종의 글을 한국어로 옮기고 있었다. 직원을 요람밖에 두지 않은 요람의 사장은 어느 날 문득 내면의 빛을 체험한 뒤 모든 것을 요람한테 맡기고 떠났다고 했다.

요람은 차를 내온 뒤 다짜고짜 자신의 가위눌림에 대해 얘기하기 시작했다. 차 때문인지 몸이 금세 나른해졌다. 첨탑 창으로 들어온 햇빛이 먼지들을 끌어올렸고 요람의 목소리가 이어지자 나는 마법에라도 걸린 것처럼 졸음 속으로 빠져들었다. 가위 오기 전의 신호 알지. 징— 하면서 샤워기 물이 틀어져. 그러면 나는 생각하지. 아, 가위눌림에 진입했구나. 졸면서도 요람한테 말려들고 있다는 찝찝한 기분에 정신을 차려보려고 했지만 몸은 다시 스르르 풀어졌다. 맨발로 방바닥 걸어 다닐 때 나는 마른 걸음 소리 있잖아. 사각사각. 그 소리를 빨리감기 해놓은 것처럼 진짜 빠르게 돌아다니는 거야. 나는 쿠션을 집어던지지. 가만히 좀 있어! 그러면 무릎으로 걸어 다녀. 누가? 이빨이 하나도 없는 단발머리 남자애가. 요람은 소곤거렸다 목소리를 높였다 하며 내 이마를 자유자재로 끌고 다녔다. 그건 요람도 얘기를 하면서 조금씩 졸고 있기 때문에 가능한 일이었다. 나는 요람의 강약에 맞추어 고개를 떨구었다 눈을 떴다 하며 마음껏 졸아버렸다. 요람의 얘기는 그게 다였지만 얘기가 끝나고 나자 3시간이 지나 있었다.

이 정도로 졸 수도 있다는 게, 아니 졸아도 된다는 게 놀라웠다. 그 뒤부터 나는 살금살금 요람의 사무실로 찾아갔다. 요람과 함께 있으면 학교나 집이나 직장에서처럼 졸지 않기 위해 사력을 다하지 않아도 됐다. 플레이아데스성단 밑에서 이마를 맞대고 앉아 요람과 나는 비밀을 공유한 교도들처럼 매일같이 졸았다. 한바탕 졸고 나서 몸도 마음도 풀어져 있으면 요람은 내 미간의 자국에 대해 이것저것 물었다. 요람의 관심이 너무 집요하다 싶을 때도 있었지만 나는 몽롱한 눈으로 요람을 바라보며 처음부터 끝까지 모든 것을 말해주었다.

"이거, 여러 설이 있어. 신생아실 간호사가 그랬다고도 하고 산부인과 의사 실수라는 말도 있고. 그런데 사실은 엄마 배 속에 있을 때 내가 손톱으로 후벼 판 거야."

요람이 번역하는 글의 원저자는 사람이 볼 수 없는 생명체였다. 한 뉴질랜드인이 플레이아데스인한테서 메시지를 받았고 요람은 그 내용을 번역하는 중이었다.

"여기엔 어떤 내용들이 있어?"

나는 종이 뭉치들을 뒤적거리며 물었다.

"다양한 우주 정보. 그리고 삶을 통찰하는 지혜와 비전."

"삶을 통찰하는 지혜와 비전. 멋지다. 근데 그런 걸 왜 힘들게 우주인한테 듣고 그래. 우리 할머니한테 물어봐도 되는데."

"니 할머닌 돌아가셨잖아."

요람은 책을 덮더니 나를 끌어와 앉혔다.

"이런 건 다 소용없어. 누군가 받아 적은 걸 다시 번역하고, 그걸 또 돌려 읽고. 그게 무슨 소용이야. 직접 통해야 돼. 우린 차원의 문을 직접 열 수 있는 사람을 찾고 있어. 그게 너야. 체질 개선만 하면 넌 할 수 있어."

요람은 오래 참았다는 듯이 갑자기 눈을 빛냈다.

"내가 하는 말 잘 들어. 넌 태어날 때 이미 미간 차크라가 열렸어. 넌 진짜, 축복 받은 생명체야. 어떤 사람들은 평생을 바치고도 못해. 다른 사람들이 50년 걸리는 걸 넌 1년이면 할 수 있어. 일단 체질 개선부터 하자. 넌 체질 개선을 하려면 나랑 살아야 돼."

"체질 개선? 그건 개종하는 것보다 어려운 거야. 난 그런 게 아니라 각성제가 필요해. 내일도 출근해서 졸지 않고 하루를 마쳐야 하니까."

말을 해놓고도 왠지 요람의 헛소리에 말려드는 대답이라는 생각이 들었다.

"체질 개선을 안 하면 니 병은 영원히 못 고쳐. 넌 환각을 보잖아. 환청을 듣고. 가위에 눌리고, 숙면을 못해 항상 졸지. 각성제에 항우울제에 수면제까지 알약을 하루에 열 개씩 먹어도 그때뿐이야. 평생 그렇게 살 거야? 이런 구질구질한 3차원 행성에서. 중력에 질질 끌려다니느라 끄덕끄덕 고개나 처박으면서. 응?"

요람은 악동처럼 으르렁거렸다.

"그럼 이런 게 체질 개선인가?"

나는 요람의 뺨을 툭 건드렸다. 왜 그런 행동이 나왔는지 몰랐다. 요람의 얼굴에서 하얀 각질이 떨어져 내렸다. 요람의 눈빛이 조금 흔들렸다. 요람은 극단적 채식을 하는 비건이었다. 채식이 진행될수록 탈피라도 하는 것처럼 온몸의 피부가 일어난다고 했다. 생리도 멈추어 아주 편하다고 했다. 카페 내에서 요람은 수면마비 회원들을 위한 상담방을 개설할 정도로 자각몽의 고수로 통했지만 요람이 어떤 사람보다 잠의 지배를 받는 종합병원 같은 환자라는 걸 아는 사람은 많지 않았다. 내가 그랬던 것처럼 요람 또한 다른 사람들이 공기처럼 누리는 평범한 생활을 갖기 위해 안 해본 짓이 없을 것이었다.

"솔직히 말할게. 난 깨달은 자들이 말한 걸 읽기만 하다가 죽고 싶진 않아. 난 직접 체험하고 직접 깨달을 거야. 그래서 평온해지고 싶어. 그뿐이야. 니가 좀 나눠줘도 되잖아. 우주 에너지는 자력을 갖고 있어.

니가 10이라는 생각을 하면 10이라는 에너지가 끌려와. 니가 0이라는 생각을 하면 0이라는 성질의 에너지가 온다고. 그걸 알면서 어떻게 징징거리기만 하다 한평생을 끝낼 수 있지? 어떻게 수련하지 않을 수가 있냐고. 더구나 너처럼 영적인 촉이 좋은 애가. 어설프게 열리면 안 열리느니만 못해. 정진하지 않으면 넌 계속 아플 거야. 이상한 것만 보이고, 온갖 사이비가 꼬여들겠지. 지금부터 하면 돼. 붓다나 예수처럼 뛰어난 지구인은 못 돼도, 꽤 괜찮은 지구인은 될 수 있어."

"궁금한 게 있는데, 괜찮은 지구인이 되는 데 돈은 얼마나 필요하니?"

"많을수록 좋아. 뭐든 자기 돈이 들어간 만큼 진지해질 수 있으니까."

요람은 자신만만했다.

"의식하고 그랬든 아니든, 니가 계속 열려고 해왔다는 거 알아. 리무버 같은 무식한 방법 말고, 내가 도와줄게. 이 자국은 빛의 통로야. 빛으로 세포 자체를 변형해가는 거야. 지긋지긋한 잠 세포까지 포함해서 전부 말이야. 아무 잡념 없이 그 빛에 1분만 집중할 수 있으면 너를 통째로 바꿀 수 있어. 거기를 그냥 열어버려."

할머니는 말씀하셨다. 외로울 때와 몸이 아플 때를 조심하라고. 세상의 모든 사기는 마음의 병과 몸의 병이 만든 틈새로 꿀처럼 스며든다고 했다. 할머니는 첫 월급을 받으면 성형외과에 가서 이마의 자국부터 없애라고 했다. 우리 은영인 이마가 움푹해서 나쁜 무리들이 늘 탐을 낼지 모른다. 이 자국을 없애야 시집가서 아들 딸 낳고 평범하게 잘 살지.

나는 일단 첨탑방에서 내려가야겠다는 생각이 들었다. 이대로 있다간 요람한테 잡혀 먹힐 수도 있었다.

"그래, 내 말이 뜬구름 같으면, 다 떠나서, 영이는?"

첨탑에 잠시 정적이 일었다. 플레이아데스성단 쪽에서 몇 개의 빛들이 흩어졌다 사라지는 것이 보였다. 일종의 승리감 같은 것으로 번득이는 요람의 눈빛을 보면서 나는 영이가 그런 식으로 거론된 데에 대해 거북함을 느꼈다.

"됐어. 보자마자 들이댈 때부터 알아봤어야 되는데."

나는 자리에서 일어났다.

"가게? 넌 못 가. 나랑 있는 게 좋잖아. 여기 오고 싶어서 낮에도 계속 근질거리지? 넌 다르게 살 수도 있다는 걸 이미 알아버렸어."

나는 요람이 요괴처럼 느껴졌다. 그리고 이 감정이 거북함도 두려움도 아닌 무력감이라는 것을 깨달았다.

"요람. 난 니가 진실한지 아닌지 판단할 능력이 없어. 넌 내 자격지심을 너무 잘 알고 있고, 니 말은 현란해. 영적 사기단은 항상 결핍된 자들을 노리지, 비겁하게."

다시는 첨탑방을 찾지 않을 것처럼 일어서자 요람은 마지막 카드 같은 말을 내 등 뒤에 꽂았다.

"그 경지가 되면, 숨 쉴 때마다 오르가슴의 몇 배는 되는 황홀한 순간이 와. 나랑 같이 거기로 가. 강물이 반짝거리잖아. 저기만 건너면 기막힌 마을이 있어. 그러니 니 엄마가 삶은 걸레로 바닥을 닦고 있는 그 집에서 나와."

5

며칠은 움찔거리면서 눈을 뜨려고 했을 것이다. 세상에 생겨나 처음으로 눈을 떴을 때 뿌연 막이 걷히며 영이가 보였다. 한껏 인상을 쓰고 미간을 움찔거리는 걸 보니 영이도 이제 막 눈을 뜨려는 것 같았다. 가까운 곳에 다른 누군가가 있다는 걸 나는 처음부터 알고 있었다. 엄마의 심장 소리 말고도 또 한 명의 심장 소리가 규칙적으로 들려왔고, 누군가도 양수를 뱉고 삼키는 걸 반복하면서 숨을 쉬고 있었다.

우리는 눈을 뜬 채 서로를 한참 쳐다보았다. 영이는 좀 피곤하고 지친 듯한 힘없는 얼굴을 하고 있었다. 잠시 기웃거리다 내가 팔을 툭 치자 영이는 간지러운지 목을 까닥대며 웃었다. 영이도 손을 휘저어 내 발바닥을 간질였다. 내가 하품을 하면 영이도 하고, 영이가 기지개를 켜면 나도 켜면서 우리는 둥근 태반을 함께 돌았다. 자궁 속은 둘이 떠다니며 놀기에 충분했다. 나는 양수 속에서 아무 때나 어떤 자세로도 떠다닐 수 있었고 그것은 생각보다 신나는 일이었다. 영이가 구경만 하면서 몸을 웅크리고 있으면 나는 달려가 영이를 잡아끌었다. 팔다리와 엉덩이를 쭉 뻗는 법, 손으로 탯줄을 움켜쥐는 법, 몸 회전시키는 법 등을 선보이면 영이는 박수를 치며 웃으면서도 함께 움직이려고 하진 않았다. 움직이면 움직일수록 나는 근육과 뼈가 단단해졌고 영이는 빠르게 말라갔다.

음식물 들어오는 소리도 잦아지고 엄마의 혈액 흐르는 소리만 맑게 울리는 밤이 되면 영이는 그제야 눈을 비비며 양수를 힘들게 토해냈다. 시간이 지나면서 엄마는 파도 소리를 들려주기도 했고 가끔은 오리 백숙 같은 것을 먹기도 했다. 우리는 엄마가 보내오는 오리를 먹기 위해 사지를 휘저으며 필사적으로 꼼지락거렸다. 근육과 뼈가 발달한 내가 언제나 영이보다 빨랐다. 내가 의기양양해하며 짓궂게 웃어 보이면 영이는 야단맞은 아이처럼 주춤거리며 맥을 놓다가 구석으로 굴러가버렸다. 시간이 갈수록 영이는 초점 흐린 눈으로 힘없이 늘어져 있는 날이 많았다. 소변도 지리듯이 조금씩만 흘렸고 가끔은 발작을 하는 것처럼 손발을 파르르 떨기도 했다. 그러는 동안 밖에서는 장마가 시작되고 있었다.

그날도 종일 비가 왔다. 길고 긴 장마철 중의 하루였다. 엄마의 심장 소리가 평소보다 빠르게 쿵쾅거렸다. 끈끈한 적막이 태반 벽을 둘러싸고 있었기 때문에 날이 저무는 중이라는 걸 알 수 있었다. 이상한 기운에 이끌려 나도 모르게 고개를 돌렸을 때였다. 심한 딸꾹질을 하는 것처럼 영이가 몸을 푸득푸득 떨고 있었다. 사지는 이미 수초처럼 풀어진 채였다. 한 발 내딛기도 전의 찰나간이었다. 몸을 떨던 영이는 눈을 부릅뜬 채 흐읍, 목을 빼고는 그대로 멈추었다. 허우적거리던 팔도 허공에서 함께 멈추었다. 뿌연 적막 속에서 엄마의 심장 소리만이 들려왔기에 나는 영이의 심장이 멎은 걸 알았다. 탯줄을 타고 뱃고등어 날비린내가 내려왔다.

“야, 이은영. 괜찮아?”

나를 내려다보고 있는 건 신희였다. 미간은 여전히 반창고로 닫혀 있었다.

“무슨 애가 그렇게 오래 자냐? 나 심심하게, 큭. 내가 너 업고 뛴 건 기억 나냐? 큭큭.”

엄마가 노랗게 깎은 홍옥을 포크로 찔러 신희에게 건네주고 있었다. 나를 문병하며 엄마에게 과일을 받아먹는 게 좋아 죽겠다는 듯이 신희는 계속 생글거리고 있었다. 엄마 얼굴도 홍조를 띠고 있는 것을 보고 나는 아무도 모르게 고개를 돌렸다.

엄마에 대한 내 감정의 폭이 생각보다 훨씬 크다는 걸 나는 신희를 소개시키고서야 알았다. 한 번 다녀간 뒤로 신희는 일주일에 사나흘은 집에 들러 저녁을 먹고 갔다. 공부를 이유로, 지난번에 놓고 간 책을 가지러, 은영이를 혼자 두면 안 될 것 같아서. 하늘이 그냥 높아서요, 엄마! 신희는 대문을 열자마자 쪼르르 내 엄마한테 달려갔다. 친엄마와 함께 살고 있지 않은 신희는 엄마, 엄마 하며 내 엄마를 각별히 따랐고 엄마도 그런 신희를 보며 자주 웃었다.

마당에서 양동이가 와장창 떨어졌다. 학교에서 돌아온 남동생 둘이 마당을 뛰며 쫓고 쫓기고 있을 것이었다.

"누나는? 아직도 아파?"

"저, 저, 저, 이노므 강아지들. 또 저지레 치지."

남동생들은 항상 시끄러웠고 할머니는 늘 흡족해했다. 신희가 나가자 엄마도 더는 내 옆에 있지 않고 쟁반을 들고 나갔다. 엄마의 치맛자락이 일으킨 짧은 훈풍이 오랫동안 코끝을 맴돌았다. 이마의 반창고에서 뭔가가 흘러나올 것 같아 나는 몸을 움직이지 못한 채 천장만 쳐다봤다.

죽은 영이의 몸 옆에서 나는 넉 달을 더 살았다.

내 시야에 있는 것은 오직 영이였기 때문에 나는 하루 종일 영이를 보며 지냈다. 영이는 눈을 홉뜬 채 우주 미아처럼 흐늘흐늘 허공을 유영했다. 시간 단위로 각도를 달리하며 척추가 휘어져갔다. 영이는 뭉개진 고깃덩어리 같다가도 어느 순간 보면 머리카락 하나 속눈썹 하나가 살아 있는 것처럼 움직였다. 내가 양수를 헤치며 몸을 뒤척일 때마다 영이의 죽은 배내털도 결을 따라 움직였다.

엄마 몸에서 분비되는 호르몬이 평소와 다른 것이 느껴졌기에 나는 엄마의 심경에 변화가 생긴 것을 알았다. 영이의 죽음을 엄마 또한 알았을 것이다. 여전히 엄마를 통해 산소를 공급받고 있었지만 급격히 달라지는 엄마 몸의 흐름 속에서 나는 직감적으로 생존의 위협을 느꼈다. 배가 딱딱하게 뭉치며 수시로 태반을 압박해왔고 신선한 산소량이 줄면서 숨이 가빴다. 가을이 되면 밤을 주우러 가자고 아빠에게 말하던 엄마는 단풍이 들고 잠자리가 나는데도 대문 밖을 나가지 않았다. 웃음소리도 들려주지 않았고 하루 종일 말을 한 마디도 하지 않았다.

영이의 죽은 몸에서 나오는 분비물로 양수 맛은 점점 시큼해졌다. 더 이상 따뜻하지도, 부드럽게 출렁이지도 않는 양수 속에서 나는 한기로 질려갔다. 상해가던 영이의 몸 조직이 부패를 멈춘 건 양수가 세균으로 감염되기 직전이었다. 대신 영이는 어느 순간 석회처럼 딱딱하게 굳기 시작했다. 눈을 부릅뜬 채 척추가 휜 자세 그대로 참외만 하게 굳어버린 영이 옆에서 나는 하루 세끼를 허겁지겁 받아먹으며 나날이 커갔다. 태지가 두꺼워지고 팔다리가 자라는 속도는 자궁 안의 사건과 무관하게 무섭도록 빨랐다.

이제 자궁 속은 아무 때나 어떤 자세로도 떠다닐 수 있는 넓은 곳이 아니었다. 나는 자랄수록 몸을 최대한 웅크려야 했다. 좁아진 공간 속에서 영이는 더욱 밀착되어 왔다. 눈을 뜨면 코앞으로 영이의 목뼈가 지나갔고 잠에서 깨면 영이의 팔 한쪽이 내 목 위에 얹혀 있었다. 나는 영이의 몸이 닿을까 봐 하루에도 몇 번씩 기겁을 하며 몸을 피했다. 그 상태를 견디기 힘들 땐 엄마의 배를 찼다. 제발 이곳에서 꺼내달라고, 죽은 영이의 몸을 어떻게 좀 치워달라고 나는 난폭하게 꿈틀대며 엄마의 배를 두드렸다. 그때마다 엄마는 배를 싸안고 소리 죽여 울었다.

할머니의 발소리가 들리던 어느 밤이었다. 엄마가 울음을 삼키며 바닥에 주저앉고 있었다.

"징그러워요, 어머니."

엄마의 목소리는 태반 속으로 여과 없이 들어왔다. 그것이 홀로 남은 내가 들은 엄마의 첫번째 메시지였다.

내게 자궁 속은 어서 탈출해야만 하는, 죽음의 분비물이 가득한 좁은 방일 뿐이었다. 그러나 엄마의 목소리를 듣는 순간 나는 내가 그곳에서 나가더라도 살 수 없다는 것을 알았다. 엄마의 몸이 유일한 생명줄이고 세계 자체였던 내게 그것은 목소리의 진동만으로도 알 수 있는 부정의 의미였던 것이다. 나가기 위해 머리를 엄마의 골반 쪽으로 돌리던 동작이 멈추어졌다. 탈출을 위해 남겨두었던 마지막 기력이 빠져나가고 있었다. 내가 악착같이 움켜쥐고 있던 끈, 엄마가 보내오는 모든 것을 받아먹던 끈이 눈앞에서 그대로 풀려나갔다. 나는 엄마의 배를 차지도, 영이의 몸을 밀치지도 않았다. 대신 손톱을 세워 미간을 후벼 팠다. 엄마의 목소리가 물결을 타고 반복될 때마다 나는 가슴을 치듯이 미간을 쥐어뜯었다. 좁쌀 같은 살점들이 양수 속으로 흩어졌다. 심장도 폐도 점점 조용해졌다. 내 호흡은 마지막을 향해 가라앉고 있었다.

시간이 얼마나 흘렀는지 짐작이 가지 않았다. 미간은 여전히 반창고로 닫혀 있었다. 아빠가 대문을 여는 소리, 남동생들이 씻는 소리, 엄마의 도마질 소리가 선명하게 들렸다. 누군가 방에 들어왔다 나가는 기척도 들렸다. 그러나 그들을 부르려고 해도 목소리가 나오지 않았다. 나는 다시 천장을 보았다. 영이가 손가락을 들어 내 머리맡을 가리키고 있었다. 내 묘기를 보며 박수를 치던 때의 모습이었다. 영이의 손가락이 가리킨 곳에 엄마가 깎던 홍옥 껍질이 한 점 떨어져 있었다. 나는 몸을 일으키다가 비린 기운에 이끌려 손에 걸리는 보자기를 젖혔다. 아직

온기가 남아 있는 선짓국 뚝배기와 열무김치 한 보시기가 쟁반에 담겨 있었다. 국을 보자마자 나는 앞머리를 쓸어 올리고 바짝 다가앉았다. 그리고는 뚝배기를 뒤집어쓸 듯 후룩거리며 선지를 단숨에 넘겼다. 이마에선 자꾸 피가 배어 나오는데도 따끈따끈한 핏덩이가 너무 맛있어서 나는 어둑한 방에 앉아 연신 콧물을 들이켰다.

뚝배기를 비우고 나자 문틈으로 서늘한 정적이 들어왔다. 홍옥 껍질은 아직 그대로 있었다. 나는 그것을 한참 바라보다가 조심스럽게 집어 혀끝에 올려놓았다.

시간이 얼마나 지났는지 알 수 없었다. 어쩌면 그것은 엄마 배 속에서 꾸는 마지막 꿈인 것도 같았다. 바깥쪽에서 빛의 기운이 어른거렸다. 형광등이나 가로등과는 질이 다른 빛이었다. 빛이 태반을 감싸며 내려왔기 때문에 내 몸은 본능적으로 빛 쪽을 향했다.

그곳은 밖이었다. 잠자리 날개가 부서지는 것 같은, 가볍고 바삭거리는 햇빛 소리가 들렸다. 엄마가 걸을 때마다 밤톨 밟히는 소리가 났다. 돌 위에 걸터앉아 가을볕에 넋을 놓은 엄마가 배를 쓸며 중얼거리고 있었다. 그것은 끊어질 듯 느리게 이어지는 노랫소리였다. 자장 자장, 우리 애기, 우리 애기, 잘도 잔다, 단젖 먹고, 엄마 품에, 엄마 품에, 단잠 자라. 나는 숨을 죽인 채 태반 벽에 귀를 붙였다. 아가 아가, 울지 마라, 덧문 닫고, 기다리렴, 이불 밑에, 기다리렴, 눈을 감고, 기다리렴.

마지막 의식 끝에서 들은 노래가 살려고 꾼 꿈이었는지 실제였는지 확실치 않았지만 어쨌든 그것이 홀로 남은 내가 들은 엄마의 두번째 메시지였다. 엄마가 기다리라고 하니까, 울지 말고 기다리라고 하니까, 나는 엄마의 첫번째 메시지에 삶을 놓았던 것처럼 두번째 메시지로 다시 숨을 쉬었다.

내게는 산도를 빠져나오는 고통도 쾌감도, 첫 순간의 어떤 격렬함도 주어지지 않았다. 영이와 헤어진다는 안도감과 죄책감 속에서 갑작스럽게 엄마의 배가 열렸다. 생경한 빛들이 움푹 팬 미간으로 쏟아져 들어왔고 그것은 굉장히 쓰라린 느낌이었다.

마지막으로 본 영이의 모습은 여전히 눈을 홉뜨고 나를 향해 팔을 내저은 채였다. 금속성 빛이 내리꽂힌 동시에 외계인에게 납치라도 되는 것처럼 섬광 속으로 영이의 굳은 몸이 빨려 올라갔다. 그것이 마지막이었다. 낮게 잦아드는 수군거림 속에서 나는 끄집어졌고 죽은 듯이 널브러진 엄마의 가슴도 순식간에 시야에서 멀어졌다.

영이가 배 속에서 죽은 것은 계곡이 흙물로 넘쳐나던 장마철이었고 내가 태어난 것은 사방이 바싹 마른 늦가을이었다. 그렇게 영이와 헤어지고 나는 세 살이 될 때까지 말을 하지 못했다.

6

신희가 12주라더라. 제기의 물기를 닦으며 엄마가 말했다. 신희의 결혼 소식을 들은 지 2년 만이었다. 그때도 엄마는 행주가 끓고 있는 들통의 불을 낮추다가 말했다. 신희가 그제 청첩장을 보내왔다. 그러면서 신희가 마음 붙일 곳이 없어 서둘러 결혼을 한 건 아닌지 남몰래 걱정을 했다.

엄마도 그 시절이 가끔 생각날 것이다. 신희가 있어야 엄마에게도 나에게도 활기라는 것이 생겼다. 엄마와 나는 다른 모녀들처럼 수다와 짜증이 거침없이 오가는 사이가 아니었다. 나는 엄마한테 조는 모습을 보이지 않기 위해 필요한 말 외에는 어떤 말도 길게 하지 않았고 엄마 또한 이것저것 묻지 않고 챙길 것은 알아서 챙겨놓았다. 엄마와 나는 주말이면 같이 재래시장을 거닐며 튀김을 사 먹거나 사촌들의 배우자를 훑어보며 친척들 결혼식장에 붙어 다니는 모녀 사이도 아니었다. 영이의 재일에 절에 가는 것이 유일하게 함께하는 외출이었다.

잔디밭가로 잡풀이 올라오던 토요일 오후에 신희는 아무도 없는 교실 한쪽에 나를 앉히고 자신의 친엄마 얘기를 해주었다. 신희의 엄마는 아빠와 이혼하고 남쪽 마을 끝에서 병든 고양이처럼 혼자 살고 있다고 했다. 신희의 엄마는 알코올중독이었다. 신희는 몇 달 차이나지 않는 배다른 남동생에게 매일 얻어맞으면서 자랐다. 그러나 그건 나만 알고 있는 사실이 아니었다. 신희는 누군가와 가까워지면 항상 가정사를 털어놓았다. 선생님에게, 학생회 선배에게, 내 엄마에게, 신희는 자신이 얼마나 고통스러운 유년을 보냈는지, 지금도 얼마나 이방인처럼 겉돌고 있는지를 조근조근 털어놓았다. 자신을 낳아준 친엄마나 엄마 아빠가 같은 형제자매와 살고 있는 사람이라면 어떤 고민도 배부른 투정일 뿐이라고, 신희는 불행을 독점하고 싶어 했다.

그래도 나에겐 신희가 필요했다. 신희는 졸고 있는 내 모습이 얼마나 처참한지를 속속들이 알고 있는, 나를 매섭게 깨워줄 수 있는 유일한 사람이었다. 수면다원검사를 잘하는 병원과 먹어야 할 각성제의 양을 점검해주는 것도, 수면마비 상태의 자해 심리에 대한 분석 자료를 찾아다 주는 것도 신희였다. 신희는 시험 기간마다 집에 와 며칠 밤이든 같이 지냈고 요점 노트와 문제집에 색색의 포스트잇을 붙여 내게 건넸다. 무엇보다 신희는 엄마에게 내가 큰 문제없이 지낸다는 걸 보여주는 증인이자 차단막이었다. 내가 졸음으로 가라앉을 때마다 신희는 나를 챙겨야 한다는 사명감에 불탄 듯 활기에 넘쳤다.

잠든 줄 모른 채로 자다 깨면 깬 곳이 꿈인지 현실인지 구분이 안 돼 나는 자주 헛소리를 했다. 그럴 때 신희가 '이건 꿈이 아니야' 라고 하면 꿈이 아니었고 '그건 꿈인가 보다, 나 아까 그런 말 안 했거든' 이라고 하면 꿈이었다.

지금도 신희와의 일화들을 돌아보면 나는 꿈인지 아닌지 헷갈릴 때가 많다. 꿈이 아니라고 100프로 장담하기 어려웠다. 고2 겨울방학을 앞둔 저녁이었다. 그날도 나도 모르는 사이에 졸음에 빠져 잠이 들었나 보았다. 깨어보니 방에 책들이 펼쳐져 있었다. 그러나 잠든 기억이 없었으므로 나는 내가 깬 곳이 꿈속인지 현실인지 여전히 구분이 안 됐다. 문을 여는데 신희와 남동생 둘이 거실에 앉아 귤을 먹는 것이 보였다. 작은 남동생이 고개를 바닥에 찧으며 끄덕끄덕 조는 시늉을 했다. 큰 남동생이 작은 남동생의 옆구리를 찌르며 말했다. 누나, 들어가서 자. 작은 남동생이 눈을 게슴츠레하게 뜨며 나 안 자! 이마를 벅벅 긁었다. 똑같애, 똑같애. 신희가 허벅지를 치며 웃었고 연이어 남동생 둘이 웃음을 터뜨렸다. 나는 조용히 방문을 닫았다.

그날부터 나는 엄마와 신희가 도란거리는 소리에 잠을 자지 못했다. 내가 어디 가서 이런 얘길 하겠니, 엄마가 한숨을 지으면 얼마나 걱정이 많으시겠어요, 신희가 받아쳤다. 나를 소재로 둘은 서로를 위로하고 도닥이며 내가 모르는 그들만의 어휘를 쌓아가고 있었다. 그것은 아주 집요한 영상이 되어 내 머릿속에서 떨어지지 않았다. 그날 이후로 나는 신희를 보지 않았다. 엄마와 나의 오랜 금기를, 비무장지대처럼 아슬아슬하게 공유하고 있던 엄마와 나만의 영역을 다른 사람도 아닌 신희가 휘저었다는 걸 나는 인정할 수 없었다. 곧이어 입시철이 왔고 졸업 후 신희는 다른 지역의 대학으로 떠났다. 연락은 자연스럽게 끊어졌다. 신희가 내 생활에서 사라지면서 엄마의 표정에서도 다양한 색깔이 거두어졌다. 그 이후의 내 삶은 신희가 없어도 평범한 생활을 유지할 수 있다는 것을 보여주기 위해 바쳐졌다. 졸음의 파괴력은 여지없이 혹독했기 때문에 나는 토할 것 같을 정도로 악에 받친 채로 매일 스물네 시간을 보냈다.

대학 졸업식을 앞두고 그해 최대의 경쟁률이라고 했던 공기업 합격 소식을 전했을 때 엄마는 아무 말도 하지 않았다. 신입사원 연수를 위해 연수원에 내려가던 날, 엄마는 도톰한 30수 면사 타올 두 개를 잘 말아 배낭에 넣어주는 걸로 내가 택한 삶을 지지했다. 그런 엄마를 보며 나는 외로웠다. 내가 평생을 올라야 할 언덕 곳곳엔 잠 덩어리들이 포진하고 있었고 아무리 굴려 올려도 그 거대한 덩어리는 전혀 닳지 않을 걸 알기 때문이었다. 내가 어떤 소식을 전해도 내 이력은 집안사람들에게 '독한 것' 이상의 의미는 주지 않았다.

친척들은 모이면 여전히 귀신 붙은 애 얘기를 했다. 쌍둥이 자매를 잡아먹고 살아남은 독한 것, 그렇게 독하니 죽은 애가 잠귀신으로 붙어 이마를 쪼아 먹지. 숨죽이고 있던 풍문들이 심심할 때마다 고개를 들었다. 할머니는 집안에 소소한 우환이 있을 때마다 영이의 넋부터 달랬다. 영이의 재일을 정하고 장마철마다 엄마와 나를 절로 보내 기도 입재를 하게 한 것도 할머니였다. 사람들은 고의적인 유산도 아닌데 너무 유난 아니냐고 하다가도 피투성이가 된 내 이마를 보고 나면 그렇게라도 해야지, 했다.

제기를 정리하는 엄마 얼굴에 몸살 기운이 어른거리는 것이 보였다. 장마 때가 되면 엄마는 언제나 몸이 아팠다. 화병이나 무병처럼 병원에 가도 병명이 없었다. 지 엄마 몸에 붙어서 안 떨어지는 거라. 태아령이, 살고 싶은 집착이 그리 강한 거다. 처녀로 죽은 영, 총각으로 죽은 영, 지 목숨 지가 끊은 영 다 상관없다. 배 속에서 빛 못 보고 죽은 태장 영가 한 맺힌 게 제일 큰 거니. 죽을 때까지 기도해라. 할머니는 해마다 엄마 약을 달이면서 말했다.

할머니 제사가 끝났으니 엄마는 곧 기도 채비를 할 것이다. 신희의 임신 소식을 들으면서 나는 새삼 내가 내 삶을 확신해본 적이 없다는 생각이 들었다. 버스가 전복돼 그중 반이 죽는다면 나는 죽는 쪽에 포함될 거라고 생각해왔다. 화재 현장이나 전시 지역 속에 있어도 졸 확률이 컸기 때문에 죽을 확률도 컸다. 각성제로 점철된 내 몸에 다른 생명이 깃들 수 있다는 생각을 해본 적도 없었다.

방으로 건너와 자리에 눕자마자 나는 렘수면 상태로 직행했고 어디인지 알 수 없는 공간 속으로 들어갔다. 요람을 따라서 나는 끝도 없이 계단을 올랐다. 맨 꼭대기에 이르자 넓고 푸른 고원이 펼쳐졌다. 나는 가운데에 정좌를 하고 앉았다. 그리고 미간에 의식을 집중했다. 허공에 펼쳐진 빛들이 이마를 향해 모여들었다. 손끝에서부터 짜릿함이 꿈틀거렸다. 몇 초만 있으면 오르가슴과는 비교도 안 된다는 열락이 올 거라는 걸 온몸의 근육이 말해주고 있었다. 그때 엄마가 방문을 열었다. 뭐하니. 이마로 모여들던 빛들이 빠르게 흩어졌다. 엄마가 왜 하필이면 그때 문을 열었는지, 몇 초 뒤가 아닌 바로 그 순간에 들켜버린 것이 나는 억울했다. 몇 초 상간으로 비껴간 세상이, 맛보지 못한 그 세상이 아쉬워서 나는 꿈속에서도 소리 내어 울었다. 그 근처까지 갈 수 있다면, 다시 한 번 빛의 떨림을 예감할 수 있다면 나는 콩팥을 팔아서라도 요람에게 갈 수 있다고 꿈속에서 다짐하고 또 다짐했다.

7

해가 날 듯하다가 오후부터 잔비가 내리고 있었다. 엄마는 식은땀을 흘리면서도 절을 시작했다. 지장전 불단에는 딸랑이와 요구르트와 아기 덧신이 놓였다.

부모 인연 지중하여 업연 따라 태에 드나 세상 인연 부족하여 빛을 보지 못한 영가, 아미타불 법력으로 태안지장 원력으로 법당 열어 부르나니 순식간에 강림하소.

법당 바닥에서 한여름의 습한 냉기가 올라왔다. 천도문이 이어지고 있었다.

세상에서 가장 넓은 어미 가슴 활짝 열고 지극참회 발원하면 못 이룰 일 무엇일까, 다시 한 번 돌아보아 참회발원 하옵소서 아이들아 미안하다 정말정말 미안하다.

엄마는 좌복 위에 엎드려 계속해서 미안하다고 중얼거렸다. 나는 고개를 돌려 뜰에 앉은 동자상을 내다봤다. 이승과 저승 사이에 삼도의 강이 있어 빛을 보지 못하고 죽어간 핏덩이들이 모래밭에서 고사리손을 모아 탑을 쌓고 있다고 했다. 돌 하나를 들고 어미를 생각하고, 또 돌 하나를 들어 아비를 생각하며 탑을 쌓는다. 그러나 탑이 완성될 때쯤이면 매번 저승의 도깨비들이 나타나 쇠방망이로 탑을 부숴버린다. 애써 쌓아올린 탑이 무너지면 어린 영혼들은 모래밭에 쓰러져 서럽게 울다 지쳐 잠이 든다.

"그때 지장보살님이 눈물을 흘리며 나타나는 거라. 그 어린 고사리 손을 감싸 안으면서 '오늘부터 나를 어미라 불러라', 그러고 삼도의 강을 건네주는 거다."

할머니는 잊을 만하면 삼도의 강변에서 시작되는 태안지장 설화를 들려주었다. 그건 동자상이 빼곡한 이 절에 처음 왔을 때 읽은 이야기이기도 했다. 동자상들의 빨간 두건 위로 잔비가 맺히고 있었다.

장마철이라 불을 올렸는지 요사채 방바닥은 뜨끈했다. 나는 펄펄 끓는 요사채 방바닥에 치골을 대고 엎드려 밤새 엄마를 불렀다. 뜨거워 엄마. 허벅지가 데일 것같이 뜨거워. 아랫배가 절절 끓어. 엄마가 자리에서 일어나 다라니를 펼쳤다. 그래야 아이를 가질 수 있단다. 엄마가 불을 지폈다. 그래야 아이가 살아난단다. 인두처럼 달군 향 끝을 후후 불며 엄마는 순식간에 향을 들어 내 질 속으로 찔러 넣었다. 방구들 밑에서 아이가 자지러지게 울어댔다. 나는 자욱하게 타들어가는 자궁을 감싸고 엎드려 새벽이 될 때까지 수면마비 상태로 헤맸다. 눈을 뜨니 아침이었고 엄마가 나를 내려다보고 있었다. 생소하면서도 익숙한 모습이었다. 그리고 대할 때마다 섬뜩한 모습이었다.

절을 내려올 즈음 비는 완전히 멎어 있었다. 버스를 기다리는 동안 네모난 간이 정류장 위로 바람이 여러 번 지나갔다. 어렸을 때부터 가끔 뺨이 서늘해 고개를 돌려보면 나를 물끄러미 바라보던 엄마가 다시 시선을 돌리던 모습. 가위에 눌려 허둥대는 나를 내려다보거나 안 보는 척 그렇게 시선을 돌리는 게 엄마가 나를 보아온 방식이었다. 영이에 대해 어떤 얘기도 입에 올리지 않던 엄마는 그렇게 내 몸짓 하나하나에서 영이를 보고 내 이마 언저리에서 영이의 이야기를 찾고 있었는지도 몰랐다. 엄마는 알고 있을까. 자신의 한 아이가 심장이 멎기 직전 짧게 허우적거렸다는 걸.

어쩌면 영이는 지영이나 희영이 같은 이름을 가진 여자애로 자라서 나와 같은 시기에 초경을 하고 취직을 하고 사랑을 하면서 살 수도 있었을 것이다. 자신이 생명을 놓았던 시간대와는 또 다른, 해가 지고 노을이 붉은 수많은 저녁을 가졌을 것이다. 영이가 삼도의 강을 건넜는지 아닌지는 알 수 없었다. 분명한 건 모든 것을 기억해낸 열다섯 살 이후로 나는 한순간도 영이와 떨어진 적이 없다는 것이었다. 교실 사물함에 넣어놓은 체육복 속에도, 수능 보러 가던 날의 필통 속에도, 비틀비틀 집으로 돌아오다 올려다본 이십대의 숱한 골목 끝에도 항상 영이가 있었다. 그것은 좋고 싫고의 문제가 아니었다. 영이는 그냥 드리워져 있었다. 내가 있는 곳이 영이가 떠돌고 있는 구만리장천의 어느 한 지점이라면, 광활한 공간에서 파동으로 존재할 영이에게 나는 모든 채널을 열어 말할 것이다. 중력이 지배하는 어떤 행성에도 내려앉지 말고 어서 가라고.

핸드폰 전원을 켜자 요람이 보낸 사진이 나타났다. 핸드폰 사진 속에서는 정말로 이빨이 하나도 없는 단발머리 남자애가 무릎으로 걷고 있었다. 요람은 들떠 있었다. 운전도 마음 놓고 하고, 단발머리 남자애든 머리 하얀 할머니든 밤마다 나타나는 그들을 잘 달래 돌려보내고, 뇌에 산소를 마구 불어넣으면서 이곳이 꿈이라는 걸 알아차리는 생활. 그런 생활을 나와 함께라면 할 수 있다고 요람은 확신하고 있었다. 체질 개선이란 지금까지의 삶의 방식과 태도를 바꾸는 걸 의미했다. 때라는 것이 정말 있고 그때가 온다면, 나는 한 번도 쓰지 않은 30수 면사 타올을 엄마의 서랍 깊숙이 넣어두고 조용조용히 횡단보도를 건너와야 하겠지.

눈썹과 눈썹 사이로 햇빛이 쏟아지려는 찰나 버스가 길을 돌아 달려오고 있었다. 나는 엄마에게 물어야 할 게 하나 있었다. 버스가 앞에 도착해 문이 열리기 전에 물을 수 있을까. 버스 쪽으로 걸어가는 엄마의 등 위로 햇빛이 자글거리는 것이 보였다. 빛 때문인지 엄마의 등이 신기루처럼 멀어져갔다. 나는 그쪽을 바라보며 중얼거렸다.

엄마는 나 가졌을 때 뭘 제일 먹고 싶었어? 엄마 나 낳을 때 많이 아팠어? 엄마 혹시 나 가졌을 때…… 밤나무골에서 자장가 부른 적 있지 않았어?

이마 위로 햇빛이 쏟아지자마자 나는 개망초 꽃더미에 발이 걸려 그 자리에 푹 엎어지고 말았다. 푸른 망초 대 사이로 알록달록한 실뱀 한 마리가 빠르게 지나가고 있었다. 그 빛깔이 너무 고와서 나는 엄마 몰래 가슴을 쳤다.

〔『문학들』 2010년 가을호〕

※ 소설 속 자장가는 임동권 · 류형선 편사 전래자장가집 「자미잠이」에서 발췌하였습니다.

이달의 소설

2011년 1월

김선재 ●•• 독서의 취향

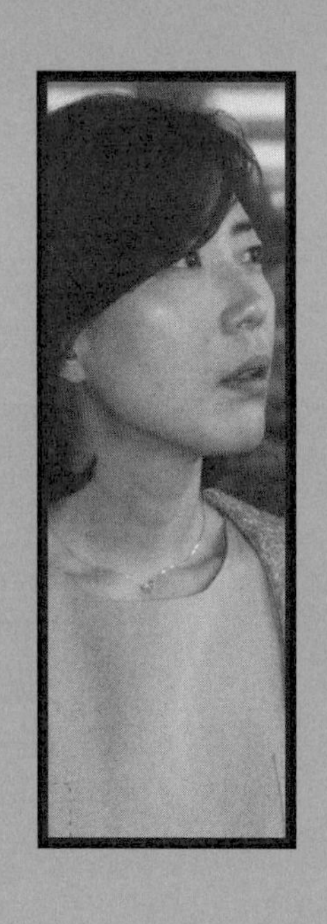

김 선 재 1971년 서울에서 태어났다. 2006년 『실천문학』에 소설을, 2007년 『현대문학』에 시를 발표하며 문단에 나왔다.

선 정 의 말

—

이 소설의 제목은 '독서의 취향'이다. 제목을 존중하는 뜻에서라면 「독서의 취향」은 어떤 글 읽기에 관한 소설이라고 해야 하겠지만, 동시에 어떤 글쓰기에 관한, 혹은 어떤 말하기에 관한 소설이라고 할 수도 있을 것이다. 어떤 글쓰기인가? 그것은 주인공이 처음부터 끝까지 등장하지 않고, 따라서 주어 없는 풍경 묘사가 길게 이어지고, 그 묘사에 대한 묘사가 수많은 갈림길을 만들고, 그 각각의 갈림길 끝에는 집들이 있고, 그 길 끝에 위치한 집들의 창문에서 보이는 풍경이 또 제각기 다른 풍경을 만들고, 그 풍경은 다시 묘사로, 묘사의 묘사로, 묘사의 묘사의 묘사로…… 이어지는 글쓰기이다. 말로 먹고살아야 하나 치명적이게도 말더듬이인 서적 외판원이 그 글을 읽고, 그 글을 쓴 여자를 만난다. 아니, 말더듬이 서적 외판원은 스스로 말할 수 없는, 혹은 말해도 아무도 들어주지 않는 것들을 대신 쓰고 있는 누군가를 상상했던 것인지도 모른다. 그 누군가의 이름은 '안나', '나'의 안〔內〕이기도 하고 '나'가 아니기도〔不〕 한 어떤 존재이다. 물론, 그런 글쓰기—글 읽기는 실패한다. 왜냐하면 토대가 상부를 구축하기 때문이다. 구축은 構築이며 驅逐이다. 그리하여 현실은 상상을 구축하고, '나'는 '안나'의 노트를 휴지통에 버린다. 그러나 어떤 의미에서는 그런 글쓰기가 문학의 본질이 아니었던가? 「독서의 취향」은 그, 構築과 驅逐의 갈림길 위에 서 있다. **_이수형(문학평론가)**

인터뷰

양윤의_

이번 소설에서는 주인공 '나'와, 실제 존재하는 인물인지는 알 수 없지만 월요일부터 금요일까지 만날 수 있는 '안나'라는 인물, 그리고 '안네'라는 인물의 구도가 나오는 게 특징인데, 이런 명명법으로 이야기하고 싶으셨던 부분이 있을 것 같아요.

김선재_

소설을 쓸 때 가장 중요하게 생각하는 게 문제적인 개인이면서도 보편적인 문제를 갖고 있는 한 존재여야 하지 않을까 하는데, 그래서 등장인물들의 이름을 정할 때 그런 문제를 많이 생각하는 편이에요.

그리고 「독서의 취향」을 쓰기 시작했을 때 슬프고 비겁한 사랑 이야기를 써보고 싶었거든요. 지금 우리들이 갖고 있는 사랑이라는 게, 절대적인 가치가 아닌 상대적이고 선택할 수 있는 상황에서 취사를 결정할 수 있는 사랑이 되어가고 있는 것 같았어요. '나'라는 건 문제적인 한 개인일 수도 있지만 결국 '나'가 우리 모두의 문제가 아닐까 하다가, '나'라는 인물이 나일 수도 있고 너일 수도 있고 그들일 수도 있고 모두인 '나'라는 생각을 처음 하게 됐어요. 그런 의미로 '나'라는 인물을 설정했고요. 그러다 보니 '나'이면 나와 별로 상관없고 또 내가 아닌 누군가가 있지 않을까 하는 생각을 했었어요.

양윤의_

안나라는 존재가 실존하는 인물인지 아닌지, 그 상황이 모호하게 그려지기 때문에 누군가의 존재 자체가 명확한 경험으로 드러나는 장면같이 보이지는 않았거든요. 그렇다면 이 인물이 경험하고 있는 사랑, 느낌들, 그런 것들은 결국 현실적으로 존재하는 것이 아닐 수도 있게 되는데, 사랑이란 걸 어떤 식으로 생각하면 좋은지요.

김선재_

아까 말씀드린 것처럼 슬프고 비겁한 사랑 이야기를 써보고 싶었던 이유가, 사랑을 할 때 나와 너가 존재하는 게 아니고 나만 있는 듯한 사랑, 내가 좋아하고 내가 선택해서 최선을 다해 사랑하다가 상황이 안 되고 어쩔 수 없는, 환경적으로나 심정적으로 그런 순간이 되면 언제든지 '나는 너를 사랑했어'라고 말하고 스스로에게 '나는 그녀를 사랑했어'라고 말하고 아무렇지 않을 수 있는 선택적인 사랑들이 점점 많아지고 있다는 생각이 들었어요. 이 소설에서도 '나'라는 주인공은 스스로가 중요할 뿐이지 내가 사랑하는 존재가 누구든지 상관없다, 결국은 사랑 안에 나만 있을 뿐 그게 누구와 사랑하든 상관없는 일이 되어가고 있지 않을까. 그런 생각을 하면서 썼던 소설이기 때문에 안네라는 존재가 모호하고 있는 듯 없는 듯, 그렇게 읽혔을 것 같습니다.

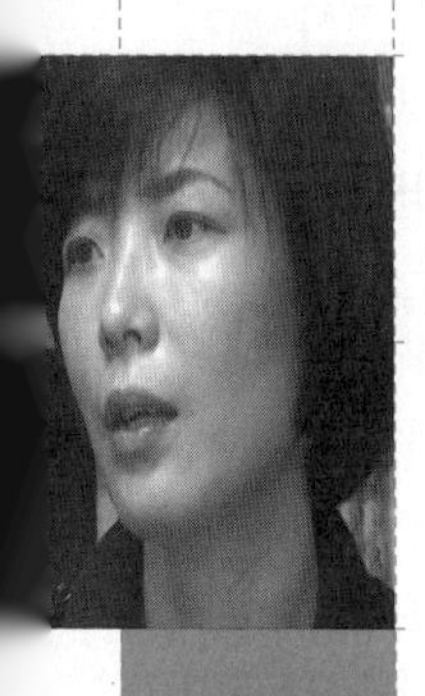

사랑을 포함한, 지금 이 시대에 우리들이 갖고 있는 감정들이
'읽기' 라는 느낌, 여러 개의 텍스트일 수 있는
하나의 텍스트라는 전제하에 그런 제목을 생각하게 됐어요.
어떤 절대적인 가치로 지키고 싶은 순수한 텍스트 같은 것들이 아니고
결국은 언제든지 마음 맞는 대로 상황 맞는 대로 고를 수 있고
내칠 수 있는 그런 텍스트가 아닐까.
사랑조차.

양윤의_

이 전체의 텍스트의 제목을 왜 「독서의 취향」으로 정하셨을까, 하는 궁금증이 생겼어요.

김선재_

사랑을 포함한, 지금 이 시대에 우리들이 갖고 있는 감정들이 '읽기' 라는 느낌, 여러 개의 텍스트일 수 있는 하나의 텍스트라는 전제하에 그런 제목을 생각하게 됐어요. 어떤 절대적인 가치로 지키고 싶은 순수한 텍스트 같은 것들이 아니고 결국은 언제든지 마음 맞는 대로 상황 맞는 대로 고를 수 있고 내칠 수 있는 그런 텍스트가 아닐까. 사랑조차. 비단 사랑에만 국한된 게 아니고 이 시대가 그런 텍스트로 읽힐 수 있지 않을까 하는 생각을 해서 「독서의 취향」이라는 다소 직설적이고 재미없는 제목으로 정하게 되었는데, 의외로 소설 제목에 대해 궁금해하시는 분들이 많더라고요. 의도는 단순했거든요. 취향대로 선택할 수 있고 취향대로 버릴 수 있고, 그 안에서 텍스트가 나에게 주는 영향은 아무 상관없고, 내가 오로지 취하고 싶은 것만 취할 수 있는 그런 책 읽기를 하는 시대가 아닌가 싶었으니까요.

양윤의_

마지막으로 이 작품이 작가 선생님께 어떤 의미가 있을까, 단독적으로 이 작품이 갖고 있는 위치랄까 이런 것들에 대한 설명을 듣고 싶습니다.

김선재_

연희문학창작촌에 들어가서 외부와 그리고 제 일상과 떨어져서 쓴 글이에요. 스스로가 스스로에게 유해지는 시간들이었기 때문에, 이 소설을 쓰면서는 다른 소설보다 힘들면서도 즐거웠어요. 이 소설을 넘기고 나서 아, 이제는 좀더 자유롭게 쓸 수 있을 것 같다는 생각을 했는데 그런 점에서 의미가 있지 않을까 생각합니다. †

인터뷰, 영상으로 보기

작 가 노 트

그건 어쩌면 밤새 구름을 찢으며 발광하던 폭풍 속이었거나 능선을 따라 번져가던 사양 속에서 처음 보았던 것일지도 모른다. 물론 확실하지 않다. 내가 확실하게 말할 수 있는 것은 그것이 언제 어디서 어떻게 왔는지 모른다는 것뿐이다.

예감도 언제 어디서 어떻게 오는 것인지에 대해 나는 한 번도 제대로 안 적이 없다. 그것은 마치 희망처럼, 슬픔처럼 어느새 왔다가 지나간다. ……지나갈 것이다.

첫 문장을 오래 생각했다. 그리고 내내 그 첫 문장이 틀리기를 바란다. 오독이기를 바라며 오독의 취향을 버릴 수 없던 나는 예감을 부정하며 예감에 대해 기록한다. 물론 다시 수많은 오역이 태어나겠지만 그 또한 당신 취향의 문제다. 우리가 예감을 부정할 방법은 오독과 오역을 되풀이하는 방법뿐이다.

● ••

김 선 재

독서의 취향

나는 월요일부터 금요일까지 안나를 사랑했다.

물론 가끔은 월요일부터 목요일까지 그녀를 사랑했고 또 간혹 주중에 하루를 건너뛰어야 하는 경우가 생기기도 했다. 나에게는 달력에 인쇄된 날짜의 색깔을 바꿀 힘이 없었기 때문이다. 연휴나 주 5일 근무를 충실히 따르는 것은 나의 의지와 상관없는 일이었다. 나는 힘이 없었다. 천장 구석에 집을 짓는 거미만큼도 관여할 수 없는 나의 일상은 씁쓸했으나 평화로웠다. 안나는 그런 나를 사랑했다. 나와 안나가 우리가 될 때, 월요일부터 금요일까지 세상은 쓸쓸하고 행복했다.

월요일 아침, 나는 안나에게로 가는 중이었다. 가슴이 뛰기 시작했다. 오른손에 들었던 가방을 왼손에 옮겨 들었다. 손에 든 가방에는 지난주 금요일 저녁처럼 8권의 책과 수십 장의 리플릿이 들어 있었다. 읽은 단어의 개수만큼 무게가 사라진다면 얘기는 달라지겠지만 각각의 책은 언제나 고유한 중량을 잃지 않았다. 나는 그 변함없는 무게처럼 안나를 사랑한다고 생각했다. 월요일부터 금요일까지 가방의 무게만큼 안나를 사랑하는 셈이었다. 나쁘지 않았다. 좋거나 나쁘거나. 재미있거나 재미없거나. 맛이 있거나 말거나 한결같이. 맛있다는 말을 떠올리자 나는 마음이 조급해졌다. 맛있다,는 말이 좋아지는 참이었다. 안나는, 맛있었다.

맛있어.

안나는 나의 몸 위에서 맛있다고 말했다. 침대 위에 맨몸으로 드러누워 듣는 그 말은 이상했다. 지구의 반대편 어딘가에서 금환식이 일어나던 날이었다. 식당에서 혼자 김치찌개를 먹으며 보았던 뉴스가 떠올랐다. 평생에 다시 보기 어려운 광경이라고 했다. 나는 두 팔꿈치로 바닥을 딛고 상체를 일으켜 안나를 보았다. 화면에 비친 태양은 달그림자에 가려 속이 빈 원 모양이었다. 화면 속의 그곳은 낮이었지만 밤처럼 어두웠고 안나를 처음 안던 그 밤은 낮처럼 환했다. 안나는 무게 없는 꿈 같았다. 자신에게 주어진 궤도를 돌다가 우연히 마주쳤을 뿐이었다. 그건 비현실적이었고 당첨 가능성 없는 응모권 같은 거였다. 사람들은 필요 이상으로 집중하고 열광했다. 뉴스는 계속되었지만 금환식은 불과 5분 만에 끝났다. 열광은 알 수 없는 배신감으로 바뀌었다. 뭔가 속은 기분이었다. 사건 사고도 많았다. 높은 곳으로 올라갔다가 실족한 사람들이 속출했다고 했다. 맛있다는 말은 앉자마자 끝나버린 술자리처럼 나를 맥 빠지게 했다. 지붕에서 미끄러진 금발의 남자는 후회한다고 말했다. 후회가 몰려왔다.

무슨 말이야?

나는 물었다. 자신의 몸 위에 있는 안나는 나가 아는 여자가 아닐지도 몰랐다. 나는 자신의 진심이 침대 밑에 깊숙이 숨겨놓은 싸구려 잡지로 전락해버린 느낌을 좀처럼 지울 수 없었다. 몸을 떨던 안나가 움직임을 멈췄다. 풀어헤친 머리카락에 반쯤 가려진 안나의 몸이 땀으로 반짝거렸다.

뭐가 잘못됐어?

안나가 나의 얼굴 가까이로 다가왔다. 영문을 알 수 없다는 표정이었다. 바닥에 대고 있는 팔꿈치가 아파왔다. 매수에 비해 턱없이 빈약한 이야기로 끝나버릴 거라는 예감과 실망으로 나는 숨이 가빠졌다. 물론 그렇게 끝나버리는 이야기는 얼마든지 있었다. 왜 나는 자신이 그때 불멸의 책 한 대목을 떠올렸는지 알지 못했다. 토대가 상부를 구축한다는 거였다. 대학 때 선배들을 따라 어두운 방에서 학습하고 토론하던 두껍고 어려운, 그러나 결국 자신에게 한 문장으로 남은 책이었다. 수없이 많은 단어와 묘사는 모두 한 문장을 위해 존재했다. 안나의 긴 머리카락이 나의 볼과 어깨를 간질였다. 자극이 다시 나를 자극했다. 이곳은 나와 아무 상관없는 곳이므로 아무도 알지 못하는 곳이었다. 나는 어쩌면 맛있다는 말이 나쁜 말은 아닐지도 모른다는 생각이 들기 시작했다.

안나는 더욱더 몸을 밀착시켰다. 자신이 무슨 말을 했는지조차 기억하지 못하는 게 분명했다. 그녀의 유두가 나의 가슴에 닿았다. 붓이 닿은 캔버스가 그렇듯 몸이 다시 기대감으로 긴장하며 숨죽이기 시작했다. 아무 대답도 할 수 없었다. 팔꿈치 힘이 풀렸다. 안나의 몸에서 오래된 나무 냄새가 났다. 표현은 숨기거나 남기지 않는 편이 나았다. 맛있다는 말은 안나가 쓰는 표현 방법 중 하나였다. 안나는 나가 사랑하는 여자가 분명했다.

나는 안나의 유두가 점점이 몸 아래쪽으로 내려가는 것을 느꼈다. 점점점점점점. 어디선가 고양이가 울고, 폭주하는 오토바이가 멀리서 달밤을 가로질렀다. 모든 악기는 결국 독자적인 소리로 울었다. 나는 태양과 겹쳐진 달과 이곳의 거리를 생각했다. 안나와 자신의 몸이 겹쳐지면 어떤 소리를 낼까. 아직 중요한 문장은 쓰이지 않았다. 나는 안나의 머리채를 잡고 몸을 끌어올렸다. 각각 분리되었던 문장들은 접속사도 없이 한 문장으로 이어졌다. 그 문장은 한 번도 들어보지 못한 화음을 만들 거였다. 금환식이 있던 날 밤, 나와 안나는 고유한 악기로 울며 새로운 이야기가 되었다.

아직 날은 완전히 밝지 않았다. 웅덩이 속은 찌푸린 하늘을 반영하듯 어두웠다. 날씨 탓이기도 했지만 나가 다른 월요일보다 일찍 서두른 탓이기도 했다. 지난 주말은 여러모로 나에게 힘든 시간이었다. 안네는 나가 못 박는 모습조차 못마땅하게 여겼다. 장인의 칠순 잔치 때 찍은 가족사진을 걸기 위해서였다. 내키지 않는 일이었다. 책 장수 사위를 마뜩잖게 여기는 처갓집 식구들을 매일 확인해야 하는 일이 반가울 리 없었다. 그러나 나는 힘이 없었다. 싫거나 좋거나의 문제가 아니었다. 거실 중앙에 두꺼운 시멘트 못을 박는 일은 평화를 위해 무조건 해야 하는 일 중 하나였다. 어쩔 수 없이 거실 중앙 벽을 처갓집 식구들에게 양보하면서 나는 이번이 마지막이라 다짐했다. 단단한 시멘트 벽에서 못은 박힐 듯 말듯 자꾸 부러졌다.

도대체 제대로 하는 일이 뭐야?

안네가 말했다. 손에는 큰 액자를 든 채였다. 나는 목수가 아니라 책을 파는 사람이었다. 몇 번 실패한다고 그다지 나무랄 일은 아니었다. 나는 입을 앙다물고 망치로 못을 내리쳤다. 다섯 개를 부러뜨리고서야 못은 간신히 벽에 박혔다. 나는 잠시 부러진 못을 정수리에 박아 넣는 상상을 했다. 단지 상상에 지나지 않았으므로 별 가책은 없었다.

못을 박고 난 후에는 액자의 균형을 잡는 일이 다시 문제가 됐다. 액자를 들고 의자 위에 서서 나는 안네가 시키는 대로 좌우, 혹은 상하로 액자를 움직였다. 그러나 좀처럼 액자는 똑바로 걸리지 않았다. 마치 세상이 기울어진 것 같았다. 균형은 꿈꾸는 자들의 언어였다. 세상은 비뚤어지고 더럽고 지루했다.

세상이 기울었으니 액자가 기우는 건 당연한 거야.

나의 말에 안네는 어처구니없다는 듯 나를 바라보았다.

시 써? 파는 일이나 잘하시지.

나가 알기에 시는 그런 것이 아니었지만 안네에게 그건 별문제가 아니었다. 그녀는 현실을 현실적으로 파악하는 힘이 있었다. 그건 안네가 맡은 역할이었다. 시는 시인이 쓰고 나는 책이나 팔고 나와 살지 않는 안나는 나를 사랑했고 나와 사는 안네는 나를 지상에 단단히 묶었다. 다들 각자의 역할에 충실했다. 놀랄 일은 아니었지만 놀라운 일이었다. 이토록 한결같을 수 있는 힘은 어디서 오는 것일까. 나는 망치를 들고 서서 안네가 자신의 마음에 들 때까지 몇 번이나 액자를 고쳐 거는 것을 바라보았다. 사진 속의 처갓집 식구들은 끝내 균형을 잡지 못했다. 그러나 다시 평화가 찾아왔다.

빗물 고인 웅덩이 속에서 능소화 꽃들이 떠다녔다. 잠깐 한눈을 판 사이에 퉁퉁 불어버린 라면을 보고 있는 느낌이었다. 퉁퉁 분 라면이라면이면서 라면이 아니듯, 꽃받침과 분리된 능소화는 꽃이지만 이미 꽃이 아니었다. 안나의 집 주변은 떨어진 나무 이파리와 꽃 들로 어수선했다. 시간을 확인했다. 6시 50분이었다. 월요 조회는 10시 반부터였다. 집 주변을 쓸어주고 싶었지만 못 본 척했다. 일부러 이웃의 주목을 끌 필요는 없었다. 가방 안쪽에 숨어 있는 지퍼를 열고 열쇠를 꺼냈다. 열쇠는 구멍 안에서 두어 차례 헛돌았다. 잠긴 문을 여는 일은 나에게 언제나 힘들었다. 다시 열쇠를 조심스럽게 돌렸다. 문이 마지못해 열렸다. 현관문의 경첩은 다른 날보다 한층 더 삐걱거렸다. 나는 숨듯이 안나의 집 안으로 들어섰다. 구두 소리가 현관에서 작게 울렸다. 희미한 군내가 끼쳤다. 날씨 탓이었다. 시작부터 느슨하고 빽빽했다. 모든 것이 날씨 탓이었다.

발밑에서 나무 바닥이 찍찍 울었다. 집 안은 조용하고 어두웠다. 아직 안나는 깨지 않은 모양이었다. 나는 오래전에 가죽 냄새가 가신 소파를 지나 창가로 다가갔다. 두꺼운 블라인드 사이로 어둑한 아침이 새어들었다. 안나는 햇볕을 싫어했다. 블라인드를 고쳐 내리고 형광등을 켰다. 실내의 식물들은 지난주와 마찬가지로 콩나물처럼 핼쑥했다. 아무래도 나무가 되기는 틀린 듯 싶었다. 사실 나무는 실내에서 키울 수 있는 것이 아니었다. 게다가 이 집에 볕이 드는 경우는 거의 없었다. 그래도 안나는 포기하지 않고 철마다 커다란 고무 통에 나무를 심었다. 어떤 경우에도 나무는 나무라고 우겼다. 틀린 말은 아니었으나 나무 곁에 놓아둔 조명 기구가 자연광과 같을 리 없었다. 현상적으로 조명도 빛의 일종이었지만 그건 그저 빛일 뿐이었다. 그리고 그 빛은 단연 살리는 능력보다 죽이는 능력이 더 뛰어났다. 나는 기형적으로 웃자란 줄기들이 타들어가는 것을 바라보았다. 고무 통 안에 감춰진 뿌리는 썩고 있을 거였다. 많은 나무들이 나와 안나의 눈앞에서 죽어갔다. 문장에만 구성 요소가 필요한 것은 아니었다. 식물에게 햇빛과 바람과 물은 똑같이 중요했고 그중 안나가 그것들에게 줄 수 있는 것은 물뿐이었다.

그래도 사랑이 제일 중요한 거 아니야?

안나는 그렇게 주장했지만 나의 생각은 조금 달랐다. 식물을 키우는 데 사랑은 없어도 상관없었다. 사랑 없이도 꽃들은 피고 나무는 자랐다. 나는 잡초들의 예를 들어 안나의 생각을 바꾸려 했다. 그러나 안나는 고집을 굽히지 않고 번번이 열대식물과 야생화와 과실목을 죽였다. 과습으로 죽은 나무 다음에는 말라 죽는 나무가 생겼고 그다음에는 실내의 습도를 높여 곰팡이를 번식시켰다. 안나는 한동안 우울해했으나 곧 다시 새 묘목을 들여 새 재배법을 궁리했다. 어쩔 수 없이 최후가 뻔한 묘목들을 두고 볼 수밖에 없었다. 나가 생각하기에 사랑은 삶과 죽음에 관여하는 감정이 아니었지만 안나는 만병통치약처럼 사랑을 맹신했다.

나는 죽어가는 어린 편백나무와 자귀나무에서 등을 돌리고 안나의 방 가까이로 다가갔다. 지난주와 마찬가지로, 지난주의 지난주와 마찬가지로 그 방에는 아직 잠에서 깨지 않은 안나가 있을 것이었다. 그리고 나는 곧 그 방문을 열고 안나의 맨살을 쓰다듬으며 잠을 깨우겠지. 나는 이 세계는 그런대로 완벽하다고 희미하게 웃었다. 방문의 손잡이를 돌렸다. 현관문과 마찬가지로 방문도 빽빽했다. 오랫동안 습기를 머금었다 뱉었다를 반복했기 때문이었다. 나는 처음 자신이 안나와 가까워지는 데 걸린 시간과 과정을 떠올렸다. 전개가 느리고 긴 책을 읽기 위해서는 인내와 믿음이 필요했다. 그런 책일수록 여운은 오래 남았다.

나에게 안나는 그런 책 같은 존재였다. 한결같이, 천천히, 곱씹는 재미가 있었다. 나는 조급해졌다. 안나를 깨워야 했다. 방문을 힘껏 밀었다.

안나, 안나, 이제 그만……

가슴이 내려앉았다. 안나가 보이지 않았다. 마치 막다른 골목으로 돌아든 도망자가 된 기분이었다.

……일어날 시간이야.

빈 침대를 내려다보며 나는 맥없이 중얼거렸다. 침대에는 안나가 누웠던 흔적조차 없었다. 그러나 말을 끝내면 어디선가 안나가 나타날 것 같았다. 말이 잘리는 건 불확실과 외면의 전조였다. 물론 나는 말을 줄이는 상황에 익숙한 편이었다. 문은 이쪽과 저쪽을 나누기 위해 고안된 장치였다. 가릴 것이 많을수록, 숨기고 싶은 비밀이 늘어날수록 문은 튼튼한 쪽으로 진화했다. 나가 문 앞에서 서적 외판원이라고 자신을 소개하면 사모님과 학생과 사장님과 선생님들은 나를 문 안에서 책 장수로 요약했다. 서적 외판원이나 책 장수나 문을 열어주지 않기는 마찬가지였다. 혹은 문이 열리더라도 사모님, 학생, 사장님, 선생님 들은 나의 말을 기다리는 일에 인색했다. 나에게 주어진 시간은 불과 1분 미만이었다. 나는 말을 빨리 하는 법을 익혔다. 그에 비례해 나의 말들은 불확실하고 불성실해졌다. 어쩔 수 없다고 생각했다. 입안에 남은 불확실하고 불성실한 말들이 나의 몸 안에 지방층처럼 차곡차곡 쌓였다. 조금씩 목이 두꺼워지고 허리둘레가 늘어났다. 어쩌면 이 세상을 움직이는 힘의 원천은 비밀과 음모에서 비롯되는 것인지도 몰랐다. 고작 그렇게 자신을 위로하며 나는 닫힌 문 앞에서 돌아섰다.

어디로 갔을까. 침대 밑에도, 의자 밑에도 안나는 없었다. 방 안에 가구라고는 달랑 침대와 의자 하나뿐이었다. 우스운 짓이었지만 방문 뒤까지 살폈다. 그러나 안나는 처음부터 없었던 사람처럼, 없었다. 나는 아무 흔적 없는 침대를 바라보았다. 안나의 부재가 믿어지지 않았다. 뜻밖이라는 말은 생각보다 훨씬 뜻밖이었다. 안나의 부재는 나가 이 집에 드나든 지난 1년 동안 한 번도 없던 일이었다. 나가 아는 그녀는 산책이나 장보기 따위의 사소한 외출도 삼가는 사람이었다. 몸에 빛이 닿으면 아프다고 했다. 딱 한 번 밤 산책을 나간 적이 있었다. 그믐즈음이었다. 동네는 먼 산에서 흘러온 아카시아 향기로 출렁거렸다. 꽃향기에 취한 사람들이 스스로 문을 열었다. 나가 아무리 두드려도 열리지 않던 문들이었다. 나는 일말의 배신감에 말이 없었고 안나는 고개를 숙이고 걷기만 했다. 나는 도어 렌즈 안에서 자신을 바라보는 눈들을 생각했다. 눈과 눈이 마주친 적은 드물었고 문도 따라 열리지 않았다. 나에게 눈과 문은 동의어였다. 아무 말도 하기 싫었다. 더 이상 걷고 싶지 않았다. 안나가 멈춰 서서 나를 보며 말했다.

돌아갈래. 별맛이 없어.

안나는 삶에 부수적으로 필요한 많은 일들을 생략하고 간소화했다. 그녀의 세계는 대체로 맛있다, 와 맛없다, 로 정리되었다. 간결했다. 나가 바라던 삶이었다. 그 삶은 개미만큼 능률적이고 먼지처럼 사소했으며 그림자처럼 소박했다. 나도 안나와 함께 있는 동안에는 그랬다. 그런데 안나가 보이지 않았다. 나는 불안과 걱정으로 우울해졌다. 언젠가 돌아가기 위해 옷을 입는 나를 보며 안나가 그랬던 것처럼.

햇볕을 쬐지 못해서일까.

안나는 한 번도 돌아가는 나를 잡은 적이 없었지만 나는 그 말이 무슨 뜻인지 바로 알아차렸다. 그러나 어쩔 수 없었다. 안나가 어쩔 수 없다는 말을 싫어했으므로 차마 입 밖으로 꺼내지는 못했지만 나는 돌아가야 했다. 안나는 곧 나의 등을 떠밀었다.

그만 가, 어쩔 수 없을 테니까.

나는 다만 그다음 날도, 그다음 날도 변함없이 안나를 사랑하는 도리밖에 없었다. 어쨌든 우리는 충분히 이해하고 사랑한다고 믿었다. 그리고 오늘은 안나가 없는 월요일 아침이었다. 나는 아무 생각도 할 수 없었다. 무슨 생각을 해야 하는지 떠오르지 않았다.

안네는 정신 차리라고 말했다. 그 말을 듣던 순간을 나는 아직도 기억한다. 사랑이 삶을 지배하던 시간에서 삶이 사랑을 지배하는 시간으로 뒤바뀌던 순간이었다. 몇 주 동안 한 질의 책도 팔지 못하던 시절이었다. 나를 위해 문을 열어주는 사람은 거의 없었다. 무엇이 문제인지 따져봐야 했다. 오후 내내 공원에 앉아 책을 읽었다. 누군가가 놓친 풍선들이 은사시나무 꼭대기에 걸려 팔랑거리는 오후였다. 백과사전은 그 무게만큼 재밌고 유익했다. 나는 자신이 싸구려 가짜 물건을 파는 사람은 아니라는 확신이 들었다. 그건 큰 수확이었다. 하루를 소비했지만 어차피 파나 안 파나 살 사람이 없는 건 마찬가지였다. 나는 안네가 그런 자신을 이해해주길 바랐다.

세일즈라는 건 말이야……

나는 습관대로 발뒤꿈치부터 양말을 벗어냈다.

이제 그만 정신 좀 차려.

안네가 양말을 낚아채며 말을 잘랐다. 나는 안네를 바라보았다. 버스 정류장에서 뽑아 먹던 자판기 커피 맛이 생각났다. 나는 안네가 양

말을 빨래 통에 던져 넣고 쿵쿵거리며 부엌으로 걸어가서 냉장고 문을 거칠게 여닫고 가스불을 켜고 식탁에 수저를 내던지듯 놓는 걸 바라보았다. 꼼짝도 할 수 없었다. 시고 쓰고 더러웠던 그 맛이 되살아났다. 뱉을 수도, 삼킬 수도 없었다. 땀이 났다. 점점점점. 아무 소리도 낼 수 없었다. 미처 꺼내지 못한 말들이 침과 함께 입안에서 불기 시작했다. 목덜미를 타고 땀이 흘렀다. 끓어 넘친 양념으로 지저분한 뚝배기가 식탁 위에서 천천히 식었다. 아무 냄새도 맡을 수 없었다. 아무것도 하기 싫었다. 문장들이 침에 녹아 입 밖으로 흘러내렸다.

술 먹었어?

안네가 나의 모습을 보며 질색했다. 나는 계속 안네를 바라보기만 했다. 입 밖으로 흘러나와 턱 끝에 맺혀 있던 말들이 앞섶으로 떨어졌다. 지익지익, 면 가닥처럼 길게 이어졌다. 안네는 아연한 표정으로 나에게 휴지를 던졌다. 지겹다고 혼잣말을 했다. 정말 더럽고 지겹다고 입속으로 반복해서 말하는 걸, 나는 안네의 입 모양으로 읽었다. 나도 더럽게 덥고 더럽다고 혼잣말로 중얼거렸다. 한 공간 안에 모인 둘이 하는 혼잣말은 혼잣말이 아니었지만 서로 못 들은 척했다. 평화는 여러 종류의 폭력과 비참을 견뎌야 이루어지는 것이었다. 그리고 그것을 지키는 것이 나의 운명이었다. 안네는 견딜 수 없다는 듯 방문을 요란하게 닫았다.

나는 거실에 혼자 앉아 나뭇가지에 걸린 풍선을 생각했다. 날 수 있었으나 나무에 걸렸고 가지에서 비와 바람과 새에 의해 쪼그라들거나 터져 끝내 사라질 거였다. 정신을 차리거나 말거나, 그건 풍선의 잘못이 아니라 풍속과 지형 탓이었다. 나는 아직까지 턱에서 앞섶으로 흘러내리는 침을 후루룩 빨아 삼켰다. 정말 정신없이 덥고 더러운 밤이었다. 그러나 내일은 또 아무 일도 없었다는 듯 똑같은 하루가 시작될 거였다.

방, 방을 나와 나는 탕이 없는 욕탕의 문을 열었다. 물기 한 방울 없는 욕탕에서 희미하게 곰팡이 냄새가 났다. 세면기 아래쪽 구석에 곰팡이가 피어 있는 것을 보았다. 날, 날씨 탓이었다. 나, 나는 어디에 있는 것일까. 비누 하나, 치약 하나, 양치 컵 안에 담긴 칫솔 한 개를 바라보며 자신이 생각을 더듬고 있음을 깨달았다. 현기증이 일었다. 나는 문틀에 머리를 기댔다. 오래전 고쳐진 줄 알았던 버릇이 다시 욕탕의 곰팡이처럼 슬며시 나타난 것이다. 왜, 왜 갑자기. 나는 와이셔츠 단추를 풀고 넥타이를 느슨하게 고쳐 맸다. 별, 별일 아니었다. 별별 일이 다 있었지만 모두 돌이켜보면 별, 별일이 아니었다. 나는 불안해지지 않으려 애썼다. 양치 컵에 담긴 치, 칫솔의 솔을 검지손가락으로 문질렀다. 안나와 나, 나와 안나가 같이 쓰는 칫솔이었다. 굳이 하나, 아니 두 개의 칫솔을 쓸 필요가 없었다. 함께 있는 동안 안나와 나, 나, 나는 하나였다. 눈을 감았다. 우리는 하나, 아니 둘, 하나에 또 하나, 결국 하, 하나였다. 나는 입을 다물고 낮게 목청을 떨었다. 불안하고 초조할 때마다 혹은 화가 날 때마다 나는 눈을 감고 목청을 떨었다. 숨을 참기 어려울 때까지, 숨을 쉬고 싶어 못, 못, 못 견딜 때까지, 입을 떼어 못에 걸고 싶을 때까지 온 몸을 쥐어짜 하나의 소리에 몰두했다. 나, 나는 안, 안네, 아니 안나, 안나를 사랑했다. 월요일부터 금요일까지 매일매일, 나, 나는 안나를 읽었고 안나는 나의 말에 귀 기울였다. 나는 잠에서 깨듯 반짝 눈을 떴다. 안나의 책이 떠올랐다. 나가 안나에게 처음 읽어준 책이었다.

이 책을 읽어줘요.

안나는 나에게 이렇게 말했다.

3월이었는데 눈발이 흩날렸다. 아무리 찾아도 현관에는 초인종이 눈에 띄지 않았다. 나는 장갑을 낀 채로 문을 두드렸다. 가죽 장갑이 철문에 쩍쩍 달라붙었다. 온몸이 시렸다. 발을 굴렀다. 어디든 들어가고 싶었다. 누구냐고 묻지도 않고 벌컥 문이 열렸다. 안에서 두꺼운 목도리를 칭칭 동여맨 여자가 빼꼼히 나를 바라보았다. 표정이 보이지 않았다. 나는 책을 소개하고 싶다고 말했다. 잠시만 그 문 안으로 들어갈 수 있다면 아무래도 상관없었다. 여자는 망설였다. 나는 그런 심정을 이해할 수 있었다. 그러나 나 또한 이해받고 싶었다. 문이 조금 더 열렸다. 그 정도면 충분했다. 나는 안으로 들어섰다. 습관대로 집 안을 훑었다.

블라인드는 창을 가렸고 촉수 낮은 등 하나가 실내를 밝혔다. 안네가 그랬듯 사람들은 자신의 내력을 거실에 진열하고 싶어 했다. 행복지수와 각종 기념사진의 개수는 비례한다고 생각하는 것 같았다. 그러나 그 거실 벽에는 달력이나 시계도 보이지 않았다. 나는 여자가 기념할 일이 별로 없는 미혼일 거라 추측했다. 영업 매뉴얼대로 재빨리 가방 속에 든 여러 분야의 책 중 여행과 요리에 관한 책과 리플릿을 꺼냈다. 마음이 급했다. 가능한 한 짧은 시간에 많은 말을 해야 했다. 여자는 여전히 목도리로 얼굴을 감싸고 바짝 웅크린 채 앉아 있었다. 집주인을 기다리는 이웃처럼. 대합실에서 완행열차를 기다리는 여행객처럼. 나는 그것이 경계심 탓이라고 생각했다. 경계심은 경계를 지키게 하는 힘을 가졌다. 애초부터 별 기대는 없었다. 그러나 자신의 직업이 바뀌지 않는 한, 노력은 해야 했다. 여자를 다시 보았다. 호칭을 뭐라고 해야 할까. 사모님은 아니었고 사장님도 아니었다. 학생이나 선생님 같아 보이지도 않았다. 여자는 딱히 뭐라 꼬집어 불리기를 거부하는 것처럼 보였다. 입을 열 때마다 흰 입김이 한숨처럼 새어 나왔다. 추운 집이었다.

여자는 전자레인지를 사용해 만들 수 있는 백 가지 요리나 유명인이 뽑은 여행지에 관한 에세이 형식의 시리즈물에 별반 흥미를 보이지 않았다. 말하기에 바쁜 나를 뜨악하게 바라보고 있을 뿐이었다. 자신이 소개한 책들이 업계에서 성공하지 못한 시리즈라는 사실을 눈치챈 걸까. 나는 말을 하면서도 걱정이 되기 시작했다. 어쩌면 문학 시리즈를 소개했어야 맞는 건지도 몰랐다. 아니면 미용 관련 서적이어야 했을까. 땀이 나기 시작했다. 힌두교인 앞에서 소를 잡는 듯한 느낌이었다. 힌두교인의 눈앞에서 소꼬리를 자르고 우족을 나눈 다음 부위별로 몸통을 가른다면 상대는 어떤 표정을 지을까. 맙소사. 나는 자신의 입에서 나오는 말이 이미 설득은 고사하고 전달력마저 상실한 상태라는 걸 느꼈지만 멈출 수 없었다. 조각난 말들이 끊임없이 흘러나왔다. 나가 더욱 당황하게 된 건 자신의 본심이 있는 그대로 쏟아졌기 때문이었다.

그, 그러니까 어, 어, 어쩌면 이, 이, 일은 나, 아니 저, 저의 적성에 마, 마, 맞지 않는 일일지도 모르죠. 저, 저, 저저도 잘 아, 아, 암, 압니다. 소, 소솔직히 고, 고, 고객님에게는 어떤 채, 책을 궈궈권해야 할지 모, 모, 모르겠어요. 화장술이 구, 구, 궁궁금하실까요. 재태, 제테, 아니 재테크 관련 서, 서, 서적은 믿지 마마세요. 하하하한심 한 이리, 일이죠. 나, 나, 나날이 왜 이럴까요. 말, 말, 말발로 먹고살아야 하는 말, 말, 말더듬이라니. 누, 누, 누눈물, 아니 눈이 게, 개, 계속 내릴까요. 그러나 그으래에도 사, 사, 사기, 사기꾼은 아니랍니다.

한번 더듬기 시작한 말은 걷잡을 수 없었다. 나는 손으로 입을 막았다. 쏟아지는 말처럼 땀도 그치지 않았다. 머리 밑에서 목덜미로 줄줄 흘렀다. 셔츠 깃이 축축했다. 빨리 이곳에서 나가고 싶었다. 여자는 그때까지 꼼짝하지 않고 나를 바라보기만 했다. 차라리 비웃어주기라도 했으면 싶었다.

말을 한다고 말이 다 통하는 건 아니었지만 말은 세일즈를 가능하게 하는 유일한 수단이었다. 얼마나 더 많은 말을 해야 이 일이 익숙해질까. 피곤했다. 나와 여자가 개미나 파리가 아닌 이상 서로를 알 방법은 없었다. 오가다 마주친 곤충처럼 더듬이로 상대를 알아보고 말없이 말을 할 수 있다면 일상은 좀더 간결하고 간략했을 거였다. 더듬이가 생기기를 간절히 바랐다. 눈이 밤늦도록 내릴까, 모르지, 여기서 집은 멀까, 멀겠지, 눈 오는 날도 비행기는 뜰까, 모르지, 이 여자는 누굴까, 내가 상관할 일이 아니지. 더 이상 앉아 있을 수 없었다. 허둥지둥 탁자 위의 책과 리플릿을 챙기면서 나는 소음 같은 생각들에 사로잡혔다. 그토록 들키지 않기를 바랐지만 나는 한낱 말더듬이 책 장수일 뿐이었다. 눈앞의 여자가 다시는 볼 일이 없는 사람이라 다행이었다. 부끄러움과 자학으로 며칠만 지내고 나면 다시 괜찮아질 거였다. 나는 가방과 장갑을 쥐고 일어섰다. 그때까지 한마디도 하지 않던 여자가 입을 열었다.

이걸 읽어봐요.

여자가 자신의 큼지막한 카디건 주머니에서 무엇인가를 꺼냈다.

천천히 이걸 읽어요.

나는 여자가 내민 것을 바라보았다. 책이었다. 아니 책이라고 하기에는 제본이 조잡했으며 책이 아니라고 하기에는 종이의 양이 많아 보였다. 자신은 책을 파는 사람이지 책을 읽어주는 사람은 아니라고 말해야 했다. 그러나 입을 열면 또 말도 안 되는 말들이 쏟아질 터였다.

여자는 목도리를 풀었다. 민얼굴이 드러났다. 동정이나 경멸의 기색은 없었다. 창밖에서 바람이 거리를 쓸고 지나가는 소리가 들렸다. 여자는 작고 얇았다. 나는 현관문 쪽을 돌아보았다. 저 문을 열고 나가면 다시 바람을 맞으며 대책 없이 거리를 쏘다녀야 했다. 멀리서 뭔가가 넘어지고 부서져 굴러갔다. 집 안은 조용하고 서늘했다. 더듬이가 생겼으면 싶었다. 그러나 당분간 인류에게서 더듬이의 흔적이 발견되는 일은 없을 거였다. 나가야 했다. 나가고 싶지 않았다. 후회할 거였다. 후회해도 괜찮을 거 같았다. 나는 다시 주저앉았다. 여자가 내민 책을 받아들었다. 무게감이 느껴지지 않았다. 무게 없는 부피로 존재하는 사람들이 처음부터 그랬던 것은 아니었다. 그저 어쩌다 보니 그럭저럭 어느새 부피만 늘어났다. 눈이 내렸고 눈물이 났지만 울기에 너무 추웠다. 나는 눈을 비비고 책장을 넘겼다. 손으로 쓴 책, 생전 처음 보는 책이었다. 제목도 없는 책, 일기, 관찰 일지였다. 아니, 그 어떤 것으로 불러도 상관없고 그 어느 것으로도 부를 수 없는 책이었다.

읽어주세요.

여자가 고쳐 앉으며 말했다.

시간은 얼마든지 있어요.

세상에 하나뿐인 책, 아니, 일기, 아니 관찰 일지를 나는 읽기 시작했다. 시간은 천천히 흘렀다. 여자는 꼼짝하지 하지 않고 나의 말에 귀 기울였다.

나는 어느새 파는 사람이 아니라 읽는 사람이었고 돌아가야 했지만 돌아갈 곳을 잊었다. 소리 내어 책을 읽는다는 것은 낯선 경험이었다.

각각의 단어는 개별적인 목소리를 가지고 있었으며 그 목소리들이 나를 이끌었다. 나는 무의식적으로 문장과 문장 사이에서 잠시 숨을 골랐고 자신의 목소리에 귀 기울이며 그 소리의 여운을 곱씹었다. 또 한편으로는 치맛자락을 팔랑거리는 여자의 뒤를 따르듯 애를 태우며 문장을 좇았다.

그 책은 딱히 장르를 나눌 수 없는 이야기였다. 주인공은 처음부터 끝까지 등장하지 않았다. 따라서 주어 없는 풍경 묘사가 길게 이어졌고 그 묘사에 대한 묘사가 수많은 갈림길을 만들었다. 각각의 길 끝에는 집들이 있고 그 길 끝에 위치한 집들의 창문에서 보이는 풍경이 또 제각기 다른 풍경을 만들고 그 풍경은 다시 묘사로, 묘사의 묘사로 이어졌다. 하나의 장면이 묘사에 의해 많은 풍경과 이야기로 나타났다가 사라지고 그 자리에서 다시 새로운 형태로 모습을 드러냈다. 그 과정에서 생전 처음 듣는 지명과 식물명과 이름 들이 나타났다 사라지기를 반복했다. 나는 읽었지만 아무 말도 하지 않았고 여자는 듣고 있었지만 끊임없이 나에게 말을 걸었다.

그 책에 의하면 묘사는 세상의 모든 것이면서 마지막까지 지켜야 할 이야기 형식이었다. 나는 왠지 막막하고 두려운 기분에 사로잡혔다. 사정 후에 찾아오는 감정과 비슷했다. 이제 뭘 해야 하나. 슬펐다. 입술을 깨물며 다음 장의 여백을 바라보았다. 흰 종이 위에서 검은 글자의 잔상들이 벌레처럼 기어 다녔다. 나는 책을 덮었다. 그 벌레들이 손을 타고 올라와 온몸을 기어 다니는 것 같았다. 그러다가 각자 적당한 위치에서 살갗을 파고 들어가 집을 짓고 알을 깔 거였다. 온몸이 따끔거리며 근질거렸다. 나는 몸을 떨며 고개를 저었다.

고객님이 쓰신 건가요?

나가 물었고 여자가 방긋 웃으며 어깨를 으쓱했다. 무슨 의미인지 궁금했지만 더 묻지 않았다. 우리는 한동안 말없이 앉아 있었다. 빛이 사라진 자리는 그 조도만큼 어두웠다. 저녁이었다. 100년을 산 것처럼 피로하고 고요해졌다. 가야 할 시간이었다. 현관문 앞까지 따라 나온 여자에게 이름을 물었다.

내 이름은 안나.

여자가 말했다. 나가 사랑하는 안나와의 처음은 그랬다. 폭설이 내린 3월의 어느 날이었다.

그 책은 안나의 베개 밑에 감춰져 있었다. 나는 안도했다. 조금 과장하자면 그 책은 안나의 신체 기관과 비슷했다. 안나는 곧 돌아올 거였다. 쓸개나 심장 따위를 베개 밑에 숨겨두고 집을 나갈 사람은 없으니까. 블라인드를 들춰 창밖을 바라보았다. 하늘은 여전히 흐렸지만 날은 완전히 밝았다. 아침이었다. 우산을 든 사람들이 물웅덩이를 피해 오고 가는 모습이 보였다. 나는 길 건너편의 마트에서 나와 횡단보도 앞에 서 있는 안나를 그렸다. 한 손에 두부나 우유가 든 비닐봉지를 들고 다른 한 손으로 손차양을 한 채 길을 건너 나에게로 오리라. 나는 상상만으로도 가슴이 뛰었다. 여기는 안나가 사는 집이고 나는 그녀를 기다렸다. 안나는 곧 현관문을 열고 들어와 신발을 벗고 나의 품으로 뛰어들 거였다. 나는 월요일부터 금요일까지 최선을 다해 안나를 사랑했고 토요일과 일요일에는 안나를 생각하며 월요일이 오기를 기다렸다. 안나를 만날 수 없는 주말은 대부분 자신의 목덜미에 대고 체취를 맡는 안나를 떠올리며 표정 없는 안네와 마주 앉아 밥을 먹고 텔레비전을 시청했고 밤이 되면 그녀의 몸속에 사정했다. 나에게는 휴일을 거부할 힘이 없었다. 연휴나 주 5일 근무를 좋아하지 않았지만 받아들이는 이유도 그와 비슷했다. 힘이 없다는 것은 쓸쓸하고 견디기 어려웠으나 아무렇지도 않은 척 견디는 것이 가장의 운명이었다. 그리고 안나는 그런 나를 이해하고 사랑했다.

나는 집 안을 서성거렸다. 시간을 확인했다. 9시가 조금 넘었다. 여전히 안나가 돌아오지 않았다. 나는 새삼스레 눈앞에 없는 안나가 전혀 모르는 사람처럼 느껴졌다. 어쩌면 그건 진실일지도 몰랐다. 우리가 나와 안나로 분리되는 순간, 그러니까 나가 안나의 집을 나서는 순간 매번 이야기는 끝나고 다시 새로운 이야기가 시작되었으니까.

나는 주위를 돌아보았다. 이 집은 시간 밖에 존재하는 구멍이었다. 안나가 사는 곳이었지만 오랫동안 아무도 살지 않은 집처럼 칙칙하고 어두웠다. 나무들은 날마다 조금씩 죽었고 서랍들은 비었으며 부엌에도 최소한의 식기와 양념 통 몇 개를 제외하면 살림살이랄 게 없었다. 안나가 있을 때는 간략하고 소박해 보이던 실내가 지금은 축축하고 낡은 것으로 바뀌었다. 그곳에서 자신은 실낱처럼 겨우 살아 있는 나무와 함께 부재중인 주인을 기다리는 거였다. 비현실적인 공간과 상황이었다. 꿈속에서 꾸는 꿈처럼 아득했다. 안나는 전생에 나를 지나간 인연처럼 멀었다. 물론 나와 안나는 그런 사정과 상관없이 사랑하는 사이였다. 우리가 하나가 아닌 둘이 되는 순간은 매번 찾아왔지만, 나가 생각하기에 그건 어쩔 수 없는 일이었다. 딱 한 번 안나는 그건 사랑이 아닐지도 모른다고 말했다. 사정에 따라 변하는 사랑은 사정을 가장한 다른 사정일지도 모른다는 거였다. 그러나 비록 지켜야 할 규칙과 질서를 거스를 힘은 없었지만 누구보다 진심을 다하는 나로서는 그 말을 인정할 수 없었다. 자신의 사랑을 의심하는 안나에게 섭섭하기도 했다. 아무리 생각해도 나가 안나를 사랑하는 건 진심이었다. 나는 사정에 따라 달라지는 사정이 사랑과는 상관없음을 안나가 이해하리라 믿었다. 진심으로 어쩔 수 없는 일이기 때문이었다. 아무리 생각해도 자신이 더 이상 포기할 수 있는 사정은 없었다. 또한 아무리 생각해도 자신을 있는 그대로 얘기할 수 있는 사람도 안나밖에 없었다. 나가 생각하기에 그건 사랑이 아니고는 불가능했다.

처음 안나의 몸 안에 사정하던 날, 나는 오랫동안 아무에게도 말하지 못한 비밀을 안나에게 털어놓았다. 언젠가부터 자신이 요의를 잘 참을 수 없게 되었다는 것. 그래서 자신이 방문한 건물의 뒤쪽, 어두운 구석에서 오줌을 누는 것을 멈출 수가 없었다는 것. 서명처럼 오줌발을 갈겼지만 절대로 그것이 화풀이나 복수가 아니었다는 것.

다만 그렇게라도 뭔가 몸 밖으로 내뱉어야 숨을 쉴 수 있을 것 같았어.

나는 부끄러웠지만 솔직하게 말했다. 고민 끝에 방문한 비뇨기과 의사는 요도나 방광 모두 정상이라고 말했다.

남자에게 생기는 요도 질환은 잘 못 참는 쪽이 아니라 잘 나오지 않는 쪽으로 발전하는 경우가 많습니다.

의사는 책상 위 생식기 모형에서 요도와 방광 주변에 원을 그리며 말했다. 나는 안도했다. 그렇다고 아파트 벽이나 빌딩 뒤쪽 어두운 구석에 오줌을 갈기며 죄의식이 없었던 것은 아니었다. 들키는 것에 대한 공포가 클수록 오줌발은 씩씩했다. 안나는 나의 이런 고백에 아무 말도 덧붙이지 않았다.

나에게도 오줌을 눠줘.

다만 나를 쓰다듬으며 그렇게 말했을 뿐이었다.

그날 나는 안나의 다리에 두 번 오줌을 눴고 두 번 사정을 했다. 의사의 말대로 그건 병이 아니었다. 어두운 담벼락 아래서 가슴을 졸이며 오줌을 갈겨야 하는 상황은 더 이상 일어나지 않았다.

9시 반이었다. 일어나야 할 시간이었다. 그러나 나는 쉽게 일어날 수 없었다. 시간에 맞춰 월요 조회에 참석하려면 지금 안나의 집을 나서야 했다. 가야 했지만 갈 수 없었다. 나는 시계 초침에 맞춰 탁자를 검지 손톱으로 두드렸다. 톡톡, 시간이 손가락 끝에서 흘러갔다. 지금 이 시간 안나가 어디서 뭘 하고 있는지 짐작 할 수 없었다. 불안했지만 할 수 있는 일이 거의 없었다. 나는 안나의 책을 펼쳤다. 누군가 자신을 일으켜 문밖으로 밀어내줬으면 하는 심정이었다.

그때였다. 현관 바깥에서 문을 여는 소리가 들렸다. 나는 손에 책을 쥔 채로 반사적으로 자리에서 일어섰다. 안나일 것이었다. 어딜 다녀왔냐고 물어봐야 하나. 많이 기다렸다고 말해야 하나. 아무 말도 없이 달려가서 안아줘야 하나. 나는 열쇠가 몇 번 헛돌다가 손잡이가 돌아가고 문이 열리는 것을 바라보았다. 천당과 지옥을 오가는 중간자의 앞모습과 뒷모습처럼 울었다 웃었다. 가슴이 터질 것 같았다. 그러나 문 사이에서 모습을 드러낸 사람은 안나,가 아니었다. 이 세상은 울 일도 웃을 일도 그리 많지 않은, 그저 놀라운 곳이었다. 꿈에도 본 적 없는 사람이 현관문을 열고 들어왔다. 낯선 사람은 신발을 벗으려다 나를 보고 움찔했다. 나는 안나의 책을 움켜쥐었다. 뒤따라 집 안으로 들어선 젊은 남녀도 나를 바라보았다. 다리가 후들거렸으나 애써 태연한 척했다.

아이쿠, 비어 있을 거라 생각했습니다.

말을 꺼낸 것은 앞서 들어온 낯선 사람이었다. 적당히 머리가 벗겨지고 배가 나온 중년의 남자는 반 양복 차림이었다. 나는 누구냐고 묻지 못했다. 입을 열 수 없었다. 여기는 안나가 사는 집이었다. 그리고 상대는 분명히 열쇠로 문을 열고 들어왔다. 열쇠를 가진 사람이 나와 안나 이외에 또 있다는 것은 그들이 가족이나 친척이라는 의미일까. 그렇다면 나는 자신을 어떻게 소개해야 할까. 남자 친구라고 해야 하나, 아니면 책 장수? 집을 봐주러 온 이웃? 나는 등허리가 후끈 달아오르는 것을 느꼈다. 다시 딸꾹질처럼 생각이 생각을 더듬기 시작했다.

집 좀 보러 왔습니다.

나가 말이 없자 상대는 다시 입을 열었다.

그의 말이 무슨 뜻인지 나는 이해할 수 없었다. 나는 지난주 금요일 저녁을 떠올렸다. 안나는 보통 때와 똑같이 나가 읽어주는 책에 귀 기울였고 맛있다는 말을 다섯 번쯤 속삭인 후, 돌아가는 나를 배웅했다. 그리고 이 집은 분명히 안나가 사는 집이었다. 나는 말을 더듬지 않기 위해 안간힘을 쓰며 말했다. 얼굴이 달아오르는 것을 느꼈지만 신경 쓰지 않았다.

무, 무슨 말씀이신지. 지, 지금 주인은 잠시 외출 중입니다.

상대는 나를 이상하게 바라보았다. 그의 말에 의하면 이 집은 오랫동안 빈집이었다. 집주인은 외국에 거주하고 있다는 것이었다.

지난 주말에 이 집을 팔고 싶다는 연락이 왔어요. 열쇠는 가끔씩 집을 봐주러 오는 사람에게 받았구요.

의심스러운 표정을 숨기지 않으며 그가 말했다.

나는 공인중개사, 아니 복덕방 남자와 젊은 남녀가 자신을 흘끔거리며 집 안을 돌아다니는 동안 그 자리에서 꼼짝하지 않았다. 도망치듯 그 자리를 모면하고 싶었지만 그런다고 해서 간단히 이 상황으로부터 도망칠 수 없다는 것을 알았다. 창가의 나무들과 몇 권의 책들, 최소한의 살림살이들로 간결하고 소박하고 견고했던 이 세계가 박살나고 있는 느낌에서 헤어날 수 없었다. 그렇거나 말거나, 그들은 욕탕 문을 여닫고 부엌의 수도꼭지를 틀었다 잠그고 방들을 돌아다녔다. 너무 어두운 거 아니냐고 젊은 여자가 곁에 있는 남자에게 소곤거리자 그 말을 엿들은 복덕방 남자는 급히 블라인드를 걷었다. 장막에 가렸던 햇살이 파도처럼 실내로 들어왔다. 햇살 아래서 실내는 빛과 그림자로만 존재하는 흑백의 폐허가 되었다. 나는 그 폐허 안에서 잡초처럼 흔들렸다. 아름다움을 망치는 것은 추함이 아니라 빛과 희망이었다. 어디에도 안나의 흔적은 없었다. 안나는 돌아오지 않을 거였다. 그 사실을 나는 오늘 아침 이 집에 들어선 순간부터 자신도 모르게 이미 알고 있었다. 내내 입속에 담고 있던 말이 의식하기도 전에 튀어나왔다.

나쁜 년.

그들이 집 안을 돌아본 시간은 불과 10분 남짓이었다. 나는 만 년을 죽어 산 화석처럼 그 시간을 견뎠다. 배신감이 목구멍까지 차올랐다. 복덕방 남자는 돌아가는 길에 문득 생각났다는 듯이 나에게 물었다.

그런데 누구십니까?

나는 달리 선택의 여지가 없었다.

이 집을 봐주던 사람에게 볼일이 있었습니다.

나의 추측이 맞다면 그건 거짓이 아니었다.

집주인이 좋아하지 않을 거라고 복덕방 남자는 입맛을 다셨다. 앞으로 이 집에 대한 책임은 전적으로 자신에게 있으니 열쇠를 돌려달라는 말도 잊지 않았다. 나는 주머니에서 열쇠를 꺼내 그에게 주었다. 아무것도 자신의 의지대로 행동할 수 없었다. 나는 안나의 책을 손에 쥔 채 집 밖으로 나왔다. 그 집에서 가지고 나올 수 있는 건 그것뿐이었다.

능소화는 웅덩이 속에 처박혀 짓이겨져 있었다. 갓 떨어져 아직 생생하던 새벽의 애틋함은 이미 사라졌다. 꽃받침에서 분리된 꽃은 이미 꽃이 아니었다. 흙 속에 뿌리 박은 줄기에 기대 연명하기를 거부하는 순간 조화보다 초라한 신세가 되는 것이 꽃의 운명이었다. 나는 어느 월요일 아침, 비에 떨어진 이파리들과 빗물을 밟으며 낯선 동네를 걸었다. 구두 속으로 물이 새어들었지만 별 느낌은 없었다. 날씨 탓이었다. 이 절기를 넘기면 그늘이 짙은 계절이 도착할 거였다.

어디로 가야 할지 망설이지 않았다. 오늘도 가고 싶은 곳이 없기는 마찬가지였지만 갈 곳은 분명했다. 월요일이었고 아침이었다. 가방은 늘 그렇듯 무거웠다. 나는 가방을 옮겨 쥐고 버스 정류장을 향했다. 처음 자전거를 타고 속도를 이기지 못해 찔레나무 넝쿨에 처박히던 그 어느 날처럼 온몸이 따갑고 아팠으나 참을 만했다. 사실 그녀가 나에게 거짓말을 한 건 아니었다. 나가 아무것도 묻지 않았으니 그녀가 아무 말 하지 않은 걸 나무랄 수는 없었다. 표현은 숨기거나 남기지 않는 편이었지만 서로에 관해서는 묻거나 말하지 않는 사이도 있었다. 그리고 나는 예정된 평화와 책임과 의무를 저버릴 수 없는 사람이었다. 아침 조회에 참석해야 했다. 버스는 곧 도착할 거였다. 정류장 의자에 앉아 나는 들고 나온 안나의 책을 펼쳤다. 더 이상 확인할 사실은 남아 있지 않았다. 다만 습관처럼 띄엄띄엄 책장을 넘겼다.

그 책은, 아니 책이 아닌 그것은, 아무래도 상관없는 그 무엇은 아무 의미 없는 문장의 연속이었다. 각 문장들은 터무니없는 상투성으로 일관했고 한편으로는 지극히 은밀한 감상의 나열이었다. 멸종된 식물명과 이름 들이 나의 시야에 나타났다 사라졌다. 문장을 이루는 각각의 글자는 자음과 모음이 만나는 순간 서툰 그림이 되었다가 담뱃재처럼 맥없이 부서졌다. 주어는 처음부터 끝까지 한 번도 등장하지 않았으며 주인 없는 문장들은 비겁하고 무책임했다. 숲은 처음부터 없었고 사람도, 사랑도 불확실하고 불성실한 말에 불과했다. 결국 묘사는 지극히 개인적인 감상이 만들어낸 형식적 오류에 지나지 않았다. 사랑을 묘사하는 것은 어려웠다. 상상의 세계를 묘사하는 일은 항상 실패하기 마련이었다.

나는 자리에서 일어섰다. 문은 어디든지 있었다. 상황에 따라 열리기도 했고 열리지 않기도 했지만 그건 나의 잘못이 아니었다. 기억할 것이 별로 없으니 떨쳐야 할 것도 그리 많지 않았다. 오늘 조회에서 해야 할 이번 주 보고에 몰두했다. 이번 주는 위성도시에 산재한 모델하우스를 집중 방문할 작정이었다. 이왕이면 표지가 화려한 전집류가 좋겠지. 언제나 토대가 상부를 구축하는 법이었다. 비록 상투적이기는 했지만 나는 자신의 토대가 선량하고 성실함에 있다고 믿었다. 모든 이야기들이 상투성에서 벗어나기 위해 노력했지만 그럼에도 불구하고 그 이야기의 모든 토대는 적당히 상투적인 것에서 출발했다. 문제는 얼마나 감추고 시치미를 떼느냐에 있었다. 나는 배가 불러도 안 부른 척하는 것에 소질이 있었고 싫어도 좋은 척하는 데 선수였다.

버스가 도착했다. 나는 정류장의 휴지통에 그녀의 노트를 버렸다. 뒤돌아보지 않았다. 정류장은 생기고 사라지기를 반복했지만 그렇다고 해서 종점이 바뀌지는 않았다. 마찬가지로 되풀이해서 읽는다고 결말이

달라지지는 않을 것임을 나는 알고 있었다. 며칠 밤만 자고 나면 괜찮아지리라. 언젠가는 어디서라도 어떻게든 일어날 일이 일어난 것뿐이니까. 운 좋게 자리에 앉으며 나는 그렇게 생각했다. 이제 아침잠을 설치는 일은 당분간 없을 거였다.

사랑은 늘 진심이었지만 그렇다고 사랑이 인생에 관여하는 것은 아니었다. 어쩌면 사는 데 진심이나 비밀 따위는 별 상관없는 것인지도 몰랐다. 그것이 이곳의 원칙이면서 마지막까지 지켜야 할 이야기 형식이었다. 한숨 자고 나면 버스는 여기로부터 먼 곳에 도착해 있을 것이었다. 나와 그녀는 우리가 될 수 없는, 두 번 다시 만나지 않을 사람들이었다. 나는 눈을 감았다. 나와 그녀는 월요일부터 금요일까지 서로 사랑했지만 단지 그것뿐이었다.

〔『문학과사회』 2010년 가을호〕

웹 진 문 지 문 학 상

심사 경위

〈웹진문지문학상〉은 한국문학사상 최초로 웹진이라는 인터넷 공간을 통해 1년 동안 심사의 과정이 중계되고 결과가 발표되는 문학상이다. 매달 첫 주를 기준으로, 지난 3개월 내에 발표된 중단편소설 가운데 가장 뛰어난 작품 1편을 〈이달의 소설〉이라는 이름으로 게재하고, 그중에서 매년 2월 최종 수상작을 가려 뽑는 방식으로, 1년 내내 웹진을 통해 심사의 과정과 내용이 중계되는 초유의 문학상이다.

이 상은 등단 7년차 이하의 신진 작가들을 대상으로 한다는 측면에서, 각종 신인문학상을 제외한다면 현재 활동 중인 작가들 가운데 가장 젊은 세대에게 주어지는 작품상이다. 또한 〈이달의 소설〉에서는 신진 비평가들이 매달 2명씩 작품 선정에 참여하여, 심사위원의 구성에서도 최신의 문학적 흐름을 주도하는 비평적 감각을 수용하고 있다(2010년

예심위원: 강동호, 김나영, 김남혁, 백지은, 송종원, 양윤의, 조연정, 조효원). 이런 특징은 독자적인 서버와 도메인으로 한국문학과 인터넷 공간의 접속을 시도하는 〈웹진문지〉 자체의 성격에 부합하는 것이기도 하다.

제1회 〈웹진문지문학상〉의 최종 수상작 심사는 2010년 '3월의 소설(정용준 — 「가나」)'에서 2011년 '1월의 소설(김선재— 「독서의 취향」)'에 이르기까지 모두 11편의 〈이달의 소설〉을 대상으로 〈웹진문지〉 편집위원 6명으로 구성된 심사위원들이 참여하여 지난 1월 27일~28일, 이틀에 걸쳐 1차 심사가 진행되었다. 11편의 소설들은 이미 〈이달의 소설〉 심사를 통해 선정되고 검증된 작품들이기 때문에 한국문학 최전선의 에너지와 성취도를 보여주는 것들이고, 따라서 그 안에서 우열을 가린다는 것은 사실상 '불가능한' 선택에 가까운 작업이었다. 그럼에도 불구하고 심사위원들은 〈웹진문지문학상〉의 미래와 정체성을 고려하면서, 어려운 문학적 선택을 해야만 했고, 2월 초로 이어지는 치열한 토론의 과정 끝에 수상작을 선정하게 되었다.

11편의 〈이달의 소설〉 선정작은 등단 7년차 이하의 작품이라는 공통점에도 불구하고 다양한 스펙트럼을 보여주었다. 힘 있는 신인의 등장을 알린 〈이달의 소설〉 첫번째 선정작인 정용준의 작품에서 시작하여 신인답지 않은 소설적 완성도와 서사적 이미지를 보여준 김성중, 최은미, 이유의 작품, 그리고 독창적인 문체 미학과 소설적 개성을 보여준 김유진, 김선재의 작품, 빼어난 단편 구성력과 주제의식의 수준을 보여준 이홍, 정소현의 작품과 현재 한국 소설의 흐름을 각기 다른 방향에서 주도하고 있는 이장욱, 황정은, 최제훈의 작품에 이르기까지, 심사위원들에게는 웹진에 떠 있는 이 11개의 별자리를 바라보는 것 자체가 가슴 벅찬 일이었다.

6명의 심사위원이 각각 3~4편의 추천작을 선택하고, 다시 그중에서 심도 있는 토론으로 서로를 설득하는 과정을 거쳐 최종 수상작으로 이장욱의 「곡란」을 결정하게 되었다. 그 과정에서 〈웹진문지문학상〉의 정체성에 대한 심도 있는 논의를 할 수 있었고, 심사위원들은 등단 7년차 이하라는 규정과 웹진을 통한 중계라는 형식에 이미 이 상의 정체성이 반영되어 있다고 보고, 철저히 '작품상'의 성격에 충실하고자 했다. 이장욱의 「곡란」은 생의 끝에서 만나는 삶의 아이러니에 대한 날카로운 시선, 독창적인 플롯과 문제의식의 복합성, 흥미로운 위트의 공간에 이르기까지, 지금 이곳의 한국문학이 원하는 요소들을 모두 갖춘 폭발적인 매력을 뿜어내는 작품이다. 최종 수상작과 〈이달의 소설〉 선정작 작가들 모두에게 깊은 경의를 표하며, 다음 시즌의 이 풍요로운 문학적 축제를 다시 기다린다. **_〈웹진문지〉 편집위원 및 〈웹진문지문학상〉 심사위원 일동**

웹 진 문 지 문 학 상

심사평

지난 1년 동안 〈이달의 소설〉을 선정하는 일은 즐거우면서도 매번 고심에 고심을 거듭하는 작업이었다. 한국 소설의 가장 진취적이며 모험적인 시도가 그곳에 있었고, 뚜렷한 개성과 작가적 관점이 다양한 지류를 형성하며 새로운 흐름을 준비하고 있는 곳이 그곳이기도 했다. 그래서 가벼운 흥분과 기대에 찬 예감이 작품을 읽고 선별하는 과정에 늘 잇따랐고, 기대가 컸던 만큼 때론 아쉬움과 안타까움이 남기도 했으며, 때론 예상치 못한 반가움과 기쁨을 경험하기도 했다. 젊은 작가들의 작품이었기 때문만은 아니다. 문학사에서 '젊음'은 통상 새로움, 신선함, 재기발랄, 독창성, 새 세대를 지칭한다. 그것이 이제 막 등장한 신인이나 신진이기에 저절로 부수되거나 부과되는 것이 아님은 자명하다. 등단 연도, 생물학적 나이, 작품 활동 기간은 '젊음'과 하등 상관이 없다. 그보다는 이들의 작품에서 발견케 되는 날카롭고 뚜렷한 문제 제기, 그것에 천착하는 심도 깊은 의식의 추이, 고유의 서사화로 소설의 가치와 위상을 지키려는 진지한 자세와 고민이 각 작품마다 강한 설득력을 지닌 채 완미한 형태로 구현되고 있다는 점에서, 이들의 작품은 모두 '완숙한 치열함'에 달하고 있었다. 지난 1년간 이들에게서 읽어낸 이 '완숙한 치열함'이야말로 부인할 수 없는 문학적 '젊음'의 증표일 것이다.

후보작인 11편 중 이러한 특징을 가장 잘 보여준 작품들로 정소현의 「실수하는 인간」, 최제훈의 「괴물을 위한 변명」, 정용준의 「가나」, 이장욱의 「곡란」에 주목하였다. 「실수하는 인간」은 단편소설이 발휘할 수 있는 장르적 묘미를 잘 살린 작품으로 꼽을 수 있다. 의도된 망각 속으로 빠져드는 연쇄살인범의 분열된 내면 의식은 폭력의 발원지가 문명 그 자체이며, 그러한 폭력의 발생과 병리적 행사로부터 자유로운 이는 아무도 없다는 사실을 환기시킬 뿐만 아니라, 그 같은 분열의 형상을 중층화된 서사를 통해 절묘하게 통일시킨다. 최제훈의 「괴물을 위한 변명」은 한국 소설에선 다소 생소한 영역인 메타소설의 가능성을 꾸준히 실험해온 이 작가의 일관된 주제 의식과 시도가 집약되어 있는 작품이다. 허구의 생성은 어떻게 구조화되는지, 작가의 존재를 참과 거짓의 기준으로 판단할 수 있는지를 예리하게 묻고 있다. 더불어 대중에게 이미 널리 알려진 소설을 해체하여 새롭게 재구축하는 과정은 이야기 자체로서도 매우 흥미롭다. 정용준의 「가나」는 탈국가, 탈민족 시대의 역사적 본질을 어느 가난한 외국인 노동자의 쓸쓸한 죽음을 통해 통찰하고 있다. 세계 체제의 구축과 무차별적으로 동질화되는 거대 문명 세계는 죽음조차 부재하는 소외 계층의 전 방위적 확산으로 이어지고 있음을 이 소설은 조용히 고발한다. 국경을 초월한 소설적 상상력의 현주소를 새롭게 가늠케 하는 작품으로서도 의의가 크다. 이장욱의 「곡란」은 죽음의 실존적 의미와 그 다양성을 조명함으로써 역으로 현재 우리 삶의 가치가 어떻게 회복 가능성을 잃고 추락하고 있는지를 되비추고 있다. 자살을 자진해서 택한 자들이 정작 다가온 죽음 앞에서 비루한 행태를 고스란히 노출하는 장면은 자유의지의 존엄성은 한낱 헛것이며, 그것이 이미 헛것이 되었을 때부터 산 자들은 모두 죽은 자, 즉 유령으로서 살아가는 자들임을 강하게 역설한다. 주제 의식의 강렬함과 밀도, 그와 대비되는 무심한 어조와 희극적인 문체, 극적 긴장감의 조성과 엉뚱한 발산의 교차 등은 완성도 면에서도 손색이 없는 작품이다. 최종 심사 대상작 중 우열을 가리기 힘들었지만, 작품성을 가장 우선하여 평가한다는 기준에 비추어볼 때, 이장욱의 「곡란」을 최종 선정작으로 결정하는 데 흔쾌히 동의하였다. 당선자에게 진심 어린 축하의 말을 보낸다. **_강계숙(문학평론가)**

지난 1년간 게재된 11편의 〈이달의 소설〉을 심사하는 작업은 당대의 젊은 한국 소설이 이룬 성취와 다채로운 스펙트럼을 집약적으로 확인할 수 있는 즐거움을 맛보게 해주었다.

몇 년 전에 문학의 정치성이라는 해묵은 문제가 비평의 중요한 화두로 떠오른 적이 있었다. 소설들을 읽으면서 다시 이 문제를 생각하게 되었다. 소설은 어떤 식으로든 현실에 반응한다는 점에서 정치적일 수밖에 없다. 다만 현실과 대결하고 현실에 비판적으로 개입하고자 하는 소설적 시도는 최소한 다음 두 가지 조건을 충족시켜야 할 것이다. 소설의 비판적 개입은 첫째,—너무나 당연한 이야기지만—절대로 진부해서는 안 되고, 둘째, '허구'라는 매체적 특성을 통해 더욱 빛을 발휘할 수 있는 방식이어야 한다.

소설 고유의 길 가운데 하나의 가능성은 탈현실적 상상력에서 찾아지는데, 그것은 오늘의 소설에 지배적인 양상으로 나타난다. 익사한 시체의 미학(정용준, 「가나」), '혼령'이 깃든 여관방(이장욱, 「곡란」), 머리통을 잘라내는 미용 가위(이유, 「커트」), 가라앉는 항아리들의 지반 위에 세워진 도시(황정은, 「甕器傳」), 우연들의 기이한 끌림(정소현, 「실수하는 인간」), 태아 시절의 기억(최은미, 「눈을 감고 기다리렴」), 존재와 환각의 경계적 체험(김선재, 「독서의 취향」). 이러한 기법들은 탈리얼리즘적인 동시에 리얼리즘적인데, 우리에게서 현실 감각과 신뢰를 빼앗아가는 21세기 현실의 부조리하고 비현실적인 운동이 그 속에 반영되어 있기 때문이다. 그런 의미에서 잠실 스타디움을 거대하고 기괴한 비현실로 그려내는 「나의 메인스타디움」(이홍), 재개발로 헐리는 허름한 시장 바닥의 건물을 세계의 구원을 가져올 성전으로 만드는 「게발선인장」(김성중), 헤어진 남자의 집에 함께 살면서 그와 새 여자 친구의 관계를 관찰하는 여자에 관한 소설 「희미한 빛」(김유진) 모두 이러한 비현실의 감각을 공유하고 있는 것처럼 보인다. 최제훈은 일상의 일부가 되어버린 환상성(프랑켄슈타인)의 해체를 통해, 또 다른 의미에서 현실의 비현실성을 환기한다.

나는 특히 이장욱, 최제훈, 김성중, 정소현의 소설에 주목했다. 이장욱의 「곡란」은 여관에서의 동반 자살이라는 현실적 소재에서 출발하면서 반드시 죽어야 함에도 불구하고 결코 죽음에 도달할 수 없는 인간이 죽음의 불가해성 앞에서 가지는 양가적 감정을 절묘하게 형상화한다. 최제훈의 「괴물을 위한 변명」은 문화적 통속화에 대한 예술적 저항이 얼마나 흥미로운 방식으로 전개될 수 있는지를 보여주면서 한국 소설의 새로운 가능성을 개척해간다. 김성중의 「게발선인장」은 인간 삶의 의미와 무의미가 불가분의 관계로 엮여 있다는 생의 근원적 아이러니를 위트 있는 목소리와 뛰어난 서사적 구성 속에 표현해내고 있다. 정소현의 「실수하는 인간」은 세계에 의해 결정되어가는 존재로서의 인간에 관한 이야기이다. 마치 시간 논리를 거슬러서 현재가 과거를 결정하는 것과 같은 섬뜩한 반전의 순간에 소설의 전언은 빛을 발한다. _**김태환(문학평론가)**

'첫번째' 〈웹진문지문학상〉 수상작을 고르는 일이었다. 게다가 각각의 작품이 모두 해당 시기에 나온 작품들 중 이미 가장 젊고 훌륭한 작품으로 인정받은 상태였다. 신중해야 했고, 또 짐작대로 쉽지 않은 일이었다. 오랜 논의 끝에 김성중(「게발선인장」), 이장욱(「곡란」), 이홍(「나의 메인스타디움」), 정소현(「실수하는 인간」), 정용준(「가나」), 최제훈(「괴물을 위한 변명」)의 작품들이 물망에 올랐다. 11편의 작품들 중 6편을 남겼으니 갈 길이 멀었지만, 그런 와중에도 개인적으로는 김유진의 「희미한 빛」과 황정은의 「甕器傳」에 대한 미련을 쉽게 떨쳐버리기 힘들었다. 희미한 빛에 '대해' 쓰는 것이 아니라, 문장을 (마치 회화처럼) 아예 희미한 빛이 '되게' 만들려는 김유진의 실험은, 소설가 또한 시인과 마찬가지로 자의식적으로 언어를 다루는 자라는 사실을 각별히 되돌아보게 하는 데가 있었다. 황정은의 「甕器傳」은 버려지는 옹기들이라는 소재로 한국적 모더니티의 파행성을 예리하게 꼬집는 소설적 장치가 돋보였다. 두 작품 다 나로서는 두고 떠나기 아까운 작품들이었다. 그러나 다른 심사위원들에게도 두고 떠나기 아까운 작품들은 있었을 것이다.

김성중의 「게발선인장」은 신인 작가임에도 불구하고 '삶과 종교'라는 육중한 주제를 무리 없이 다룬 수작이다. 정소현의 「실수하는 인간」은 사회가 어떻게 우리를 실수하게 하고, 선한 주체를 결국엔 연쇄살인범의 지경에까지 몰고 가는가를 설득력 있게 보여준다. 이홍의 「나의 메인스타디움」은 86아시안게임을 배경으로 한국의 근대성이 어떤 허위와 발버둥 위에 세워졌는지를 사소한 에피소드 하나로 적나라하고 차갑게 풍자한다. 정용준의 「가나」는 끔찍하게 아름다운 작품이었는데, 문체의 서정성과 다루고 있는 소재의 처절함이 묘하게 대비되면서 읽는 내내 물리적이고 육체적인 감응을 불러일으키는 재주를 부렸다. 최제훈의 「괴물을 위한 변명」은 그가 내내 해오던 문화사적 소설 쓰기, 혹은 타자들의 계보학적 탐구가 이제 완전히 물이 올랐음을 과시한다. 이미 매 시기 가장 젊고 훌륭한 작품임을 인정받았던 만큼 이 작품들 중 하나만 남기는 일에는 오랜 논의와 숙고가 필요했다.

결국 선택의 순간, 나는 이장욱의 「곡란」을 남겼다. 모두 수작이었으므로, 특별히 이 작품이 다른 작품보다 월등해서 이 작품에 표를 던진 것은 아니었다. 죽음이라는 주제를 치밀한 구성과 모호한 어조로 그려내는 재주도 남달랐지만, 그보다는 이 작품이, 3D 시대의 주체가 세계를 인식하는 방식에 대한 소설적 대응으로 읽혔기 때문이었다. 「곡란」

은 절대적 타자로서의 죽음에 대한 반원근법적이고 입체파적인 탐구이다. 소설이 2차원으로 이루어진 문자들의 연쇄를 넘어, 3차원 혹은 4차원의 시공을 다룰 수 있는가? 이 첨예한 소설사적 질문을 나는 이장욱의 「곡란」에서 읽는다. 수상자에게 축하를 전한다. 그리고 지난 한 해를 빛낸 다른 10명의 작가들에게도. _**김형중(문학평론가)**

지난 1년 동안 우리 소설계의 가장 앞자리에서 전위적인 상상력과 스타일로 한국문학의 새로운 탈주와 혁신을 모색한 젊은 작가들의 작품들을 한데 모아 다시 읽는 일은 무척 흥미로웠다. 물론 매달 선정 과정을 함께했고, 그 이후에도 〈웹진문지〉의 독자들과 함께 이 소설들에 꾸준한 관심을 보여왔기 때문에 더 그랬을 것이다. 아마도 2010년대의 한국문학은 이 젊은 작가들에 의해 정녕 21세기적인 소설의 새로운 길을 열지 않을까 기대해본다. 세상과 인간 읽기와 이야기 짓기의 고통을 향유하면서, 저마다의 개성과 특장을 활달하게 길어 올리는 방식들이 참으로 어지간했다. 아마도 이들이 더욱 날카로우면서도 사려 깊은 눈길과 더욱 지독한 손길로 21세기 소설 길을 열어나간다면, 우리는 더욱 행복한 소설 읽기를 할 수 있을 것이다.

「甕器傳」(황정은)과 「나의 메인스타디움」(이홍)은 유년 화자의 이야기이다. 근대 이후의 개발 과정에서 속절없이 묻힌 것, 망각된 것, 무관심의 영역으로 밀린 것, 바로 그 사용가치의 이야기를 옹기의 사연을 빌려 담담하게 펼치고 있다. 주제적 관심도 의미심장하려니와 분위기를 만들어 독자로 하여금 상상과 공감의 대화로 소설에 동참하게 하는 황정은만의 스타일이 독특하다. 이홍의 아이는 과거로 시간 여행을 하고 있다. 86아시안게임이 있던 해에 메인스타디움에 갈 수밖에 없었던 아이의 이야기를 통해, 현대적 일상에 삼투된 일련의 동원 체제들, 그러니까 은밀함에서 노골적인 국면에 이르기까지의 그 동원 체제들에 대한 비판적 성찰의 이야기를 펼치고 있다. 현실의 제반 국면과 구체적 요소들을 흥미로우면서도 치밀하게 짜는 스토리텔링 방식을 잘 갖춘 작가임이 분명하다. 그런 아이들이 대학엘 갔는데도 여전히 사정이 좋지 않은 것이 지금 우리가 당면한 쓰디쓴 현실이고. 「게발선인장」(김성중)은 마르크스와 성서를 함께 읽기 시작했다는 대학 초년생 시절의 성장기이다. 말씀이 토대를 구축하는 사이비 교주의 흥행과, 토대가 말씀을 구축하는 사이비 교주의 사기 행각을, 복합 렌즈로 포착하고 있다. 흥미와 가독성, 서사적 설득력을 두루 갖춘 가작이다. 성장기가 그러했으므로 상처는 깊을 수밖에 없다. 「독서의 취향」(김선재)은 현실과 사랑에서 두루 상처를 받을 수밖에 없었던 인물의 이야기를 통해, 나인 것과 나 아닌 것(안나), 너인 것과 너 아닌 것(안네) 사이의 카오스를 그려낸 소설이다. 현실적인 것과 심리적인 것의 중층적 교호 과정이 언어의 결에 의해 잘 형상화된 작품이다.

상처가 더 깊어지면 어떻게 해야 할까? 여기 몇 가지 길이 있다. 우선 죽음을 성찰하는 메멘토모리의 상상력과 관련되는 길이 있을 수 있겠다. 과연 「실수하는 인간」(정소현)에는 죽음들이 넘쳐나고 있다. 이 작가는 삶과 죽음에 필연성이 없듯이, 태어나게 함과 죽게 함 또한 필연성을 확보하기 어렵다는 생각을 어처구니없는 연쇄살인범의 탄생 과정을 통해 이야기하고 있다. 「곡란」(이장욱)은 "죽음만이 삶을 전체적으로 되비추는 거울"이라면서 죽음만으로 충만한 죽음이 아니라 삶으로 회귀하는 죽음의 의미를 밝히려는 극한적인 사투 과정을 아이러니컬하게 그리고 있다. 물론 당장 답을 묘출하기 어려운 서사 질문임에 틀림없으나 우리 시대의 삶과 죽음 전체를 놓고 전면적 성찰의 계기를 마련하고자 했던 다부진 서사적 의지가 돋보이는 작품이다. 죽기 아니면 이야기 만들기라는 것이다. 「괴물을 위한 변명」(최제훈)은 죽음보다 더 병든 것처럼 보이는 현실을 이야기로 치유하려는 문화적 의도를 보이는 소설이다. 있는 현실에서 재현할 만한 가치 있는 이야기를 발견하기 어려울 때, 이야기와 삶의 죽음으로부터 벗어날 수 있는 문화공학적 서사 전략을 나름대로 터득한 작가답게, 프랑켄슈타인 이야기를 중층적으로 포개놓으면서 이야기 만들기와 이야기 읽기의 즐거움을 우리에게 선사한다. 비단 이야기 만들기에서 그치는 것이 아니라 그 과정에서 지금, 여기에서 긴요한 윤리적 탐문의 절차 또한 합당하게 들어 있는 수작이다.

물론 각 작품별로 해당 작가에게 좀더 수고로움을 요청해야 하는 문제들도 논의된 것이 사실이다. 장단점들을 숙의하면서 우리는 난형난제라는 말을 떠올렸고, 그래도 1편을 정해야 했기에 상대적으로 공분모가 더 많은 「곡란」을 제1회 웹진문지문학상 수상작으로 초대하자는 데 합의할 수 있었다. 그러나 실상 이장욱 씨를 비롯한 열한 분 모두가 수상자이다. 수상을 축하하며, 당신들에 의한 우리들의, 새로운, 멋진, 소설 세계를 기대해본다. _**우찬제(문학평론가)**

〈이달의 소설〉에 선정된 11편의 소설들은 각기 다른 방식으로 지금의 한국문학이 보여줄 수 있는 문학적 가능성의 최대치를 보여주고 있었다. 11편의 소설들은 등단 7년차 이하의 작가들의 작품이라는 조건을 떠올리지 않아도, 그 신선함의 감각을 충분히 체감할 수 있다. 그중에서 다시 어떤 작품을 수상작으로 결정한다는 것은 문학적으로 무모한 것일 수도 있다. 그럼에도 불구하고 문학 제도는 존재하고, 문제는 이런 문학적 선택이 '제도로서의 문학성'에 어떤 균열을 가할 수 있는가 하는 것이다.

최제훈의 「괴물을 위한 변명」은 최제훈이 시도하고 있는 메타 텍스트적인 서사적 모험의 연장선에 있는 작품이다. 혼종적 이야기 구성 능력을 따라가다 보면, 특유의 위트와 이야기의 다성악적 축제를 경험하게 된다. '프랑켄슈타인'의 서사를 재구성하는 방식도 흥미롭지만, 그 안에서 원작에 잠복해 있던 요소들을 전복적으로 재배치하여 다층적이고 현재적인 질문을 만들어낸다. 거기서 마주하는 것은 소설적 욕망의 어떤 심연이다. 이홍의 「나의 메인스타디움」은 매력적인 성장의 모멘트를 보여준다. 86아시안게임이라는 역사적 사실을 배경으로 한 '아이'의 희비극적인 성장 체험은 어른들의 공허한 욕망과 유사한 구조를 닮아가는 것이지만, 이 소설의 장점은 그것을 관제적 국가 축제 안에 도사린 거대한 욕망과 겹쳐서 보여주었다는 점에 있다. 마지막 순간 '메인스타디움'에 갇힌 아이가 경험하는 공포와 공허는 한 개인의 것이면서, 한 시대의 무의식을 관통한다. 정소현의 「실수하는 인간」은 실수로 태어나 실수의 연속으로 점철된 인간의 이야기다. 그 이야기 속에서 작가는 인간의 행위를 둘러싼 내적 동기의 허구성을 드러내면서 주체성의 기반을 허물어버리는 흥미로운 아이러니에 이르게 한다. 그 아이러니를 만들어내는 것은 다름 아니라 이 소설의 지극히 심드렁한 어조이다. 그 어조 때문에 주인공의 실수로 인한 살인은 소설적 임팩트를 만들어내며 삶의 동기에 대한 착란을 응시하게 한다.

수상작으로 결정된 이장욱의 「곡란」은 작가의 소설적 역량이 무서운 속도로 뻗어나가고 있음을 보여주는 작품이다. 여관이라는 닫힌 공간을 배경으로 죽음을 선택하기 위해 모여든 사람들 사이의 어긋남, 사태의 진실과 훔쳐보는 관찰자 사이의 어긋남을 대비시킨다. 이 어긋남들은 죽음이라는 또 다른 환상을 둘러싼 삶의 피할 수 없는 아이러니를 대면하게 만든다. 그 착각과 오해 속에 죽음처럼 지속될 삶의 무거움을 위트로 들어 올리는 이 소설의 성취는 제1회 〈웹진문지문학상〉의 수상작이 되기에 충분한 것이었다. 수상작뿐만 아니라, 11편의 〈이달의 소설〉 선정작 모두에게 한국 소설의 가능성을 믿게 해준 것에 감사한다.

_이광호(문학평론가)

2010년 3월부터 2011년 1월까지 〈이달의 소설〉로 선정된 11편의 소설을 대상으로 한 〈웹진문지문학상〉 심사는 물론 쉽게 끝날 리 없었다. 그 곤란이 좋은 소설들 중에서 가장 좋은 소설을 뽑는다는 것에서, 요컨대 '좋은 소설'과 '가장 좋은 소설'의 위계상의 차이에서 온 것이라고 생각했다면 오해다. 매달 〈이달의 소설〉을 선정할 때도 결국 그때그때마다 가장 좋은 소설이 무엇인가를 고민했던 것이지, 그저 좋은 소설이 무엇인가를 고민했던 것은 아니기 때문이다. 그 심사는, 말하자면 가장 좋은 소설들 중에서 단 한 편을 선택하는 일이었고, 그래서 과연 '소설이란 무엇인가'라는 근본적인 질문에까지 이르러 서로 간에 밑천이 바닥난 뒤에야 가까스로 결론에 이를 수 있었다.

이장욱의 「곡란」은 삶과 죽음의 경계에 놓인 장소를 배경으로 한다. 그 장소가 바로 곡란장이다. 인터넷 자살 사이트에서 만나 자살을 결행하기로 계획한 세 사람이 해병대 출신 주인의 뜨악한 시선을 받으며 여관 문을 열고 들어선다. 그들이 자살하고 안 하고를 떠나 이미 곡란장에는 혼령이 떠돌고 있다. 그건 아무리 귀신 잡는 해병대 출신이라고 해도 쫓을 수 없다. 그곳은 귀신뿐 아니라 언젠가 거쳐 간, 지금은 부재하는 사람들까지 한꺼번에 등장하는 난장(亂場)의 공간이다.

곡란장은 왜 그런 공간이 된 것일까? 어쩌면 그 이름 때문인지도 모른다. 네온사인이 고장 난 탓인지 '목란'이라는 이름이 '곡란'으로 보인다는 것 때문인지도 모른다. 그곳은 언어가 제구실을 하지 못하는 공간이다. 수상한 투숙객들이 들어간 방을 도청하는 주인의 귀에 도통 의미를 알 수 없는 단어들이 띄엄띄엄 흘러든다. 그들의 대화가 해독 불능인 이유는 싸구려 도청기 때문이 아니다. 그들의 대화 자체가 "그러니까 인생이란 게…… 코끼리는 코가 긴 짐승이지요. 코뿔소는 코에 뿔이 있는 짐승이고. 메아리는 메아리, 소리가 울리고"와 같이 끊어질 듯 이어지면서 알 수 없는 말들을 이어가고 있기 때문이다.

자살을 위해 모인 투숙객 중에는 죽어가는 노인을 주인공으로 한 소설을 쓰고 있는 작가 지망생이 있다. 그 소설의 주제는 "죽음만이 삶을 전체적으로 되비추는 거울이다, 죽음을 대면하지 않고는 삶에 대해 한 마디도 할 수 없다" 따위로 요약될 것이었다. 그러나 돈은 떨어져가고 소설은 끝나지 않으며, 그는 "죽음에게는 죽음만이 관심이 있는 게 아닐까, 그렇다면 죽음에 대해 쓴다는 건 허망한 일이 아닌가"라는 회의에 이른다.

맞는 말이다. 일체의 언어화를 거부하는 것에 대해 말한다는 것은 애초에 불가능한 일이다. 그러니까 작가 지망생은 불가능한 일을 꿈꿨던 것이고, 아마도 그 때문에 절망해서 자살을 결심하게 되었을 것이다. 그런데 「곡란」의 작가가 그 불가능한 일에 다시 도전하고 있다. 「곡란」은 언어화를 거부하는 것을 언어화하기 위해 새로운(이상한, 독특한) 언어로 씌어진 소설이다. 그 점에서 가장 좋은 소설 중 단 한 편의 소설이 될 자격이 있다. **_이수형(문학평론가)**